LA MALERUNE

1. Les Armes des Garamont

Pierre Grimbert

LA MALERUNE

1. Les Armes des Garamont

ROMAN

Éditions Mnémos

Collection dirigée par Fabrice Colin

TEXTE INTÉGRAL

ISBN 2-02-085706-5
ISBN 2-02-085711-1 n° général
(ISBN 2-915159-02-5, 1re publication)

www.seuil.com

Hypolus soupira en avisant le volumineux courrier que son secrétaire posait devant lui. La plupart de ces missives, comme d'habitude, seraient porteuses de mauvaises nouvelles. À peine s'il avait besoin de les ouvrir, pour en connaître le contenu… Depuis dix ans, il ne s'agissait que du recul des fronts devant l'avancée inexorable des Maûnes. Chaque jour, l'Ældo glissait un peu plus vers la défaite, et tous les efforts de ses habitants semblaient ne rien pouvoir y changer. Il remercia son subordonné d'un signe de tête et s'attela aussitôt à cette tâche ingrate consistant à éplucher les rapports de ses agents. Maintes fois déjà, on lui avait conseillé de déléguer ce travail à ses secrétaires, mais Hypolus tenait à s'en acquitter lui-même. Les informations qui leur parvenaient des quatre coins de l'Ældo étaient *primordiales* pour leur quête. Et bien qu'il eût une totale confiance dans ses assistants, il ne pouvait supporter l'idée qu'une négligence lui fasse ignorer un élément important.

Cela même avait failli arriver, quelques mois* plus tôt.

* Note du traducteur : dans un souci de lisibilité, toutes les unités de mesure – et notamment de temps – ont été remplacées par celles couramment en usage dans notre monde. Afin de ne pas ralentir inutilement le cours du récit, j'ai aussi recouru à des approximations : ainsi un quint-jour, terme d'utilisation fréquente dans le Troisième Monde, sera traduit par deux heures ou deux bonnes heures, selon le contexte… Bien que cette liberté prise dans mon travail déforme quelque peu la réalité des événements relatés, elle reste plus confortable pour le lecteur qu'une énonciation fastidieuse et répétée de deux heures et vingt-quatre minutes.

À chaque fois qu'il songeait à cet épisode, Hypolus revivait son émotion d'alors. *Le* message, *le* fameux texte qui avait soufflé sur les braises de leur espoir mourant, aurait bien pu se perdre dans cette masse de correspondances. S'il n'avait pas demandé à examiner tout envoi adressé à la Cabale, y compris les plus farfelus, jamais Hypolus n'aurait eu l'occasion d'en décoder le sens caché. Et personne n'y aurait prêté attention. Ils n'auraient pas connu la joie immense qui s'était alors déversée comme un torrent dans les couloirs de la forteresse. Ils n'auraient pas bénéficié du sursaut d'énergie qui leur avait fait abattre plusieurs mois de travail en quelques semaines. Ils n'auraient pas renouvelé leur foi en la victoire…

Malheureusement, à l'euphorie des premiers jours avaient succédé deux longues saisons d'incertitude, le miracle promis par l'auteur du message ne s'étant toujours pas réalisé. Et les agents de la Cabale avaient repris les routes, allant de village en village, de peuple en peuple, luttant chaque jour contre les Maûnes, à la recherche de la seule chose qui pouvait encore sauver leur monde.

La Belle Arcane.

De toutes les quêtes entreprises dans l'histoire du Troisième Monde, celle-ci était la plus noble, la plus grande… et la plus dangereuse également. Jusqu'alors, leurs efforts s'étaient montrés infructueux. Aucun des six membres fondateurs de la Cabale ne voulait pourtant baisser les bras. Au lendemain des *Jours rouges*, la première et la plus meurtrière des batailles qui avaient opposé les Eldes et les Maûnes, ils avaient convenu qu'ils consacreraient tous leurs efforts à la recherche de l'Arcane. Et s'étaient ainsi condamnés à la clandestinité… Hypolus ignorait même ce

---

De la même manière, une corne de vin sera décrite comme un demi-litre de vin, un métalon, comme une livre un tiers, et ainsi de suite pour toutes les unités, sauf si leur forme originelle présente un intérêt particulier pour la compréhension du récit. Ainsi le calendrier et les monnaies du Troisième Monde seront conservés tels quels, faute d'équivalents.

que trois de ses pairs étaient devenus. Lui s'était retranché dans une forteresse secrète, au cœur de l'Arcadie, avec ses assistants les plus fidèles et quelques moines colombins triés sur le volet. Il n'en sortait plus que très rarement, pour suivre les maigres pistes pouvant le mener à l'Arcane… et revenait à chaque fois avec des désillusions.

Se tirant lui-même de ses rêveries, il acheva la lecture d'un nouveau message et le posa sur ceux qu'il avait déjà consultés. Tout cela était tristement prévisible : ses agents – quelques centaines d'inconnus qui avaient spontanément offert leur aide à la Cabale – étaient plus des correspondants de guerre que de véritables espions. Leurs rapports ne traitaient que de batailles, de garnison et des difficultés des stratèges eldes, qui allaient croissantes chaque année depuis les Jours rouges. Il soupira encore et tira une autre lettre.

Celle-ci traitait d'un sujet différent, quoique tout aussi terrible. Elle signalait un nouveau cas d'apparition de *l'entropia* : l'étrange maladie s'en prenait maintenant au peuple des Capricornes. En songeant quels précieux alliés étaient ces êtres fabuleux, dans la lutte qui les opposait aux Maûnes, Hypolus sentit son cœur se serrer à l'idée de perdre leur soutien. Il parcourut le texte d'une traite, en diagonale, avide de trouver sous quelle forme la maladie s'était manifestée. Elle touchait chaque peuple d'une manière différente… Cette fois, il semblait qu'elle fasse glisser ses victimes dans un sommeil si lourd, qu'il était impossible de les en tirer.

Hypolus posa délicatement le feuillet et se massa les paupières, le temps d'accepter cette tragédie. Au moins, les Capricornes ne souffriraient pas plus longtemps l'agonie de ce monde… Si seulement on pouvait trouver un remède à la maladie… Mais il semblait n'y avoir qu'un moyen de mettre un terme à sa progression. *Rétablir l'Équilibre entre le Maûne et l'Ældo, les deux faces du Troisième Monde*. Combattre les effets de la Malerune, qui avait engendré l'entropia, en lui opposant les pouvoirs de la Belle Arcane. On en revenait au même problème : la rune suprême était introuvable.

Une certaine rage impuissante envahit Hypolus, et il se leva pour faire quelques pas, le temps de l'apaiser. Ses errances le portèrent jusqu'à l'immense carte qui couvrait tout le mur derrière son bureau, du plafond jusqu'au sol. L'ensemble de l'Ældo, reconstitué d'après les travaux de dix siècles de cartographie. Un véritable travail de fourmi, réalisé par ses assistants en un peu plus de deux ans. Une pièce unique, la plus aboutie de toutes les tentatives faites par les explorateurs des époques enfuies... Ces précurseurs avaient mésestimé l'ampleur de la tâche: aucun mortel ne pouvait vivre assez longtemps pour traverser toutes les régions de l'Ældo. Même à dos de Licorne. Même sans dormir, ni manger. Le Troisième Monde était trop vaste pour qu'un seul Elde puisse en connaître tous les aspects.

Hypolus était particulièrement fier de cette carte. Pourtant, il ne l'étudiait plus qu'avec une mine soucieuse. Partout où se posait son regard, il trouvait un clou à tête rouge. Chacun d'eux témoignait d'une agression maûne.

Il y en avait des centaines, des milliers peut-être.

La vingtaine de clous bleus symbolisait les fronts les plus importants de cette guerre désespérée. Ils étaient répartis sur tout le mur, sans aucune logique stratégique. Les légions monstrueuses pouvaient apparaître n'importe où, n'importe quand, n'importe comment.

Les clous jaunes représentaient les foyers d'entropia. La progression de la maladie ne suivait pas plus de logique. Il ne s'agissait même pas de contagion... Les peuples étaient affectés les uns après les autres, sans raison apparente, et décimés en quelques années – ou en quelques jours seulement – sans que leur dispersion géographique y change quoi que ce soit. Hypolus se demanda quels seraient les effets de l'entropia sur le peuple Humain, quand celui-ci serait contaminé à son tour. Les hommes se déchireront-ils la peau, comme l'avaient fait les Onyxs pacifistes ? Verront-ils leurs membres prendre la courbure des créatures du Maûne ? Perdront-ils la raison, au point de s'entretuer jusqu'au dernier ?

Il chassa ces idées morbides et reporta son attention sur

la carte. Les clous verts, qui l'intéressaient avant tout, étaient également répartis sur toute la surface de l'Ældo. Chacun représentait une piste, une théorie basée sur un fonds de légende, pouvant signifier la proximité de l'Arcane. Les plus talentueux de ses agents vérifiaient, en ce moment même, la pertinence de ces suppositions. Un tiers d'entre eux au moins succomberait dans l'aventure. Les autres reviendraient la tête basse, l'échine ployant sous le poids de la déception. Il en allait ainsi depuis dix ans.

Combien de temps leur restait-il, avant que les Maûnes ne l'emportent définitivement ? Quelques années ? Quelques mois ? Moins, peut-être ? Trouver l'Arcane devenait une nécessité plus urgente chaque jour. Pourtant, Hypolus avait le sentiment de ne pas en savoir davantage qu'à la fondation de la Cabale. Les Dieux avaient trop bien caché leur symbole. La rune suprême devait-elle rester éternellement hors d'atteinte des mortels ?

Il secoua la tête et revint à son bureau, se jurant de résister aux Maûnes jusqu'au dernier instant. Il plongea résolument la main dans le tas de courrier et en tira un petit papier enroulé, semblable aux vingt autres apportés chaque jour par les pigeons voyageurs. Il le déplia prestement et en commença la lecture, en s'efforçant de mettre ses soucis de côté pour l'instant.

Cela lui fut beaucoup plus facile, dès la deuxième phrase du message. Les battements de son cœur s'accélérèrent. Il retint sa respiration et parcourut le texte d'une traite, totalement absorbé, avant de le reprendre en soupesant chaque mot. À sa quatrième lecture, il était tellement excité que ses oreilles en bourdonnaient.

Sans lâcher le précieux message, il gagna à grands pas l'une des portes de la salle et l'ouvrit énergiquement. L'un de ses subordonnés, un petit homme dégarni et souriant, travaillait sur une table peu éloignée. L'inhabituelle tension de la voix de Hypolus ne manqua pas de le surprendre.

– Notime, voudriez-vous trouver Hogo pour moi ? C'est très important. Dites-lui de me rejoindre au plus vite.

– Bien sûr, maître, assura le secrétaire fidèle.

Ce dernier prit quand même le temps de reposer délicatement sa pointe sur son encrier, puis de repousser son siège, tout aussi précieusement, avant de se diriger à pas tranquilles vers la coursive la plus proche.

– Notime ! le rappela Hypolus, sur un ton allègre. *Nous avons des nouvelles d'Eras !*

Le petit homme se retourna aussitôt, incrédule, puis rendit à son maître un regard brillant d'excitation. Il extirpa les mains de ses poches et se mit à courir à travers les nombreuses salles de la forteresse.

Tout sourire, Hypolus tira la porte à lui et relut le message pour la cinquième fois, en cherchant à mettre de l'ordre dans ses pensées.

À qui allait-il pouvoir confier cette mission ?

LIVRE I

LA FILLE DU CHEVALIER

« Mon jeune apprenti suivait les évolutions de ma main avec une curiosité évidente. J'exagérais volontairement le geste et déployais toutes les ressources de mon talent en traçant courbes, lignes et déliés sur le parchemin encore empreint d'odeurs forestières. Lifer devait constater à quels sommets études et patience pouvaient le porter… La magie est comme tout art, et la passion seule n'y suffit pas : elle ne fait que justifier la peine.

Ayant achevé mon œuvre, je lui tendis avec orgueil afin qu'il la commente. Il en caressa le tracé pendant quelques minutes, silencieusement, s'imprégnant de la puissance du symbole tout en prenant garde de ne déclencher accidentellement son pouvoir.

– Maître…, demanda-t-il soudain. Comment… Comment les runes peuvent-elles accomplir de tels prodiges ? D'où vient donc leur magie *?*

Je succombai à un rire sincère, mais fort déplacé dans cette situation. Lifer guettait gravement ma réponse sans oser mot dire. Aussi n'attendis-je pas d'avoir repris contenance pour le satisfaire…

– Tu commences à peine à apprendre que tu voudrais déjà savoir le plus difficile, lançai-je entre deux hoquets, en me penchant vers son petit visage. Retiens seulement ceci : la magie*, c'est* l'écriture. »

Extrait de L'Alphabet des Parangons, *2716-2717*

Ils entendirent la bête bien longtemps avant de la voir. L'écho de ses cris enragés portait si loin, dans le silence de cette fin d'après-midi, qu'elle semblait à la fois proche et éloignée. En se concentrant sur ses appels rauques, Zétide parvint pourtant à la localiser : le monstre se trouvait juste devant eux. En plein sur leur chemin. À quelques centaines de mètres, au-delà du rideau de la forêt.

Le vieillard se tourna sur sa selle pour interroger son compagnon, mais ce dernier ne fit aucun commentaire. Il se contenta de dégager son bâton de marche de ses attaches, prêt à s'en emparer en cas de besoin. Hogo n'avait jamais voulu d'autres armes que son bâton et sa fronde. Son peuple connaissait le secret de l'acier, mais répugnait à l'exploiter. Tout comme il répugnait à se montrer au grand jour… En cela, Hogo ne faisait pas exception. La majeure partie de son visage était plongée dans l'ombre de sa capuche, et le tissu sombre de son sayon lui tombait bas sur les mains et les cuisses. Ainsi vêtu, on le prenait toujours pour un Humain, et il n'en désirait pas davantage.

Le cheval de Zétide renâcla brusquement, effrayé par les hurlements de la créature. Le vieillard lui flatta l'encolure en prononçant quelques paroles apaisantes, mais il comprit que leurs montures allaient se montrer de plus en plus nerveuses, à l'approche du monstre carnassier. Il mit donc pied à terre, aussitôt imité par Hogo qui en profita pour écouter plus attentivement les cris effrayants.

– À ton avis ? demanda Zétide. Triton ou basilic ?

– Basilic, répondit son compagnon, de sa voix étrangement profonde. Trop loin du fleuve, pour un triton.

Zétide acquiesça sobrement, cet avis rejoignant le sien. En temps normal, la simple présence signalée d'un basilic les aurait poussés à contourner la région dangereuse. Mais cette fois, la créature semblait se trouver juste au pied de leur destination finale : le château Garamont, dont les détours du chemin dévoilaient parfois une portion de muraille, au-dessus de la cime des arbres.

– Jamais je n'ai entendu de cris aussi furieux, commenta Zétide, en tirant sur la longe de son cheval. Le dernier basilic que nous avons vu était plutôt discret, en comparaison…

– Il doit être blessé, suggéra Hogo. Ou coincé quelque part, sous un arbre ou dans un trou.

– Hmm ! Je ne sais pas s'il existe des trous assez grands pour piéger un saurial… Pas dans cette région, en tout cas…

Ils ne dirent plus rien pendant un long moment, occupés qu'ils étaient à tenir leurs chevaux et surveiller les alentours. Même si les hurlements trahissaient l'immobilité du monstre, sa présence dans une région réputée calme n'était pas de bon augure. Les basilics n'étaient certes pas les plus redoutables des Maûnes, mais formaient souvent l'avant-garde d'une autre catégorie d'envahisseurs, nettement plus évoluée, et donc beaucoup plus dangereuse.

Progressant avec prudence, ils parvinrent finalement aux abords du château sans avoir été inquiétés. Leur tension se relâcha en même temps que le mystère du monstre s'éclaircissait. Le basilic était tout bonnement en cage, au pied des fortifications, dans une barbacane fermée d'une grille et probablement conçue pour accueillir des chiens de garde. Zétide distinguait encore assez mal le saurial, mais Hogo, dont la vue était meilleure, ne tarda pas à lui confirmer sa présence.

– Ces gens sont fous, grogna-t-il, en désignant le château d'un signe de tête. Amener un monstre pareil sous leurs murs… À leur place, j'entrerais directement dans la cage. Dévoré pour dévoré, autant gagner du temps.

Son compagnon répondit d'un simple acquiescement. Il s'était totalement absorbé dans la contemplation du château Garamont, qui occupait toutes ses pensées depuis un mois.

La bâtisse était une de ces anciennes demeures, construites au cours du vingt-sixième siècle, et qui, miraculeusement, tenait encore debout. La faible hauteur de ses murailles y était probablement pour beaucoup… Comparée aux gigantesques forteresses des seigneurs de Creste, la place était relativement petite, ne comportant que cinq tours, dont une flanquante, un donjon, une tour de guet et deux échauguettes.

Le temps avait malgré tout marqué les lieux de son empreinte. L'une des tours d'angle ne devait son salut qu'à un étayage consciencieux, tandis qu'une autre semblait s'être doucement affaissée sur elle-même, entraînant une partie de la couronne des créneaux dans sa glissade. Un lierre de couleur ocre rongeait une bonne moitié des murailles et servait d'abri à plusieurs dizaines d'oisillons qui, pour l'instant, fuyaient les appels rauques du basilic. Les douves, probablement baignées par une rivière dans un lointain passé, ne contenaient plus que boue où poussaient herbes folles et roseaux malingres. Au-dessus de cette tourbière bourdonnait un nuage d'insectes, particulièrement dense à proximité de ce qui avait dû être le pont-levis, et qui n'était plus maintenant qu'un morceau de bois pourri et à moitié immergé. Un tertre mal pavé assurait désormais le passage entre la berge et le porche, avec la désagréable particularité de s'achever devant la cage du monstre. Enfin, la forêt environnante avait depuis longtemps repris ses droits sur cette clairière artificielle et certains des arbres les plus audacieux venaient frotter leurs branches tout contre la pierre fatiguée. Quelques-uns étaient même si grands, qu'ils laissaient sceptique quant à la véritable utilité de la tour de guet. Bref, le château Garamont semblait si vénérable, si bien intégré et enfoui dans le paysage, qu'on l'eut dit hors d'atteinte des maux du Troisième Monde.

Ce n'était pourtant pas le cas, preuve en était la présence du basilic. Alors que Zétide et Hogo n'étaient plus qu'à une trentaine de pas de l'entrée des fortifications, et de la cage du singulier gardien, ce dernier leur apparaissait dans les moindres détails. Il était loin d'être le plus gros saurial qu'il leur ait été donné de voir… très loin, même, mais n'en restait pas moins impressionnant. Sa peau luisante et vert-de-gris présentait un aspect écœurant, mélange d'écailles, de boursouflures et d'amas graisseux. Il était aussi grand qu'un lion et possédait une mâchoire deux fois plus large, en demi-cercle – un véritable piège à loup. La puissance de cette dentition était telle que, si la grille qui le retenait prisonnier avait offert suffisamment de prise, le basilic aurait pu la broyer en quelques instants, et même en digérer une partie.

Le monstre portait également quatre cornes entre les yeux, dont une aussi longue qu'un poignard. Trois griffes épaisses terminaient chacune de ses courtes pattes. On eut pu le croire lent, mais il était aussi preste qu'un chat. On l'eut dit stupide, mais il chassait à l'embuscade. Un prédateur redoutable... et plus encore. En tant que créatures du Maûne, les basilics disposaient de certains pouvoirs magiques. Dont un regard capable de *paralyser* n'importe laquelle de leurs proies, même les plus énormes.

Évidemment, cette seule faculté aurait dû dissuader les habitants des lieux d'enchaîner un tel monstre sous leurs murailles, les risques d'accident étaient trop grands, et la protection «offerte», insignifiante. Aucune des créatures du Maûne ne pouvant être domestiquée, le basilic devait rester constamment enfermé. Zétide ne pouvait croire que quelqu'un s'expose à autant de danger, là où n'importe quel chien de garde ou troupeau d'oies aurait rendu les mêmes services.

Maigre consolation: cela, au moins, paraissait fonctionner. Les cris rauques avaient alerté une femme d'âge mûr et d'allure modeste, qui sortit de sous le porche pour avancer jusque devant les murailles. À son expression revêche, les voyageurs comprirent qu'ils n'étaient pas les bienvenus. Elle posa le panier de légumes qu'elle transportait et se tint les poings sur les hanches, attendant qu'ils franchissent les derniers mètres les séparant.

Un soudain vent de panique chassa tous les oiseaux qui s'étaient réfugiés dans le lierre, dans un vacarme de volière qui assourdit tout le reste. Les trois témoins de la scène, totalement surpris, baissèrent la tête pour éviter la nuée vrombissante qui se dispersait dans le chaos le plus complet. Les piaillements hystériques furent presque aussitôt couverts par un bruit *encore plus fort*. D'effrayants grincements métalliques, qui semblaient descendre du ciel.

Distrait, Zétide vit son cheval arracher sa longe et s'enfuir au galop. Hogo libéra le sien après s'être saisi de son bâton. Une voix lointaine, quelque part dans la tour de gauche, criait « Attention ! » à en perdre haleine. La torture du métal ne connaissait pas de fin. C'est alors qu'ils comprirent d'où provenait le vacarme.

La grille qui retenait le basilic était en train de se soulever !

Terrifiée, la paysanne qui se tenait à côté de la cage recula d'un pas mal assuré, puis se figea quand son dos rencontra la paroi du porche. Le monstre engagea son énorme tête sous l'acier, grognant et luttant pour faire franchir l'obstacle à ses cornes. La femme ouvrit grand la bouche mais ne put pousser le moindre cri. Dans un puissant effort, le monstre finit de dégager son corps et se rua droit sur elle. Leurs regards se croisèrent et la paysanne fut dès lors incapable du moindre mouvement. Le saurial l'avait hypnotisée. Ensorcelée.

Tout cela s'était déroulé en quelques secondes. Hogo n'avait pas attendu pour intervenir. Dès qu'il avait compris la situation, il avait couru sus au monstre en brandissant son bâton des deux mains. Il put en porter un violent coup sur le crâne de la bête juste avant que la paysanne ne soit transpercée par les cornes monstrueuses. Le répit fut pourtant de courte durée, et le basilic ne tarda pas à se retourner sur son assaillant en claquant des mâchoires tel un fauve. Griffes, dents, cornes et coups de queue… Bien que maniant son bâton avec dextérité, Hogo peinait à repousser ces assauts et éviter en même temps de croiser le regard fatal.

Zétide n'était pas resté inactif, non plus. Bien que rarement armé, le vieillard ne manquait pas de ressources. Ses talents étaient ailleurs. Dans un savoir mystérieux, aussi ancien que le Troisième Monde, et dont on pouvait tirer quelque *pouvoir* si on avait pris la peine de l'étudier.

La magie runique.

Pour sa propre sécurité, il s'efforçait de n'y recourir que dans les cas d'extrême urgence. Indiscutablement…

c'en était un. Hogo montrait déjà des signes de fatigue, forcé de dépenser trois fois plus d'énergie que dans un combat normal. Avec son bâton pour seule arme, il ne pouvait espérer tuer le basilic. Tout juste pouvait-il retarder la défaite. Bien que le moment ne s'y prête guère, l'idée traversa Zétide que cet affrontement symbolisait parfaitement la guerre des Maûnes contre les Eldes…

Il leva les mains à hauteur de son visage, rituellement, et ferma son esprit à toute distraction extérieure. Ses doigts s'agitèrent, évoluant dans le vide en une danse étrange et orchestrée. Ils dessinèrent bientôt une forme, invisible, obscure et complexe… Une *rune* qui ne prenait de sens qu'aux yeux de son auteur. Un symbole magique où devaient se concentrer des forces mystérieuses, pour générer un certain effet. Un tracé si grand et si précis, qu'il fallut presque une minute pour l'exécuter dans un cercle imaginaire aussi large qu'une roue.

Le dessin fut enfin achevé et son pouvoir se déploya. On eut dit que la rune s'agrandissait à l'infini pour se perdre dans l'univers. Exactement comme les rides à la surface d'un lac, quand une pierre y est lancée… Des ondes magiques coururent à la surface du Troisième Monde, visibles d'un seul homme, pendant un court instant seulement. Et quand la rune s'effaça dans l'infini, le basilic avait disparu.

Après quelques instants de surprise, Hogo rejoignit Zétide, sans pour autant relâcher sa vigilance. Pour lui, ce qui venait de se passer était tout à fait mystérieux. D'un signe, le sorcier l'avertit que son visage était presque découvert, et Hogo se replongea dans l'ombre de sa capuche, décontenancé par l'assurance de son compagnon.

– Où est le saurial ? demanda-t-il d'une voix tendue.

– Je l'ai renvoyé dans le Maûne, répondit Zétide, songeur. Enfin, je crois.

– *Tu crois ?*

Le sorcier sourit et donna une bourrade à son compagnon. Depuis le début de l'ère de la Malerune, dix ans plus tôt, la magie n'était plus aussi fiable. Il arrivait même qu'elle produise des effets inverses à ceux escomptés. Dans ces conditions, comment être sûr de quoi que ce soit ?

Ils se rendirent auprès de la paysanne, qui s'était laissée glisser le long de la paroi, pour se retrouver assise sur les pavés. Elle n'était pas blessée, mais semblait avoir du mal à se remettre de ces émotions. Ils n'eurent pas le temps d'engager la conversation : un homme grisonnant et armé d'une fourche déboula de la cour intérieure, tout à fait paniqué, et vint s'accroupir à côté de la paysanne sans aucune considération pour les voyageurs.

– Isadorine ! Tu n'as rien ? bredouilla-t-il en recomptant les membres de sa femme. Où est le monstre ?

– Il s'est enfui, mentit Zétide, peu désireux de donner de plus amples explications. Il ne reviendra sûrement pas.

– J'ai vu ce qui s'est passé, reprit le paysan. J'étais dans la tour, j'ai essayé de te prévenir ! *La grille s'est ouverte toute seule,* affirma-t-il en écarquillant les yeux. Elle s'est ouverte toute seule ! répéta-t-il à l'adresse des voyageurs.

– C'est impossible, mon mari, tu le sais bien ! soupira Isadorine, en se relevant doucement. La bête se sera simplement glissée en dessous.

– Ça recommence ! s'obstina l'homme, en prenant Zétide à parti. Ils sont revenus ! Le château est hanté !

– *Qui* est revenu ? demanda le sorcier.

– Personne, messire, coupa la paysanne, honteuse. Ne l'écoutez pas, l'âge lui diminue l'esprit. Je gage qu'il était en train de boire, en haut de cette tour !

– Ah oui, vraiment ? se vexa l'accusé. Et les œufs qui disparaissent, dans le poulailler ? C'est moi qui me lève la nuit, peut-être ?

– Tu mélanges tout ! Ce n'est pas parce qu'une ou deux couleuvres...

– Des couleuvres ! On ne les a jamais vues, ces couleuvres ! Tu ne me les feras pas avaler !

– Jauel ! Tais-toi ! ordonna la paysanne, rouge de confusion. Tu es en train de te ridiculiser !

– Je me tairai quand tu admettras que j'ai raison, s'obstina le mari. Et tous ces objets, qu'on retrouve toujours dans le puits ? Qui pourrait s'amuser à ça, à part des fantômes ?

– Une vieille casserole trouée et deux outils rouillés ! s'emporta Isadorine. La belle affaire ! Comme si...

Le reste de la discussion ne présentait pas plus grand intérêt, et Zétide commença à s'impatienter. Après avoir promené son regard un peu partout, histoire d'occuper ce temps mort, il demanda silencieusement le soutien de Hogo pour intervenir dans cette dispute. Mais ce dernier, masqué dans l'ombre de son sayon, s'efforçait de rester le plus discret possible. Habitué à sa compagnie, le sorcier oubliait parfois les difficultés qu'il avait à côtoyer les Humains...

– Nous sommes bien au château des Garamont ? finit-il par interrompre, lassé par l'échange ennuyeux. Celui du chevalier Eras ?

– Le chevalier est loin de ses murs, prévint aussitôt la matrone, échauffée par la querelle. Il en a confié la garde à sa fille et au sire de Sig.

– Le sire Marten doit être à la cave, précisa Jauel. Sinon, il aurait entendu ces cris !

– Et damoiselle Garamont ?

L'homme et la femme échangèrent un regard entendu, sans qu'aucun ne se décide à répondre. Zétide n'en fut pas tellement surpris.

– Fort bien, abrégea-t-il. Ayez donc l'obligeance d'aller quérir ce sire Marten, pendant que mon compagnon et moi rappelons nos chevaux. Nous sommes des amis du chevalier Eras.

La matrone fit un signe de tête à son mari, et celui-ci prit lentement la direction du corps de bâtiment, non sans avoir lancé un dernier regard inquiet sur la cage du basilic. *La grille s'est ouverte toute seule*, maugréa-t-il pour lui-même. *Et personne ne veut me croire*.

* * *

Ariale n'aurait pu se pencher d'avantage sur la muraille sans basculer dans le vide. Elle se dévissait la tête pour ne rien perdre de la scène, mais le grand chemin de ronde et le porche lui-même en masquaient une bonne partie.

Elle s'était précipitée aux premiers cris du basilic, passant sous les combles, courant sur les toits, se glissant dans le labyrinthe des charpentes pour gagner son point d'observation favori. Être une petite fille comporte tout de même certains avantages. Comme, par exemple, de pouvoir se faufiler à travers une meurtrière normalement *juste assez étroite* pour permettre à un archer d'exercer son talent. Et de se retrouver assise au-dessus de trente mètres de vide, de respirer de l'air frais et d'avoir l'impression d'être *vraiment* libre.

Gênée par les obstacles et la distance, Ariale n'avait pu voir comment s'était libéré le monstre, ni par où il s'était enfui. Elle n'avait pas entendu la conversation qui avait suivi la bataille. Elle n'avait pas même entrevu l'étranger qui s'était porté, armé d'un simple bâton, au secours d'Isadorine.

Mais elle avait bien vu *l'autre*, le vieux, avec sa barbe en col de renard et son bliaud tout de vert. Le vêtement de prédilection des notables d'Arcadie, comme elle l'avait lu quelque part. La visite d'un représentant des *Doux-parages* ne pouvait être une coïncidence. Il venait forcément pour la lettre. De tout son cœur, elle l'espérait.

Elle rentra les épaules dans l'interstice et franchit à reculons, faute de place, la bouche de la meurtrière. Malgré des années de pratique, elle craignait toujours de rester bloquée dans cette position, le bassin coincé et la tête au-dessus du vide. Elle n'eut pourtant pas trop de peine à passer l'obstacle et soupira d'aise quand son pied rencontra la sécurité du couloir.

C'est en se retournant qu'elle connut une peur véritable. Deux yeux flamboyants incrustés dans une montagne de muscles la dominaient de deux fois sa taille. Leur propriétaire se tenait si droit, bras croisés et tête haute, que les cornes qu'il avait au front crissaient sur la pierre du pla-

Maûne. Pour avoir déjà croisé la route d'un de ces fauves, Hogo savait à quel point ils pouvaient se montrer terriblement dangereux. Le chasseur qui en avait fait son gibier était un fou téméraire... ou remarquablement doué.

Pendant ce temps, Zétide errait sans but précis le long des rayonnages. Possédant lui-même une bibliothèque mieux fournie, son examen l'ennuya rapidement, aussi revint-il tout naturellement auprès du bureau dont il contempla le fouillis d'un air réprobateur. Un livre finit pourtant par attirer son attention. Il semblait le seul auquel son propriétaire accordât quelque intérêt, puisqu'on lui avait dégagé une petite place au milieu du désordre.

La lecture de son titre lui procura une certaine émotion. Une surprise plus forte encore que ne lui en avait causé la découverte du basilic. Une crainte indéfinie, uniquement justifiée par son expérience.

Il n'eut pas le loisir d'y réfléchir plus longuement. La porte s'ouvrit en grand et un homme à forte bedaine fit une entrée dynamique. Bien que richement vêtu, le châtelain était dans un état lamentable : témoin, le relent de sueur et de moisi qui accompagnait chacun de ses gestes. De grosses grappes de poussières et de toiles d'araignées dégringolaient de ses cheveux sur ses épaules. Enfin, ses coudes et ses genoux étaient tachés de crasse.

Après avoir étudié d'un regard inquiet ses visiteurs inattendus, en s'essuyant gauchement sur sa veste, il s'avança finalement vers eux avec un sourire crispé.

– Bonjour, heu, bonjour, répéta-t-il en serrant la main de Zétide, et en saluant Hogo qui restait en retrait. Je suis Marten de Sig, le régisseur de ce château. Je viens d'apprendre, heu, pour le basilic. Je suis désolé. C'est un accident. J'espère que ce monstre ne va pas traîner dans le coin. Je savais que c'était une mauvaise idée.

Tout en parlant, le régisseur lançait des coups d'œil à gauche, à droite, sur son bureau et sa table de travail, visiblement gêné de voir ses affaires ainsi exposées. Il réalisa enfin sa grossièreté et reporta son attention sur son hôte, qui attendait de pouvoir se présenter.

– Je suis Zétide d'Orchomène, et voici mon ami Hogo. Quant au basilic, il a probablement déjà rejoint le Maûne... Vous vous intéressez à la magie, sire Marten ? ajouta-t-il brusquement.

Zétide pointait le doigt sur le volume qui avait suscité son intérêt quelques instants auparavant. Avec une négligence feinte, il s'en empara et fit mine de le feuilleter, au grand embarras du régisseur.

– Oui... Enfin, non... Pour tromper le temps, voyez-vous ? J'ai un esprit très curieux...

– *Le Livre des Somones*... Un ouvrage majeur, assurément. J'espère que vous n'avez pas l'intention de mettre son contenu en pratique ?

– Sangnoir, certainement pas ! s'insurgea Marten. Mais quand bien même ! Sur quel ton me parlez-vous !

– Je suis moi-même sorcier, révéla Zétide, en reposant le volume. Et il est de mon devoir de mettre en garde tous les praticiens amateurs. Sire Marten, depuis le réveil de la Malerune, la magie est plus dangereuse que jamais. Et le *Livre des Somones* traite de la plus périlleuse de ses disciplines.

– J'ai suffisamment d'intelligence pour être conscient du *fait*, sire d'Orchomène, se vexa le régisseur. Mais brisons là, ce babil est sans intérêt. Vous vous dites ami du chevalier ?

– En effet. Ce n'est pourtant point ce qui m'amène. Je suis mandaté par la Cabale pour rencontrer la fille d'Eras.

– La *Cabale* ? répéta l'homme, étonné. La Cabale, vraiment ? Lequel des Six servez-vous ?

– Hypolus. Il attache un intérêt tout personnel à notre réussite.

– Le sorcier d'Arcadie ! annonça le régisseur, sans pouvoir masquer sa surprise. Rien que ça ! Mais ne dit-on pas que la Cabale est toute consacrée à la quête de l'Arcane ?

Zétide comme Hogo ne donnèrent aucune réponse. Leur silence fut pourtant plus éloquent qu'un discours de magistrat.

– Vous pensez que la fille d'Eras peut vous aider à trouver l'Arcane ? devina le sire Marten. Pardonnez-moi, mais cela semble ridicule.

– Il m'appartient d'en juger, trancha Zétide. Elle sait peut-être où est son père. Nous devons absolument le rencontrer.

– *Personne* ne sait où est Eras, lança le régisseur sur ses gardes. Voilà plus de trois ans qu'il a disparu. Quel genre d'ami êtes-vous, pour ignorer cela ?

En guise de réponse, Hogo émit soudain un grondement hostile, semblable en tout point à celui d'un chien montrant les crocs. Il s'éloigna aussitôt de quelques pas, mettant le plus de distance possible entre lui et le régisseur. Malgré ses efforts, ce dernier échoua à entrevoir le visage de son hôte.

– Messire de Sig, mon temps est précieux, soupira Zétide, en s'efforçant de regagner son attention. Permettez-moi simplement de rencontrer votre pupille, et de lui poser quelques questions.

– Elle est sous *ma* protection, s'irrita le régisseur. Vous n'êtes pas aux Doux-parages ! De quel droit me donnez-vous des ordres !

Hogo gronda encore, beaucoup plus fort cette fois. Zétide soupira et se passa les doigts dans la barbe, le temps de recouvrer son calme. Son autorité était rarement aussi discutée. D'ordinaire, il lui suffisait de mentionner la Cabale pour qu'on lui offre aide et assistance. Chez ses congénères Humains, tout au moins.

– Messire Marten, nous ne sommes pas vos ennemis, expliqua-t-il en soupirant. Votre province semble pour l'instant épargnée par les troubles, mais le reste de l'Ældo est fragile et déchiré. Pendant que nos rois sont en guerre, la Cabale *essaye* de maintenir un peu d'ordre dans les terres. Si vous nous refusez votre aide… alors, le monde s'enfoncera un peu plus dans le chaos.

– Mais nos rois n'ont pas légué leurs couronnes aux sorciers, s'entêta le régisseur, sans pouvoir ôter son regard de Hogo qui grognait de plus belle. Je… je consens pourtant à ce que vous la rencontriez, mais vous perdez votre temps, assurément.

Tout en parlant, le régisseur s'était lentement éloigné de Zétide, pour s'approcher d'un Hogo qui faisait de son mieux pour lui tourner le dos, à l'autre bout de la pièce. Les grondements du voyageur semblaient ne plus vouloir finir. On eût dit qu'il tenait un dogue caché sous son sayon. Après quelques instants lourds d'une étrange tension, le sire Marten succomba à la curiosité qui le dévorait.

– Que… qu'a votre ami, à gronder ainsi comme une bête ? demanda-t-il, vaguement inquiet. Souffrirait-il d'une quelconque maladie ?

– C'est cela même, prétendit Zétide. Sa voix en est toute déformée, et les roulements de sa gorge échappent parfois à son contrôle. Mais le mal n'est pas bien grave, rassurez-vous.

– Tout de même… Pourquoi cacher ainsi votre visage ? demanda le curieux, en s'approchant encore. Votre peau serait-elle également touchée ?

Hogo se détourna avec un grognement excédé qui fit sursauter le régisseur. Vexé d'avoir eu ce mouvement de recul, ce dernier connut une colère aussi soudaine que violente.

– Ce n'est pas un Humain ! lança-t-il à l'adresse de Zétide. J'exige qu'il me montre son visage sur-le-champ !

– Il n'est pas mon serviteur, refusa le sorcier. À lui d'agir selon son désir.

– *Je suis d'accord*, grogna une voix profonde. J'en ai assez. J'étouffe sous cette capuche.

Le régisseur se tint droit devant Hogo, les bras croisés, avec le port hautain que confère la certitude d'avoir raison. Il recula pourtant d'un pas quand son hôte eut achevé de se découvrir.

Hogo avait bien une bouche cernée de lèvres, mais son sourire dévoilait des dents anormalement nombreuses. Il avait bien deux yeux, mais son regard était aussi profond que celui d'un chien. Il avait bien un nez, mais celui-ci était plus grand que la moyenne et frémissait parfois de manière étrange. Ses oreilles étaient pointues, son menton puissant, son front presque effacé. Ses cheveux sombres tombaient en mèches épaisses sur son visage et se mêlaient aux poils de même texture qui le couvraient jusque très haut sur les joues. Ce même pelage courait également sur son cou et ce que l'on voyait de ses épaules. Si l'on passait outre ces détails, Hogo ressemblait *beaucoup* à un Humain. Mais ce n'en était pas un. Pas entièrement. Pas seulement.

– Un *Lycante* ! Maudit loup ! s'écria le régisseur en le montrant du doigt, et en reculant encore. Est-il bien dressé, au moins ? N'y a-t-il pas un risque ?

– Je ne suis pas la bête féroce que vous imaginez, lança Hogo, en passant outre l'insulte. Comme vous, je parle, je marche sur deux jambes, je porte des vêtements. Je fais même cuire ma nourriture.

– Mais, par ma grand-mère… vous avez de si grandes dents !

– Ça ne m'empêche pas de préférer ma viande *cuite*, se renfrogna Hogo, déclenchant malgré lui les rires de Zétide.

– On a vu des Lycantes égorger des bœufs et hurler à la lune, riposta Marten de Sig. Et même tuer des gens.

– Je ne le nie pas. Pensez-vous que je sois de ce nombre ?

Le régisseur chercha dans le visage mi-homme, mi-animal, la réponse à cette question. Il lui fallut bien reconnaître qu'à part ses grondements incontrôlés, le Lycante semblait tout à fait civilisé.

– Hogo, ou plutôt Hogœrwen'r, est un héros des Jours rouges, intervint Zétide, pour achever de dissiper la gêne de son ami. Il a combattu à Manès plus longtemps que quiconque.

– Oh ! commenta simplement le sire Marten.

Mais il avait déjà autre chose en tête. Le souvenir d'une légende qui courait sur les hommes-loup. C'était l'occasion ou jamais d'en avoir le cœur net.

– On dit que les Lycantes ont *sept* pouvoirs… commença-t-il en plissant les yeux.

– C'est très exagéré, coupa l'intéressé, avec une lassitude évidente.

– Quand pourrons-nous rencontrer la fille d'Eras ? intervint Zétide.

– Heu… ce soir, répondit le régisseur, déçu d'en revenir si vite à ce sujet. Il fera bientôt nuit, elle ne devrait plus tarder à rentrer.

– Pourrions-nous abuser de votre hospitalité jusqu'à demain matin ? reprit le sorcier. Notre entretien sera probablement assez long, et il fera noir depuis plusieurs heures quand nous en aurons terminé.

Le sire de Sig baissa les yeux au sol, fit mine de chasser un résidu de poussière de ses mains, mais ne put trouver de prétexte assez solide pour refuser.

– Bien entendu, annonça-t-il bientôt. Je vais demander à Isadorine de vous préparer une chambre, avec une cheminée qui tire convenablement. Nous poursuivrons cette conversation au dîner !

Tous trois quittèrent la pièce, le régisseur fermant la marche. Il prit bien garde, cette fois, de donner un tour de clé à sa porte. Il devait apprendre à être plus prudent. Ses ennuis étaient déjà suffisamment nombreux.

* * *

La chambre trouvée par la servante était probablement inoccupée depuis le siècle dernier. La couche de poussière déposée sur les draps était si épaisse qu'on eût pu y dissimuler des pièces de monnaie. Visiblement contrariée, Isadorine fit une grosse boule de toute cette literie moisie et la traîna en direction de l'escalier en pestant après chacun de ses éternuements.

Le régisseur prit congé aussitôt après elle, avançant qu'il avait quelques affaires fort urgentes à régler avant le dîner. Hogo, dont l'odorat était extrêmement développé, souhaita qu'une sérieuse séance d'ablutions fît partie de ces « affaires ». L'odeur de sueur du sire Marten lui retournait l'estomac.

La chambre elle-même tenait plus des combles que de la suite qu'on était en droit d'espérer dans un château. L'une des parois était effondrée sur un tiers, si bien que l'on pouvait probablement entrer sans même utiliser la porte. La charpente était apparente en grande partie et plusieurs énormes poutres descendaient du plafond pour transpercer la pierre luisante. Quelques dizaines de serins avaient établi leurs nids sous le couvert des ardoises, marquant leur présence d'un incessant gazouillis et de quelques couches de fientes, heureusement localisées.

Hogo inspecta toutes les issues possibles avant de revenir près de Zétide. Le Lycante n'était jamais très à l'aise dans les habitations humaines, et cette fois ne faisait pas exception.

– Il se passe des choses étranges, ici, avança-t-il à voix basse. Pourquoi nous avoir mis dans cette tour ? C'est la plus éloignée de toutes !

– Je pense que la réponse est dans la question, badina le sorcier. Le sire de Sig ne veut pas de nous dans ses jambes. Que penses-tu de cette grille qui s'ouvre toute seule ?

– À mon avis, c'est impossible, affirma le Lycante. Pour soulever une masse pareille, il faut actionner un treuil ou un levier. Simple question de mécanique.

– Je suis d'accord. Seulement, il n'y avait personne à côté. Nous étions assez près pour le voir.

– Peut-être un système de poulie, dissimulé dans un souterrain, hasarda Hogo. Ou… de la magie ?

– Ça me paraît peu probable, jugea Zétide. Pour ouvrir cette grille avec une rune, il aurait fallu venir pratiquement à côté de nous.

– Alors ?

– Alors, le mystère reste à éclaircir, conclut le sorcier avec un sourire ingénu. Je crois qu'un peu de prudence s'impose. Peut-être nous faudra-t-il fouiner un peu…

– Tout de même, un basilic ! s'exclama le Lycante. Je me demande comment ils ont fait pour le capturer *vivant* ! La chasse a dû être mouvementée !

– Ils n'ont peut-être pas eu besoin de le traquer, révéla Zétide. Le sire de Sig étudie le *Livre des Somones*. Ce n'est ni plus, ni moins qu'un traité *d'invocation*.

Hogo gronda de nouveau, bien malgré lui. Il avait beau être l'ami d'un sorcier, le Lycante voyait d'un mauvais œil tout ce qui touchait à la magie. La Malerune avait infligé – et infligeait encore – trop de souffrances à son peuple.

– Tu crois qu'il traite avec les Maûnes ? hasarda-t-il, le regard mauvais.

– Cela me surprendrait quand même. Après tout, c'est un parent d'Eras. Accordons-lui le bénéfice du doute.

– Mais ce n'est pas un Garamont, objecta Hogo.

– C'est l'oncle d'Elfine. C'est lui qui a prévenu le chevalier de la mort de sa femme, il y a neuf ans. Sans cette tragédie, Eras serait probablement encore sur le champ de bataille, à Manès… Alors que maintenant ! Où peut-il être ?

Tous deux auraient bien aimé pouvoir répondre. Tant d'espoirs reposaient sur le chevalier que, pour le retrouver, ils n'auraient pas hésité à se sacrifier.

* * *

À peine eut-il quitté Hogo et Zétide que le sire Marten se précipita dans le corps principal du château, pour le traverser à toute allure et prendre la direction du donjon, attrapant une lanterne au passage. Cette visite inattendue était certes contrariante, mais pas autant que l'autre mauvaise nouvelle de la journée. *La grille de la cage du basilic s'était ouverte toute seule*, lui avait-on dit. Très bien. Quelqu'un allait devoir s'en expliquer !

Il s'engageait sur les premières marches menant dans les hauteurs du bâtiment quand des bruits de pas trahirent une autre présence. Le sire de Sig diminua l'allure et écouta les claquements réguliers qui descendaient à sa rencontre. Il s'immobilisa bientôt pour scruter, intrigué, les ténèbres de la cage d'escalier.

Les claquements s'approchèrent, amplifiés par l'écho des épaisses murailles. Le sire Marten éleva sa lanterne, mais les colimaçons l'empêchaient de voir bien loin. Il prit une grande inspiration en s'efforçant de chasser la peur qui le gagnait. Les bruits se firent proches, très proches, et une forme puissante se dessina peu à peu sur les ténèbres. Des sabots firent tinter la pierre une dernière fois et l'être se dressa, imposant, dans la faible lueur de la lanterne. Les cornes de son front étaient longues d'un pied. Son torse était couvert de poils enroulés qui l'habillaient tel un vêtement. Les larges bracelets de cuir qui enserraient ses poignets semblaient insuffisants à maîtriser sa force. Enfin, sa main droite et velue soutenait sans peine une hache de plus de vingt livres. Ses doigts se crispèrent sur l'arme quand le sire Marten commença à parler.

– Korcos ! lança le régisseur, d'une voix mal assurée. Korcos, je... Tu me dois des explications !

L'accusé fit rouler son arme dans sa paume en un geste vaguement menaçant. Il souffla bruyamment l'air de ses naseaux avant de daigner répondre.

– Des explications sur quoi ? lâcha-t-il avec mépris.

– Sur le basilic ! s'emporta le sire de Sig, dont les nerfs étaient décidément mis à rude épreuve. *La grille s'est ouverte toute seule*, paraît-il. Il me semble te payer pour que ce genre de choses n'arrive plus ! Tu n'as pas encore réussi à la chasser, en vérité ! *Elle* est encore là !

– C'est pas aussi facile, bougonna le gardien. Elle est maligne. Elle est presque toujours invisible, maintenant. Il me faut un peu plus de temps pour la piéger.

– Tu devrais peut-être demander conseil à Lucia ! persifla le régisseur. Je suis sûr qu'à ta place, elle aurait déjà réussi !

Korcos grogna et ses yeux lancèrent des éclairs, mais il parvint à maîtriser sa colère. Vaguement impressionné, le sire de Sig reconnut qu'il avait poussé un peu loin la provocation.

– Seul un *Maûne* peut réussir à en vaincre un autre, rappela le gardien d'une voix irritée. Si vous n'êtes pas content, débrouillez-vous tout seul avec elle.

Le régisseur soutint le regard de braise de la créature, avant de céder et de baisser la tête. Certes, il lui arrivait de regretter le recrutement de Korcos... mais il préférait encore endurer son mauvais caractère, que devoir renoncer à sa protection. Après tout, depuis son arrivée, le château Garamont avait été à l'abri des faits étranges qui avaient tourmenté ses murs pendant plusieurs lunes. L'incident du basilic n'était peut-être qu'une coïncidence…

– Pardonnez-moi, Korcos, finit par céder le sire de Sig. Vous faites du bon travail. Je souhaite seulement que vous finissiez par l'attraper une fois pour toutes, et que je n'entende jamais plus parler d'*elle*.

Comme le gardien ne faisait pas mine de répondre, le régisseur tourna les talons et dévala, plus qu'il ne descendit, les marches qui le ramenaient au cœur du château. Il se sentait un peu lâche, coupable également, mais surtout soulagé d'abréger cet entretien avec son serviteur inhumain. La pensée qu'Ariale allait connaître une nouvelle nuit d'isolation le contrariait bien un peu, mais il se consola en songeant que les tourments de la jeune fille étaient peu de chose, comparés aux siens. Au moins… elle serait en sécurité.

Korcos ne fit pas le moindre mouvement avant que le régisseur se fût assez éloigné. Enfin, quand ses pas devinrent presque inaudibles, il se retourna et scruta attentivement l'ombre qui le baignait. Les yeux du gardien étaient aussi familiers des ténèbres que du grand jour. Mais ce qu'il cherchait n'était visible que sur caprice…

– Vous êtes là ? demanda le Maûne, agacé.

– Bien sûr, répondit une voix aigrelette. Nous sommes toujours là au bon moment.

Il sentit un courant d'air passer sur son visage, puis dans sa nuque. Le vent frôla ensuite son mollet avant de venir réveiller la poussière endormie sur quelques marches. L'ombre s'anima et le vide se déplaça sur lui-même. Soudain, *là où il n'y avait rien, il y eut une créature*. Petite, ailée et difforme, elle virevolta autour de la tête du gardien avant de se stabiliser à deux pieds de son visage.

– Pourquoi avoir libéré le lézard ? accusa Korcos, pas intimidé. Maintenant, l'Humain va se méfier. Un jour prochain, il se décidera à me renvoyer !

– Tu oses discuter notre stratégie ! carillonna la créature Sans nos sœurs, tu errerais toujours dans les steppes urticantes à chercher un peu de viande morte à te mettre sous la dent ! Renonces-tu donc à ta part du château ?

– Vous m'avez promis *tout* le château. Et la grande Humaine, ajouta le Maûne en frappant la pierre du sabot.

– Tout le château, *sauf* cette tour, corrigea la créature. Pour te défendre des armées humaines, tu auras besoin de notre magie. Nous ferons de ce donjon notre nouveau nid. C'est notre marché.

– Quand ? interrompit Korcos, sourcils froncés. Quand pourrai-je enfin lui arracher le cœur ?

– Bientôt, assura la créature en gloussant. Les nouvelles sont bonnes. Sois encore un peu patient.

– Ma hache me démange. Vous répondez toujours *bientôt*.

– Range ta hache, et contiens ta fureur. L'heure est à la subtilité. Nous avons manqué de chance avec le basilic ; il t'appartient maintenant de tuer le sorcier.

– *Quel* sorcier ? beugla le gardien. Cet Humain pleurnichard ? Il a autant de pouvoir qu'un Nain pendu par les pieds !

– Non ! trancha la créature. Le *vrai* sorcier. Celui qui a vaincu le lézard. Son manteau est brodé des deux cercles. Il peut nous gêner. Nous ralentir. Et tu n'auras pas ton château.

Korcos retroussa ses lèvres en une mauvaise grimace et frappa la muraille d'un violent coup de son arme. La pierre ébréchée tomba en petits morceaux, avant de s'effondrer en deux ou trois moellons gros comme le poing. Le Maûne y donna un coup de sabot et dévala les marches quatre à quatre, accompagné dans sa course par la dégringolade des fragments calcaires.

Il ne laisserait personne retarder ses projets.

* * *

La grande salle à manger du château Garamont était assurément l'endroit le plus accueillant de la bâtisse. En cette fin de journée, alors que la nuit s'allongeait doucement sur l'horizon arboré, on avait déjà apprêté de majestueux candélabres diffusant une clarté généreuse. Des crépitements joyeux retentissaient dans le foyer d'une large cheminée, comme le nommé Jauel alimentait ses flammes d'énormes bûches odorantes. La fraîcheur des murs était retenue par de majestueuses tentures aux coloris chatoyants. Il en allait de même pour le sol, entièrement recouvert de tapis d'épaisse facture.

Pendant les périodes les plus rigoureuses de l'hiver, l'essentiel de l'activité du château se concentrait dans cette pièce, aussi avait-on particulièrement veillé à son confort. Les meubles qui trônaient çà et là, immobiles depuis des siècles, avaient été religieusement entretenus et le temps n'avait en rien altéré leurs motifs ouvragés. Témoins, les quatre fauteuils disposés en face de la cheminée, accumulant sa bienfaisante chaleur pour la redistribuer à travers leurs coussins. Ou encore, le monumental vaisselier qui renfermait suffisamment de pièces pour dresser le couvert à tout un village. Mais surtout, la table démesurée qui semblait véritablement à même d'accueillir la population de tout un hameau.

Féru de toute forme d'artisanat, Hogo admira la perfection de l'ouvrage en cherchant de quel arbre on avait bien pu tirer des poutres aussi remarquables. Lui n'en voyait qu'un, le *diplodochêne*, dont l'écorce était si dure qu'il fallait la travailler pendant une journée entière avant même de pouvoir attaquer le bois à la hache. La peine qu'avaient dû connaître les menuisiers à tailler ces planches, les monter jusqu'au château et assembler le tout était digne d'admiration, et Hogo ne brida pas la sienne.

Pendant qu'Isadorine et Jauel amenaient un chariot couvert de plats, Zétide faisait son propre examen des lieux. Mais ce dernier était davantage curieux des motifs complexes des tentures, que des nombreux buffets méthodiquement examinés par Hogo. L'intérêt du sorcier n'était d'ailleurs pas gratuit : son œil expert cherchait, parmi les entrelacements baroques des fils d'or et de pourpre, s'il n'en était pas pouvant composer une rune véritable et plus ou moins dissimulée.

Tant de runes avaient été tracées, depuis les premières aubes du Troisième Monde, qu'on en retrouvait jusque dans les régions les plus reculées. L'influence de la Malerune faisait maintenant se réveiller les plus anciennes, oubliées depuis des millénaires… Alors que d'autres, primordiales pour la sauvegarde de l'Ældo, voyaient leur pouvoir s'affaiblir et disparaître. La Cabale s'était également fixée pour mission de prévenir ce désordre, ou tout au moins, ses plus graves conséquences. Et cela passait par un véritable travail de fourmi : les agents devaient inventorier et, chaque fois que c'était possible, analyser le danger potentiel de chaque nouvelle rune découverte.

Dans sa longue quête de l'Arcane, Zétide avait eu maintes fois l'occasion de constater l'esprit d'invention et d'originalité des anciens maîtres. Il avait trouvé des runes gravées dans la pierre, le métal, l'os ou le bois, peintes, brodées, sculptées, sur des vitraux, des fourrures, des tatouages… tout ce que l'on pouvait imaginer. Et malgré cela, le sorcier était convaincu de ne pas avoir *tout* vu. La magie lui réservait encore bien des surprises…

Pour l'heure, il fut soulagé de ne découvrir aucun symbole runique camouflé dans les motifs des tentures. Bien sûr, il pouvait y en avoir *derrière*, ou à mille autres endroits dans la pièce : autant qu'il y avait de cachettes pour un dessin qui pouvait être de la taille d'un ongle. Mais pour cet examen de routine, le sorcier se contenta d'embrasser une dernière fois la salle du regard. Jauel et Isadorine achevaient de couvrir la table d'une quantité incroyable de plats, de pots et de corbeilles. Hogo avait pratiquement fait le tour de tous les bibelots, et se passionnait maintenant pour les trophées de chasse, aussi nombreux que dans la bibliothèque. Finalement, le seul détail qui retint l'attention de Zétide se situait au-dessus de la cheminée.

Ou plutôt, *l'absence* de détail. D'où il se trouvait, le sorcier discernait parfaitement une zone plus claire sur le manteau couvrant le foyer séculaire. Une trace en forme d'écu, épargnée par la poussière, et tranchant nettement avec la couleur jaune gris de l'ouvrage dont elle occupait le centre. Là où s'était vraisemblablement trouvé le blason de la famille, la place était vide.

Les armes des Garamont… n'étaient plus présentées.

Zétide rejoignit son compagnon pour lui faire partager sa découverte, mais n'osa finalement le déranger. Hogo s'était absorbé dans la contemplation d'un *granleu* empaillé dans une posture agressive. Les grondements que laissait échapper le Lycante trahissaient sans doute possible sa contrariété. Tous deux avaient déjà eu l'occasion d'en discuter : Hogo n'avait rien contre les empailleurs, et respectait même les bons artisans qu'ils comptaient. Il admettait également que certaines meutes enragées pouvaient s'avérer pires que les Maûnes, et qu'il convenait de s'en débarrasser. Mais la raison ne suffisait pas à étouffer la fraternité qui le liait aux espèces cousines des Lycantes.

C'est à ce moment inopportun que le sire Marten fit son entrée. Il avait revêtu un pourpoint décent, jeté une cape légère sur ses épaules, pendu quelques bijoux à son cou et s'était rasé et peigné. Pourtant, malgré ces efforts pour améliorer son apparence, il semblait toujours aussi embarrassé.

Il n'eut qu'un petit signe de tête pour ses hôtes et s'empressa de passer certaines consignes à ses serviteurs. Ces derniers quittèrent la salle quelques instants après, Isadorine poussant son mari devant elle. D'évidence, Jauel regrettait de ne pouvoir développer sa théorie sur les fantômes.

– Vous pouvez tomber le capuce, messire Hogo, annonça le régisseur quand la porte fut refermée. Afin de vous être agréable, j'ai renvoyé mes serviteurs en leur maisonnée. Pour cette soirée, nous pourrons bien nous passer les plats nous-mêmes !

– Merci, lança sobrement le Lycante, après avoir découvert son visage.

Ayant espéré une gratitude plus démonstrative, le sire Marten resta interdit quelques instants. Il reprit bientôt ses esprits et s'efforça de ne pas dévisager l'homme-loup trop ouvertement.

– Et… damoiselle Garamont ? s'enquit Zétide.

– Elle n'est pas encore rentrée, s'excusa le régisseur, par là même contrarié. À vrai dire, il lui arrive parfois de découcher. J'espère que nous n'aurons pas à affronter ce désagrément.

– Vous ne savez pas où elle est ? s'étonna le sorcier.

– Je sais où elle n'est pas, en tout cas, rétorqua l'intéressé en levant les yeux au ciel. Dans le collège où l'avait envoyée son père. *Damoiselle Garamont* préfère la compagnie des braconniers à celle des gens de son lignage… Pour tout vous dire, même *en supposant* qu'elle puisse vous aider, il n'est pas certain qu'elle accepte.

– Elle nous aidera, assura Zétide, en portant son regard sur le blason manquant de la cheminée. J'en suis convaincu.

* * *

La chambre d'Ariale était située au sommet de l'ancien donjon. Singulier emplacement pour une pièce d'habitation… mais la tour principale du château Garamont était également la moins délabrée, et l'absence de meurtrières la protégeait des vents d'altitude.

Autre avantage, la salle était richement meublée, plus que toute autre chambre de la forteresse. Ariale y passait tellement de temps qu'elle l'avait aménagée comme une véritable petite maison. Le lit monumental qui trônait au milieu était la seule chose qu'elle n'ait réussi à déplacer, même avec l'aide des rares personnes qui montaient jusqu'ici. Elle en avait pris son parti et bâti sa chaumière imaginaire autour du sommier en bois de breste. À gauche, près de la cheminée : la cuisine, c'est-à-dire l'endroit où l'on remisait les sacs de noisettes, goques, amandes brunes et autres noix-boules en cours de séchage. Derrière la porte : la salle d'eau, en fait une armoire profonde abritant quelques linges, une cruche, un pot et une cuvette. À la tête du lit : un petit bureau et un fauteuil à sa taille, surplombés par plusieurs rayonnages de livres impeccablement rangés. Enfin, à droite, presque en face de la porte : une salle à manger, composée d'une table trop haute et d'une chaise inconfortable, où elle prenait ses repas quand elle était punie… ou quand des étrangers séjournaient dans l'enceinte du château.

Quelques mois plus tôt encore, Ariale aimait beaucoup sa chambre. Elle y restait souvent d'elle-même, pour y jouer, pour lire, pour écrire des lettres à son père, bien qu'elle n'ait aucun moyen de les lui faire parvenir. Le donjon était son refuge, sa chaumière, sa cabane, son jardin secret. *Avant*. Avant que Korcos n'installe un verrou à sa porte, et ne fasse de son endroit préféré une *prison*.

Deux heures s'étaient écoulées depuis que le gardien du château l'y avait ramenée. Ariale avait largement eu le temps de réfléchir à ce qu'elle allait faire. Coûte que coûte, elle devait parler aux Arcadiens. Ils étaient venus pour elle. Son serment de silence n'avait plus de raison d'être, maintenant. Elle avait besoin d'aide. Son père avait besoin d'aide.

Quand une clé joua dans la serrure, la jeune fille était sagement allongée sur son lit, déchiffrant un livre à la lueur d'une bougie posée sur un jouet de bois. La porte s'ouvrit en grand pour laisser passer Isadorine, chargée d'un panier d'osier et de quelques bûches. La haute silhouette de Korcos se découpa un instant sur les ténèbres, puis le gardien tira la porte à lui en faisant tinter ses clés.

La servante posa le panier sur la table trop haute et ajouta quelques bûches dans le feu, disposant celles qui restaient à côté du foyer. Elle vint ensuite s'asseoir à côté d'Ariale et lui caressa les cheveux avec une expression apitoyée.

– Nous avons deux visiteurs, expliqua-t-elle doucement. Ils vont passer la nuit au château… Mais je les ai entendus dire qu'ils partiraient très tôt, demain matin. Ce ne sera pas long, tu vois ? ajouta-t-elle avec un pauvre sourire.

– Lucia est rentrée ? demanda Ariale, sans espoir.

La servante secoua la tête, incapable de mentir. La jeune

fille soupira, posa son livre et alla étudier le contenu du panier.

– Elle n'aura pas le temps de venir me voir…, conclut-elle en arrachant un gros morceau à une miche de pain.

– Tu la verras demain, promit Isadorine. Peut-être même pourrez-vous faire une promenade ensemble !

– Je n'ai pas le droit de sortir du château, rappela Ariale, désabusée. Jusqu'à ce que mon père revienne.

La servante acquiesça, bien qu'elle trouve étrange le secret dont on avait entouré Ariale. Depuis sa naissance, la jeune fille n'avait jamais quitté cet endroit. Elle ne connaissait que six personnes en tout et pour tout. Jamais quelqu'un n'avait été aussi bien protégé : le monde ne pouvait lui nuire, car *le monde* ignorait jusqu'à son existence. Les ennemis des Garamont ne seraient pas les ennemis d'Ariale. Voilà l'idée qu'avait eue son père.

La jeune fille disposa le contenu du panier sur la table, calmement, puis jeta un coup d'œil discret à la porte entrebâillée. Elle revint alors auprès de la servante en exhibant un papier jusque-là dissimulé sous ses vêtements.

– Isadorine, s'il te plaît, *il faut* que tu donnes ce message aux Arcadiens, demanda-t-elle à voix basse. C'est très important pour moi.

– *Non, non !* chuchota la servante effrayée, en repoussant le papier dans les mains de la jeune fille. C'est une folie, Ariale ! Tu n'as pas le droit !

– S'il te plaît ! insista la prisonnière. Isa, c'est ma seule chance !

– Non, Ariale, c'est trop dangereux ! répéta la servante, en roulant des yeux en direction de la porte. Je regrette déjà d'avoir porté ta lettre aux moines. J'ignore comment, mais Korcos l'a su. Il me surveille !

– Alors, dis à Lucia de venir me voir quand elle rentrera.

– Je ne peux pas, Ariale ! Ton oncle nous renvoie au village pour cette nuit. Je ne la verrai pas avant demain, au mieux !

La jeune fille se tenait droit devant la servante, celle qui lui avait servi de nourrice, de tutrice et même de mère, du plus loin qu'elle s'en souvienne. Elle ne connaissait que six personnes au monde, et la bonne Isadorine en faisait partie. Ce qu'elle lui demandait était peut-être un grand service... mais elle ne voyait pas d'autre solution pour l'instant.

– Isa... C'est pour mon père, avoua-t-elle en lui présentant le message, dans une ultime tentative. *Pour qu'il revienne avec nous.*

La servante secoua la tête en souriant tristement. Elle finit par saisir le papier d'une main tremblante et l'enfouir dans les profondeurs de son gilet. Sans dire un mot, elle se leva, embrassa Ariale sur la joue et s'accroupit un instant pour la serrer contre son cœur.

– Pauvre enfant..., murmura-t-elle d'une voix faible.

Elle se releva aussitôt et quitta la pièce sans se retourner. À son grand soulagement, Korcos ne l'attendait pas derrière la porte. Il avait laissé son trousseau de clés sur la serrure ; la servante connut un moment d'hésitation, puis décida qu'il valait mieux ne pas contrarier le gardien et elle donna un tour au verrou.

Elle redescendait lentement les marches, lanterne dans une main et trousseau dans l'autre, quand la haute silhouette du Maûne lui barra soudain le passage. Les mains appuyées sur les parois, le gardien fit danser la pointe de ses cornes devant le visage de la servante dont le cœur battait à tout rompre. Au terme d'une minute de ce manège, il ne fit rien d'autre que lui présenter sa paume, en un geste autoritaire.

Terrifiée, Isadorine y déposa le message, pour le voir chiffonné dans le puissant étau des doigts du Maûne. Le monstre attendit une minute encore avant de laisser passer la servante, dont les joues s'étaient couvertes de larmes.

* * *

Pour une raison ou une autre, le sire Marten avait voulu impressionner ses convives ou s'attirer leurs bonnes grâces. La table qu'il avait fait dresser était digne d'un banquet de Gnomes. Il y avait tant de plats, de terrines, de pots et de corbeilles que l'on ne pouvait goûter à tout sans risquer l'indigestion. Oh, bien sûr, les pâtés de sanguliers, les jambons fondants, les rôtis au cerfeuil pourraient être conservés, de même que les galettes de fromage, les œufs d'aiguelinx ou les gelées d'abricosses. Mais que dire de cette broche où pendaient pas moins de cinq poules cabrioles ? Ou de l'énorme marmite de bourguignasse fumante, répandant une délicieuse odeur de lard ? Ou du rata de légumes dont on avait empli deux plats entiers ?

Hogo se refusait à voir toute cette nourriture gâchée et, dès qu'ils furent attablés, entreprit d'en laisser perdre le moins possible. Il engloutit deux assiettes pleines avant même que le régisseur n'ait fini de se servir. Il en entamait déjà une troisième quand il remarqua enfin qu'il était l'objet de l'attention amusée de Zétide et du sire de Sig.

– Voilà au moins une légende sur les Lycantes qui trouve son fondement, plaisanta le régisseur. Mangez, mangez, messire ! Et béni soit votre appétit.

– Merci, répondit l'intéressé, avant de reporter son attention sur ses couverts.

Cette fois encore, le sire Marten fut décontenancé par la sobriété de la réplique. De toute évidence, Hogo n'était pas quelqu'un de très expansif. Mais avoir un homme-loup à sa table était événement bien trop rare pour ne pas chercher à satisfaire une curiosité légitime.

– Dites-moi, mon ami… Il paraît que vos montagnes sont bien belles, et qu'un Lycante préférerait mourir plutôt que de les quitter. Est-ce encore une exagération ? Ou avez-vous peu d'attaches personnelles en votre pays ?

Hogo ne leva la tête qu'un instant avant de se replonger dans son assiette. Sous le poids du regard inquisiteur du Lycante, le régisseur se réjouit d'avoir abordé ce sujet en toute innocence. Nul doute que l'homme-loup lui aurait demandé raison s'il avait témoigné du moindre cynisme.

– Je cherche un remède à la maladie qui ronge les miens, annonça Hogo d'une voix neutre. Quand je l'aurai trouvé, alors je rentrerai chez moi.

– S'agirait-il de l'*entropia* ? hasarda le régisseur, vivement intéressé par le sujet. Voudriez-vous m'en dire davantage ?

Hogo lança un regard implorant à Zétide, qui reposa ses couverts et se chargea dès lors de faire la conversation.

– C'est cela même, confirma le sorcier. L'entropia est un terrible fléau pour les Lycantes. Ceux qui en sont atteints deviennent comme fous. Ces malades sont d'ailleurs seuls à l'origine des histoires abominables qu'on a racontées à leur sujet... Comme toujours, l'ignorance est le pire des démons. Enfin, Hogo a promis qu'il mettrait un terme à cette tragédie. Voilà pourquoi nous cheminons ensemble.

– Votre quête est noble, mon ami, commenta le sire Marten, et votre serment me fait songer à celui d'Eras. En connaissez-vous la teneur ?

– Il me semble que nous cherchons la même chose, proposa Zétide prudemment. La Belle Arcane.

– Exactement. Eras a même juré qu'il ne porterait pas d'autre blason. Avez-vous remarqué la trace plus claire sur le manteau de la cheminée ? C'était la place de l'écu de la famille. Eras les a tous brûlés. Selon lui, nul homme ne pouvait prétendre encore au titre de chevalier tant que l'Arcane resterait introuvable.

– C'est ce que l'on m'a rapporté, confirma le sorcier. Mais à travers vos paroles, cela sonne comme une pénitence.

Le régisseur fronça les sourcils, troublé par la sagacité de son hôte. En avait-il déjà trop dit ?

– Voilà neuf ans, reprit Zétide, Eras a quitté le champ de bataille de Manès, au cœur des Jours rouges, après qu'un messager mandé par vos soins lui ait annoncé la mort de sa femme, Elfine, votre nièce. Je n'ai jamais su ce qui était arrivé exactement...

– Elle a péri des fièvres d'automne, interrompit le régisseur, le visage sombre. Eras fut inconsolable pendant six ans.

– L'automne qui a suivi la lecture de la Malerune, donc ?

– En effet.

– Voilà peut-être une explication suffisante…, médita le sorcier, en se peignant la barbe.

– Vous pensez que la mort d'Elfine peut avoir un rapport avec la Malerune ? Un effet de l'entropia ?

– C'est possible. C'est probablement ce que pensait Eras, en tout cas. Quelqu'un qui fait preuve d'un tel sens du sacrifice, ne peut être motivé que par une grande tristesse.

Un long silence suivit cette réflexion. Il ne fut rompu que par le bruit du brandevin dont le sire Marten emplissait sa coupe.

– Voilà maintenant *trois ans* que nous sommes sans nouvelles d'Eras, annonça-t-il avec mélancolie. Assurément j'espère le contraire, mais je pense qu'il est mort.

Zétide échangea un regard avec Hogo, puis se tourna vers le régisseur avec des airs de conspirateur.

– J'ai la preuve qu'il était encore en vie *l'été passé*, révéla-t-il à voix basse. Mais j'attendrai l'arrivée de sa fille pour en dire davantage.

– La preuve, réellement ? bondit le régisseur, avec une joie sincère.

Le sorcier s'en tint là, comme il avait prévenu. Il désirait seulement vérifier à quel point le sire Marten était ignorant de l'affaire qui les préoccupait. C'était chose faite.

– Voilà nouvelle réjouissante, enchaîna le châtelain en remplissant la coupe de Zétide. La devons-nous à la Cabale ?

– En partie, seulement, avoua le sorcier. Le mérite en revient davantage aux moines colombins. Mais voilà tout ce que vous saurez pour l'instant.

– Alors, buvons aux moines ! conclut le régisseur en levant la carafe. Et à la Cabale ! ajouta-t-il en se servant une autre rasade.

Son entrain fut nettement refroidi quand il remarqua que, si ses hôtes trinquaient volontiers, il était pratiquement le seul à boire. Zétide tenait à garder l'esprit clair ; quant à Hogo, il trouvait une odeur nauséabonde à toutes les boissons fermentées, quelles qu'elles soient. Pour se consoler, le sire Marten se coupa une épaisse tranche de rôti qu'il noya de gelée d'abricosses. Cette fois, il fut accompagné dans son geste par le Lycante, qui n'attendait qu'un prétexte de ce genre pour se resservir une pleine assiette.

– Ainsi donc, Eras serait toujours à la recherche de l'Arcane…, reprit le régisseur, tout en mâchant d'énormes morceaux de viande. Vous aussi, n'est-ce pas ? Comment la reconnaîtrez-vous ? Peut-être en avez-vous une description quelconque ?

– Rien d'aussi facile, avoua Zétide. Quelques indices, deux ou trois théories… Un certain optimisme veut que lorsque nous serons en présence de l'Arcane, *nous saurons que c'est elle*. Vous voyez ce que je veux dire ? Comme si nous étions devant les Dieux eux-mêmes. Toute la difficulté consiste donc à la trouver… et ensuite, à découvrir un moyen d'en déployer le pouvoir.

– Ne pourrait-on simplement la lire, comme n'importe quelle rune ?

– Peut-être. Peut-être pas. Son tracé est probablement complexe, et nécessite une concentration et une précision exceptionnelles. Celui qui réussira à lire la Belle Arcane, en plus de savoir parfaitement ce qu'il fait, devra avoir *l'esprit ouvert* à toute chose. Pas seulement à ce qui l'entoure : mais au Troisième Monde, dans son ensemble.

– Vous exagérez certainement, réfuta le sire Marten en portant sa coupe au menton. Ça ne doit pas être si difficile. Les Maûnes ont bien lu leur Malerune !

– Ne croyez pas que tous les Maûnes ressemblent aux brutes sans cervelle qui brigandent à proximité des Dalles, avertit Zétide, choqué par tant de naïveté. Un petit nombre d'entre eux n'a rien à envier aux plus rusés de nos stratèges, ni aux plus talentueux de nos magiciens. Et ils pratiquent les runes depuis toujours, contrairement à nous.

– Vous pensez qu'ils ont une sorte de « Grand Maûne » ? enchaîna le régisseur. Un général en chef, quelque chose comme ça ? Un sorcier surpuissant ?

– Nous n'en savons absolument rien, révéla Zétide, à un sire Marten consterné. Le chaos qui semble régner dans leurs rangs laisserait plutôt penser qu'ils ont *plusieurs* de ces « Grands Maûnes ». À partir de là… il est impossible de dire si la lecture de la Malerune résulte d'une initiative isolée, ou d'une conspiration à grande échelle. Deux choses seulement sont sûres : aucun des Maûnes ne regrette ce qui est arrivé – et pour cause. Deuxièmement : ils cherchent *aussi* la Belle Arcane. Qu'ils la trouvent avant nous ou que personne ne la trouve, le résultat sera le même. L'Ældo leur appartiendra pour de bon.

Comme le silence suivant cette réplique s'éternisait, le régisseur tapota doucement le bout de ses doigts sur la table, fortement embarrassé. Ces histoires de runes et de Maûnes lui rappelaient trop ses propres soucis. Il choisit donc de changer de sujet sans plus tarder.

– Et cet Hypolus que vous servez… Ce fameux sorcier d'Arcadie… Est-il aussi puissant qu'on le dit ?

– Je peux en témoigner, lança Zétide, vaguement amusé. Peut-être aurez-vous l'occasion de le rencontrer, un jour, quand les choses auront repris leur cours normal. D'ici là… il ne peut se risquer à recevoir quiconque. Trop de Maûnes aimeraient lui arracher le cœur.

– On dit que c'est un personnage exécrable, de toute façon, lança le sire Marten avec un clin d'œil complice. Il n'a pas bonne réputation, n'est-ce pas ? On me l'a décrit autoritaire, maniaque et colérique de surcroît !

– Ça va, ça va, coupa le sorcier. Un peu de respect.

– Ne m'en veuillez pas, s'amusa le régisseur, je ne suis que l'écho de la rumeur. J'ai même entendu dire qu'il était tellement obsédé par son art qu'il ne pouvait pas faire dix pas dans sa forteresse sans traîner une demi-douzaine de manuscrits aussi lourds que… mais qu'a votre ami Hogo, à respirer de cette façon ? Se pourrait-il qu'il… rie ?

– Il est fou, affirma Zétide, quelque peu contrarié. L'entropia l'a vaincu. Il va bientôt courir à quatre pattes autour de la table, hurler à la lune et vous renifler le derrière.

Loin de vexer Hogo, cette image alimenta son hilarité et il ricana de plus belle. Zétide avait déjà vécu cela des centaines de fois : le Lycante allait communiquer son rire étrange, franc et unique à tous ceux qui l'entendaient. Impossible d'y résister.

De fait, moins d'une minute plus tard, le sorcier et le sire Marten ne contrôlaient plus leurs éclats. Ce n'est qu'au moment où Hogo commença à se calmer qu'ils purent reprendre leurs esprits. Leurs visages étaient rouges et leurs joues, douloureuses.

Soudain, la porte de la salle s'ouvrit avec violence et le Lycante bondit hors de sa chaise, toute allégresse disparue. Ses réflexes avaient pourtant joué plus vite que sa raison. La nouvelle venue n'était pas une assaillante.

C'était une jeune femme, grande, belle et en colère. Elle accourut à la table en quatre pas de ses bottes ferrées et pointa un doigt accusateur sur Zétide et Hogo médusés.

– C'est vous les deux idiots qui ont libéré mon basilic ? Ça m'avait pris cinq jours pour le capturer !

Les intéressés firent des yeux ronds, abasourdis par un tel culot. Comme ils se gardaient de répondre, le sire Marten se leva, contourna la table et vint se placer à côté de la furie.

– Messires, entonna-t-il avec un sourire satisfait, je vous présente Lucia-Ozabel, damoiselle de Garamont. La fille du chevalier Eras.

***

Korcos n'avait pas besoin de lanterne pour se repérer dans la chambre que l'on avait donnée aux étrangers. Comme la plupart des Maûnes, il y voyait aussi bien de nuit que de jour. Mieux, même. Dans le monde qui l'avait engendré, le soleil ne diffusait qu'une lumière pauvre et sale. Il y avait toujours un incendie, quelque part, pour masquer le ciel d'un brouillard poussiéreux. Les Maûnes s'y habituaient dès leur plus jeune âge. C'était une question de survie. Ceux qui n'y parvenaient pas se faisaient dévorer par les autres.

Le gardien s'avança dans la pièce d'un pas lourd, assuré qu'il était de ne pas être dérangé. Quelques couples d'oisillons s'agitèrent sous les ardoises quand ses sabots firent grincer le plancher. Il meugla quelques insultes à l'intention des serins, achevant ainsi de semer la panique dans leurs rangs. Leurs piaillements ne diminuèrent pas même quand il cessa de s'intéresser à eux.

Il s'approcha des lits aux draps fraîchement changés, ouvrit la petite boîte de métal qu'il avait apportée et accomplit consciencieusement sa mission avant de jeter le récipient vide par une fenêtre étroite. Il contempla son œuvre et dévoila ses dents jaunâtres en un sourire satisfait.

Il s'apprêtait à sortir quand une voix aigrelette, issue de nulle part, le rappela soudain à l'ordre :

– Les sacs ! Tu as oublié les sacs !

Le Maûne se retourna et, les poings sur les hanches, chercha en vain à repérer son interlocutrice.

– Faites-le vous-même, grogna-t-il alors. Ça porte malheur de voler un sorcier. J'attendrai qu'il soit mort.

– Mauvais serviteur ! accusa la voix acariâtre. Fort bien, nous ne partagerons pas !

Les oiseaux s'agitèrent de nouveau alors qu'un autre, beaucoup plus gros, semblait prendre plaisir à les perturber. Il plana jusqu'au centre de la pièce en décrivant de grands cercles rapides le long des murs. D'abord indistincte, sa forme se précisa, puis la créature fut tout à fait visible. Elle fit encore deux tours des cornes du Maûne avant de se stabiliser à un pied de son visage, les ailes battant violemment en signe de provocation.

Korcos l'examina avec une grimace de mépris. De loin, on aurait pu la confondre avec une simple chauve-souris : les mêmes oreilles, les ailes de peau tendue… mais de près, les différences étaient évidentes. Les griffes délicates qui se crispaient dans le vide n'étaient rien d'autre que des mains. Les pattes qui pointaient serres en avant avaient les articulations d'une jambe. Et surtout, *surtout*, la face de la créature rappelait un visage humain, par de nombreux aspects. Un bec de perroquet démesuré lui faisait comme un nez. Sous ce relief proéminent, une bouche sans lèvres abritait quatre minuscules canines. Enfin ses yeux, bien que clignant à une rare fréquence, n'avaient rien de commun avec les orbites particulières des mammifères nocturnes. Il semblait qu'une tête de sorcière avait été placée sur un corps de monstre.

– Mauvais serviteur ! répéta la créature, avant de se poser au sol avec une parfaite maîtrise.

Elle clopina alors jusqu'aux sacs que Zétide et Hogo avaient entassés dans un coin. À grand-peine, de ses mains minuscules, elle en défit les boucles et attaches, battant rageusement des ailes en constatant sa maladresse.

Malgré tout curieux, Korcos n'eut pas la patience d'attendre et il renversa sans égards le contenu des sacs sur le sol. La petite créature piailla de joie et explora ce fatras de la pointe de ses serres, bondissant d'un tas à l'autre sans perdre de temps sur les objets sans intérêt. Elle dansa d'excitation quand le Maûne retourna une pleine sacoche de livres de tailles et d'épaisseurs variées.

– Les *Études prosodiques* ! clama-t-elle en retournant un ouvrage. Le *Ductus Compendium* ! Le *Livre des Scaldes* ! Le *Traité de philologie* ! Et d'autres, encore ! Cet Humain est riche !

– Ces vieux trucs vaudraient de l'or ? s'étonna Korcos, en étalant les grimoires dans la poussière.

– Pas pour toi ! cracha la créature, en s'élevant à un mètre du sol. Tu n'y comprendrais rien !

Le gardien la fixa quelques instants en respirant bruyamment, avant de donner un violent coup de sabot dans les livres et de marcher tout droit à la sortie. Il donna encore un coup de poing dans la porte, et d'autres dans les murs du couloir. Quand il se serait emparé du château, il aurait besoin de protection magique. C'était la seule raison qui l'obligeait à se laisser insulter sans réagir. Mais pas sans oublier. Toute sa colère frustrée, il finirait bien par la déverser sur quelqu'un. Celui-là… *ceux-là,* paieraient pour les autres.

Restée seule, la sorcière monstrueuse caressa les reliures ouvragées de ses mains griffues. Pour remettre de l'ordre dans les sacs, elle allait avoir besoin d'aide. Mais cela pouvait bien attendre quelques minutes. Une telle occasion était trop rare. Après seulement, elle irait chercher les autres.

* * *

Lucia de Garamont devait avoir vingt ans à peine, mais il émanait d'elle une telle force de caractère que personne n'aurait songé à remettre en question sa maturité. Grande, brune de poil et de peau, elle présentait pour lors une grimace revêche insuffisante à diminuer la beauté de ses traits. Ses vêtements même exprimaient un tempérament énergique : outre ses bottes de chasse, montantes et ferrées, la jeune femme portait une jupe amazone, un fin tricot sous un gilet de cuir et une ample pelisse en fourrure de renard. Une corne et un poignard à lame large étaient solidement suspendus à sa ceinture. Elle tenait encore un carquois et un arc à double courbure dans une main, pendant qu'elle accusait Hogo et Zétide de l'autre.

– Vous rentrez bien tard, ma nièce, commenta le sire Marten, en se délectant de la surprise de ses hôtes.

– Je profite du peu de liberté qui m'est laissée, mon oncle, répliqua-t-elle sans douceur. Vous ne pouvez tenir tout le monde cloîtré en ces murs, ajouta-t-elle en plissant les yeux.

– Je me demande vraiment quel plaisir vous pouvez trouver à courir la forêt de l'aube au coucher, se vexa le régisseur. Vous avez fait attendre nos invités.

– Invités par qui ? lança la jeune femme en déposant son arc. Pas par moi, en tout cas. Alors, qu'est-il arrivé à mon basilic ?

– Enchaîner un saurial sous ses murs est un acte plutôt irresponsable, rétorqua Hogo, avec un début de grondement.

– Ç'avait au moins l'avantage de repousser les autres, rétorqua Lucia, furieuse. Aucun lézard ne s'approche à moins d'une lieue d'un basilic, le saviez-vous ? *Or*, j'ai suivi les traces de pas moins de *trois* salamandres à une demi-journée au nord. Serez-vous là quand elles viendront souffler leurs flammes sur nos tours, messire le Lycante ?

Hogo ne sut comment réagir. Non seulement il ignorait toutes ces choses, ce qui impliquait qu'il pouvait peut-être avoir *tort*, mais de plus il était tout à fait déconcerté par l'assurance de la jeune femme. Rares étaient les Humains qui ne criaient pas d'effroi à la vue d'un Lycante. Et cette femelle, loin d'être effrayée, semblait même prête à en découdre avec lui !

Après cet instant de réflexion, Hogo vit sa colère s'évanouir. Quelle que soit la manière dont elle l'avait apostrophé, au moins cette furie l'avait traité comme une créature *intelligente*. Un égal. Cette considération, à elle seule, valait bien qu'il oublie ces quelques débordements.

– Si vous permettez, intervint Zétide, nous avons nous-mêmes été les victimes de cette mésaventure. Le monstre s'est libéré seul.

– C'est *impossible*. Même un drak n'aurait pu soulever cette grille. La seule manière d'ouvrir est d'actionner le treuil.

– Ma nièce, nous avons déjà fait le tour de la question, coupa le sire Marten. Vous irez vérifier votre cage demain et en aurez le cœur net. Achevons ces présentations comme il se doit, maintenant, je vous en prie.

Lucia leva les yeux au ciel et se saisit d'une cuisse de poule rôtie où elle mordit à belles dents, écoutant d'une oreille distraite l'énonciation des noms et titres des voyageurs. Une fois la chose faite, ils prirent à nouveau place autour de la table et des plats encore bien garnis.

– Vous pourriez tout de même aller vous changer d'abord, ma nièce, suggéra le régisseur en contemplant les vêtements crottés de la chasseresse.

– Pour quoi faire ? répondit la belle entre deux bouchées. Vous avez terminé, je n'en ai pas pour longtemps. Dans dix minutes, je vous laisse avec vos *invités*.

– J'aurai peut-être à vous entretenir de certaines choses délicates auparavant…, commença Zétide.

– C'est vrai que les Lycantes ont sept pouvoirs ? coupa Lucia, comme l'idée la frappait soudain.

– Heu…, bredouilla Hogo. C'est une légende *humaine*.

– Et alors ?

– Eh bien… votre peuple a une certaine tendance à l'exagération.

– Alors, combien avez-vous de pouvoirs, réellement ?

insista Lucia, en arrachant un gros morceau de pain. Cinq, trois ? Un ?

– Damoiselle Garamont ! intervint Zétide, excédé. Pourriez-vous m'accorder quelques instants de votre attention ? J'ai fait un long voyage, et cette affaire est des plus pressantes. *Il s'agit de votre père.*

Lucia cessa aussitôt de mâcher, ôtant même le morceau de mie qu'elle venait de placer dans sa bouche. Pendant un court instant, elle parut même vulnérable. Toute sa superbe s'était effacée devant une vive inquiétude.

– Qu'avez-vous donc à m'annoncer, messire Zétide ? énonça-t-elle avec difficulté.

Pas mécontent d'être enfin écouté, le sorcier tira un petit papier roulé d'une poche de son habit vert, avant de le tendre à la jeune femme.

– D'abord, dites-moi si vous avez écrit cette lettre ?

Lucia saisit le papier et se leva de table pour le consulter à la lueur de la cheminée. Au premier coup d'œil, elle reconnut l'écriture, serrée et tassée sur une surface grande comme deux doigts. La teneur du texte ne la surprit pas non plus…

« À Hypolus, sage d'Arcadie

Le Chevalier de Garamont, mon père, poursuit une quête identique à la vôtre depuis maintenant trois ans. De tout ce temps, je n'ai pu lui parler, ni le voir car, de crainte de nous mettre en péril, il a préféré partir seul et ne pas revenir avant d'avoir achevé ses recherches.

Mais il ne nous laissait pas sans nouvelles. Nous avions convenu d'un signal, qu'il laisserait à notre intention à chaque fois qu'il aurait l'occasion de le faire. Pendant plus de deux ans, presque tous les mois, j'ai accueilli avec soulagement l'annonce muette qui me certifiait que mon père était encore en vie.

Mais depuis quatre mois, plus rien. Jamais son silence n'a été aussi long. Pourtant, je suis certaine qu'il va bien. Il est quelque part, entre les deux faces du monde. Caché, malade, blessé, prisonnier peut-être. Mais vivant.

Il parlait souvent de vous en termes d'amitié. Je trahis notre secret pour qu'on lui vienne en aide.»

– Elle n'est pas de ma main, annonça Lucia en rendant la lettre à Zétide. J'ignore qui peut en être l'auteur. Comment vous est-elle parvenue ?

– Les moines colombins. Hypolus a fait mener en chaque monastère une douzaine des pigeons qu'il élève dans sa forteresse. Les prêtres ont pour charge de les libérer avec les messages adressés à la Cabale.

– Je l'ignorais. Je me demande comment l'auteur de ce message a eu cette information. Mais il semble bien renseigné. Tous ces détails sonnent tellement vrai !

Zétide soupesa son regard en cherchant à séparer la vérité du mensonge. Il tendit distraitement la lettre au sire Marten, qui la réclamait par gestes depuis une bonne minute, puis se leva et alla se planter devant la jeune femme, assailli par cent émotions.

– Lucia, c'est *vraiment* très important. Prenez le temps de réfléchir à votre réponse. Savez-vous où est votre père ?

– Non, bien sûr que non ! éclata la jeune femme en se détournant. Et quand bien même, pourquoi vous le dirais-je ? Qu'est-ce qui me prouve que vous n'êtes pas le plus culotté de tous les menteurs du monde ?

– Ça alors ! Elle ne manque pas d'audace ! marmonna la voix du sire Marten.

Ils se retournèrent et le découvrirent en train d'achever la lecture du message, qu'il replia et roula proprement. C'est alors seulement qu'il prit conscience d'être au centre de tous les regards.

– Heu, je veux dire…, bredouilla-t-il, que Lucia, tu ne manques pas d'audace, vraiment ! Comment oses-tu mettre sa parole en doute !

– C'est très prudent, au contraire, apprécia Zétide en se peignant la barbe. Dans le chaos qui règne en ce monde, méfiance est salvatrice. Laissez-moi donc vous convaincre… et préparez-vous à une longue nuit !

* * *

Ariale tournait en rond dans la prison qu'était devenue sa chambre. Malgré l'heure tardive, elle n'avait absolument pas sommeil. Tant de choses se bousculaient dans sa tête… et toutes la ramenaient au même problème: elle ne pourrait pas voir le sage d'Arcadie. Le représentant de la Cabale quitterait le château le lendemain, à l'aube, sans même avoir su qu'elle était là.

S'il avait eu son message, il aurait déjà demandé à la rencontrer. Isadorine n'avait pas pu remplir sa mission, pour une raison ou une autre, ou avait peut-être changé d'avis, trop terrifiée pour risquer la colère de Korcos. Pour la jeune fille, les conséquences étaient les mêmes. Personne ne demanderait à ce que l'on ouvre les portes de sa prison. Personne n'écouterait ce qu'elle avait à révéler. *Personne ne viendrait en aide à son père.*

Elle ne pouvait rester sans rien faire. Si l'Arcadien ne montait pas jusqu'à elle, elle devait aller à sa rencontre. *S'évader.*

Cette idée même lui faisait peur. Si Korcos surprenait sa tentative, il serait fou de colère. L'oncle Marten également. Lucia aussi, peut-être. Tous ne songeaient qu'à sa sécurité. En les quittant, son père avait bien expliqué pourquoi elle devait rester cachée. Il avait et devait se faire encore beaucoup d'ennemis chez les Maûnes, et craignait que ceux-ci ne s'en prennent à sa famille… En se présentant à un étranger, Ariale allait désobéir à l'être qu'elle aimait le plus au monde. Comme elle avait déjà manqué à sa promesse au sujet de leur signal.

Mais cela faisait presque cinq mois, maintenant, que son père n'avait donné signe de vie. Il fallait bien que quelqu'un s'en préoccupe. La Cabale savait peut-être quelque chose à son sujet, ou pourrait se renseigner. Si, toutefois, elle existait toujours…

Autrefois, quand son père était encore là, il lui parlait de tout, du monde, des choses qu'il avait vues, des légendes qu'on lui avait contées, des peuples étranges dont il avait croisé la route et des autres, terrifiants, qu'il avait combattus. Il lui narrait la naissance du monde, la Malerune, les Jours rouges, les rois et les héros qui luttaient chaque jour pour repousser les Maûnes. Il lui parlait de sa mère, belle comme à l'aube d'été, gaie, tendre et au souvenir éternel…

Depuis trois ans, tout ce qu'Ariale apprenait du monde était tiré de ses lectures. Sa bibliothèque était réduite, constituée des rares ouvrages que Lucia pouvait trouver : quelques chansons de gestes ou recueils de poèmes, mais surtout des manuels de toute sorte, de l'histoire à la grammaire, en passant par la botanique, l'algèbre ou la cuisine, auxquels s'ajoutaient toute une série de cahiers sur les plus répandues des techniques artisanales.

Si elle avait lu chacun de ces textes au moins une fois, c'était avant tout pour tromper son ennui. Aujourd'hui, pourtant, ce savoir allait lui être utile. Sa décision était prise. *Elle allait s'évader.*

Après tout, le seul obstacle n'était qu'une vulgaire porte de bois. Verrouillée, certes, mais qui n'avait pas été conçue pour retenir quelqu'un. Ariale ramassa le couteau de table qu'elle avait rangé dans le panier d'Isadorine et le plaça, à l'aide d'un tisonnier, au cœur des braises rougeoyantes de la cheminée. Puis elle se munit d'un morceau de papier et le fit glisser entre les montants de bois pour repérer l'emplacement exact du pêne de la serrure. Elle marqua les poutres d'une tache d'encre et attendit, le cœur battant, que la lame de son couteau ait suffisamment rougi.

En saisissant le manche de l'objet, à travers plusieurs épaisseurs de linge, Ariale s'efforça de ne pas songer au sermon qu'elle méritait pour ainsi jouer avec le feu. S'il n'y avait eu urgence, jamais elle n'aurait agi de manière aussi irresponsable. Il se pouvait même qu'elle déclenche un incendie qui ravagerait tout le château…

C'est donc en tremblant légèrement qu'elle approcha la lame brûlante de la marque qu'elle avait laissée sur la porte. Le bois fuma et craqua quand elle glissa le métal dans l'interstice séparant les planches sèches depuis des siècles. Sous l'effet de la chaleur, les fibres noircirent, se rétractèrent, dévoilèrent un peu du pêne d'acier qui représentait le seul obstacle à sa libération.

Elle sursauta et manqua se blesser quand éclata un soudain vacarme de battements d'ailes. Immobile, Ariale les écouta s'éloigner, curieuse de savoir quels grands oiseaux pouvaient bien nicher dans le toit qui la surplombait. Jamais elle ne les voyait. Elle n'entendait que leur vol et le bruit de leurs serres sur les ardoises. À la réflexion, elle ne les avait jamais entendus chanter non plus…

Elle eut soudain une intuition terrible. Ce fut même bientôt une certitude. Korcos allait la surprendre dans sa tentative.

Sans perdre davantage de temps, elle ramassa le tisonnier qu'elle avait volontairement laissé dans les flammes et l'utilisa pour agrandir la modeste percée réalisée par la lame. Quand l'objet fut trop refroidi, elle s'en débarrassa pour achever de gratter le bois noirci avec le couteau. Le pêne fut bientôt presque entièrement apparent et elle tira, une fois, deux fois, sur la porte qui se refusait encore à venir à elle.

Les oiseaux mystérieux ne faisaient plus aucun bruit. Ariale ignorait s'ils étaient tous partis ou restaient quelque part, au-dessus, à l'épier par les fentes du plafond. Elle songea soudain qu'ils pouvaient même être dans les hauteurs de sa chambre, perchés sur les poutres qui soutenaient la toiture.

Elle essaya encore de forcer sur la porte, en vain. Regardant désespérément ce qui l'entourait, elle avisa soudain la lanterne qui éclairait la tête de son lit. Avec beaucoup de précautions, elle renversa un peu de l'huile qu'elle contenait sur le morceau de bois meurtri. Le liquide crépita et une partie du montant s'enflamma. Ariale tira encore sur la porte et le pêne glissa enfin dans le minuscule couloir qu'elle avait creusé, aidé par la présence de cette graisse de fortune.

Comme l'incendie mourait seul, la jeune fille passa doucement la tête par l'ouverture, certaine de découvrir derrière le gardien aux cornes terrifiantes. Mais la voie était libre. Elle se mit à dévaler les marches. Aucun monstre ne l'attendait dans l'escalier.

En apparence.

* * *

Afin d'être tout à fait à l'aise, Zétide, Lucia et le sire Marten s'étaient installés dans les grands fauteuils du salon, le régisseur n'ayant pas omis d'y apporter sa coupe et une pleine carafe de liqueur d'ananaye. Avouant sa fatigue, Hogo avait préféré prendre congé et laisser le sorcier s'expliquer avec leurs hôtes. Son départ surprit quelque peu le châtelain et sa pupille, mais ces derniers étaient trop curieux des révélations que Zétide avait promises pour s'en soucier vraiment.

– J'aimerais beaucoup que cette lettre dise la vérité, amorça le sorcier, les mains confortablement croisées sur son ventre. Cela établirait qu'Eras était sain et sauf, il y a encore cinq mois.

– Mais vous aviez parlé de *l'été dernier*, rappela le régisseur. Ça fera bientôt un an. Pas cinq mois…

– Exactement. Voilà pourquoi je voudrais croire en cette information. Elle est plus récente.

– Hé ! interrompit Lucia, en ôtant ses bottes de l'accoudoir de son fauteuil. Plus récente que *quoi* ? Vous avez eu des nouvelles de mon père ?

Zétide porta la main à sa barbiche en soutenant le regard de la sauvageonne insolente. Il devait absolument la convaincre de lui faire confiance. Pour cela, la meilleure manière était de lui faire comprendre tout ce qui était en jeu. Il choisit donc la franchise.

– Nous en avons eu, en effet, acquiesça-t-il solennellement. D'excellentes nouvelles, même, pourrait-on dire. Eras a rendu à la Cabale l'espoir qui commençait à lui faire défaut…

Il s'interrompit soudain, hésitant malgré tout à poursuivre. Le secret du chevalier faisait partie des mieux gardés de la Cabale. Il fallait pourtant bien qu'il le livre, s'il voulait lui-même en apprendre davantage !

– Expliquez-vous, râla Lucia, que ce silence impatientait.

– Avant tout, enchaîna le sorcier, et même si cet avertissement semble superflu, rappelez-vous de ne jamais répéter ce que je vais vous confier. Il y va de la sécurité du chevalier, comme de la mienne et de la vôtre. Les empereurs Maûnes tueraient mille de leurs guerriers pour cette seule information. Et à plus forte raison, tous les Eldes ou Humains qu'ils soupçonneraient.

– Je ne suis pas idiote ! s'emporta la jeune femme. Me croyez-vous capable de colporter cela aux quatre vents ? Voilà trois ans que je m'estime orpheline, messire Zétide ! Alors, *allez-vous enfin me dire ce que vous savez de mon père ?*

Le sorcier hésita une minute encore, avant de se décider. Il avait à la fois le sentiment d'agir pour le mieux, et celui de commettre une imprudence. Inconsciemment, il se pencha vers les fauteuils de ses hôtes, comme s'il voulait éviter que quelqu'un d'autre entende sa révélation.

– *Fras semble sur le point d'achever sa quête*, confessa-t-il à voix basse.

– La Belle Arcane ! bondit le sire Marten, sans discrétion aucune. En êtes-vous sûr ?

Zétide ignora la question, pour observer le visage de la jeune femme. Il exprimait à la fois la surprise et la joie, la méfiance et l'incrédulité. C'était de bonne guerre. Lui-même avait connu les mêmes sentiments partagés, un an plus tôt. Puis il avait *accepté*, comme la majorité des membres de la Cabale, et s'était accroché de toutes ses forces à ce nouvel espoir.

– D'où tirez-vous cette histoire ? lança la chasseresse, pour le prendre en défaut. Vous avez vu mon père ?

– Malheureusement, non, reconnut le sorcier. Il nous a seulement fait parvenir un *message*. Tous ceux qui cherchent l'Arcane savent qu'ils peuvent compter sur les moines colombins, pour transmettre leurs informations à la Cabale.

Eras fut encore plus prévoyant... Dès le début de sa quête, il s'est rendu en un monastère pour demander aux prêtres l'un des bisets de Hypolus. Il l'a gardé en cage tout ce temps, pendant trois ans, afin de pouvoir nous avertir sans délai en cas de réussite.

– J'avais compris, grogna Lucia, qui buvait les paroles du sorcier. Et alors ? Le pigeon vous est revenu à l'été dernier ?

– Exactement. Le volatile semblait mort de fatigue et, de fait, a péri quelques heures à peine après son retour. Mais il était porteur de ce fameux *message*. Je l'ai lu si souvent qu'il ne sortira jamais plus de ma mémoire... *« Aux défenseurs de l'Ældo. C'est un grand jour. Les Dieux ont bien voulu que je trouve mes Armes. Même si ma quête semble seulement débuter, l'espoir est mon meilleur allié. Qu'il soit aussi le vôtre. »* C'était signé : Eras de Garamont.

– Vous êtes sûr que ce n'était pas un faux ? demanda le sire Marten.

– Certes, non. Mais le biset était marqué ; c'était bien celui que les moines avaient confié à Eras. En outre, peu de personnes sont au courant de l'anecdote de votre blason.

– Ça ne veut rien dire, jugea Lucia. *Ce message* ne veut rien dire. Pourquoi la quête de mon père commencerait-elle seulement, s'il avait vraiment trouvé l'Arçane ?

– Damoiselle, les plus sages parmi les sages se posent la même question depuis presque un an. Je serais ravi de pouvoir vous fournir une réponse, mais las !

– Peut-être venait-il seulement d'apprendre *où* se trouvait l'Arcane ? suggéra le sire Marten. Et qu'il estimait assez long le temps nécessaire pour s'y rendre ?

– C'est une hypothèse envisageable. Mais guère dans le caractère d'Eras. Le chevalier n'est pas de ceux qui chantent victoire avant d'avoir livré combat.

– Si vous aviez apporté ce papier, j'aurais pu reconnaître son écriture, accusa Lucia. Vous engendrez plus de doutes que d'espoirs.

– N'exagérons pas. Il s'agit tout de même de bonnes nouvelles. Les meilleures depuis fort longtemps.

– Sauf que, si mon père est réellement l'auteur de ce message, il est inquiétant qu'il ne se soit plus manifesté depuis. Voilà pourquoi vous accourez, n'est-ce pas ? Vous voulez vous lancer sur sa piste. *Si vous trouvez mon père, vous trouvez l'Arcane*.

– Vous ne manquez pas d'esprit, damoiselle Lucia, sourit Zétide. Mais ne considérez pas que le côté intéressé de la chose. Eras est également un ami que j'aimerais pouvoir aider.

– À d'autres ! Vous ne vous êtes pas revus depuis les Rouges ! À peine si vous vous êtes croisés le temps d'une bataille !

– *La* bataille, damoiselle, insista Zétide avec gravité. Les Jours rouges de l'Ældo. Ils auraient pu être les derniers de notre histoire. J'échouerais à décrire ce que nous y avons vécu. Des dizaines de milliers d'hommes ont péri à Manès. Et il en meurt encore, tous les jours, à toutes les Dalles de l'entre-deux monde. La fraternité qui unit les survivants est bien réelle. N'en parlez pas comme d'une chose… *quelconque*. C'est très grave, au contraire.

– On se bat encore à Manès ? s'étonna le sire Marten.

Zétide ne put s'empêcher de faire des yeux ronds, devant la naïveté de la question. Le château Garamont était-il donc si isolé du monde, qu'il ignorât jusqu'à ces événements majeurs ?

– Certes, oui ! Et en Creste, à Gerfask, Ean Crob et Tenedir, ajouta le sorcier. Nos stratèges doivent veiller sur vingt fronts en même temps. Si un seul venait à être percé, l'Ældo serait noyé sous les légions du Maûne en moins d'une lune. La guerre n'est pas terminée !

Lucia se mordit l'ongle du pouce, d'un air contrarié, ce que Zétide remarqua avec une égoïste satisfaction. Plus la jeune femme serait sensible à la situation, plus il aurait de chances de gagner sa confiance. Le pire étant qu'il n'avait pas même besoin d'exagérer les faits…

– Les Maûnes sont plus forts chaque jour, reprit-il d'une voix amère. Et sous le fait de l'entropia, ou par la seule cupidité, certains Eldes choisissent d'aller grossir leurs rangs. L'hiver passé, c'est tout le peuple Bran qui est allé se ranger aux côtés des Orcks et des Taurins. Nos armées ne pourront résister éternellement, conclut Zétide en secouant la tête. Tout juste parviennent-elles à retarder l'inévitable.

– Vous êtes pessimiste de nature, jugea Lucia en l'accusant de l'index. L'avenir ne peut être aussi sombre. Même les Taurins souhaitent la paix : je ne m'entends pas avec celui qu'emploie mon oncle, mais il faut admettre qu'il n'y a rien à lui reprocher.

– Vous employez un Taurin ? répéta Zétide, alarmé.

– Korcos est digne de confiance, assura le régisseur en se tordant les doigts. Le château était une proie trop facile pour les bandes de brigands. J'avais besoin d'un gardien rompu au maniement des armes.

– Souhaitons que le remède ne se révèle pas pire que le mal, déclara le sorcier, songeur. Comment l'avez-vous recruté ?

– Assez simplement. Il s'est un jour présenté au château, en m'offrant ses services. Il est arrivé au bon moment : à cette période, j'étais très préoccupé par certaines… nuisances, dont la rumeur battait les campagnes.

Zétide planta son regard perspicace dans celui, fuyant, du sire Marten. Assurément, l'homme lui cachait une partie de la vérité.

– N'avez-vous pas trouvé étrange la présence d'un Maûne en vos régions ?

– Que voulez-vous dire ? s'étonna le régisseur, de plus en plus gêné. Ce ne serait pas le premier à avoir franchi l'entre-deux monde.

– Voilà exactement les dangers du *Livre des Somones* contre lesquels je voulais vous mettre en garde, messire Marten, expliqua le sorcier. Un tel traité d'invocation suscite, naturellement, la curiosité de n'importe quel homme d'esprit… Mais s'il est aisé d'ouvrir des passages vers le Maûne, depuis dix ans, il est presque impossible de les refermer. Savez-vous bien ce que sont les *Dalles*, où nos armées livrent bataille ?

Ses hôtes s'interrogèrent du regard, avant de se retourner

vers lui, attendant qu'il poursuive. Zétide n'était pas surpris par leur ignorance. Si tous les Eldes ou presque connaissaient l'existence de la magie runique, et surtout des deux puissants symboles assurant l'Équilibre du Troisième Monde, peu étaient familiers des règles mystiques qui régissaient les passages entre le Maûne et l'Ældo.

– C'est moins compliqué qu'il ne semble, affirma le sorcier. Chacun sait que ce que nous appelons le *Troisième Monde* se compose, en fait, de deux mondes différents et semblables à la fois : l'Ældo et le Maûne. Oublions la théologie pour l'instant, contentons-nous de dire que ces deux univers existent, en même temps, et qu'il est possible de passer de l'un à l'autre si l'on maîtrise la magie appropriée. Quel est le principe d'une rune d'invocation ? Un tel symbole, commandant l'apparition d'une créature du Maûne, fera se rapprocher les deux parties du monde, de manière imperceptible, jusqu'à créer ce qu'on appelle une *Dalle*. Un passage *physique* dans l'entre-deux monde, que l'on peut franchir dans n'importe quel sens sans même devoir être magicien.

– Vous oubliez de dire que la Dalle disparaît dès la fin de l'invocation, intervint le sire Marten, blêmissant. Du moins, c'est ce que j'ai lu…

– Il devrait en être ainsi, en effet. Mais la magie ne suit plus toujours ses propres règles. Votre Taurin a peut-être franchi une Dalle toute neuve, créée par un apprenti magicien inconscient. Dans quelques années, quand elle aura grandi au point de pouvoir livrer passage à une légion entière, nos stratèges devront compter avec un front supplémentaire. Et notre plan de défense en sera d'autant fragilisé.

– Que voulez-vous dire, « quand elle aura grandi » ? s'inquiéta le régisseur. Je croyais que les passages de l'entre-deux monde étaient immuables.

– Certes, ils *l'étaient*. Lorsque régnait l'Équilibre. Mais depuis la lecture de la Malerune, le Maûne tend à écraser l'Ældo. Notre moitié du monde disparaît peu à peu sous la domination de l'autre.

En avisant les visages soucieux de ses hôtes, Zétide comprit que son explication avait, une fois encore, besoin d'éclaircissements. Il tendit les bras à l'horizontale et plaça ses mains l'une au-dessus de l'autre, parallèlement, à quelques centimètres d'intervalle.

– Voyez, dit-il en précisant son geste. Les deux parties du Troisième Monde. Nous vivons dans l'Ældo, que j'ai placé en dessous, et connaissons l'existence du Maûne, même si, évidemment, il n'est pas situé au-dessus de nos têtes, comme je l'ai symbolisé. Si j'approche assez mes mains l'une de l'autre, afin qu'elles se frôlent à peine… Voyez encore : certaines parties sont en contact, et d'autres non. Dans mon explication, ces parties sont les Dalles. Il suffit de les traverser pour passer d'un monde à l'autre. Si je les approche encore… Voilà ce qui est en train d'arriver : le Maûne écrase tellement l'Ældo qu'il va totalement l'engloutir. Les Dalles couvriront toute la surface du monde. Des deux parties, il n'en restera plus qu'une… celle qui, actuellement, est la plus forte. À moins que nous ne rétablissions l'Équilibre, bien sûr, en découvrant l'Arcane.

Médusés, Lucia et le sire Marten contemplèrent la seule main gauche que le sorcier avait laissée tendue devant lui. Cette fois, il s'était parfaitement fait comprendre. Le régisseur était même si impressionné qu'il dut déglutir deux fois avant de pouvoir parler.

– Ce sont surtout des considérations religieuses, non ? demanda-t-il, livide. Ces histoires de Dalles qui grandissent ? Ce ne peut être si… *réel* ?

Zétide fit des boucles dans sa barbe, à la recherche d'une autre démonstration de l'urgence de la situation. Il en trouva une à laquelle il n'avait pas encore pensé. La plus évidente, pourtant. Elle consistait en une simple question.

– Messire Marten, qu'avez-vous ressenti *la nuit où fut lue la Malerune* ?

L'intéressé baissa les yeux, troublé par ce souvenir. Aucun Elde n'avait vécu cela de manière agréable. Même après dix ans, l'impression était toujours aussi forte.

– Vous n'avez pas besoin de me répondre, reprit le sorcier avec assurance. Nous avons tous vécu la même chose. Vous vous êtes réveillé, couvert de sueur, le cœur battant et les oreilles bourdonnantes. Vous avez cru que c'était la fin du monde. Eh bien, c'est exactement ce qui est arrivé, sauf que l'Ældo met un peu plus longtemps qu'une nuit à mourir. Combien de basilics et de salamandres y avait-il dans vos forêts, quand vous étiez enfant ? Aucun. Aujourd'hui, ils sont encore rares. Attendez encore dix ans, et vous pourrez en voir des troupeaux entiers. Le Maûne s'imposera de plus en plus. Et un beau jour, les Eldes auront disparu. Ça peut être dans un siècle. Mais je crois qu'il ne nous reste plus que quelques mois.

– Mon père ne laissera pas cela arriver, promit Lucia en levant le poing. Il va réussir.

– Je l'espère. Son message nous a rendu la foi. C'est la première piste sérieuse que l'on ait eue depuis longtemps… Vous comprenez maintenant quelle importance j'attache à le retrouver, renchérit Zétide en brandissant la lettre mystérieuse. Si ce texte dit vrai, Eras s'est manifesté voici moins de cinq mois. Il me *faut* savoir ce qu'il en est vraiment.

Lucia regarda tour à tour le sorcier et son oncle, tous deux pendus à ses lèvres.

– Je regrette, messire Zétide, déclara-t-elle en baissant les yeux. Je vous l'ai dit, j'ignore totalement qui a pu vous envoyer cela.

* * *

Dans les couloirs sombres et déserts du château, Ariale avait l'impression de faire plus de bruit qu'un sangulier en quête de racines. Le plus léger de ses pas résonnait longuement sur les murs de pierre glacée avant de se perdre très loin dans les ténèbres. Ses respirations les plus courtes étaient autant d'atteintes au silence lugubre qui baignait cette aile du bâtiment. Si elle n'avait su se trouver quelque part sous le donjon, elle aurait juré s'être égarée dans la crypte d'un cimetière.

Après avoir couru dans toute la longueur de l'escalier, elle s'était blottie dans le premier recoin assez grand pour l'accueillir. Il lui fallait absolument éviter de foncer tout droit dans Korcos. Elle imaginait sans peine la colère terrible qui emporterait le gardien, quand il constaterait son évasion. Elle devait rencontrer l'Arcadien *avant* de se faire surprendre dans les couloirs. C'était sa seule, sa *dernière* chance d'aider son père… et de ne pas rester enfermée dans le donjon pour le reste de ses jours.

Les couloirs du château, si familiers en plein jour, lui semblaient étrangers et quelque peu malveillants. L'obscurité déformait tout. Les plafonds reculaient pour mieux se cacher dans le rideau nocturne. Les reliefs de la pierre prenaient des formes de silhouettes embusquées pour quelque mauvais coup. La disposition même des lieux, qu'elle connaissait pourtant depuis toujours, paraissait différente sous l'éclairage d'un rare rayon de lune. Tout le château était en attente. Les ténèbres retenaient leur souffle pour mieux précipiter Ariale dans leur piège…

Pourtant, la jeune fille résista à la tentation d'allumer sa lanterne. Elle avait davantage à craindre du bruit que ferait le mécanisme à silex, ou de la lumière qui révélerait immanquablement sa présence, que de quelques fausses frayeurs engendrées par son imagination. Le chemin qui menait à l'immense salle à manger, où les visiteurs se trouvaient peut-être encore, n'était pas si long qu'elle ne puisse le faire à tâtons. Il lui suffisait de garder son calme et de penser à son père.

Elle compta les salles et les couloirs qui la séparaient encore de son but. Trois, quatre, cinq… dont un passage fortement encombré par des éboulis. Malgré cela, elle aurait bien couru jusqu'au bout, si elle n'avait craint de tomber nez à nez avec Korcos ou son oncle. Plus elle se rapprochait de la partie habitée du bâtiment, plus il lui fallait faire attention. Ni l'un, ni l'autre ne la laisserait s'expliquer avant de l'emprisonner pour de bon.

Elle s'arrêta soudain, un frisson lui glaçant le dos. Il lui semblait avoir senti un mouvement. *Quelque chose* avait bougé, un peu plus loin sur son chemin. Quelque chose qui n'était ni une souris, ni un rat, ni même un des gros oiseaux qu'elle entendait toujours sans les voir. Quelque chose de *plus grand*.

– Il y a quelqu'un ? murmura-t-elle, paralysée d'effroi.

Le silence qui suivit parut plus lourd encore. Le cœur battant, Ariale chercha à se convaincre qu'elle s'était trompée, qu'il n'y avait rien, qu'elle était tout à fait seule dans la traverse où elle s'était engagée. Que pourrait-il y avoir ? se raisonna-t-elle. Ce n'était probablement qu'un courant d'air.

C'est alors qu'elle entendit le grondement. Un roulement de gorge, court, étouffé, mais néanmoins profond. Celui d'un animal de grande taille. Un fauve. Un *carnassier*.

Oubliant toute discrétion, Ariale fit volte-face et se mit à courir, au hasard, dans le seul espoir de parvenir à mettre une porte entre elle et la bête. La lanterne maltraitée cliquetait et tintait en dansant au bout de son bras. Sa respiration haletante faisait presque autant de bruit. Mais elle n'osait pas encore crier. Il lui semblait qu'en appelant, elle ne ferait qu'empirer les choses. Exciter la sauvagerie du fauve qu'elle avait surpris.

Ce n'est qu'à l'instant où elle se *sut* poursuivie qu'un hurlement grandit dans sa poitrine. Quand le monstre l'attrapa par l'épaule, elle avait déjà ouvert la bouche. Mais quand il l'eut bâillonnée d'une main chaude, ferme et velue, seul un gémissement étouffé put témoigner de la terreur qui bouillait dans son esprit. Ariale se sentit perdue.

– N'aie pas peur, chuchota une voix profonde, alors qu'elle se débattait en vain. Je ne te ferai aucun mal. Je vais te relâcher… si tu me promets de ne pas crier. D'accord ?

La jeune fille cessa de s'agiter et se détendit un peu. Malgré les paroles rassurantes de l'inconnu, elle était plus qu'effrayée. Même si ce n'était pas un fauve sanguinaire… ce n'était pas un Humain pour autant. La main qu'il tenait plaquée sur sa bouche était bien trop poilue pour cela. Ainsi que les ongles anormalement pointus qui lui piquaient la joue.

– D'accord ? répéta doucement la voix étrange.

Ariale opina promptement et fut soulagée de voir son étreinte se défaire. Elle se dégagea complètement et, adossée au mur d'en face, actionna aussitôt le mécanisme de sa lanterne. Une étincelle jaillit quand le silex frappa la pyrite et embrasa la réserve d'huile qui se trouvait en dessous. La jeune fille leva l'objet à hauteur de son visage et sursauta en découvrant celui de son agresseur.

Hogo plissa les yeux pour atténuer l'agression de ce subit changement d'éclairage. Dans son exploration secrète du château Garamont, il ne s'était pas attendu à une telle trouvaille. Sa rencontre était une enfant humaine de dix ans peut-être, aux yeux d'un vert curieux et aux cheveux châtains coiffés en natte. Elle était vêtue comme un garçon, malgré quelques concessions à la coquetterie. L'homme-loup était surtout heureux de constater qu'elle se maîtrisait suffisamment pour ne pas s'enfuir en hurlant.

– Vous êtes un Lycante ? demanda Ariale à mi-voix.

– Je m'appelle Hogo, confirma l'intéressé avec un petit signe de tête. Qu'est-ce que tu fais ici ?

– Mais c'est chez moi ! s'étonna la jeune fille. Ce serait plutôt à moi de vous demander !

– Je suis invité par le sire Marten. Nous sommes arrivés aujourd'hui. Tu dis que tu *habites* ici ?

– Oui, heu...

Elle connut un moment d'hésitation. Certains Lycantes étaient du côté des Maûnes. Comment faire confiance à celui-ci, qui pouvait être un espion ? Alors qu'il craignait vraisemblablement, tout comme elle, de se faire surprendre dans ce couloir ? *Pourquoi fouillait-il le château ?*

– ... j'aide ma grand-mère Isadorine, reprit-elle en construisant son mensonge. Elle m'apprend la cuisine et je m'occupe du poulailler, aussi. Elle m'a donné une lettre pour votre ami d'Arcadie. Ils sont encore à table ?

Hogo contempla la petite frimousse qui osait jouer du mystère avec lui. Une idée lui traversa soudain l'esprit. Serait-il possible que ?...

– Et si tu me donnais cette lettre ? proposa-t-il avec un sourire malicieux. Je la remettrai pour toi, si tu veux.

– Non, non, refusa Ariale. Ma grand-mère m'a bien dit de ne la donner qu'à lui, rien qu'à lui !

– Ce doit être très important, s'amusa Hogo. Bien, je vais t'accompagner jusqu'à lui. Je ne voudrais pas qu'une lettre si importante se perde en route !

Ariale soupira de soulagement. Le ton allègre du Lycante l'inspirait déjà à davantage de confiance. S'il s'était avéré un ennemi, il aurait déjà bondi sur elle pour s'emparer de cette lettre imaginaire. Elle touchait donc presque au but !

Son compagnon releva soudain le menton, toute jovialité disparue de son visage. Les pointes de ses oreilles furent agitées de tremblements, alors qu'il concentrait toute son attention dans son ouïe. Ariale devinait presque à l'avance ce qu'il allait annoncer. Une mauvaise nouvelle, assurément.

– Quelqu'un vient, murmura Hogo en désignant une direction. Un pas lourd. Qui est-ce ?

– Le gardien du château ! répondit Ariale, les yeux écarquillés. Il faut qu'on se cache !

Elle baissa sa lanterne et entraîna le Lycante, docile, en direction d'un escalier étroit qu'ils descendirent à vive allure. Hogo ne songea même pas à demander pourquoi la petite-fille de la servante aurait à craindre le gardien du château. Il accordait peu de crédit à son histoire.

Le colimaçon aboutissait dans une cave voûtée qui s'allongeait sur trente mètres de long. Ariale se tapit contre la muraille et baissa tellement l'intensité de sa lanterne que celle-ci n'éclaira pratiquement plus rien. Hogo se fit également parfaitement silencieux et attentif aux bruits qui tombaient de l'étage supérieur.

Les pas de Korcos étaient forts et nerveux. Ils se firent plus clairs à mesure qu'ils se rapprochaient, trépignèrent quelques instants en haut de l'escalier puis cessèrent totalement. Ariale retint sa respiration en priant pour ne pas entendre les sabots du Taurin frapper les marches qu'ils venaient de descendre.

Ces instants d'incertitude lui parurent longs, très longs. Mais son vœu fut finalement exaucé quand le gardien s'éloigna d'un pas rapide, à destination des affaires étranges qui formaient ses occupations.

Hogo jugea, quant à lui, tout danger écarté. Il leur suffisait d'attendre quelques minutes que la voie soit parfaitement libre et il irait présenter à Zétide sa nouvelle amie. C'est donc avec une parfaite décontraction que le Lycante décida d'explorer cette cave exceptionnelle.

Bâtie comme un large couloir, ses murs se creusaient à intervalles réguliers de niches profondes de plusieurs mètres, abritant tonnelets, bouteilles, légumes ou salaisons, selon les cas. Quelques-unes étaient fermées d'une charpente en bois, visant à mettre les plus délicates de ces marchandises à l'abri des pillards patentés qu'étaient les insectes et les rongeurs de tout poil. Hogo se souciait peu de connaître la nature exacte de ces marchandises ; tout cela semblait parfaitement normal.

Une de ces niches, pourtant, retint finalement son attention. La seule où l'on avait pris la peine d'installer un verrou flambant neuf. Sans omettre d'en retirer la clé.

– Qu'y a-t-il derrière cette porte ? demanda-t-il à voix basse.

La jeune fille ranima sa lanterne et rejoignit le Lycante qui examinait les travaux récemment effectués à cet endroit. Toutes les précautions avaient été prises pour que l'on ne puisse ouvrir la porte sans clé.

– Vous pouvez voir dans le noir ? s'étonna Ariale.

– Un peu, seulement, avoua Hogo en grognant. Moins bien que les Maûnes.

– C'est un des sept pouvoirs des Lycantes ? insista la jeune fille.

– Certains le prétendent, répondit l'intéressé d'un air évasif. Alors, sais-tu ce qu'il y a derrière ?

– Une *rune*, révéla Ariale en toute innocence. Mon on… le sire Marten avait commencé à étudier la magie. Il a dessiné quelque chose comme ça…

Joignant le geste à la parole, Ariale s'accroupit et entreprit de tracer quelques courbes dans la poussière du sol.

Elle enchaîna les mouvements avec une telle précision que Hogo eut rapidement l'impression d'être en présence d'une *véritable* rune, chargée d'un pouvoir inconnu. Quand la jeune fille se releva, satisfaite, ce pressentiment se mua en certitude. Le symbole né de la poussière détenait sa propre puissance magique.

– Sais-tu… Sais-tu à quoi elle sert ? demanda-t-il d'une voix blanche.

– Non. Le sire Marten disait seulement qu'il voulait étudier les Maûnes. Mais il n'en parle plus jamais, maintenant. La magie ne l'intéresse plus du tout.

Hogo ne pouvait ôter son regard de la forme circulaire qu'éclairait la lanterne. Même s'il se trompait sur le véritable pouvoir de celle-ci, il s'en trouvait une semblable, derrière la porte renforcée, qui avait toutes les chances d'être *réellement* dangereuse.

– Ne tardons pas davantage à aller porter ta lettre, proposa-t-il à Ariale. J'ai, moi aussi, quelque chose d'urgent à annoncer à mon ami.

Il attendit que la jeune fille ait le dos tourné pour effacer son œuvre d'un coup de semelle. Puis il la rejoignit dans l'escalier en la pressant poliment d'accélérer l'allure.

Ils furent d'autant plus surpris par ce qui les attendait en haut. Une main vigoureuse saisit Ariale par ses vêtements dès que ses épaules apparurent dans l'encadrement du passage. La jeune fille en lâcha sa lanterne qui rebondit et roula sur elle-même jusqu'aux pieds de Korcos.

Hogo émergea du passage juste derrière elle, en grondant. Les deux non-Humains se défièrent du regard, pendant qu'Ariale s'agitait vainement au bout du bras du gardien. Le Taurin mesurait presque trois têtes de plus que le Lycante. Il était armé d'une hache, alors que Hogo n'avait même pas son bâton. Si combat il devait y avoir, il ne serait pas à l'avantage de l'homme-loup.

– Lâche-moi ! Lâche-moi, Korcos ! ordonna Ariale avec un courage qui la surprenait elle-même.

– Vous êtes le gardien ? vérifia Hogo, sans pouvoir cesser de gronder.

– Ouais ! beugla le monstre, en lui soufflant dans le visage. Vous êtes perdu ?

– Cette jeune personne me montrait le chemin. J'aimerais qu'elle m'accompagne encore.

– C'est une *menteuse*..., affirma doucement le Taurin, en baissant ses cornes dans une menace sans équivoque. Ne croyez rien de ce qu'elle vous a dit !

– Elle prétend avoir un message pour mon compagnon. Je tiens à ce qu'il lui soit remis.

Le monstre tourna son regard de braise vers la jeune fille, qui abandonna aussitôt tout espoir de s'en tirer à bon compte.

– C'est vrai, Ariale ? demanda le Taurin en dévoilant ses énormes dents. Tu as un message pour ces *étrangers* ?

Elle contempla quelques instants la fureur qui bouillait dans les yeux du monstre et eut le pressentiment qu'une *mauvaise* réponse entraînerait un débordement de violence immédiat. Somme toute... elle n'avait pas le choix.

– Non, marmonna-t-elle en se tournant vers Hogo. J'ai menti. *Les moines* ne m'ont pas remis de message.

– Vous voyez bien ! éclata le Taurin, toujours aussi furieux. Alors, oubliez ça et allez vous coucher ! Si vous continuez à vous balader dans les couloirs, ma hache pourrait vous confondre avec un cambrioleur !

– J'ai compris, annonça Hogo avec une grimace maussade.

Le Taurin lui souffla encore au visage, lança Ariale sur son épaule et s'éloigna d'une démarche triomphale en direction du donjon. Hogo se libéra du profond grondement qui lui démangeait la gorge et se tourna, quant à lui, vers les appartements qu'on leur avait assignés.

Quelques mètres plus bas, au-dessus d'un tas de poussière qui avait été une rune, une créature à tête de sorcière et aux ailes de chauve-souris fit son apparition. Sa première pensée fut que l'Ældo n'était pas si différent du Maûne. C'est également la première chose qu'elle confia à ses sœurs... avant qu'elles ne s'entretiennent de leur reine.

* * *

Dire que Zétide était *déçu*, alors qu'il regagnait calmement la tour où ils devaient passer la nuit, ne refléterait pas l'exacte vérité. La Cabale et lui-même nourrissaient tant d'espoirs au sujet du chevalier Eras que sa conversation avec la jeune damoiselle Garamont l'avait laissé plutôt… désappointé.

Il ne croyait pas un instant que la lettre mystérieuse portée par les moines fût le fait d'un farceur, mais il était également incompréhensible que Lucia nie en être l'auteur. Soit il n'avait pas réussi à gagner sa confiance, ce dont il doutait, soit cette aventure recelait plus de surprises que prévu. Autant d'énigmes dont il faudrait trouver le fin mot, avant de se lancer sur une nouvelle piste de la Belle Arcane…

Mais le sorcier n'était pas de ceux qui s'apitoient sur leur sort, ou qui abandonnent devant les difficultés. L'affaire était plus complexe qu'il n'y paraissait, soit. Il mettrait le temps qu'il faudrait pour la résoudre. Hogo avait peut-être déjà trouvé quelques éléments de réponse : les investigations discrètes dont le Lycante avait fait sa spécialité, dans leur association, s'étaient souvent révélées fort utiles. Et les vies sauvées qui en résultaient payaient largement ces indélicatesses, d'autant que l'homme-loup ne s'était encore jamais fait prendre.

C'est donc avec une certaine impatience que Zétide poussa la porte de leur chambre, curieux d'entendre ce que pourrait annoncer son compagnon. Mais en trouvant ce dernier adossé à côté de l'entrée, bâton en main et la mine maussade, le sorcier comprit que les nouvelles étaient plutôt mauvaises.

– Ne touche pas aux lits, prévint Hogo d'une voix amère. Les draps sont couverts de *champigne urticante*. Assez pour nous brûler la gorge jusqu'au fond des poumons.

Zétide échangea un regard surpris avec son ami avant d'examiner le linge immaculé à la lumière de sa lanterne.

Non pas qu'il mette sa parole en doute… Avec un simple reniflement, les Lycantes pouvaient déceler la présence de n'importe quel poison, même dilué dans l'eau ou mélangé à des aliments. Un pouvoir si précieux qu'ils devaient en taire l'existence pour espérer vivre en paix.

– Ils ont aussi fouillé les sacs, reprit Hogo sur un ton boudeur. Apparemment, rien ne manque, mais ils n'ont pas fait d'efforts pour ranger. J'ai du mal à comprendre…

– Ils doivent espérer qu'on se couchera sans rien remarquer, suggéra le sorcier. Il est tellement plus facile de voler un mort…

– Zet, je crois que les choses ici sont plus graves qu'on ne pensait. J'ai rencontré un Taurin, en bas. Il dit travailler pour le régisseur.

– On m'en a parlé… Comment est-il ?

– Pas différent des autres. Il m'a menacé. Il n'en aurait pas fallu beaucoup pour qu'il se jette sur moi. Dire que je trouvais dangereux d'accueillir un basilic !

– Les châtelains affirment ne pas avoir à s'en plaindre.

– Je ne leur fais pas confiance. La fille Lucia n'est peut-être pas ce qu'elle prétend. J'ai aussi rencontré une gamine, tout à l'heure. Elle affirmait avoir un message pour toi. Elle a également parlé des moines.

En quelques minutes, Hogo raconta son aventure dans les caves du château. Zétide l'écouta attentivement, posant quelques questions, réclamant certains détails qui lui semblaient importants.

– Voilà qui apporte de nouveaux éléments à l'affaire…, commenta le sorcier en caressant sa barbiche. Cette jeune Ariale doit en savoir long sur notre mystérieux correspondant…

– Tu penses qu'elle pourrait avoir écrit la lettre ?

– Peut-être. Il se pourrait même qu'elle soit, depuis le début, la seule à dire la vérité…

– Tu veux dire… qu'elle serait la fille d'Eras ?

– Exactement. Cela expliquerait bien des choses…

– Mais pourquoi nous empêcher de lui parler ? insista

Hogo. Pourquoi le chevalier aurait-il entouré sa fille d'un tel secret ?

– Pour la protéger, probablement, supposa Zétide. Eras a toujours été d'une nature méfiante. Ce n'est pas moi qui vais l'en blâmer ! Après la tragédie des Jours rouges, il a préféré dissimuler sa fille aux yeux des Maûnes.

– C'est réussi ! railla Hogo. Elle est gardée par un Taurin ! Autant dire que toutes les légions Maûnes sont au courant !

– Peut-être…, réfléchit le sorcier. Mais quelque chose m'échappe encore. Que cette gamine soit une Garamont ne justifie pas que l'on ait tenté de nous tuer, *nous*. *Quelqu'un*, dans ce château, redoute que nous mettions le nez dans ses affaires. Et je suis prêt à parier qu'elles ont un rapport avec la rune de la cave.

Zétide s'interrompit soudain en voyant Hogo dresser les pointes de ses oreilles. Il arrivait parfois au Lycante de s'alarmer sans raison mais il était, cette fois, tout à fait sûr de lui. Pendant que le sorcier meublait le silence d'une loquacité retrouvée, l'homme-loup s'avança lentement vers la porte de leur chambre, son bâton paré en prévision de toute attaque surprise.

– … en tout cas, je suggère que nous quittions cet endroit au plus vite, mentit Zétide en observant la progression de son compagnon. Il semble bien que cette piste ne mène à rien et je n'ai nul temps à perdre ici si Eras ne s'y trouve pas, ou s'il n'y a aucun moyen…

Il mit fin à sa tirade à l'instant même où Hogo tirait violemment sur la poignée pour se jeter dans l'ouverture, bâton en avant. Le Lycante était si convaincu de surprendre quelqu'un que son étonnement, en découvrant le couloir désert, le cloua sur place pendant quelques secondes. Il n'en bondit que de plus belle quand une voix railleuse éclata juste derrière ses oreilles…

– *Pris comme au terrier !*

Laissant libre cours à ses réflexes, Hogo se retrouva un pas plus loin, un genou en terre et retourné en direction de son agresseur, son bâton coincé dans le creux de l'aisselle.

S'il n'avait eu la faculté de voir dans le noir, il aurait probablement frappé Lucia sans la reconnaître.

La jeune femme se tenait suspendue à une poutre par la seule force de ses mollets. Complètement renversée, sa tête se trouvait encore à deux mètres du sol, ses cheveux tombant en une cascade gracieuse et dévoilant une nuque parfaite. Malgré le sourire qu'elle offrait au Lycante, la belle tenait dénudé un poignard monstrueux, dont la lame mesurait bien trente centimètres sur cinq de large.

– Vous avez eu peur, hein ? se moqua-t-elle en se balançant doucement.

– J'aurais pu vous tuer, grinça Hogo.

– Avec cette *brindille* ? J'aurais eu le temps de vous passer dix collets autour du cou. En y songeant, c'est la première fois que je chasse dans les couloirs de mon château !

Avec une facilité déconcertante, elle se tendit en direction du plafond et assura sa prise sur la poutre. Elle rengaina son poignard avant de se laisser élégamment tomber devant Hogo. Le Lycante attendit qu'elle soit tout à fait rétablie, jambes assurées et mains sur les hanches, pour amener son visage à un pied du sien.

– Rappelez-vous une chose, menaça-t-il en plissant les yeux. Je ne suis pas gibier que l'on *chasse*. Ceci n'est pas sujet de plaisanterie pour moi.

– Oh ! Vous m'avez fait peur, rétorqua Lucia d'un sourire mauvais. Pendant un instant, j'ai cru que vous alliez m'embrasser.

– Bon, cela suffit, coupa Zétide, qui s'était jusqu'alors tenu à l'écart. Damoiselle Garamont, je suppose que votre présence n'est pas le fruit du hasard ? Auriez-vous quelque chose à ajouter à notre conversation de tout à l'heure, ou aviez-vous seulement l'intention d'écouter à notre porte ?

– En fait, un peu des deux, répondit la jeune femme avec effronterie. Tout dépend de la réponse que vous m'allez donner à certaine question.

– Et quelle est donc cette interrogation fondamentale ?

– Dans quelles circonstances *exactes* avez-vous connu

mon père, messire Zétide ? lança-t-elle sur un air de défi.

Hogo et le sorcier échangèrent un regard embarrassé. La question était effectivement délicate, mais toute hésitation pouvait nourrir le doute et accentuer encore le malentendu.

– C'était à Manès, raconta Zétide, en affectant l'indifférence. Pendant les Jours rouges. Eras avait avancé l'idée qu'une offensive directe sur la Dalle grandissante pouvait nous faire gagner plusieurs lieues de lignes de défense. Les stratèges Eldes, mal organisés, l'avaient écouté d'une oreille distraite. Je cherchais quant à moi quelqu'un qui m'escorterait au cœur de la bataille, avec l'espoir fou de conjurer la Dalle. Nous sommes tombés d'accord et avons foncé droit vers le Maûne, à la tête de nos cent cinquante malheureux chevaliers et archers arcadiens.

« Nous avons réussi à briser l'avancée d'une légion sybère. Devant ce succès, Eras a envoyé plusieurs messagers, priant, suppliant les stratèges de lancer tous les hommes disponibles dans la bataille. Si l'armée elde avait eu alors son efficacité actuelle, nous aurions peut-être connu la victoire. Mais aucun renfort ne vint jamais et nous ne fûmes bientôt plus qu'une vingtaine à nous battre dos à dos.

« Je n'ai jamais trouvé la rune de Manès, en fait, je n'ai jamais eu le temps ni la possibilité de la chercher vraiment. Nous avons battu en retraite dans le désordre le plus total et, une fois de retour dans notre camp, nous n'étions plus que quatre. Les autres s'étaient égarés dans le Maûne.

« Voilà comment j'ai connu Eras. Cela vous satisfait-il, damoiselle Garamont ?

Lucia le dévisageait d'un œil noir lancé par-dessous ses mèches brunes. À aucun moment du récit, elle n'avait perdu cette grimace.

– Non ! éclata-t-elle soudain, les poings sur les hanches. Mon père m'a déjà raconté cette histoire, messire *Zétide*. Et il semblerait l'avoir vécue avec *un autre* !

– D'accord, d'accord, concéda le sorcier, ignorant les regards affolés de Hogo. Je vais vous donner l'ultime preuve de ma confiance, damoiselle. *Je suis* Hypolus d'Arcadie.

– *Je le savais*, jubila Lucia en levant le poing en signe de victoire. J'en étais sûre.

– Si votre gardien apprend cela, reprit le sorcier, tous les Maûnes de la région vont se lancer à nos trousses. Autant dire que ce sera la fin de la quête de l'Arcane. N'en dites rien à personne.

– Je le jure, affirma Lucia, tout excitée à la pensée d'être dans le secret.

– Très bien. À votre tour, maintenant, de me faire des confidences. Ah, et ne vous asseyez pas sur les lits : ils sont couverts de poison.

***

Cette fois, Ariale ne pleura pas. Il lui était inutile d'essayer d'apitoyer Korcos. Le Taurin était si furieux qu'il valait mieux pour elle se faire totalement oublier. À chaque coup de poing, de corne ou de sabot qu'il donnait dans les murs du château, elle sentait son cœur bondir dans sa poitrine et le bruit résonner longuement dans ses oreilles. Il semblait impensable qu'un être si violent n'ait encore osé lever la main sur elle. Quel que fut le commandement mystérieux qui l'obligeait à l'épargner, la jeune fille lui devait probablement d'avoir la vie sauve.

Elle ignorait, bien sûr, que d'autres monstres convoitaient son corps…

Korcos n'avait plus dit un mot depuis qu'il l'avait rattrapée. En le voyant se lancer dans l'escalier menant au donjon, Ariale eut soudain la certitude qu'elle allait passer le reste de sa vie en prison. Du moins, jusqu'au jour où son père réapparaîtrait… ce qui semblait malheureusement fort compromis. Somme toute, sa dernière chance était d'être réclamée par l'Arcadien lui-même. Bien mince espoir, alors qu'elle n'était même pas certaine de s'être fait comprendre de son compagnon Lycante…

Le Taurin franchissait les marches quatre à quatre sans aucun ménagement pour sa prisonnière. En quelques instants, ils furent de retour dans la chambre de la jeune fille qu'il jeta sur son lit comme un paquet encombrant. Ariale se redressa aussitôt, redoutant que le gardien ait attendu ce moment pour lui infliger une terrible correction.

Étrangement, Korcos lui accorda très peu d'attention. Il porta son regard sur les poutres du plafond et, d'une voix excédée, s'adressa à un interlocuteur invisible.

– Faites-la dormir tout de suite, ordonna-t-il en roulant des yeux. J'en ai assez de devoir vous la ramener sans arrêt.

Ariale, stupéfaite, chercha à repérer qui le Taurin pouvait bien interpeller ainsi. Mais dans les ombres de la pièce, il n'y avait rien. Rien d'autre que le bruit des ailes des grands oiseaux, qu'elle ne voyait jamais.

Elle eut soudain très peur. Les oiseaux s'agitaient beaucoup. Elle les entendait déployer leurs ailes pour en détendre les muscles. Quelques-uns les battaient sur place, comme des poules trop grosses pour voler. Leurs petites serres tiquaient contre le bois en rappelant les grattements d'un rongeur. En tendant l'oreille, Ariale croyait même entendre des murmures. Pas des piaillements, des *voix*.

Elle voulut se lever et s'enfuir encore, mais son corps refusa d'obéir. Ses membres, ses paupières étaient lourds de fatigue. Sa tête l'entraîna en arrière et elle se retrouva allongée de tout son long, alors que son esprit la suppliait de *partir*. À cet instant seulement, elle se souvint : la même chose lui était arrivée la veille. Et la nuit d'avant. Et la précédente encore, et toutes les nuits depuis que son oncle s'intéressait à la magie. Les gros oiseaux lui rendaient visite pendant son sommeil.

Elle se souvint également qu'elle aurait tout oublié à son réveil. Cela se passait toujours ainsi. Sa lucidité ne durait que quelques instants, ce moment étrange qui précédait la glissade vers le monde des rêves. En vain, tous les jours elle avait lutté… mais l'aube la trouvait invariablement ignorante du tourment de ses nuits.

Elle se souvint des gros oiseaux… et en aperçut un, comme toutes les nuits, juste avant de fermer les yeux. Une petite sorcière aux dents pointues et aux ailes de chauve-souris. Un monstre de cauchemar qui clopinait sur ses draps, s'inclinait devant elle et l'appelait *notre reine* pendant que les autres envahissaient sa chambre.

– Combien de jours, encore ? beugla la voix contrariée de Korcos, alors qu'Ariale luttait désespérément contre le sommeil. Je veux savoir !

– Dernier, c'est le dernier jour ! carillonna une voix aigrelette. Notre sœur l'a annoncé. Nous allons élever notre reine !

– Notre *puissante* reine ! reprirent des dizaines de voix piaillantes et riantes.

– Alors, *quand* ? éclata le Taurin. *Quand* pourrai-je enfin prendre le château ? Demain ?

– Affûte ta hache, mauvais serviteur ! railla la voix moqueuse. *Cette nuit*, c'est la chasse à l'Humain ! Demain, nous serons déjà châtelains !

Ariale gémit en entendant le rire cruel de Korcos, puis se recroquevilla inconsciemment quand il fut repris par des dizaines de petites sorcières ailées. Bien qu'elle ne soit plus très loin du sommeil, elle s'encouragea à rassembler ses forces pour se lever et donner l'alerte. Il fallait qu'elle se lève. Elle ne devait surtout pas s'endormir. Il fallait qu'elle...

***

Si Lucia suspectait Zétide et Hypolus d'Arcadie d'être une seule et même personne, elle fut, en revanche, fort surprise d'apprendre la tentative d'assassinat dont le sorcier et Hogo avaient été les cibles. Jusque-là, elle était peut-être la seule pour qui les choses semblaient tout à fait claires : elle se retrouvait maintenant confrontée à des problèmes insoupçonnés.

– Moi qui croyais venir vous livrer la clef de l'énigme, commenta-t-elle en examinant les draps empoisonnés. J'ai l'impression que nous allons bientôt changer de gardien !

– S'il est bien le coupable, tempéra Zétide. Méfions-nous des conclusions hâtives. Quelle serait donc cette fameuse *clef de l'énigme* ?

– Qui voulez-vous que ce soit ? répliqua Lucia en ignorant la question. Mon oncle ? Moi ? Nos vieux serviteurs, peut-être ? Ne vous y trompez pas, Hypolus. Il n'y a qu'*un* Maûne dans ce château.

– Peut-être pas, justement, révéla le sorcier, vaguement agacé. La magie qu'étudie votre oncle sert à créer ces fameux passages dans l'entre-deux monde, dont je vous ai parlé. Alors, allez-vous enfin confirmer ce à quoi je pense, ou faudra-t-il que j'aille moi-même le demander à une certaine Ariale ?

Pendant quelques instants, Lucia perdit de son aplomb. Elle n'imaginait pas que la nouvelle marotte de son grand-oncle pouvait à ce point être dangereuse. Il est vrai qu'elle faisait tout son possible pour ne pas rester cloîtrée en ces murs, et qu'elle manquait donc une bonne partie de la vie quotidienne du château. Si les Maûnes pouvaient glisser du poison jusque dans leurs chambres… alors, il était temps de réagir. Elle ne pouvait plus se contenter d'attendre et d'espérer le retour de son père. Pour la première fois depuis longtemps, Lucia de Garamont admit avoir besoin d'aide.

– C'est ma sœur, avoua-t-elle avec franchise. Ma petite sœur, Ariale. Comme personne n'est au courant de sa naissance, mon père a décidé de la cacher jusqu'à la fin de la guerre. Il ne s'attendait certainement pas à rester absent si longtemps…

– Elle est née à l'automne des Rouges, n'est-ce pas ? vérifia le sorcier. Votre mère a péri en couches… et votre oncle a fait prévenir Eras, à Manès.

– Vous savez tout. C'est aussi Ariale qui vous a appelés au secours, par cette lettre. Elle ne m'avait pas prévenue, cette petite cachottière…

– Elle doutait probablement d'agir pour le mieux, supposa Zétide, en songeant aux réserves du texte. Voilà certainement pourquoi elle n'a pas signé.

– Elle m'étonnera toujours…, commenta Lucia avec un sourire admiratif. Écrire à la Cabale ! Elle qui se prétend timide !

– Elle mentionne un *signal*, coupa le sorcier, qu'Eras aurait donné encore récemment. Savez-vous de quoi il s'agit ?

– Oui. C'est même moi qui suis chargée de le guetter, ajouta la belle avec fierté.

– Et… quelle en est la nature ?

– Je ne vous le dirai qu'après en avoir discuté avec ma sœur, avertit Lucia. *Peut-être*. Oh, je n'ai plus de doute à votre sujet, Hypolus, ajouta-t-elle devant la surprise du sorcier. Mais ce signal est la dernière chose qui me relie encore à mon père. Ariale et moi avons fait le serment de ne jamais rien révéler à son sujet. Nous n'en avons même pas parlé à notre oncle, alors, pourquoi braderions-nous maintenant le secret !

– Parce que votre père est en danger, intervint Hogo, impatient. N'avez-vous pas compris ? Ce qu'a fait votre sœur, c'est peut-être lui donner une dernière chance d'être sauvé. Si la Cabale ne le trouve pas avant les Maûnes, vous serez orphelines. Et par la même occasion, tout ce qu'il aura appris sur l'Arcane disparaîtra avec lui. Trois ans de quête pour *rien*. Est-ce vraiment ce que vous voulez ?

– Bien sûr que non ! s'emporta Lucia, poussée à bout. Je veux simplement en discuter avec ma sœur, d'accord ? C'est elle qui a écrit la lettre. Elle a son mot à dire dans l'histoire.

– Très bien, allons donc lui parler ! répliqua le Lycante, lui aussi échauffé. Pour ce que j'ai pu en juger, elle semble plus intelligente. Nous cesserons ainsi de perdre du temps avec vous !

– Pas si vite, pas si vite, tempéra Zétide. N'oubliez pas qu'il y a quelqu'un, dans ce château, qui est bien décidé à nous mettre sous terre.

– Raison de plus pour foncer tout droit chez ma sœur, insista Lucia. Elle est peut-être en danger !

– Je pense qu'il serait plus sage de faire d'abord un petit tour dans votre cave, damoiselle Garamont. Croyez-en mon expérience… s'il se trouve une rune dissimulée en ces murs, vous pouvez être sûre que tous nos ennuis y trouvent leur source.

* * *

Le sire Marten s'échinait contre la pierre avec l'énergie du désespoir. S'il avait mis autant de volonté à repousser l'invasion des Maûnes, il aurait acquis une réputation de héros – ou de fou à lier – en moins d'un an de campagne. Il maniait la pioche avec une telle force que les coups lui remontaient jusque dans la nuque… mais toujours, son outil glissait sur la roche ou, quand par miracle il réussissait à en ôter un fragment, son œil le trompait l'instant d'après en montrant la pierre de nouveau intacte.

Ce matin encore, il était prêt à renoncer à la faire disparaître. Après toutes ces semaines de tentatives infructueuses, il s'était fait une raison. Il avait presque la conscience tranquille, même, depuis que l'arrivée de Korcos avait tempéré les débordements de *sa créature*. Pourquoi avait-il fallu que ce sorcier vienne perturber sa quiétude, avec ses histoires de Dalle et de passage vers le Maûne ?

À cette heure, il aurait dû être confortablement couché, repu de l'excellent dîner qu'ils avaient partagé… En lieu et place, il se retrouvait dans une cave glacée, sous une lumière tremblante, à jouer de la pioche contre une rune qui se refusait étrangement à disparaître.

Il s'interrompit quelques instants pour reprendre haleine et s'éponger le front. Quand il avait gravé cette rune dans le sol de la cave, il n'imaginait pas vraiment qu'elle fonctionnerait. Puis, quand la créature était apparue au-dessus du symbole, il avait espéré pouvoir l'étudier, la comprendre peut-être, afin de réfléchir à un accord de paix entre les Maûnes et les Eldes. Mais dès ses premières malveillances, il avait perdu toute illusion. Elle avait d'abord mis le feu à l'écurie, puis fait s'effondrer une portion de plafond, subtilisé plusieurs objets de valeur… En quelques semaines, le château Garamont avait connu plus de revers qu'en un siècle entier. Lucia, Ariale et les serviteurs eux-mêmes l'avaient remarqué. Mais jamais il n'aurait osé leur avouer la vérité !

Il avait espéré que détruire la rune suffirait à renvoyer la créature dans le Maûne. Malheureusement… le symbole s'était révélé invulnérable. Ni les coups, ni le feu ou les acides n'avaient réussi à en briser les courbes. Faute de mieux, il avait condamné cette partie de la cave en priant pour que les choses s'arrangent d'elles-mêmes. Et cet espoir même venait de lui être retiré par les prédictions pessimistes de ce sorcier de malheur !

Il leva sa pioche pour une nouvelle série de coups et se figea dans son mouvement, une sueur froide lui parcourant l'échine. Des bruits de pas. *Des gens descendaient !*

Il n'eut que le temps de lâcher ses outils, attraper sa lanterne et sortir de la niche avant d'être rejoint par Lucia, Hogo et Zétide. D'un geste le plus naturel possible, il ferma complètement la porte et donna un tour de clé à la serrure.

– Ne vous donnez pas cette peine, mon oncle, avertit Lucia en minaudant. Nous allons justement dans cette pièce.

– Euh… pourquoi ? bredouilla l'intéressé, pris sur le fait.

– Arrêtez-vous avant de dire un mensonge, prévint Hogo. Tout le monde ici sait que vous avez tracé une rune derrière cette porte.

– Mais… ce n'est pas interdit, je crois ? insista ridiculement le régisseur, en serrant la clé contre lui.

– *Non*, ce n'est pas interdit, concéda Zétide. C'est seulement *irresponsable*. Vous auriez dû m'en parler plus tôt.

– J'ai la situation bien en main, mentit le sire Marten. Il ne sert à rien de vous mettre en colère.

– Je crois que vous n'avez pas compris ce qu'est réellement la Cabale, soupira le sorcier. Messire de Sig, je ne suis pas là pour sanctionner les imprudents, mais pour les *aider*. C'est en coopérant que nous pourrons soutenir l'Ældo ! Alors, allez-vous me dire sur quelle rune du *Livre des Somones* vous avez choisi d'exercer vos talents, ou faudra-t-il que Hogo vous prenne la clé de force ?

Le régisseur soupesa le regard de chacun, pour juger du sérieux de la menace. Même Lucia était du côté des étrangers. Il ne s'était jamais beaucoup entendu avec sa nièce, mais de là à la voir prendre le parti adverse… sans doute n'avait-il que ce qu'il méritait.

– Une *Harpie*, avoua-t-il à regret. J'ai invoqué une Harpie. Elle est toujours dans le château.

Zétide ferma les yeux et prit une profonde inspiration. L'instant d'avant, il espérait encore qu'il ne s'agirait que d'un Sérafin, une Stryge ou un Fourchon… Un Maûne de petite taille, facilement décelable et à l'intelligence limitée. Pas quelque chose d'aussi secret, malicieux et nanti de pouvoirs étranges qu'une *Harpie*.

– Qu'est-ce que c'est ? s'enquit Lucia. C'est grave ?

– Considérez que le château ne vous appartient plus, gronda Hogo. Les Harpies peuvent se rendre invisibles. Il vous faudra des années pour la faire partir.

– Des années…, répéta le fautif, les épaules tombantes.

– Mais à part ça ? Est-ce qu'elle est dangereuse ?

– Oui et non, répondit Zétide. Si l'envie lui en prend, elle peut très bien vous tuer pendant votre sommeil. Mais la plupart se contentent de vivre en parasites dans un grenier. Si vous lui laissez voler suffisamment de nourriture, elle vous fiche la paix. Sinon, elle peut vous rendre la vie infernale…

– Vous auriez dû me le dire, mon oncle, accusa la jeune femme. J'aurais pu essayer de la chasser.

– Tu n'aurais pas réussi, Lucia. Korcos essaye tous les jours sans succès. À peine s'il parvient à la tenir tranquille…

– Je suis meilleure que cet espèce d'encorné, se fâcha la chasseresse. Je parie qu'il est de mèche avec elle. D'ailleurs, je ne l'ai jamais vu poser le moindre piège dans les couloirs !

– Voudriez-vous ouvrir, maintenant ? demanda Zétide.

La mine décomposée, le sire Marten s'exécuta et tira grand la porte pour livrer passage au sorcier. Ce dernier emprunta la lampe de Lucia avant de pénétrer dans la niche caverneuse qui abritait l'origine de leurs maux.

Il en sortait quelques instants après, une expression grave sur le visage.

– Allez tout de suite voir si la petite va bien, demanda-t-il d'une voix inquiète. Je crois que nous avons un *gros* problème.

* * *

Lucia s'était lancée à une telle vitesse dans les marches que Hogo avait eu peine à la retenir. La jeune femme se débattait encore, furieuse d'échouer à se libérer de l'étreinte du Lycante. Rien dans son apparence ne laissait penser qu'il disposait d'une telle force…

– Lâchez-moi, ou je vous entaille le bras ! menaça la chasseresse en dénudant son poignard.

– Je vais vous lâcher, affirma calmement Hogo. Mais essayez d'abord de vous calmer. Vous n'aiderez pas votre sœur en fonçant tête baissée comme une idiote.

– Mortelune ! Mais vous ne comprenez pas ! jura-t-elle avec rage, sans cesser de s'agiter.

Hogo ne bougea pas d'un pouce. Lucia finit par se maîtriser, haletante, et rengaina le poignard qu'elle n'avait jamais songé utiliser.

– Voilà, vous êtes content ? On peut y aller, maintenant ?

– Il vaudrait mieux vous trouver une arme, d'abord, annonça-t-il en la libérant. Ce couteau de chasse sera insuffisant en cas de combat sérieux.

– Vous pouvez parler, avec votre bâton ! railla la jeune femme en désignant l'objet d'une grimace. Mais vous avez peut-être raison… Quitte à taper sur quelqu'un, j'aime autant lui faire *vraiment* mal.

Elle l'entraîna à pas rapides le long d'une traverse, puis d'un petit couloir dénivelé, avant d'ouvrir sans douceur la porte située à son extrémité. Hogo la suivit dans une pièce de taille modeste et fort encombrée : du sol au plafond se mêlaient étagères, établis et râteliers, où s'entassaient des objets aussi divers qu'une vieille selle, un crâne d'ours, des paniers en cours de tressage, des statuettes en bois, plusieurs petites cages et autres fournitures hétéroclites.

– Mon atelier personnel, expliqua Lucia en fouinant dans un coin particulièrement en désordre. Le seul endroit où mon oncle ne vient jamais me casser les pieds. Ah, mais où ai-je donc fourré ce machin ?

– Votre arc serait déjà plus approprié, suggéra Hogo en avisant l'objet.

– Bien sûr, ironisa la jeune femme. Et c'est tellement pratique, dans un château plein d'obstacles ! Laissez tomber l'arc, attendez plutôt de voir… Ah ! La voilà.

S'aidant des deux mains, Lucia leva devant elle une épée de plus d'un mètre de long, et qui devait bien peser vingt livres. Elle débloqua le fourreau d'un coup de poignet et le laissa glisser au sol, avant de brandir à nouveau la lame dénudée. L'acier reflétait si bien la lanterne posée à côté qu'on l'aurait dit trempé d'argent pur. À la manière dont la jeune femme évitait de toucher son tranchant, Hogo comprit que la lame était parfaitement affûtée.

– Vous pouvez la manier ? demanda-t-il, sceptique. Une grande épée ne sert à rien si vous devez la laisser traîner derrière vous.

– Qu'est-ce que vous croyez ? répondit la jeune femme, en faisant danser la pointe de l'arme. Je suis fille de chevalier. Elle est trop encombrante pour mes promenades, mais je ne dénigre pas ses avantages en tournoi. J'ai mis à terre plus d'un nobliau, au collège. Vous pouvez me croire.

Hogo doutait encore, mais ils n'avaient pas le temps de finasser. L'important était que Lucia soit capable de se défendre, le cas échéant. Car le Lycante ne doutait pas qu'ils soient en danger : depuis qu'il connaissait Hypolus, il avait rarement vu le sorcier aussi inquiet.

– Très bien, allons-y. Laissez la lanterne. Restez derrière moi, et soyez la plus discrète possible. Nous sommes certainement attendus… alors, essayons de ne pas ajouter à leur avantage.

* * *

Zétide était à quatre pattes sur le sol de la cave, examinant avec soin les cinquante centimètres de pierre taillée qui composaient la rune d'invocation. Il avait puisé dans les poches de son bliaud un écritoire de voyage à l'aide duquel il prenait diverses notes, chiffres obscurs ou copies partielles de son sujet d'étude. Il se servait également de quelques instruments mystérieux parmi lesquels le sire Marten crut reconnaître, sans en être certain, un courboscole et un compas épigraphique. Et à chaque soupir qui échappait au sorcier, les épaules du régisseur s'affaissaient un peu plus…

– Quoi ? le pressait-il avec angoisse. Qu'avez-vous vu ? Qu'est-ce qui se passe ?

– Vous n'y êtes pas allé de main morte, commenta Zétide en secouant la tête. Pour un coup d'essai…

– Mais *quoi* ? insista le sire Marten. On ne pourra jamais l'effacer, c'est ça ?

– Les méfaits de la Malerune, acquiesça Zétide d'un air grave. Si encore vous ne l'aviez pas gravée dans la pierre… Elle est pratiquement indestructible, maintenant. Jusqu'à ce que tous les Maûnes qui en sont issus aient quitté l'Ældo.

– Comment ça, *tous les Maûnes* ? Je ne l'ai lue qu'*une* fois ! Il n'y a qu'*une* Harpie !

– Si l'Équilibre régnait encore… ainsi seraient les choses, soupira le sorcier. Mais nous sommes à l'ère de la Malerune, et la magie n'échappe pas à au désordre. Je vais vous donner un exemple : dans un village voisin d'Orchomène, la coutume était de tracer une rune de fécondité sur le ventre des jeunes mariées. Depuis dix ans, toutes ces femmes ont eu chacune autour de *douze* enfants, parfois plus ! Même les veuves, vous comprenez ? Le monde n'obéit plus à la logique. La rune que vous avez gravée… est devenue une *Dalle*. Un passage resté ouvert dans l'entre-deux monde. Vous avez peut-être trois, cinq, dix ou même vingt Harpies dans votre château.

– Par les Dieux ! Qu'ai-je fait ! gémit le sire Marten, en se prenant la tête entre les mains.

– Nous avons sûrement évité le pire, compatit Zétide. Si les Harpies s'étaient jugées suffisamment nombreuses, elles auraient fait venir une de leurs reines. C'est alors que vous auriez eu de *réels* ennuis.

– Peut-être qu'il y en a une ? paniqua le régisseur. Comment être certain ?

– Il n'y en a pas, faites-moi confiance. Nous ne serions déjà plus là pour en parler. En présence de leur reine, les Harpies deviennent complètement hystériques. Elles se transforment en bêtes sauvages et détruisent tout ce qui pourrait menacer leur nid. À part la mort de leur reine, je ne connais rien qui puisse alors les calmer.

– Leur nid ? Elles font des nids ?

– *Un seul*, expliqua patiemment Zétide, sans lever les yeux de son étude. Pour leur reine. Et pour faire bonne figure, elles lui offrent également une gamine enlevée à leurs ennemis. Ne me demandez pas ce qu'il advient de la malheureuse. Vous ne voudriez pas m'entendre décrire la manière dont les Harpies se reproduisent.

– Grands Dieux ! Ariale…, murmura le sire Marten. S'il lui était arrivé quelque chose, jamais je n'aurais osé me représenter devant Eras.

– Espérons qu'elle va bien, acquiesça Zétide. Je ne m'estimerai rassuré qu'à l'instant où Hogo sera revenu avec vos nièces. Même sans leur reine, les Harpies peuvent se montrer dangereuses… et certaines ont des pouvoirs magiques plutôt enviables. Comme celui d'endormir leurs victimes, ou de déplacer des objets. Nous savons maintenant qui a ouvert au basilic, en tout cas.

– C'est… *terrifiant*, conclut le régisseur, livide. Comment faire pour réparer mes fautes ? Est-il possible de chasser ces monstres ?

– C'est justement ce que je suis en train d'étudier, expliqua le sorcier. En principe, en m'inspirant de votre rune, je devrais pouvoir en dessiner une qui renverrait les Harpies dans le Maûne. C'est d'ailleurs ainsi que j'ai fait disparaître le basilic, ajouta-t-il en relevant la tête. À la différence près que la symbolique du saurial m'est plus familière que celle-ci…

– Ça prendra longtemps ? Vous pouvez le faire d'ici ? bondit le sire Marten, gonflé d'un nouvel espoir.

– Malheureusement, non, démentit Zétide. Les Harpies doivent être à portée de mes sens : c'est-à-dire, puisqu'elles resteront invisibles, qu'il me faudrait au moins pouvoir les entendre. Il est également probable que je doive tracer autant de runes qu'il y a de ces monstres. À quand remonte votre expérience malheureuse, exactement ? Quelques semaines ?

Le sire Marten figea son regard terrifié dans celui du sorcier. Il eut peine à répondre, tant sa gorge était sèche.

– Plusieurs mois, j'en ai bien peur, avoua-t-il d'une voix pâteuse.

– Plusieurs mois…, répéta Zétide. *Elles doivent être des centaines*…, ajouta-t-il dans un murmure.

Il se perdit quelques instants dans ses réflexions puis, la surprise passée, reprit son examen avec une concentration renouvelée. Le régisseur n'osa plus l'interrompre.

* * *

L'escalier menant au donjon était étonnamment silencieux. Grimpant à l'aveuglette, derrière Hogo parfaitement à l'aise, Lucia s'appliquait à ne pas trébucher ou faire crisser son épée sur les murs ou le plafond. Si elle avait été seule, elle aurait tout simplement couru jusqu'à Ariale pour se soulager au plus vite de ses inquiétudes. Mais le Lycante jugeait cette approche trop dangereuse, et il avait peut-être raison… bien qu'elle soit trop fière pour l'admettre à haute voix.

Quoi qu'il arrive alors, elle savait que sa vie ne serait plus jamais la même. Les récits pessimistes de Zétide, ou Hypolus, quel que soit le nom qu'il se donne, l'avaient émue plus qu'elle ne le laissait paraître. Elle avait passé trop de temps à battre la campagne en attendant son père.

Le moment était peut-être venu d'entreprendre sa propre quête.

Cela impliquait… de quitter le château. Ce ne serait pas la première fois. Peut-être un peu plus long que son séjour au collège, et certainement beaucoup plus que ses chasses solitaires, qu'elle prolongeait rarement au-delà de trois jours. De toute manière, depuis le départ de son père, la vie au château lui était terriblement ennuyeuse. Si seulement il l'avait emmenée, comme elle l'en avait supplié… Comme *elles* l'en avaient supplié… Ariale ne serait pas restée enfermée du matin au soir, victime de la faiblesse de leur oncle. Elle-même n'aurait pas eu à vivre toutes ces querelles, où elle avait pris le parti de sa sœur. Jamais un être aussi violent que Korcos n'aurait pu leur imposer sa loi. Et surtout, *surtout*, elles n'auraient pas eu à se demander à chaque jour qui passait si elles étaient ou non orphelines…

Le fil de ses pensées fut tranché net par un grondement de son compagnon. Ne l'ayant pas vu s'arrêter, elle se cogna le front sur son dos et retint un juron. Bien qu'il soit, somme toute, très humain d'apparence, le Lycante affichait d'étranges manières qui tenaient sans conteste du comportement animal. En l'entendant renifler exagérément le courant d'air qui glissait le long des marches, Lucia ne sut si elle devait éclater de rire ou se mettre en colère.

– Qu'est-ce que vous faites ! siffla-t-elle en se penchant vers lui. Avancez !

Hogo gronda encore, plus fort cette fois. Après toutes les recommandations de discrétion qu'il lui avait faites, la jeune femme trouva son attitude presque scandaleuse. Qui, dans ce château, n'avait pu entendre ses grognements ? Elle ignorait, évidemment, que le Lycante avait peine à contrôler ces débordements…

Elle l'entendit manipuler son bâton et gravir prudemment une nouvelle marche, aussi lentement que si elle était couverte de serpents. Des ailes battirent soudain à deux pas devant eux avant de s'éloigner rapidement. Serrant la poignée de son épée, Lucia se demanda quel gros oiseau pouvait bien se promener ainsi dans ses couloirs, sans qu'elle l'ait jamais remarqué. Peut-être une chauve-souris… Ou alors, c'était…

– Avancez, *plus vite*, ordonna-t-elle soudain, un accent de panique dans la voix. Je veux voir ma sœur !

Hogo se laissa pousser deux fois par l'épaule, mais n'accéléra guère l'allure pour autant. Au contraire, le Lycante s'arrêta encore, six ou sept marches plus haut, sans faire mine de s'en expliquer. Lucia cessa d'elle-même de le presser quand le bruit fut assez puissant pour son ouïe humaine.

– Qu'est-ce que c'est ? demanda-t-elle, attentive et vaguement inquiète.

– Des *ennuis*, annonça Hogo en brandissant son bâton. Un gros paquet d'ennuis.

Immobiles, silencieux, ils écoutèrent le tonnerre de piaillements et de battements d'ailes qui descendait sur eux. Les cris amplifiés par l'écho étaient plus effrayants encore que ceux des chauves-souris… car on y décelait, derrière l'animalité des Maûnes, la folie meurtrière de voix *intelligentes*. Une légion de furies invisibles fondait sur eux les griffes en avant.

– Reculez d'un pas ou deux, conseilla Hogo. Protégez vos yeux. Et ne les laissez pas vous enlever votre épée.

Lucia descendit trois marches et assura sa prise sur son arme. En entendant les cris de plus en plus proches, elle réalisa soudain qu'elle n'avait jamais *réellement* combattu. Malgré son assurance d'être une bonne duelliste, l'entraînement de son père et les tournois du collège n'avaient été que des simulations. C'était la première fois qu'elle pouvait se montrer digne du chevalier de Garamont… et peut-être la dernière.

Les premières Harpies déboulèrent presque en silence, en comparaison de celles qui suivirent. Le cœur battant, Lucia entendit Hogo commencer à se défendre, bien qu'il ne voie pas plus qu'elle leurs agresseurs. Mais au premier frôlement sur son visage, la jeune femme donna un coup surprenant de rapidité. Sa lame rencontra un corps mou et un cri strident lui déchira les oreilles avant de s'éteindre en s'écrasant contre les marches. La chasseresse n'eut pas le temps de se réjouir : déjà, une autre créature lui griffait le crâne pendant qu'une troisième s'attaquait à ses jambes.

Lucia frappa, tailla, donna des coups de pied et des gifles, protégeant son visage de ces ennemis invisibles, redoutant de trébucher ou de blesser Hogo d'un moulinet trop ample. Elle se jeta dos contre le mur pour écraser le monstre qui lui griffait l'épaule. Elle en arracha un autre de ses cheveux et se fit mordre au poignet. Elle tira finalement son poignard et combattit des deux mains, haletante et terrifiée, trouvant la force de manier ses armes dans l'instinct de survie qui veillait en elle.

Mais le nombre des Harpies ne diminuait pas ; pire, elles semblaient de plus en plus nombreuses. L'escalier résonnait de battements d'ailes, de cris stridents, de menaces de mort crachées par de petites voix éraillées et des bruits de la lutte farouche qui opposait les Maûnes aux Eldes.

– Descends ! cria Hogo au-dessus du vacarme. Nous ne passerons pas !

Lucia hésita un instant, contrariée, puis se rendit à la raison quand un monstre ajouta une profonde entaille à celles qu'elle avait déjà aux bras. Elle fit place nette autour d'elle avec de grands mouvements de son épée et bondit quatre mètres plus bas, à l'aveuglette, en se rétablissant de justesse. Les Harpies mirent peu de temps à la poursuivre mais elle ne commença à dévaler les marches qu'une fois sûre d'être suivie de Hogo.

Ils coururent aussi vite qu'ils le pouvaient, parfois obligés de ralentir pour se débarrasser d'un monstre accroché dans leur dos, et atteignirent le bas de l'escalier en quelques secondes seulement. Leurs poursuivants ne leur laissèrent pas de répit et la bataille reprit à cet endroit, dans des conditions pires encore, les Maûnes pouvant attaquer de partout. Hogo et Lucia n'y traînèrent donc pas longtemps et s'engouffrèrent dans le premier couloir venu, franchissent une arche, poussèrent une double porte avant de traverser une pièce immense, toujours poursuivis par l'essaim agressif. Leur seul espoir était d'aller assez vite pour fermer une porte au nez des Harpies mais, en passant de salle en couloir, ils se retrouvèrent bientôt dans la salle à manger sans avoir réussi à les distancer.

– Il n'y a pas de sortie, ici ! lança Lucia, frappée par cette évidence.

La cheminée qui les avait réchauffés quelques heures plus tôt éclairait d'une lueur pâle la table encore dressée. La jeune femme contempla les blessures de ses bras et de ses mains avec une incrédulité mêlée de dégoût. Elle était couverte de sang. En levant les yeux vers Hogo, elle constata que le Lycante n'était pas mieux loti. Les longs poils noirs qu'étaient ses cheveux tombaient en mèches filasse devant ses yeux. Son visage se crispait en une grimace terrible qui dévoilait ses dents. Des grondements sourds montaient de sa gorge et semblaient vouloir rivaliser avec les cris des Harpies.

Cette vision ne dura qu'un instant. Ils eurent à peine le temps de se mettre dos à dos que déjà, l'assaut reprenait. La nuée hurlante et invisible les attaqua au centre de la pièce, à coups de griffes, de serres et de dents minuscules. Lucia et Hogo se défendirent avec énergie en cherchant ce qui pourrait bien encore les sauver.

* * *

Le sire Marten était de plus en plus nerveux. Sa nièce et le Lycante étaient anormalement longs et l'expression anxieuse du sorcier, penchée sur la rune, n'était pas pour le rassurer. Il était dans un tel état de fébrilité que Zétide finit par s'en émouvoir.

– Voudriez-vous cesser de gigoter ? demanda-t-il avec rudesse. Je ne parviendrai jamais à un tracé précis si vous me faites trembler sans arrêt.

– Pardon, s'excusa l'accusé, en se tordant les mains dans le dos.

Suivit une minute à peu près calme, emplie du seul bruit

du calame de Zétide crissant sur un parchemin neuf. Le sorcier n'espérait pas dessiner une rune parfaite à son premier essai, mais ce brouillon devait au moins l'aider à méditer sur sa forme. Quand il l'estimerait tout à fait au point, il lui faudrait alors la tracer réellement et la lire autant de fois qu'il y avait de Harpies à renvoyer. *Des centaines*, se rappela-t-il en frissonnant.

– N'avez-vous point entendu comme des cris ? l'interrompit soudain le régisseur, mal à l'aise.

Zétide releva la tête de ses notes et prêta l'oreille. Bien sûr, il avait entendu. On aurait dit qu'un renard avait forcé la porte d'un poulailler. Même étouffé, déformé, l'écho des piaillements et des battements d'aile parvenait jusqu'à eux. Les couloirs du château résonnaient d'une folie volatile.

– Allons voir ce qui se passe, décida le sorcier en ramassant prestement ses affaires. Ils ont peut-être besoin d'aide.

– Heu !... Mais vous avez terminé ?...

– Pas tout à fait, avoua Zétide. J'improviserai, si nécessaire. Ce ne sera pas la première fois.

Le sire Marten regarda, interdit, le sorcier ramasser la lanterne et se diriger à pas rapides vers la sortie. Comme les ténèbres menaçaient de l'engloutir, il se saisit de sa pioche et rejoignit Zétide à petites foulées, les mains moites et la gorge sèche.

Les deux hommes gravirent l'escalier en silence, alors que le vacarme des Harpies s'éloignait pour se perdre dans les profondeurs du château. Une fois en haut, il leur fut impossible de déterminer la direction d'où provenaient les cris.

– Où est la chambre d'Ariale ? s'enquit Zétide avec beaucoup de sang-froid.

– Par là, répondit le régisseur, en se cachant le visage derrière sa pioche. Deux fois à gauche, puis une à droite. C'est en haut du donjon.

– En haut du donjon, blâma le sorcier en se mettant en marche. Vous teniez vraiment à ce que les Harpies installent un nid. Vous aviez réuni toutes les conditions !

Le sire Marten se garda de répondre, collé comme une ombre à celui qui, seul, pouvait le tirer d'affaire. Quant à lui, Zétide avançait avec beaucoup d'assurance. Ce n'est qu'en découvrant, dans la lueur de sa lanterne, des jambes monstrueuses et terminées par deux énormes sabots qu'il s'arrêta soudain.

Les jambes s'avancèrent dans la lumière et la haute silhouette de Korcos se découpa, entière, sur les ténèbres. Le Maûne affichait un sourire cruel en brandissant une hache proportionnelle à sa force. L'air qu'il expulsait bruyamment semblait de la fumée née de la braise de ses yeux. Il fit rouler les muscles de son torse velu et donna un coup sec de son sabot contre la pierre… avant de planter son regard dans celui du régisseur.

– C'est *moi* le maître du château, maintenant, énonça-t-il d'une voix terrible. Je voulais te le dire, avant de te regarder *mourir*…

– J'espère que vous n'avez pas touché à la petite, rétorqua aussitôt Zétide, pas impressionné. Ou *même le Maûne* ne sera pas assez grand pour vous cacher.

Le géant cornu tourna vers le sorcier de grands yeux incrédules. Il l'observa avec une grimace de haine, avant de succomber à un ricanement terrifiant.

– Mes alliées me protègent de ta magie, lança-t-il en ponctuant sa déclaration de coups de sabots. Elles ont enfin leur fichue reine. Et le château est à moi, maintenant.

– Korcos ! Tu es *renvoyé* ! lança le sire Marten, le feu aux joues.

Cela eut pour seul effet d'aviver encore les rires du Taurin, alors qu'il faisait un pas supplémentaire vers son ancien maître.

– Sauvez mes nièces, Zétide ! lança ce dernier d'une voix larmoyante, en levant misérablement sa pioche. C'est à moi de réparer mes torts !

Le sorcier vit le Taurin passer à deux pas de lui, en l'ignorant totalement, et avancer vers le sire Marten avec l'assurance d'un fauve face à une proie blessée.

– Pour Eras, Zétide ! ajouta le régisseur en reculant. Pour Eras, par pitié ! *Je vous confie ses filles !*

Le sorcier regarda la lanterne qu'il avait toujours en main, et le parchemin froissé sur lequel il avait dessiné une rune. Il n'était pas armé. Même Hogo redoutait d'affronter un Taurin en combat singulier. Il n'y avait rien qu'il puisse faire pour le moment.

Il lui fallait penser aux vivants. À la jeune fille, qui l'avait appelé à l'aide. À ses amis, également en danger, quelque part dans le château. À Eras, enfin, et à tout ce qui l'unissait au chevalier. À leur noble quête. À la Malerune.

Il tourna le dos aux rires du Maûne et prit la direction du donjon, qu'il trouva rapidement. Le sol et une grande partie de l'escalier étaient jonchés de cadavres de Harpies, ailes tranchées, ventres ouverts ou seulement assommées. Quelques-unes, moribondes, se traînèrent encore en piaillant et en cherchant à le griffer par tous les moyens. Zétide les évita autant que possible et escalada, quatre à quatre, les marches de ce colimaçon infernal.

Un cri d'agonie déchira soudain les ténèbres et le sorcier comprit, avec un pincement au cœur, que le château avait un nouveau maître. Il n'en parcourut que plus vite le reste de l'escalier et se présenta, essoufflé, devant une porte dont une partie était brûlée.

Il l'entrebâilla avec beaucoup de précautions, certain d'être aussitôt assailli par un nuage hurlant des monstres dont il avait croisé des cadavres. Mais la chambre paraissait calme. Une vieille bûche finissait de se consumer dans un foyer, couvrant les murs d'ombres dansantes et dociles. Un petit corps reposait paisiblement, recroquevillé sur un lit de taille exagérée. Zétide acheva d'ouvrir la porte et avança d'un pas dans la chambre d'Ariale.

Un violent courant d'air lui glissa aussitôt sous le bras, avant de descendre sous la forme d'un long cri d'alarme dans l'escalier qu'il venait de quitter. Inquiet, le sorcier courut jusqu'à la forme endormie et la fit rouler sur le dos pour la secouer par les épaules. Bien que le moment ne s'y prêtât guère, il fut stupéfait de constater à quel point le visage de la jeune fille rappelait celui de son père. Rien de masculin, bien sûr… mais le port noble de son front, la finesse de son nez et la pureté globale de ses traits trahissaient indéniablement le sang des Garamont.

– Ariale ! Ariale, réveille-toi ! insista Zétide, surpris de la trouver dans un sommeil si lourd.

La jeune fille fit la grimace, plaça un coude sur ses yeux encore fermés et repoussa le sorcier avec une mollesse non feinte. L'instant d'après, elle se dressait sur son matelas, parfaitement éveillée et tout à fait effrayée.

– *Je me souviens*, annonça-t-elle pour elle-même. Je me souviens !

– Parfait, parfait, commenta Zétide, en lui faisant signe de se lever. Vite, plus vite ! C'est ta sœur qui m'envoie. Nous devons sortir d'ici !

– Vous êtes Hypolus d'Arcadie ? lança Ariale avec espoir, en sautant à bas du lit.

L'intéressé la dévisagea un instant, surpris par son intelligence. Le sorcier n'avait guère l'occasion de fréquenter des enfants. Il s'imaginait qu'ils étaient tous un peu bêtes, irresponsables et ennuyeux. Il comprenait maintenant à quel point la jeune fille s'était montrée débrouillarde et courageuse.

Alors qu'il allait répondre, l'escalier s'emplit soudain d'une rumeur qui s'amplifia en montant vers eux. Des centaines d'ailes, de griffes et de dents ne répondant à aucune raison.

* * *

Hogo grognait de joie autant que de dégoût à chaque fois qu'un corps poilu et secoué de spasmes heurtait le sol où son bâton l'avait projeté. Les Harpies paraissaient même sortir de son arme : partout où il frappait, le bois rencontrait une résistance et un petit monstre ailé jaillissait soudain du néant, gesticulant comme une murène tirée du bain. Si les Maûnes perdaient leur invisibilité à la première blessure, leur folie meurtrière, elle, ne connaissait pas de trêve… et c'était jusqu'aux agonisants qui cherchaient à leur griffer les jambes et tout ce qui passait à leur portée.

Même au cours des nombreuses batailles qu'il avait vécues à Manès, Hogo n'avait vu de Harpies aussi enragées. Il n'avait aucune idée de ce qui pouvait à ce point déchaîner leur violence. Il n'avait pas non plus le loisir d'y réfléchir : la virulence du combat était telle qu'il devait y consacrer toute son attention. À peine avait-il pris le risque de jeter un regard derrière lui, afin de s'assurer du sort de Lucia, qu'un de leurs agresseurs invisibles se jetait sur son visage en cherchant à lui crever les yeux. Il n'eut que le temps de l'attraper et de le projeter contre le sol avant qu'un autre ne le remplace.

S'ils n'avaient eu son bâton et l'épée de Lucia, ils auraient succombé sous la masse depuis longtemps. La grande envergure de leurs armes leur permettait, tout au moins, de repousser plusieurs attaques en un seul mouvement. Parfois même gagnaient-ils quelques secondes de répit, après que plusieurs passes enchaînées aient fait reculer les rangs des Harpies, mais l'accalmie était de courte durée et la lutte reprenait de plus belle, vers une issue fatale qui semblait alors inévitable.

Le vide tapageur connut soudain un regain d'agitation et le Lycante redouta une attaque massive. En quelques instants, les courants d'air provoqués par le vol des monstres se fondirent en une seule tempête bruyante qui s'engouffra sous l'unique double porte de la salle. Incrédules, Hogo et Lucia virent les moribonds se traîner également en direction de la sortie. Les Harpies quittaient la pièce, sans que rien ne l'ait laissé présager.

Le calme revint en quelques secondes après que les retardataires, coincées sous un banc ou derrière une tenture, aient pris leur envol à la suite de leurs congénères. On n'entendit plus que l'écho de l'essaim furieux rebondir dans les couloirs du château. Comparé à la démence qui régnait dans la pièce quelques instants plus tôt, ce silence imparfait parut étonnamment pesant.

– Qu'est-ce qui s'est passé ? demanda Lucia, haletante,

sans oser baisser sa garde. Tu leur as fait quelque chose ?

– Rien du tout, répondit Hogo en se dirigeant vers la porte. Mais nous ferions mieux d'en profiter pour…

Il s'interrompit trois mètres avant de rejoindre son but, un grondement roulant dans la gorge. Puis fit deux pas en arrière en relevant son arme. Lucia serra les dents en s'apprêtant à affronter un nouvel assaut des Harpies. Mais le danger était tout autre. Pire, peut-être.

D'un pas nonchalant, Korcos se plaça dans l'encadrement de la porte, bloquant ainsi la seule issue possible. Il courba légèrement l'échine, juste assez pour permettre à ses cornes de franchir l'obstacle. La hache qu'il présentait devant lui était dégoulinante de sang.

– C'est *moi* le maître du château, maintenant, énonça-t-il avec une grimace de mort.

* * *

Zétide réagit promptement en fermant ce qui restait de la porte de la chambre d'Ariale. Il tira devant la lourde table et la fit basculer sur le côté, barricadant l'issue d'une épaisseur de bois supplémentaire. La jeune fille n'attendit pas qu'il réclame son aide pour ajouter sa chaise et son bureau à l'obstacle. Il faut dire que les cris terrifiants qui s'amplifiaient en grimpant dans la tour étaient la meilleure des motivations.

– Qu'est-ce que c'est ? demanda-t-elle en poussant les meubles, le regard inquiet. Où est Lucia ?

– Je ne sais pas, avoua Zétide avec franchise. Mais si ces monstres parviennent à entrer…

Il n'avait pas achevé sa phrase que la première vague de Harpies se heurtait violemment à la porte, suffisamment pour faire trembler la barricade. Aux cris déchirants qui résonnèrent sur les murailles, le sorcier comprit que certaines avaient péri contre l'obstacle, écrasées par l'élan de leurs congénères.

– D'autres meubles ! Apporte-moi d'autres meubles ! demanda-t-il, en s'arc-boutant contre la table.

Ariale chercha autour d'elle, mais sa chambre lui parut soudain bien vide. Elle avisa les quelques bûches encore intactes à côté de la cheminée et s'en servit pour étayer leur barricade. Elle réfléchit encore et, utilisant un tisonnier comme levier, dégonda la porte de l'énorme armoire qui lui servait de salle d'eau. La lourde planche s'abattit sur le sol dans un fracas épouvantable et Zétide la releva à grand-peine dès qu'il put le faire sans trop de risques.

Renforcée d'une telle pièce, la barricade put se maintenir seule et le sorcier eut les mains libres pour en améliorer encore la solidité. Ariale se tint coite quelques instants, écoutant la plainte du bois soumis au grattement de centaines de griffes frénétiques. Les monstres qui hantaient ses nuits venaient de passer à l'attaque. Elle ne les pensait pas si nombreux. Elle ne les avait pas imaginés si terribles. Elle avait peur.

– Trouve-toi une cachette ! ordonna Zétide, en dépliant un parchemin tiré de sa poche.

Il étudia son contenu en silence, debout face à l'entassement fragile qui tremblait sous la pression des Harpies. Ariale tourna la tête de tous côtés en sachant d'avance qu'elle ne trouverait rien. Elle avait passé tellement de temps en cet endroit qu'elle en connaissait le moindre recoin. Mieux valait chercher quelque chose pour se défendre...

C'est en levant les yeux qu'elle comprit s'être trompée. Il y avait toute une partie de sa chambre qu'elle ne connaissait pas. La charpente. Le toit du donjon. Bien qu'appréciant les acrobaties, jamais elle n'avait imaginé grimper jusqu'aux poutres qui la surplombaient de quatre ou cinq mètres, souvent plus.

En frissonnant, elle comprit que leur barricade ne servirait à rien. Les monstres envahiraient bientôt sa chambre en passant par le toit. Comme ils l'avaient toujours fait.

* * *

Lucia était épuisée et souffrait d'au moins cent coupures, mais la grimace cruelle de Korcos, ainsi que le sang qui dégoulinait de sa hache, la rendait si folle de rage qu'elle en oubliait toutes ses faiblesses. Une question, une *terrible* question lui torturait l'esprit, alors que le Taurin avançait tranquillement vers eux.

– *Qu'as-tu fait à Ariale ?* articula-t-elle en serrant la poignée de son épée.

Korcos ne répondit pas, mais désigna sa hache en un geste éloquent. Hogo comprit ce qui allait se passer et tenta de retenir la jeune femme, mais cette dernière s'était déjà lancée sus au monstre en brandissant sa lame au-dessus d'elle.

Le Taurin brisa son élan d'un coup de sabot en pleine poitrine, qui projeta la chasseresse dos contre terre. Elle se releva aussitôt, rouge de colère, et bondit comme une chatte pour un nouvel assaut furieux. Cette fois, le Taurin la cueillit en plein vol, d'une gifle monumentale, qui l'envoya contre la table où son épée renversa quelques plats.

– Je n'épargnerai pas ta vie une troisième fois, prévint le Maûne en pointant son arme sur elle. Même si tu m'appartiens avec le château.

– Plutôt mourir ! cracha la belle en frappant d'un geste ample, sa lame emportant quelques couverts dans son mouvement.

Surpris par cette nouvelle attaque, Korcos connut un temps d'indécision qui lui fut malheureux. La parade qu'il tenta avec sa hache ne fit que dévier le coup vif de Lucia, et l'épée de la jeune femme fit une entaille profonde dans l'épaule droite du monstre qui se dégagea en hurlant.

Il examina sa blessure en soufflant bruyamment. Le visage qu'il releva n'exprimait plus que haine bestiale. Il beugla et s'élança en direction de la jeune femme qui, bloquée par la table, n'avait aucun espoir d'esquiver le coup.

Elle vit soudain le Maûne trébucher et s'affaler de tout son long, sa hache fendant le vide à moins d'un mètre de son visage. Calmement, Hogo dégagea l'extrémité du bâton qu'il avait glissé dans les pattes du monstre, recula de quelques pas et se mit en garde.

Korcos beugla encore, se redressa d'un bond et vint se

planter en face de son nouvel adversaire. Comparé au Lycante, de taille moyenne et ramassé sur lui-même, le Taurin paraissait gigantesque. La lourde hache qu'il maniait avec une facilité déconcertante semblait pouvoir couper en deux n'importe quel adversaire... alors que Hogo n'avait que son bâton de marche, une vulgaire branche dégrossie d'environ deux mètres de long et sans la moindre ferrure.

Lucia voulut s'interposer mais ce combat inégal débuta avant qu'elle puisse agir. Le Taurin donna deux coups latéraux de sa lame, sans rencontrer autre chose que le vide. En revanche, Hogo toucha son adversaire au genou d'un simple coup de poignet. Korcos repartit à l'attaque de plus belle sans réussir à atteindre le Lycante qui s'esquivait comme le vent. Comme par magie, son bâton se retourna brusquement et vint frapper en plein le visage du monstre. Celui-ci céda alors à une terrible fureur et multiplia les coups de taille, échouant à chaque fois à faire davantage qu'*effleurer* l'homme-loup à l'agilité surprenante.

Hogo, quant à lui, multipliait les touches. Il maniait son bâton avec une telle dextérité que l'arme semblait disposer d'une vie et d'une intelligence propres. Le bois tournait, montait, descendait, piquait, repartait, si vite et si souvent qu'on l'eût dit aussi flexible qu'une corde. Korcos dévoilait-il un peu de son flanc, que l'arme venait aussitôt y imprimer sa marque. Était-il déséquilibré, que le bâton venait s'acharner sur ses jambes. Tardait-il à se retourner, que le bois s'abattait violemment sur ses épaules, en espérant enfin l'assommer.

Ni un Humain, ni même un Lycante n'aurait pu endurer autant de coups sans s'affaler au sol, vaincu et probablement inconscient. Mais la constitution du Taurin était exceptionnelle. Il fallut encore plusieurs minutes de ce combat avant de le voir mettre un genou en terre, légèrement sonné par un coup à la tempe. Il se releva presque aussitôt pour lancer une nouvelle attaque brutale, mais Hogo le repoussa d'un coup direct dans le ventre qui le fit chuter encore, beuglant et fulminant.

Alors que Hogo lui faisait face, également épuisé par ces

esquives et manipulations expertes, l'écho d'un chant étrange et terrifiant vint se répandre jusque si bas dans le château. Comme si des dizaines d'aigles s'étaient mis simultanément à lancer des appels capables de franchir des montagnes.

Korcos se redressa lentement en retrouvant le sourire carnassier qu'il avait au début du combat. Lucia profita de cette trêve pour se placer à côté du Lycante, mais la soudaine satisfaction du Maûne les inquiétait fortement.

– C'est fini, avertit ce dernier en grimaçant sous la douleur de ses contusions. La reine de ces cinglées vient d'arriver. Vous êtes morts !

Comme pour illustrer ses paroles, une silhouette monstrueuse se dessina soudain dans le cadre de la porte. Difforme, ailée… et de taille à rivaliser avec eux.

***

Zétide et Ariale durent se couvrir les oreilles pour ne pas avoir les tympans crevés par le terrible chant des Harpies. Déjà strident et à la limite du supportable, le cri des monstres venait d'atteindre un niveau d'intensité et d'aigu jusqu'alors inconnu de l'Ældo. La suprématie du Maûne s'était encore affirmée. Et cela ne pouvait signifier qu'une chose… les Harpies acclamaient l'arrivée de leur reine.

Dès que l'effroyable ovation diminua de violence, le sorcier se replongea fiévreusement dans l'étude de ses notes. Il ne voyait aucune rune qui puisse les tirer d'affaire… à part celle qui consistait à renvoyer, une à une, les Harpies dans le Maûne. Une magie qu'il avait eu peu de temps pour étudier. Une opération délicate et peut-être dangereuse, qu'il avait peu de chances de mener à son terme avant que leur barricade ne cède sous la pression des monstres.

Mais il n'avait pas d'autre choix. Après un dernier regard sur son brouillon, il leva son index droit et commença à dessiner, avec la précision qui avait fait sa réputation, l'étrange symbole engendré par ses calculs. Le tracé grandit progressivement, invisible, ne trouvant sa forme que dans l'imagination de son auteur. À l'instant où il fut achevé, son pouvoir se déploya et se perdit dans l'infini, sans que nul autre que Zétide n'en ait conscience.

Simultanément, une Harpie fut renvoyée dans le Maûne. Cela ne changeait pas grand-chose à leur situation, puisque cent autres au moins attendaient de la remplacer derrière la porte. Le temps étant compté, Zétide dessina la rune une deuxième fois, puis une troisième, puis encore et encore, échouant parfois à conserver un tracé constant, ce qui le forçait à recommencer. Il conjura ainsi une dizaine des monstres, sans que les grattements et les piaillements qui menaçaient d'envahir la pièce aient diminué le moins du monde. Mais pour l'instant, il ne voyait rien d'autre à faire…

Il se retourna un instant pour s'enquérir du sort d'Ariale et fut surpris de la trouver à quelques pas seulement, immobile et contemplative. La jeune fille ne perdait pas un seul de ses mouvements… si ce n'était pour, de temps à autre, lever un regard craintif vers la charpente du donjon.

* * *

Lucia réprima un haut-le-cœur en découvrant la reine Harpie. Si les plus petits des monstres inspiraient déjà une certaine répulsion, la vue de celui-ci amenait au bord de l'écœurement. Les ailes de peau tendue avaient quelque chose de cadavérique. Les griffes et les serres qui terminaient les membres fins semblaient faites d'autant d'os arrachés à des squelettes. Mais surtout, surtout, le corps de la reine ressemblait peu à la moyenne de ses sujets.

C'était le corps d'une jeune Humaine.

Il n'était plus aussi gracile qu'il avait dû l'être, dans un lointain passé. Une épaisse toison noire en avait envahi la plus grande partie. Ses membres étaient atrophiés, réduits au minimum de leur nature : os, muscles malingres et ligaments étirés. Sa poitrine avait pris une forme étrange, probablement due à la croissance des ailes abominables. Enfin son visage, ou ce qu'il en restait, n'évoquait plus que le souvenir lointain de sa beauté disparue. Des yeux noirs dans des orbites profondes, des joues creusées, des canines démesurées en déformaient les traits à tout jamais en un rictus féroce. Qui que fut la jeune fille dont la Harpie avait volé le corps... il n'en restait rien. Le monstre était un Maûne, rien qu'un Maûne.

Elle se posa un court instant, le temps de franchir la porte, puis déploya ses ailes et s'éleva dans les hauteurs de la salle. Korcos se tourna vers Hogo et Lucia avec une expression triomphante. Quelques minutes plus tôt, il avait même craint de perdre le combat. L'arrivée de son alliée remettait tout en question.

– Allez-y, ordonna-t-il, en s'accompagnant de grands gestes de sa hache. Attaquez, attaquez !

La reine se tenait immobile dans le vide, battant régulièrement l'air de mouvements nerveux de ses ailes. Ni Lucia, ni Hogo n'aurait su dire ce qu'elle regardait exactement. Quand elle se décida à plonger sur le petit groupe, ils se contentèrent de serrer les dents et de bander leurs muscles pour refouler l'attaque combinée du Taurin et de la Harpie.

Celle-ci se déroula dans un tel désordre que, loin de se montrer dangereuse pour les Eldes, elle tourna même à leur avantage en permettant à Lucia d'infliger une deuxième blessure sérieuse à Korcos. Comme à Manès, comme dans toutes les guerres de l'entre-deux mondes, les Maûnes se montraient incapables de tirer parti de leur supériorité. L'influence de la Malerune ne leur inspirait qu'attaques brutales et désordonnées. Les stratèges eldes auraient même pu vaincre pendant les Jours rouges... si les légions monstrueuses ne s'étaient révélées pratiquement inépuisables.

Alors que la reine regagnait la sécurité des hauteurs, Korcos jura en contemplant l'entaille qu'il venait de gagner au flanc. Fou de rage, il brandit sa hache au-dessus de ses cornes et jusque dans son dos, décidé à fendre le crâne de son ennemie, même s'il devait pour cela se jeter sur son épée.

Il n'en eut pas l'occasion. Le bâton de Hogo jaillit comme un éclair, d'aussi loin que le Lycante pouvait frapper, et son extrémité heurta sèchement la gorge découverte du Taurin. Sa hache lui glissa des mains pendant qu'il tombait à genoux en aspirant douloureusement. Il lui fallut plusieurs secondes avant de pouvoir articuler quelques mots, grimaçant d'horrible façon à chaque respiration.

– J'ai… tué… cet Humain pleurnichard, énonça-t-il en ramassant sa hache. C'est *moi*… le maître du château.

Lucia fit un pas vers lui, la main crispée sur son épée, mais Hogo la retint doucement par le bras. Korcos se releva difficilement, titubant sous l'ivresse du manque d'air.

– *Maudites*… soient les… Harpies ! cracha-t-il, en se tournant vers la reine. Où est donc… votre… *magie* ?

– Tu es trop crédule, susurra l'accusée entre deux battements d'ailes.

Elle cessa soudain sa danse immobile et fondit, griffes en avant, sur le Taurin stupéfait. Il n'avait pas encore esquissé un semblant d'esquive que la reine lui déchirait déjà la gorge, sous les regards révoltés de Lucia et Hogo. L'instant d'après, elle avait repris de l'altitude pour observer le corps de sa victime s'effondrer lourdement.

– Ce château ne peut avoir qu'*un seul* maître, conclut-elle avec un ricanement strident. Mauvais serviteur ! Mes filles m'avaient prévenue.

Exténués, souffrant de dizaines de coupures, Hogo et Lucia virent la reine descendre doucement vers eux et entamer une série de larges cercles le long des parois. Ils levèrent leurs armes avec lassitude, mais le monstre se déroba soudain à leur vue.

Seul le claquement irrégulier de ses ailes témoignait encore de sa présence.

* * *

Ariale contemplait Zétide avec des sentiments mêlés. Ils n'avaient pu échanger que quelques mots, mais elle était convaincue d'être en présence du sorcier d'Arcadie, ami de longue date de son père. Elle ignorait tout du sort de Lucia, de son oncle, du Lycante qui avait tenté de l'arracher à Korcos, comme elle ignorait tout de ce qui avait provoqué la situation dans laquelle ils se trouvaient. Elle ne voyait que le visage inquiet de son visiteur, leur mince barricade bourdonner sous les assauts des monstres, et les dessins étranges que l'inconnu s'appliquait à tracer dans le vide devant la porte.

Mais elle en savait suffisamment pour deviner qu'il s'agissait de runes et qu'elles étaient, d'une manière ou d'une autre, destinées à lutter contre le danger qui les menaçait. L'Arcadien était si concentré qu'elle n'osait l'interroger, malgré la curiosité qui la torturait. Il en avait même oublié sa présence.

Ariale aurait aimé pouvoir aider à quelque chose, mais ne savait comment. Elle avait déjà empilé sur la barricade tout ce qui était possible… et jusqu'à son édredon et les étagères de sa bibliothèque. Elle avait rassemblé à proximité tout ce qui pourrait leur servir d'arme. Elle avait chaussé ses meilleures bottes et enfilé des vêtements épais, au cas où ils devraient tenter une sortie. Mais son ingéniosité s'épuisait. À part boucher les ouvertures du toit, elle ne voyait pas ce qu'elle pouvait faire encore. Et cette dernière tâche était impossible, de par son ampleur et la hauteur de la charpente.

Son regard revint sur la barricade. Le grattement des monstres était plus fort, depuis une minute ou deux. Ils avaient percé la porte et s'attaquaient maintenant à la table que le sorcier avait placée devant. Il leur faudrait moins de temps pour en venir à bout. Une fois cet ultime rempart effondré, le fatras des meubles renversés ne les retiendrait pas plus de quelques secondes.

Elle reporta son attention sur les hauteurs du donjon et fut soudain glacée d'effroi. Elle avait surpris un mouvement. Son esprit fut aussitôt assailli par des dizaines de pensées. Elle en était sûre. Elle avait bien fait de surveiller. Il fallait prévenir le sorcier. Ils étaient perdus.

Elle tira Zétide par le bras et lui désigna les formes ailées qui descendaient sur eux, juste avant que celles-ci ne se rendent invisibles. Le sorcier ébaucha une autre de ses runes mais fut interrompu par l'attaque surprise d'un des monstres sur sa main. Il ramassa alors l'un des tisonniers qu'Ariale avait rassemblés et se défendit en escrimant, sans jamais avoir assez de répit pour boucler un tracé.

À sa grande surprise, Ariale se vit épargnée par les attaques des monstres. Aux claquements d'ailes qui résonnaient dans la pièce, ils ne semblaient pas être plus de trois ou quatre. La jeune fille chercha alors à les blesser à coup de barre de fer, mais leurs agresseurs restaient hors de sa portée, et leur invisibilité compliquait encore la chose. Après plusieurs échecs, impuissante, Ariale contempla le sorcier qui était venu à son aide lutter courageusement dans une bataille qui semblait perdue d'avance.

Elle ne vit plus qu'une chose à faire, même si l'idée était saugrenue, même si sa tentative s'avérait finalement ridicule. Elle leva l'index droit à hauteur de ses yeux et, de mémoire, chercha à répéter les mouvements que Zétide avait plusieurs fois exécutés. Elle dessina une courbe, une autre, un serpentin qui s'achevait en triangle. Elle fouilla ses souvenirs et ajouta quelques droites, quelques points, bon nombre de rondeurs. Elle se concentra encore et boucla le tracé, espérant n'avoir rien oublié des gestes du sorcier. Par chance, cette rune imaginaire ressemblait beaucoup à celle de la cave. Ariale ne savait pas trop ce qu'il fallait en attendre, mais elle avait bon espoir d'avoir parfaitement imité la manipulation.

Il n'arriva pourtant rien de miraculeux, hormis un vague éblouissement, et la vision fugace d'un monstre faisant une apparition soudaine dans un monde gris et froid. La jeune fille se demanda si cela pouvait signifier sa réussite. Probablement pas…

– Ariale ! l'appela soudain le sorcier, en s'agitant au milieu de ses agresseurs invisibles. Encore ! Refais-le !

Elle s'exécuta promptement, le cœur battant d'excitation à l'idée de se rendre utile. Cette fois encore, elle connut la vision fugace d'un univers triste. L'impression fut même plus précise. L'éblouissement qui la précédait semblait comme… un vol très rapide, jusqu'au bout du monde. Comme si son dessin s'agrandissait à l'infini.

D'un mouvement vif du poignet, Zétide claqua sur un mur une Harpie qui tentait de lui arracher son tisonnier et traça, à son tour, une autre des runes miraculeuses. Enfin libérée de toute présence Maûne, la pièce retrouva un semblant de calme et le sorcier vint s'accroupir devant la jeune fille, la prenant par les épaules avec une expression abasourdie.

– Ça alors ! Ça alors, répéta-t-il, sans rien trouver d'autre à dire.

Il se releva d'un bond, son enthousiasme disparu, quand un nouveau changement dans le grattement annonça la chute imminente de leur barricade.

* * *

La reine des monstres s'en donnait à cœur joie avec Hogo et Lucia. Plus forte, plus rapide et plus dangereuse que ses soldates, elle n'avait aucune peine à plonger d'un coin de la pièce, leur lacérer le dos ou les bras et remonter dans les hauteurs avant même qu'ils n'aient pu retourner leurs armes. S'ils ne s'étaient offert protection mutuelle, elle leur aurait déjà déchiré la gorge à tous deux. Heureusement, il lui fallait pour cela s'exposer quelques secondes au même endroit… ce qu'elle se gardait bien de faire.

La grande envergure de ses ailes lui permettait également de planer sur plusieurs mètres avant de se dévoiler au dernier moment. Lucia et Hogo avaient bien tenté de la tenir à l'écart, de grands moulinets de leurs armes, mais le monstre trouvait toujours une faille dans leur défense. Comment aurait-il pu en être autrement ? Elle pouvait attaquer de partout et faire retraite aussitôt. Au moins, dans leur folie meurtrière, les plus petits des monstres restaient constamment à portée.

Mais leur reine était d'une autre trempe, rusée, sournoise, et suffisamment cruelle pour transformer en jeu cette véritable exécution. Ses attaques les plus violentes, elle les avait portées à chaque fois que Lucia et Hogo s'étaient rapprochés de la porte. Elle les tenait cantonnés au milieu de la pièce, les nerfs tendus, à quelques pas du cadavre de Korcos dont le sang reflétait la lueur de la cheminée. Elle plongeait parfois sur un des objets de la table, leur projetait au visage, puis profitait de la confusion pour ajouter quelques écorchures à leurs blessures déjà nombreuses. Elle faisait trembler les tentures et bondissait soudain sur eux en agrippant leurs armes. Elle les encerclait, ricanait, repartait, revenait et faisait claquer ses ailes au-dessus de leurs crânes.

– Je crois que je vais aimer l'Ældo, railla-t-elle d'une voix stridente, en tournoyant le long des murs. Voilà déjà dix minutes que je suis là, et je n'ai pas entendu un seul drak hurler à la mort. Les Eldes ont vraiment de la chance !

– J'ai surtout la chance de ne pas avoir ta tête, persifla Lucia, de plus en plus tendue. Sinon, moi aussi je chercherais à me cacher !

Un silence pesant tomba sur la scène. Comptant mentalement les secondes, la jeune femme leva brusquement sa lame… un instant trop tôt. La reine Harpie esquiva l'épée et flanqua une terrible gifle à Lucia, laissant trois sillons vermeils sur sa joue.

Hogo tenta en vain d'atteindre leur assaillante fantôme, puis jeta un coup d'œil rapide à la blessure de Lucia avant de se remettre en position.

– Garde ton calme, grogna-t-il d'une voix sourde. Ça ne sert à rien de s'énerver. Souviens-toi de tout à l'heure.

– Je *suis* calme, chuchota la belle en s'essuyant. Elle nous chasse, je la chasse. Il faut bien que je l'attire tout près.

– Je ne pourrai pas toujours te sauver la vie ! avertit le Lycante. Reste tranquille, et attends le bon moment.

Lucia reprit position en boudant. Elle avait peut-être fait une erreur en se jetant sur Korcos, mais cette tactique contre la reine Harpie ne lui semblait pas bonne non plus. Quand on traque un fauve, on n'attend pas qu'il vous trouve le premier. Surtout quand il peut arriver de n'importe où. Du plafond, du coin, de derrière, de la gauche, de la cheminée…

Une idée jaillit soudain dans son esprit. Une idée si folle, si désespérée, qu'elle pouvait même avoir une chance de marcher. Car seul l'inattendu pouvait encore les sauver…

– C'est *maintenant*, le bon moment, annonça-t-elle avec un sourire féroce. Tu vas encore devoir me sauver la vie.

À peine sa réplique achevée, Lucia laissa tomber son épée et courut de toute son énergie jusqu'à la cheminée. Les claquements d'ailes qui fondirent aussitôt sur elle lui donnèrent le courage de plonger la main dans les cendres tièdes et d'en jeter une énorme poignée dans le vide de la pièce.

Aveuglée par les poussières infimes, elle vit Hogo courir à elle en levant son arme, comme dans un rêve, et les cendres s'agiter à l'instant où la reine pénétra leur nuage. Elle se laissa tomber au sol en priant pour ne pas finir en trophée.

* * *

Encouragée par son succès récent, Ariale se plaça à côté de Zétide pour répéter, inlassablement, nerveusement, la rune qui diminuait un à un le nombre de leurs agresseurs. Mais les estimations pessimistes du sorcier s'avéraient malheureusement justes, et les Harpies semblaient toujours assez nombreuses pour mettre à bas ce qui restait de la barricade et envahir la pièce en une nuée bruyante et hystérique.

Déjà, quelques trous apparaissaient dans la dernière planche, que des griffes invisibles s'échinaient à agrandir écharde après écharde avec des piaillements oppressants. Avant une minute, elles auraient dégagé un passage assez grand pour leurs corps malingres… et tout serait dit.

Voyant que la magie ne suffirait pas à les sauver, Zétide essaya une fois encore de déplacer l'énorme armoire qui siégeait à proximité de la porte, mais elle était bien trop massive. L'idée de mettre le feu à la barricade le traversa un instant mais il la rejeta aussitôt. Cela ne ferait que faciliter l'invasion de la pièce ou, si par chance les Harpies reculaient, c'est la fumée qui finalement les étoufferait.

Rien, il n'y avait rien dans cette pièce dont il puisse tirer parti. À part l'armoire monumentale qui refusait obstinément de bouger.

En l'examinant de nouveau, le sorcier révisa son jugement. Il y avait peut-être quelque chose à en faire, finalement. Cela donnerait au moins quelques minutes supplémentaires à la petite.

– Ariale, allonge-toi là, la pressa-t-il en vidant le meuble de son contenu.

La jeune fille acheva consciencieusement son tracé avant de se tourner vers Zétide qui déblayait trois mètres de plancher. Elle eut peur d'avoir compris ce qu'il projetait.

– Je vais faire tomber l'armoire sur toi, confirma-t-il en ramassant un tisonnier. Dès que tu seras à l'abri, en dessous, trace la rune autant de fois que tu pourras. On finira bien par en venir à bout !

– Et vous ? demanda-t-elle, la gorge sèche.

Elle dut répéter sa question, les grattements s'étant intensifiés au point de couvrir leurs voix.

– Je vais tenter une sortie, annonça le sorcier, le visage grave. Voir si je peux les entraîner un peu plus loin. Ça te donnera un peu de temps.

À l'idée de se retrouver seule, dans le noir, coincée sous le meuble lourd et pris d'assaut par la nuée hystérique des monstres, Ariale était paralysée de terreur. Zétide s'en aperçut et la secoua par le bras sans douceur.

– Pense à ton père ! ordonna-t-il. Il t'aurait demandé de le faire ! C'est notre seule chance !

La jeune fille acquiesça, déglutit et s'allongea, blême, devant l'armoire sans porte qui allait basculer sur elle comme un cercueil. Elle songea soudain qu'elle n'aurait aucun moyen d'en sortir seule. S'il ne restait plus personne pour la délivrer… les monstres s'en chargeraient.

Elle ferma les yeux alors que Zétide faisait danser le

meuble sur sa base, s'échinant sur le levier qu'il avait placé entre le bois et la muraille. D'un instant à l'autre, les ténèbres allaient l'engloutir. Elle allait se retrouver prisonnière. Encore.

Elle compta les secondes qui la séparaient du terrible fracas. Une, deux, trois… Six, sept… Douze, treize… Quatorze ?… Quand donc cette damnée armoire allait-elle tomber ?

Elle rassembla son courage et souleva la moitié d'une paupière, juste assez pour constater que le sorcier avait cessé d'appuyer sur son levier. Il regardait leur barricade avec une expression indéfinissable, en attente de quelque chose.

Ariale tourna également la tête et comprit seulement alors ce qui l'intriguait. *Les grattements*. Les grattements avaient cessé. Les monstres n'avaient pas encore envahi la chambre, mais ils semblaient avoir renoncé. Si près du but ?

Zétide abandonna l'armoire et s'approcha des trous creusés par les Harpies, aussitôt rejoint par une Ariale soulagée d'échapper au calvaire. Les créatures du Maûne étaient toujours là, cachées dans les ténèbres : ils pouvaient entendre leurs serres crisser sur les marches. Mais elles semblaient avoir perdu toute agressivité. Pas une n'attaquait, criait ou prenait son envol. Les monstres étaient comme somnolents. Amorphes.

– *Leur reine est morte*, comprit Zétide avec un visage qui s'illuminait. Leur reine est morte ! Nous sommes sauvés !

Le sorcier entreprit aussitôt de déblayer ce qui restait de leur barricade, chichement aidé par une Ariale encore inquiète. Elle bondit en entendant un bruit de course dans l'escalier, certaine qu'il annonçait un nouvel assaut des monstres. Mais la voix qui accompagnait ces pas l'emplit d'allégresse…

– Cochonnerie de volatiles ! râlait Lucia, en faisait claquer le fer de ses bottes sur les marches. Même morts, ils continuent à traîner dans mes jambes !

Le reste du fatras fut vite dégagé, par un vieillard et une gamine assez motivés pour déplacer en quelques secondes ce qu'ils avaient mis plusieurs minutes à empiler. En retirant la table, ils eurent la double surprise de trouver la porte rongée d'une bonne moitié… et des marches couvertes de Harpies, *visibles*, immobiles et atones.

Leurs rangs se dispersèrent lentement, devant Hogo et Lucia qui se frayaient un chemin à la pointe de leurs armes. La progression des Eldes était délicate, car il ne s'agissait surtout pas de raviver la colère des monstres… mais les retrouvailles n'en furent que plus émouvantes, quand ils atteignirent enfin le haut du donjon.

– Lucia ! bondit Ariale, en s'accrochant à la taille de sa sœur. Tu es blessée ! ajouta-t-elle, en tendant généreusement les mains vers son visage.

– C'est rien, p'tit loup, la rassura la jeune femme. Beaucoup de coupures, mais pas profondes. Attends qu'Isadorine voie le désordre que tu as mis dans ta chambre !

Elles rirent en tombant dans les bras l'une de l'autre, chacune laissant échapper quelques larmes. Zétide se contenta d'une simple bourrade à Hogo, le Lycante étant par nature peu enclin à manifester sa joie.

– Elles sont bien du sang d'Eras, lui glissa le sorcier avec un sourire épanoui. De véritables filles de chevalier !

– Ouais. Complètement inconscientes, badina Hogo. À croire que les Garamont naissent le poing levé.

* * *

L'aube les trouva réunis dans la cave, autour de la rune responsable de leurs malheurs. Avec l'aide précieuse d'Ariale, Zétide avait conjuré une à une toutes les Harpies survivantes. Il ne restait plus qu'à détruire le symbole pour mettre un point final à cette tragédie…

– À vous, proposa-t-il en tendant une pioche à Lucia. Pour votre oncle.

La chasseresse se saisit de l'outil et en donna un coup

violent au centre de la rune, projetant plusieurs morceaux de pierre sur les parois de la niche. Elle frappa une fois encore, puis une autre, chassant de son esprit la vision abominable du cadavre démembré du sire Marten. Par bonheur, Ariale n'avait pas eu à affronter cela. Pendant que la jeune fille assistait Zétide, Hogo s'était généreusement chargé de faire disparaître toute trace choquante des couloirs du château.

– Ça suffira, estima le sorcier. Aucun Maûne ne repassera par là.

Lucia contempla la rune saccagée, puis laissa tomber la pioche. Cela semblait une bien maigre consolation. Une goutte dans la mer, dans la guerre qui opposait les deux parties du monde. Un simple répit volé au camp dominant.

Ils se recueillirent quelques instants en silence, comme sur la tombe d'un proche. Après cette nuit blanche, ils auraient dû dormir debout. Mais trop de choses occupaient leurs esprits. Une, en particulier.

– Alors, Ariale…, commença Zétide. Il semble que ton père vous laisse un certain… *signal* ? Peux-tu me dire de quoi il s'agit exactement ?

– Ne le dis pas, p'tit loup, coupa Lucia.

– *Quoi ?* bondit Hogo. Après tout ça, tu n'as toujours pas confiance ?

– Oh, mais si, j'ai confiance. Mais quand vous aurez eu votre réponse, vous partirez et bonsoir ! J'en ai assez d'attendre ici le retour de mon père. Si vous partez à sa recherche, je viens avec vous. Je vous guide jusqu'au signal.

– C'est hors de question, avertit Zétide. Trop dangereux.

– Ce n'est pas une *requête*, messire Hypolus, rétorqua-t-elle en minaudant. C'est une *condition*.

– Et Ariale ? Ça ne me paraît pas très malin de la laisser ici toute seule, lança le sorcier. Réfléchissez un peu.

– J'y venais, justement. Je veux *aussi* qu'elle nous accompagne, renchérit Lucia. On s'en est bien sortis, tous les quatre, non ?

– Et votre château ? Et si votre père revient ? prétexta Zétide, à qui cette idée déplaisait fortement.

– Il reste Isadorine et Jauel, intervint Ariale, le cœur battant d'excitation. On les préviendra quand ils arriveront. Et puis, ce n'est pas très loin ! Lucia y va en seulement une journée !

Zétide implora silencieusement Hogo de lui venir en aide, mais le Lycante n'était pas particulièrement opposé au projet. Lassé et à bout d'arguments, le sorcier acquiesça avec une moue forcée.

– D'accord, d'accord, annonça-t-il, à la grande joie des filles Garamont. Mais seulement jusqu'à ce que vous m'ayez montré le signal ! Après, je vous ramène ici !

– Promis, clama Lucia avec un clin d'œil à sa sœur.

– Mouais, râla le sorcier.

Ariale avait l'impression de vivre un rêve. Tout lui apparaissait sous un jour nouveau. D'ici quelques heures, elle allait enfin quitter sa prison et découvrir un petit bout du monde qui l'avait vue naître. Elle en ressentait une telle joie que la tête lui tournait.

– N'imaginez pas que nous partons en promenade, prévint Zétide, très sérieusement. Ce que vous croyez savoir du monde n'est qu'une *petite partie* de la réalité. Vous avez encore beaucoup de choses à apprendre... Aussi, j'entends qu'on m'obéisse sans discuter ! ajouta-t-il, à l'intention de Lucia.

– Vous allez m'apprendre les runes ? enchaîna Ariale, en toute naïveté.

Le sorcier se tourna vers elle et l'étudia en silence, son visage figé en une moue indéfinissable.

– *Certainement pas*, affirma-t-il bientôt. A-t-on jamais vu enseigner la magie à une enfant ? C'est *grotesque*.

– Elle est très intelligente, vous savez, intercéda Lucia. Elle a une grande mémoire, et elle aime étudier. Vous devriez lui laisser une chance.

Le sorcier dévisagea encore la jeune fille qui avait prouvé toutes ces qualités au cours de cette nuit mouvementée. Il lui fallait bien admettre qu'il n'avait jamais rencontré quelqu'un d'aussi sensible et intuitif, capable de retracer une rune après l'avoir seulement entrevue…

– Nous verrons bien, conclut-il en regagnant le grand jour. Nous verrons bien.

LIVRE II

LE SECRET DES COLOMBINS

« Pourquoi deux cercles, *me demande-t-on souvent ? Pourquoi les magiciens se sont-ils choisi comme signe de reconnaissance un symbole aussi dénué de sens, sans saveur ni éclat ? Pourquoi ne pas avoir choisi un dragon d'or, une étoile, un joyau, attestant davantage de leur puissance ?*

Même le roi de Creste, que l'on considère à raison comme l'homme le plus sage de nos contrées, me posa un jour cette question. Il n'avait pas achevé de la formuler qu'un groupe de courtisans curieux s'assembla autour de ma personne, dans l'attente d'une démonstration brillante ou du spectacle de mon embarras. Je ne devais pas leur donner ce plaisir…

– Sire, demandais-je, voudriez-vous me dessiner un cercle ?

Après avoir fait mander le nécessaire, le monarque s'exécuta en traçant une forme imparfaitement arrondie que chacun, pourtant, s'évertua à complimenter. Je sollicitai le même service auprès de tous les membres de l'assistance et, une fois satisfait, tendis de nouveau la plume au roi.

– Maintenant, sire, donnez-vous la peine de dessiner de nouveaux cercles, un pour chacun de ceux que nous avons déjà.

Le monarque posa diligemment la pointe sur la feuille mais, après quelques instants, la retira sans avoir rien tracé. Il avait compris.

– Comment pourrait-il vous satisfaire ? intervint un des courtisans, soucieux d'excuser son roi. Il existe une infinité

de façons de dessiner ces nouveaux cercles, par rapport aux premiers. Comment pourrait-il savoir ce que vous désirez au juste ?

– C'est tout à fait cela, répondis-je, sur le ton de la victoire. Deux simples cercles, et une infinité *de possibilités. C'est l'essence même des runes… et le meilleur symbole qui puisse être pour les magiciens.* »

Introduction au Traité de philologie runique, *vers 2860*

Ariale n'avait pas assez d'yeux pour tout voir. Six heures après avoir quitté le château de son père, elle ne s'était toujours pas lassée de contempler le paysage qui s'étalait sous les pas de son poney. D'une manière assez confuse, elle avait le sentiment de *naître* vraiment : comme si ses dix premières années, son enfance, n'avaient eu d'autre but que la préparer à ce moment, et à tous ceux qui devaient suivre. Elle n'avait connu qu'une longue attente, qui venait de prendre fin.

Les événements tragiques de la nuit passée semblaient déjà loin. Seule lui restait la douleur de la perte de son oncle… mais ignorante des circonstances exactes de sa mort, elle n'en subissait qu'une peine diffuse, adoucie par l'espoir renouvelé de retrouver son père. En cet après-midi ensoleillé où elle faisait ses premiers pas dans le monde, émerveillée par le moindre rameau et la tête pleine de projets, aucune tristesse ne pouvait vaincre son enthousiasme.

Lucia l'appela d'un petit sifflement et lui adressa un clin d'œil complice. La chasseresse ouvrait la route, perchée sur sa jument gris pommelé, mais se retournait fréquemment en direction de sa sœur et de leurs compagnons. Zétide comme Hogo n'était pas particulièrement bavard. Le sorcier en habit vert se perdait dans ses pensées, aussi à l'aise pour méditer sur sa selle que dans un fauteuil. Quant à l'homme-loup à l'étrange apparence, il ne faisait qu'épier les environs, ses oreilles pointues frémissant au moindre bourdonnement d'abeille. Non qu'il craigne un réel danger… les Lycantes étaient vigilants de nature, tout simplement. Ils entendaient, ils sentaient, ils voyaient des choses que les Humains étaient bien loin de percevoir. Et c'était là le moindre de leurs pouvoirs…

Ariale s'abîma de nouveau dans la contemplation du paysage. Jusqu'à ce jour, elle n'en connaissait que les récits de Lucia, d'Isadorine et de son père. Hier encore, elle ne voyait que les cimes lointaines des arbres qu'elle longeait alors : les *frênes à dentelle*, *caressants*, *jansénites*, *bouliers* et autres *lierres amoureux*… Elle ne les connaissait pratiquement qu'à travers les gravures de sa bibliothèque. Un comble, alors qu'une grande partie de cette forêt appartenait à la famille Garamont !

Son savoir était donc tout à fait théorique… Par exemple, si elle connaissait les trois manières de tailler un boulier, pour l'avoir lu dans un traité d'artisanat, jamais encore elle n'avait été mise en présence d'une des protubérances sphériques si prisées des menuisiers. De même, elle découvrait seulement les *serpentaires*, bien qu'elle connaisse depuis des années la particularité de leurs branches à pousser de manière étrangement ondulée. Et ainsi de suite… Tout excitait sa curiosité : les fleurs sauvages, des *harmonies* aux *dulcinées*, en passant par les *lilas majeurs*, les *synoises* et les *capitales* ; les moineaux, *crécelles*, *adelots* et *blanchets* ; les insectes, vaquant aux mille activités du printemps ; enfin quelques animaux plus grands et plus discrets, tels les *coudards*, des rats qui s'en prenaient aux nids, les *rubinots*, sorte de chevreuils nains, ou encore les *chouettes-de-jour*, *corbasses* et autres *poules cabrioles*.

Maintenant, Ariale comprenait parfaitement ce que Lucia avait plusieurs fois tenté de lui décrire, et pourquoi sa sœur passait le plus clair de son temps à vadrouiller ainsi… La chasse n'était qu'un prétexte. L'intérêt véritable de ces sorties se trouvait ailleurs, dans cette impression suave de liberté qui la transportait quand, au cœur d'un bosquet ou au sommet d'une colline, plus rien ne semblait pouvoir l'atteindre. Oh, bien sûr, une rencontre avec un sangulier ou un granleu pouvait toujours se révéler dangereuse, mais Lucia avait depuis longtemps appris à se défendre, comme en témoignaient l'arc, le poignard et la longue épée qui pendaient à sa selle.

La jeune fille se vit soudain emplie d'admiration pour sa sœur aînée. De tout son cœur, elle espérait pouvoir suivre ses traces. Se montrer digne d'elle, autant que de leur père. Faire oublier son jeune âge, afin que sa présence dans cette étrange compagnie ne soit jamais considérée comme un fardeau. Même si leur voyage ne devait durer que deux jours, il fallait que les autres puissent dire au retour: « Ariale a été à la hauteur. »

Malheureusement, le matin même, elle avait commis son premier faux pas, en harcelant de questions le fameux Hypolus – ou Zétide, quel que soit le nom qu'il emprunte. Le sorcier avait répondu distraitement, révélant volontiers ce qu'il savait du chevalier Eras, mais s'était rapidement lassé des interrogations sur les Doux-parages, la Cabale et tous autres sujets. Il avait fini par la rabrouer un peu sèchement et Ariale n'avait pas insisté. Hogo avait bien tenté de lui faire la conversation, mais le Lycante devait régulièrement s'interrompre pour prêter l'oreille et leur dialogue en pâtissait.

Ainsi avaient-ils chevauché jusqu'au midi, sans bavarder plus que nécessaire, et s'étaient remis en route après une courte halte restauratrice. Depuis ils voyageaient en silence, bercés par le roulis monotone de leurs montures, en se remettant doucement de leur nuit agitée…

– On arrive, avertit Lucia, en se retournant sur sa selle. Vous voyez que ce n'était pas loin ?

– Six heures quand même, protesta Zétide. Il en faudra autant pour vous ramener !

– Arrêtez de râler ! rétorqua la chasseresse. Admettez au moins que vous n'auriez pas trouvé tout seul !

Ils progressèrent encore sur une centaine de mètres, puis Lucia sauta à bas de sa jument. Tous l'imitèrent, cherchant ce qu'il pouvait y avoir de particulier dans la petite clairière qu'ils avaient investie. L'endroit était semblable à vingt autres qu'ils avaient dépassés. Pourtant, le chevalier Eras l'avait choisi pour abriter le signal secret qui le reliait à ses filles…

– Où est-ce ? s'impatienta le sorcier, comme Lucia tardait à s'expliquer.

– Vous ne voyez pas ? badina-t-elle. Je pensais que vous n'aviez pas besoin de moi ?

– D'accord, d'accord ! Je reconnais *humblement* que vous avez *bien fait* d'insister pour venir. Vous êtes satisfaite ? Alors, où est-ce ?

– Mais ici ! révéla la chasseresse, avec un sourire triomphant. Juste sous vos yeux !

Elle désignait un arbre noueux, sorte de vieil aulne tassé sur ses racines, mais épais comme deux fois deux hommes. Ses branches démarraient assez bas sur le tronc et s'étendaient pratiquement à l'horizontale. Elles étaient également épaisses et noueuses, à tel point que, sans les petites feuilles vert céladon qui dansaient à leurs extrémités, on eût cru à la mort du végétal. Pourtant... et bien qu'il soit deux ou trois fois plus petit que ses hauts voisins, diplodochênes et jansénites... l'arbre avait quelque chose de vénérable et de gracieux qui en faisait le roi de la clairière. Ce qui échappait totalement aux regards non avertis.

– Je suis plus familier des forêts de montagne, avoua Hogo, gêné par son ignorance. Cette espèce... qu'est-ce que c'est ?

– Un *hadryen*, indiqua Ariale. C'est ici que nos parents se sont rencontrés, ajouta-t-elle, comme sa sœur acquiesçait. Ils se sont déclarés au pied de cet arbre !

– Une chevauchée de six heures ne les dérangeait pas, *eux*, plaisanta Lucia. Cette clairière a dû en voir de belles...

Zétide ne releva pas la pique, préférant s'approcher du végétal pour en caresser l'écorce. Il porta ensuite son regard entre les racines apparentes, étudiant chaque herbe folle, fleur sauvage et mousse épaisse qui s'y abritait. Lucia avait déjà fait cette inspection, machinalement, dans la minute qui avait suivi leur arrivée.

– Alors, ce signal ? persévéra le sorcier. Comment procédez-vous ?

– Ça va vous paraître très étrange, prévint la chasseresse. Mais dites-vous bien que c'est la même chose pour nous…

Tout en parlant, elle tira un collier de sous le tricot fin qui lui couvrait la gorge. Ariale l'imita aussitôt et vint se placer à côté de sa sœur, pour tendre à Zétide le bijou primitif qu'elle arborait avec fierté. Tous deux étaient semblables. Il s'agissait d'une simple tresse de fils d'or à laquelle pendaient une douzaine de perles en bois grossièrement poli. Chacune portait un « E » runique inégalement gravé et passablement effacé.

– Mon père nous a fait parvenir ces perles une par une, expliqua Lucia. Presque tous les mois, pendant plus de deux ans, j'en ai trouvé au pied de cet arbre. Mais la dernière remonte au début de l'hiver…

– Comment fait-il pour les déposer ? s'étonna Hogo. Je suppose qu'il ne vient pas en personne…

– Là est tout le mystère, cher ami. Je lui avais posé la même question avant son départ, mais il avait jugé que « le moment n'était pas venu ». Il n'a rien dit d'autre.

– Quelqu'un les déposerait pour lui ? imagina le Lycante, en se tournant vers Zétide. Un animal bien dressé, peut-être ?

– Drôlement discret, en tout cas ! reprit la chasseresse. Je ne compte plus mes nuits blanches passées à l'affût dans cette clairière. En pure perte… jamais je n'ai pu surprendre quoi que ce soit.

– Peut-être faudrait-il installer des alarmes ? Quelques pièges inoffensifs ?

– Elle a déjà essayé, intervint Ariale, mais aucun ne s'est déclenché.

– Enfin, pas pour le… *messager*, précisa sa sœur. À moins que vous n'ayez une surprenante révélation à faire sur l'intelligence mésestimée des poules cabrioles ?

– Avez-vous tenté de laisser une lettre pour votre père ? enchaîna Zétide.

– Évidemment. Une dizaine de fois, au moins. Mais deux seulement ont été prises, et je soupçonne fortement les renards d'être seuls coupables. À cette heure, nos lettres doivent garnir le fond d'un terrier…

Le sorcier médita sur cette réponse, les doigts négligemment enfouis dans sa barbiche. Ariale réfléchissait, elle aussi, mais ce mystère n'était pas nouveau pour elle. La solution leur échappait depuis presque trois ans déjà…

– Pouvons-nous être assurés que ces perles sont bien envoyées par Eras ? reprit Zétide.

– J'espère bien ! Elles viennent d'un des colliers de ma mère, raconta Lucia. Il nous les a montrées avant son départ, en nous expliquant ce qu'il comptait en faire. Nous n'étions que trois dans le secret. Même mon oncle ignorait cette histoire, alors je ne vois pas comment, ni même *pourquoi*, quelqu'un s'amuserait à nous tromper !

– Je suis du même avis, acquiesça le sorcier. Il me faut simplement tout vérifier, avant de formuler la moindre hypothèse. Ce à quoi je pense est tellement fantasque que je préfère éliminer d'abord toutes les objections… rationnelles.

Chacun conserva le silence, attendant que Zétide poursuive sa démonstration, mais le sorcier se contenta de retourner auprès de l'hadryen et d'en étudier la ramure, les poings sur les hanches et les lèvres pincées.

– Est-il toujours aussi peu fleuri ? demanda-t-il soudain, en se retournant vers Lucia.

La chasseresse fouilla sa mémoire avant de répondre. Jusqu'à cet instant, jamais elle n'avait prêté attention à ce détail.

– Effectivement, je le trouve un peu dégarni par rapport à l'an dernier, reconnut-elle. Mais qu'est-ce que ça prouve ? Nous avons eu un hiver particulièrement long.

– Les autres arbres s'en sont bien remis, expliqua Zétide. Celui-ci semble moribond…

– Je ne vois toujours pas ce que ça change au problème. Ça n'est qu'un point de repère, après tout. Mon père aurait très bien pu choisir cet arbre-là, ou celui-là, ou même cette vieille souche pourrie.

– Peut-être pas, justement, marmonna le sorcier. La coïncidence serait trop énorme… Il semble qu'Eras savait parfaitement ce qu'il faisait.

– Zet, à quoi penses-tu ? intervint Hogo, aussi intrigué que les sœurs. Tu as trouvé quelque chose ?

Le sorcier hésita, puis, sous les regards stupéfaits de ses protégées, emmena le Lycante un peu à l'écart afin de lui glisser quelques mots. Dès la fin de leur entretien, Hogo s'enfonça dans les taillis et disparut bientôt de leur vue.

– Jamais on ne m'a fait pareille muflerie, s'insurgea Lucia, dès que Zétide les eut rejointes. Vous êtes le plus grossier de tous les hommes qu'il m'ait été donné d'insulter !

– Vous penserez tout le contraire dans un petit moment, tempéra l'accusé. Calmez-vous, et faites-moi confiance.

– Vous avez intérêt à avoir de sacrément bonnes raisons ! renchérit la chasseresse. On ne vous a pas tout raconté pour vous voir faire des cachotteries !

Ariale préféra ne pas se mêler de la dispute, mais elle partageait en tout point l'avis de sa sœur aînée. Comme le sorcier ne faisait pas mine de répondre, le silence revint dans la petite clairière, seulement troublé par les cliquetis métalliques des harnachements des chevaux. Quelques minutes passèrent et chacun s'efforça bientôt de tromper l'attente. Pendant que Zétide et Ariale contemplaient l'arbre mystérieux, Lucia chercha un peu de réconfort auprès de sa jument.

– Je parie que cette espèce de poilu s'est perdu, lança-t-elle bientôt, toujours contrariée.

– Les Lycantes ne se perdent jamais, réfuta le sorcier. C'est un de leurs pouvoirs.

– Comme c'est pratique ! railla la chasseresse, sans trouver meilleure répartie.

Comme auparavant, Ariale se garda bien d'intervenir dans cet échange caustique. Elle avait contourné l'hadryen, afin de l'admirer sous toutes les coutures, et s'était pour cela avancée dans un épais buisson d'orties rouges. Mais rien n'aurait pu empêcher son pèlerinage auprès du végétal mystérieux. Il avait été au cœur de l'amour de ses parents. Il appartenait à l'histoire de la famille Garamont. Et, avant que son père n'en décide autrement… il avait orné tous leurs blasons. Cet arbre était leur symbole. Elle voulait le graver à jamais dans sa mémoire.

Elle promena ses mains fines sur l'écorce noueuse. Elle s'attendait presque à entendre un cœur battre dans le bois. Une chaleur, un soupir, un frémissement de vie. Bien sûr, il n'en fut rien... mais Ariale s'efforça de l'espérer encore, tant elle trouvait cette idée charmante. À toujours jouer seule, elle avait développé une imagination fertile. Même si elle ne croyait à aucun de ses mensonges, le fait de les inventer, pour son propre usage, rendait la vie moins ennuyeuse.

L'une de ses bottes glissa sur les orties écrasées, et elle se rattrapa de justesse à une racine apparente, évitant de peu un supplice de démangeaisons. Plus surprise que meurtrie, elle rassura Lucia d'une voix amusée et se redressa avec un luxe de précautions.

C'est alors que son regard tomba sur la *rune*.

Ce n'en était peut-être pas une. De loin, elle eut passé pour un nœud comme les autres, malformation d'écorce due à une banche avortée. Mais de près... le jeu des courbes entrelacées, dansant sur une petite surface presque plane... Quelle fantaisie de la nature pouvait engendrer un motif si complexe ?

Ariale posa la pointe de son ongle au centre du dessin et commença machinalement à en suivre les évolutions. D'instinct, elle savait à quels endroits changer de porteuse, quel angle utiliser, combien de temps il lui fallait demeurer sur un point. Elle faisait tout cela sans intention précise, de la même manière qu'elle aurait déchiffré quelques lignes sur un bout de papier... mais les conséquences devaient bientôt l'accabler.

À l'instant où le tracé fut bouclé, elle connut la vision fugace de la rune s'étirant à l'infini, comme elle en avait déjà fait l'expérience. Un frisson glacé lui courut le long de l'échine. Elle venait de déclencher un pouvoir dont elle ignorait totalement les effets. Elle se leva précipitamment pour prévenir Zétide, mais il était trop tard.

Les rares feuilles de l'hadryen commencèrent à se détacher, une à une, puis par grappes entières, pour tomber en un ballet morbide aux pieds de la jeune fille. Paralysée, impuissante, Ariale contemplait les pétales gris vert répandus sur la mousse, sur les orties, sur ses vêtements, comme un cimetière de papillons s'étendant toujours plus, communiquant sa tristesse à tout ce qu'il touchait.

– Ariale ! *Qu'as-tu fait !* condamna la terrible voix du sorcier.

La jeune fille lui faisait face, paumes tendues vers le haut, incapable de répondre ou même de bouger. Des feuilles lui glissaient le long des cheveux et entre les doigts. Il lui semblait que l'arbre pleurait. Elle eut soudain, également, très envie de pleurer. Elle vit la main que Lucia lui tendait au-dessus des orties et n'osa la prendre.

– Viens là, p'tit loup, décida la chasseresse, en écrasant le buisson de ses bottes ferrées.

Ariale se laissa aller contre sa sœur et donna libre cours à ses larmes pendant que Zétide, marmonnant et bougonnant, prenait sa place pour étudier la rune fatale. Quelques instants suffirent à lui faire admettre qu'il ne connaissait aucun des signes représentés, et qu'il lui faudrait, par conséquent, plusieurs heures d'étude avant d'en comprendre le sens. Son sermon, en revanche, dura dix bonnes minutes. Malgré son émoi, Ariale en retint aisément les deux idées majeures : les runes étaient dangereuses, et elle devait apprendre à se montrer plus responsable. Conséquence : d'ici là, il était tout à fait hors de question de la prendre comme apprentie. La jeune fille ne s'en souciait guère, alors. Elle ne voyait qu'une chose : elle avait tué l'arbre de son père.

Les remontrances du sorcier se seraient peut-être étendues plus longuement encore, si elles n'avaient été interrompues par le retour de Hogo. Zétide laissa aussitôt Ariale à sa peine pour courir au-devant de son ami.

– J'en ai trouvé trois, annonça ce dernier sans perdre de temps. Le dernier est *particulièrement* intéressant. Et j'ai aussi trouvé autre chose... mais mieux vaut que je t'en parle après les bonnes nouvelles.

* * *

Rien qu'à l'odeur, *il* pouvait deviner qu'un de ces maudits Eldes s'approchait de *sa* rune. La curiosité des Humains était incurable. Tous semblaient prêts à mourir pour la satisfaire.

Celui-ci allait être contenté.

Après l'odeur, *il* perçut les pas hésitants de l'Elde sur les marches grossières. Celui qui descendait savait ne pas avoir le droit d'être là. L'homme étouffait la clarté de sa bougie entre ses doigts, projetant l'ombre immense de sa main sur le sol pavé. Même sa respiration se faisait discrète. L'Humain ne voulait que constater de ses propres yeux, et remonter au plus vite au grand jour. Voir si les rumeurs étaient fondées.

Elles l'étaient. *Il* était bien placé pour le savoir. Même si ces interruptions l'empêchaient d'en apprendre davantage. *Il* n'avait que trop rarement l'occasion de s'échapper pour venir étudier *sa* rune. Ces Eldes le gênaient dans son travail.

L'Humain fut sur la dernière marche, hésitant soudain à poursuivre plus loin. On racontait tant d'histoires horribles sur cet endroit.

La plupart étaient vraies, mais l'homme l'ignorait encore.

Le curieux se décida enfin et s'avança sur les pavés, impatient et effrayé à la fois. Sa bougie erra lentement sous les voûtes, précédant son visage d'un pied. Son regard allait fréquemment du sol aux niches qui perçaient tous les murs. Sans doute craignait-il que quelque chose puisse en sortir.

Il décida que l'Humain devait être châtié sans délai. Pour son audace. Pour avoir retardé encore l'accomplissement de sa mission. Et même, ne serait-ce que pour satisfaire *sa* faim.

Il sortit de l'ombre et s'approcha de sa proie, sans chercher à se dissimuler. L'Elde sursauta et se retourna vivement, levant sa bougie à hauteur de visage.

– Ah ! C'est vous, soupira l'homme, soulagé. Vous m'avez fait peur !

Il sourit et prit soudain sa véritable forme.

Il n'eut même pas l'occasion d'utiliser ses crocs. Le cœur de l'Humain ne put résister à la terrible vérité.

Ce n'était pas grave. L'organe était faible, mais *il* le dévora quand même.

* * *

Il fallut moins d'une minute au groupe de Zétide pour remonter en selle et prendre le pas de Hogo, qui refit à cheval le parcours qu'il venait de suivre à pied. Aucun des deux n'avait révélé en quoi consistaient leurs cachotteries, mais les sœurs Garamont étaient encore sous le coup de leur embarras et n'osèrent donc les questionner. Ariale se sentait même étrangère à l'affaire, maintenant. Ses pensées s'embrouillaient entre culpabilité, regrets et souvenir cruel d'un arbre moribond. Du bien-être et des sourires de l'heure précédente, il ne restait rien. Ils avaient cédé la place à la honte et aux sanglots étouffés.

– Si c'est là votre surprise, vous vous êtes fatigués pour rien, lança la voix de Lucia. J'aurais pu vous le montrer aussi.

Ariale trouva la force de relever la tête pour voir de quoi il était question. Le petit groupe, mené par Hogo, se dirigeait tout droit vers un autre hadryen.

– Réfléchissez un peu, s'irrita Zétide. Ne voyez-vous aucune différence entre cet arbre-ci et le premier ?

Ariale, elle, n'avait pas besoin qu'on lui ouvre les yeux. Les branches dont ils approchaient étaient couvertes des petites feuilles que l'autre arbre avait si cruellement perdues. Si celui-ci était plus petit, de moitié peut-être, il semblait au moins en parfaite santé.

– Je ne comprends toujours pas, s'excusa Lucia. Qu'est-ce que ça prouve ? Je n'ai jamais dit que l'hadryen de mon père était le seul de la région. On devrait pouvoir en trouver une bonne quinzaine au moins, rien que dans ce bois.

– Certainement pas autant, réfuta le sorcier. Cet arbre est beaucoup plus rare que vous ne le pensez. Il n'en pousse même pas en Arcadie. C'est, d'ailleurs, la première fois qu'il m'est donné d'en voir.

– Où voulez-vous en venir ? s'impatienta la chasseresse, alors qu'ils dépassaient le végétal.

– À une idée toute simple. Essayez d'imaginer : si le signal de votre père était *intimement* lié à son arbre ? Si la mort de l'hadryen empêchait Eras de vous faire parvenir les perles ? Supposons que ce soit là la *seule raison* de son silence ?

Lucia s'apprêta à répondre, avec dix objections en bouche, mais s'enferma finalement dans un silence songeur. Le sorcier avait semé le doute dans son esprit comme dans celui de sa sœur.

Ils dépassèrent bientôt un autre des arbres mystérieux, haut d'un mètre à peine. Comme elle constatait ses bourgeons fraîchement éclos, Ariale sentit son cœur se serrer. Elle chercha une trace sur le tronc malingre, une protubérance de l'écorce trahissant la formation d'une rune… en vain. Même en cela, l'arbre de son père était unique. Et elle l'avait tué par son imprudence.

Plus personne ne parlait. Les fourrés s'ouvraient devant la monture de Hogo, laissant le petit groupe s'enfoncer plus avant en ces lieux sauvages. Toutes les pensées convergeaient vers le troisième hadryen, que le Lycante avait qualifié de *particulièrement intéressant*. Lucia, Ariale et même Zétide se languissaient d'en faire l'expérience. Leurs regards fouillaient chaque portion du paysage à mesure qu'il se dévoilait. C'était à celui qui apercevrait l'arbre le premier.

Lucia eut cet honneur. Avec un geste magistral, elle désigna les branches fournies qui dépassaient de derrière un jansénite. Ce dernier hadryen était, de loin, le plus grand du trio. Le groupe était encore trop loin pour s'en assurer, mais il semblait même de taille à rivaliser avec celui d'Eras.

La chasseresse incita aussitôt sa jument à accélérer, mais

la freina quatre pas plus loin, constatant que les autres ne la suivaient pas. Son impatience était si évidente qu'elle en était presque comique.

– Allez-y, proposa cordialement Zétide. Vas-y, Ariale.

Lucia ne se le fit pas dire deux fois. Le sorcier avait à peine achevé sa phrase qu'elle partait pour un galop aussi violent que la distance était courte. Il lui fallut beaucoup de volonté pour attendre encore le poney de sa sœur, mais c'est ensemble qu'elles arrivèrent aux abords de l'arbre mystérieux.

La chasseresse sauta à bas de sa jument avant même d'être tout à fait arrêtée. Le fer de ses bottes tinta contre un silex puis fit crisser des fougères, comme la jeune femme en malmenait un buisson pour accéder aux racines de l'hadryen.

L'instant d'après, Lucia poussait un cri de joie qui fit déguerpir un couple de blanchets placides. Elle se pencha pour ramasser quelque chose avant de revenir vers Ariale qui descendait seulement de son poney.

– Regarde, p'tit loup ! offrit-elle, exaltée. *Regarde !*

Elle ouvrit lentement le poing qu'elle lui présentait, comme si son précieux trésor pouvait prendre la fuite, ou disparaître une fois libéré de l'étau de ses doigts.

Deux perles grossières reposaient dans sa paume.

Chacune était marquée d'un « E » majuscule…

Immobile, le regard rivé sur ce miracle inespéré, Ariale sentit venir une nouvelle crise de larmes. Mais son bouleversement était si doux, cette fois, que le goût amer de ses pleurs semblait saveur sucrée… et les sanglots qui montaient dans sa gorge, les débordements de son soulagement. Son père était vivant. Oui, son père était vivant.

Lucia attrapa son poignet et lui glissa d'autorité les perles dans la main. Puis la chasseresse bondit jusqu'à Zétide et Hogo qui les rejoignaient, avant de sauter au cou du Lycante, à la grande surprise de ce dernier. Riant et dansant, elle fit plusieurs tours de l'intéressé sans relâcher son étreinte.

– Bande de cachottiers ! plaisanta-t-elle, en faisant tomber la capuche de l'homme-loup. Vous auriez pu nous le dire tout de suite !

– Je n'étais sûr de rien, expliqua le sorcier, avec une modestie affectée. Je ne voulais pas donner de faux espoirs…

Lucia abandonna un Hogo médusé pour attraper la main de Zétide et essayer d'entraîner le sorcier dans une danse.

– Je retire ce que j'ai dit, minauda-t-elle. Vous êtes assez prévenant, finalement !… Pas très galant, mais prévenant !

– J'accepte vos excuses, plaisanta Zétide, en luttant pour reprendre ses mains. Si toutefois c'en était, bien sûr…

Ariale entendait ces manifestations joyeuses sans les écouter vraiment. Toute son attention se concentrait sur les deux petites perles ovales reposant au creux de sa paume. Ils ignoraient de quand dataient ces signaux… Plusieurs mois ? Ou quelques heures seulement ? Peu importe. Tous les espoirs étaient permis. *Récemment* encore, Eras était en vie et libre de ses mouvements. Voilà ce qui comptait vraiment.

Une main lourde et chaude se posa sur son épaule. Ariale sortit de sa torpeur pour découvrir Hogo penché sur elle.

– C'est grâce à toi, jeune Dame, énonça-t-il solennellement. Tu as été très courageuse. Ton père sera fier de toi.

Ariale acquiesça brièvement en s'efforçant de refouler de nouveaux sanglots. Elle était reconnaissante à l'homme-loup de ses attentions, mais était loin de partager son avis. Tout ce qu'elle pouvait faire de bien n'effacerait pas son terrible crime, l'imprudence naïve qui lui avait fait tuer l'arbre fétiche de ses parents. Non, elle ne méritait pas tant de louanges. Jamais elle ne s'était sentie aussi… *fillette*.

Tous se réunirent autour d'elle. Zétide demanda à examiner les perles, qu'Ariale lui tendit à regret. Elle était soulagée, certes, heureuse aussi de cette joie inattendue. Mais en même temps, contrite, embarrassée, honteuse. Il lui semblait qu'elle n'avait pas le droit de se laisser aller à autant d'enthousiasme que sa sœur.

Pour l'instant, cette dernière ne cessait de bondir autour du sorcier comme un chaton autour d'un papillon. Zétide prenait son temps pour étudier les perles de bois, au point que la chasseresse doive l'interrompre pour satisfaire sa curiosité.

– Alors, comment expliquez-vous ce miracle ? Qu'est-ce qui vous a mis la puce à l'oreille ?

– Seulement un peu de réflexion… Imaginez que vous êtes le porteur du signal, et qu'il vous faille un hadryen en parfaite santé pour vous acquitter de votre mission. Imaginez que cela soit même une condition *impérative*. Qu'auriez-vous fait en constatant l'agonie de votre point de repère ? Probablement, vous auriez déposé les perles sous un arbre de la même espèce, le plus proche possible du premier. C'est ce que j'avais espéré.

– Ça me paraît plutôt tordu. Un hadryen en parfaite santé ? Pour quoi faire ? Quel maniaque peut se soucier de pareils détails ?

– *Pas* un maniaque. Quelqu'un qui aurait besoin de la présence d'un tel arbre pour vivre, comme nous ne saurions nous passer d'air, ou les poissons d'eau. J'admets que c'est un peu difficile à accepter, mais je ne vois que cette explication au mystère du signal d'Eras.

– Mais de *quoi* parlez-vous ?

Zétide se retourna vers le végétal étrange, le temps de choisir ses mots. Devant la justesse des précédentes suppositions du sorcier, chacun de ses compagnons était convaincu d'entendre maintenant la vérité de sa bouche.

– D'une ancienne légende, entonna-t-il, en contemplant l'écorce noueuse. L'on dit que les peuples de l'Ældo sont aussi nombreux que les étoiles… Mais la plupart sont si pauvres en individus, et si empressés à se dissimuler à la vue des Humains, qu'on vient à douter de leur existence même.

– Vous parlez comme un livre, railla Lucia. Vous l'avez appris par cœur ?

– Continue, le pressa Hogo.

– Je regrette de ne pas savoir grand-chose, avoua

Zétide. Il me semble avoir lu, il y a longtemps, l'histoire d'êtres étranges qui habiteraient précisément cette variété d'arbres. Cela ne m'est revenu en mémoire qu'à la mention de ce nom : « hadryen ».

– Quelqu'un *habite* cet arbre ? répéta Ariale, horrifiée par cette nouvelle dimension donnée à son crime.

– Pas cet arbre en particulier, non, mais tous les hadryens en même temps, je crois. C'est assez confus dans mes souvenirs.

– Mais *qui* ? intervint Lucia. Des p'tits Lutins, des écureuils magiques, des fantômes, les beaux génies de la forêt ? Qui sont-ils ?

– Je crois bien qu'on les nommait les *Sylfes*. Mais je ne saurais les décrire... Le texte que j'ai lu n'était, à mes yeux, qu'un témoignage fantaisiste, comme les conteurs en écrivent des milliers chaque année. Nulle part ailleurs, je n'ai vu mention de ce peuple... Comme je l'ai dit, personne ne croit à leur existence.

– C'est *forcément* vrai, pourtant, s'anima Lucia. C'est trop gros pour être une coïncidence. *Il y a* dans cet arbre une créature qui est l'alliée de mon père.

Tous quatre contemplèrent l'arbre mystérieux dont les branches horizontales passaient à un pied à peine au-dessus de leurs têtes. L'idée qu'il fût *plus* qu'un simple végétal avait modifié le regard qu'ils lui portaient. Surtout pour Ariale, torturée par le remords.

– Ouh-ouh ! Ouh-ouh ! appela Lucia, en s'adressant à l'écorce.

– Ça m'étonnerait qu'ils te répondent, plaisanta Hogo. Ils sont sûrement très, très timides.

– Essaye, toi, gros malin ! se vexa la chasseresse. Il faut bien faire quelque chose ! On ne peut pas se contenter d'attendre d'autres perles !

– Vous avez raison, dit Zétide. Il faut essayer d'établir un dialogue, d'une manière ou d'une autre. Mais nous trouverons plus facilement une solution dans une bibliothèque qu'en tournant indéfiniment autour de ces racines.

– Et cette rune ? proposa Lucia, en montrant un nœud

de l'écorce. L'autre en avait une, aussi. Peut-être pourrait-elle nous servir ?

– Vu ce qui est arrivé tout à l'heure, j'en doute... Je vais tout de même la recopier, j'aurai tout loisir de l'étudier plus tard.

Joignant le geste à la parole, le sorcier sortit un calame de son écritoire avant de s'accroupir dans les fougères. Il procéda ainsi à quelques tracés, vifs et précis, sur le petit carnet qui ne le quittait jamais. Ariale, qui se sentait particulièrement impliquée, se tint sagement debout derrière lui. Lucia fit de même en ne perdant pas une miette de son travail.

– C'est bizarre quand même, cette rune sur un arbre, non ? remarqua-t-elle.

– Pas forcément, expliqua Zétide. J'en ai déjà vu sur deux espèces différentes de papillons, ainsi que sur un petit serpent d'Arcadie. C'est une défense naturelle comme les autres. Magique, certes, mais pas exceptionnelle.

– Une défense naturelle ? Comment un papillon fait-il pour lire sa propre rune ?

– Il ne le fait pas. Toutes les runes n'ont pas besoin d'être lues. En fait, on distingue les enchantements et les sortilèges... Comment dire... Je vais être plus simple. Disons que certaines fonctionnent comme des talismans, des porte-bonheur si vous voulez, dont les effets s'appliquent en permanence. Ce sont, par exemple, les runes que l'on grave sur une lame, pour garantir sa solidité et son tranchant. Toutes les autres, comme la rune d'invocation de votre oncle, ne déploient leurs pouvoirs qu'une fois lues, et leurs effets, généralement à court terme, s'appliquent immédiatement.

– Mais alors..., s'inquiéta Ariale. Que se passe-t-il si on lit une rune « talisman » ?

– Rien de bon. Tant de pouvoir concentré, libéré en un instant... Cela avive l'enchantement, *trop*, en général. Ses effets sont pervertis. Il suffit d'ailleurs de demander aux Maûnes. C'est ce qu'ils ont fait avec leur Malerune.

Sur ces mots terribles, Zétide acheva son croquis et se

redressa. Sa franchise était louable, mais Ariale était plus que jamais torturée par le remords. Contemplant le symbole runique implanté dans l'écorce, elle se fit la promesse solennelle que jamais, *plus jamais*, elle ne toucherait à la magie. Le bel art engendrait trop de souffrances.

Tous se rassemblèrent auprès des chevaux. Ils ne pouvaient pas faire grand-chose de plus pour le moment. Chacun embrassa une dernière fois l'arbre du regard, à la recherche d'une ultime inspiration.

– On devrait quand même laisser une trace de notre visite, suggéra Hogo. Un petit cadeau, quelque chose. Pour preuve de nos bonnes intentions.

– *Ils* ne prennent pas nos lettres, rappela Lucia.

– Ce n'est que du papier. Peut-être que les *Sylfes* ne comprennent pas son utilité. J'ai bien des cousins qui ne croient pas en l'existence des chevaux. Tous les peuples sont différents, et celui-ci plus encore…

– Je crois deviner où tu veux en venir, acquiesça Zétide. Continue…

– Les perles d'Eras sont en *bois*. Ce n'est sûrement pas un hasard. S'il peut faire mener de tels objets, pourquoi le chevalier n'envoie-t-il pas des parchemins ? Les Sylfes n'ont peut-être d'intérêt que pour le bois…

– Peut-être même qu'ils ne peuvent voir, ou toucher *que* le bois, renchérit le sorcier. Nous devrions donc laisser une signature de même nature…

– J'ai quelque chose qui fera l'affaire, intervint Lucia.

Elle se tourna vers les fontes de sa jument et farfouilla quelques instants avant de trouver son bonheur.

– Au premier commentaire désobligeant, je remballe, prévint-elle d'une voix aigre-douce. Je ne cherche pas les louanges, alors épargnez-moi les critiques.

Elle tendait à Zétide une statuette d'une dizaine de centimètres de haut, morceau de branche sculpté avec une lame grossière, et représentant un ours dressé sur ses pattes de derrière. Le sujet n'était pas achevé, mais on reconnaissait déjà bien l'animal.

– C'est toi qui…, admira Hogo.

– J'ai beaucoup de temps à perdre, expliqua la chasseresse en haussant les épaules.

– Ce sera parfait, estima le sorcier. À vous l'honneur de la placer au pied de l'arbre. Rien ne dit que cela serve à quelque chose, mais nous aurons au moins essayé…

Lucia s'exécuta, déposant son œuvre à l'emplacement exact où elle avait trouvé les perles. Elle prit garde de redresser au-dessus le plant de fougères, afin que la statuette échappe totalement aux regards d'un éventuel promeneur. Enfin, elle disposa plusieurs repères fragiles, pierres en équilibre, branches recourbées et tendues à l'extrême, tout autour de l'hadryen.

– Voilà. Ça m'étonnerait que quelqu'un vienne se perdre par ici, mais il laissera obligatoirement sa trace, conclut-elle en s'essuyant les mains.

– N'importe quelle poule sauvage pourrait déclencher ces alarmes, remarqua Hogo.

– Certes, mais c'est mieux que rien, non ?

Le Lycante acquiesça, soucieux, en observant les différents « pièges » disposés par la chasseresse. Malgré l'argument, la tentative lui paraissait quelque peu oiseuse. D'autant qu'il savait quelque chose que ses compagnons ignoraient encore. Quelque chose qui rendait presque ridicules ces alarmes miniatures. Si son intuition était juste, la plupart d'entre elles seraient déclenchées avant le lendemain.

– Les Maûnes exceptés, demanda-t-il soudain, y a-t-il beaucoup de grands prédateurs dans la région ?

– Grand, comment ? Comme un loup ?

– Plutôt comme un ours…

– Alors, c'est non. Tous les grands fauves qui traînent dans le coin viennent du Maûne. Et il n'en passe pas tous les jours, heureusement… Pourquoi cette question ?

– Le mieux est que vous constatiez par vous-mêmes, répondit le Lycante en secouant la tête. C'est *l'autre chose* que je voulais vous montrer.

* * *

La créature attendit que les animaux se soient éloignés pour regarder ce qu'ils avaient laissé entre ses racines. Elle s'étira jusqu'à cette lointaine partie de son corps multiple, puis se fondit en lui avant de laisser glisser sa conscience le long des fibres agréablement fraîches.

L'arbre n'était qu'une jeune pousse, de quarante printemps à peine, bien loin du confort de la Souche et de ses trente siècles de croissance. Mais la créature avait un faible pour la sève jeune et au bon goût de vie, pour cette sensation étrange de picotement mielleux qui lui parcourait l'âme, quand elle endossait ce corps. Voilà pourquoi, de cette région riche en jeunes plants, elle avait fait son territoire… malgré les avertissements de ses pairs et la maladie menaçante.

Lentement, avec une méfiance exagérée, elle étendit un pédoncule d'un vert translucide en direction de la *chose*. L'extrémité aveugle se promena sur ses contours mystérieux, cherchant de quelle espèce il pouvait bien s'agir. Il lui fallut peu de temps pour déterminer que ce n'était pas une graine… et pourtant, la chose n'avait ni racines, ni feuilles, pas plus que de fleurs, de fruits ou même de branches. Quel étrange végétal était-ce là ?

La créature comprit que sa caresse n'y suffirait pas, et se décida à risquer un regard hors de son monde. L'écorce de l'hadryen s'assouplit et se tendit sur son visage, alors qu'elle l'aventurait hors de la sécurité de son tronc. Elle dégagea aussi son cou et une épaule afin de pouvoir se pencher aisément.

Elle ouvrit enfin les yeux et le monde lui apparut dans toute sa laideur. Triste et vide univers, couvert de cadavres et de parasites ! Partout où se posait son regard, ce n'était que pestilence et lutte acharnée pour l'eau et la lumière. Elle fut tentée de reculer au sein de la Souche, mais sa curiosité fut plus forte que son dégoût. Elle s'inclina vers la chose et cligna deux fois ses paupières diaphanes.

Elle constata alors sa méprise. La chose n'appartenait à

aucune espèce, ou plutôt, à aucune espèce du monde végétal *vivant*: ce n'était guère qu'un paquet de fibres mortes. Une branche comme ses cousins en perdaient par temps de grand vent. Une de ces choses que les animaux volaient parfois pour appâter son grand ennemi, l'horrible feu dont rien n'arrêtait la colère.

Peut-être avaient-ils décidé d'enflammer ses racines?

L'horreur de cette idée fit reculer la créature au sein de son tronc et elle fut bien près de s'enfuir vers un autre plant. Après quelques minutes, elle trouva pourtant le courage de revenir se pencher vers les fibres mortes. S'il s'agissait d'une branche, comment avait-elle pu ne pas la reconnaître? Toutes les espèces cousines lui étaient connues, sous tous les aspects...

En se tordant le cou, à gauche et à droite, elle comprit ce qui l'avait trompée. La branche n'était même pas entière; les animaux en avaient rongé une grande partie, lui ôtant toute son écorce. Les fibres avaient maintenant une forme étrange. Un peu... oui, un peu comme cet autre animal, celui qui se frottait le dos contre les troncs...

Véritablement intriguée, la créature matérialisa un bras noueux et le tendit vers la chose qu'elle effleura de ses doigts verdâtres. L'objet bascula et roula sur lui-même, lui causant une telle frayeur qu'elle se rétracta prestement au sein de son monde, bien décidée à y rester cette fois.

Tant d'émotions allaient donner un goût acide à sa sève. Pour y remédier, la créature s'obligea à glisser dans le sommeil étrange qui occupait la majeure partie de son existence. Elle mit cependant beaucoup de temps à s'endormir, tant sa surprise avait été forte.

Quand elle s'éveilla, quelques heures plus tard, elle avait retrouvé un peu de sa sérénité. Elle fut prête, alors, à admettre sa déception.

Il lui semblait être passée à côté de quelque chose. Quelque chose qui aurait pu tromper son ennui. Quelque chose qui lui aurait rappelé ses amis d'antan.

* * *

La « trouvaille » de Hogo n'était qu'à quelques centaines de mètres du dernier hadryen, aussi leur fallut-il peu de temps pour s'y rendre en tirant leurs chevaux par la longe. Lucia vit le Lycante humer l'air une ou deux fois, et en conclut qu'il utilisait son odorat pour se repérer. Elle devait bientôt comprendre qu'il n'agissait ainsi que dans ce cas précis.

– C'est là-bas, indiqua-t-il vaguement, en s'arrêtant soudain. Zet, peut-être vaudrait-il mieux n'y aller qu'à deux…

– Ah, non ! bondit Lucia. Vous n'allez pas toujours nous tenir à l'écart ! Quoi qu'il se passe, je vais avec vous.

Comme ils ne faisaient pas mine de répondre, la chasseresse prit les devants en entraînant sa jument dans la direction indiquée. Hogo et Zétide échangèrent quelques mots à voix basse, puis le Lycante courut rejoindre Lucia, laissant Ariale en compagnie du sorcier.

– C'est vrai, quoi, à la fin ! tempêtait la chasseresse. Nous sommes sur mes terres, après tout ! J'ai droit d'aller où bon me semble !

– Je ne cherchais qu'à vous épargner un mauvais spectacle, expliqua Hogo. Je doute qu'Ariale ait jamais vu de cadavre.

– Un *cadavre* ? répéta la belle, surprise.

Elle n'eut pas le temps d'en demander plus que l'odeur putride s'imposa soudain à ses narines. Elle se pinça aussitôt le nez en une grimace écœurée.

– Beurk ! Qu'est-ce qui est mort, là-bas ? Un sangulier malade du foie ?

– Un Humain, répondit froidement le Lycante. Depuis au moins trois jours…

Ils le découvrirent quelques mètres plus loin, étendu entre deux buissons de ronces queue-de-dragon. Lucia détourna le regard et toussota, succombant à la répulsion. Sa jument ne tarda pas à renâcler et tirer sur sa longe.

– Calme, La Rosée, tempéra la chasseresse. Calme.

Ces douces paroles, elle se les adressait aussi bien à elle-même qu'à la jument fidèle. Il faut dire que le spectacle avait de quoi perturber les esprits les plus équilibrés. L'homme qui gisait là avait saigné par une douzaine d'entailles au moins, dont la moitié assez profondes pour mettre les os à nu. Une profonde blessure laissait un trou béant dans sa poitrine, là où s'était situé le cœur, mystérieusement absent. Enfin les yeux du défunt, figé dans sa dernière grimace, exprimaient une terreur si grande que Lucia en eut des frissons dans le dos. Si l'on ajoutait à cela les traces laissées par la vermine et les charognards de tout poil, on comprendra aisément que la chasseresse finît par succomber à la nausée. Elle n'eut que le temps de se détourner avant de rendre ses repas de la journée.

– Ça va ? s'enquit doucement Hogo, après une minute.

– Mieux que lui, en tout cas, plaisanta la bravache. Mortelune ! Qu'est-ce qui a bien pu faire *ça* ?

– J'espérais que tu pourrais me le dire…

– Pas un animal, en tout cas, reprit la chasseresse. Ces entailles sont trop nettes. On dirait des coups de sabre.

– Certains Maûnes ont des griffes plus tranchantes que l'acier, rétorqua Hogo.

Lucia soutint son regard quelques instants, sceptique. Elle ne pouvait croire à l'existence de monstres portant aux jointures des lames de trente centimètres…

– Admettons, décida-t-elle bientôt. Mais je maintiens que ce n'est pas un animal. En tout cas, pas un carnassier ordinaire. Le corps est trop… intact, si tu vois ce que je veux dire. Et regarde la façon dont il est placé ! On dirait que quelqu'un l'a *volontairement* caché. D'ailleurs, sans ton… flair, là, tu ne l'aurais pas découvert en passant à trente mètres !

Hogo acquiesça, reconnaissant le bien-fondé de la remarque. Lui avait vu tellement de cadavres, depuis les Jours rouges et les batailles de Manès, qu'il n'y prêtait plus guère attention. Si l'Humain n'avait porté un surcot de lin et la fameuse fibule de la Balance, il n'aurait même pas pris la peine d'amener ses compagnons jusque-là.

– Cet homme-là était moine, annonça-t-il bientôt. Si un Maûne a pris la peine de dissimuler son corps, c'est qu'il se trame quelque chose dans le coin. Il faut que Zétide vienne voir ça.

– J'y vais, s'offrit Lucia.

Elle sauta en selle et rejoignit ses compagnons en quelques bonds de La Rosée. Elle comprit que sa sœur et le sorcier ne s'étaient guère adressé la parole, tant leur soulagement fut visible à son arrivée.

Elle transmit la demande du Lycante et Zétide s'en alla bientôt rejoindre ce dernier, pendant que les filles Garamont gardaient leurs montures. Ariale était visiblement triste d'être ainsi «écartée». Cela ne plaisait guère à Lucia, mais il lui fallait bien reconnaître que l'horrible spectacle n'apporterait rien de bon à la jeune fille.

– Eh, p'tit loup ! Ça va ?

– Oui-oui, répondit l'intéressée, avec un sourire forcé.

Ce dernier fut encore plus douloureux pour la chasseresse qu'un aveu sincère de la morosité de sa sœur. Elle fut prise de pitié pour celle qui, n'ayant pu connaître leur mère, avait à peine eu plus de loisir avec leur père, et avait passé toute son enfance cloîtrée entre les murs d'un château pourrissant. Non, Ariale méritait bien plus. Mais Lucia ne savait pas comment lui offrir…

Faute de mieux, elle lui raconta ce qu'elle avait vu, sans toutefois trop détailler. La découverte morbide ne choqua pas la fillette autant que sa sœur l'aurait cru et cette dernière en fut soulagée. Elles entamaient une discussion sur les fauves de la région quand Zétide et Hogo les rejoignirent.

– À quelle distance se trouve le monastère ? demanda le sorcier, du plus loin qu'il le pût.

– Pas plus d'une heure, répondit Lucia. Comment savez-vous qu'il y en a un ?

– Il a bien fallu que la lettre d'Ariale parte de quelque part, expliqua le sorcier, en franchissant les derniers mètres. Et ce moine mort n'est sûrement pas tombé du ciel…

– Et vous voulez qu'on aille là-bas ? sourit la chasseresse, avec une idée derrière la tête.

– Je crains que nous n'ayons pas d'autre choix. Quel que soit le monstre qui s'est attaqué à ce moine, il est peut-être encore dans les parages. Mieux vaut passer la nuit à l'abri. Par ailleurs, j'ai besoin d'un peu de temps pour étudier la symbolique de l'hadryen. Je le ferai d'autant mieux que les moines disposent sûrement d'une bibliothèque.

– Alors, vous ne nous ramenez pas au château ? minauda la belle, radieuse. Quel dommage, vraiment !

– Ne vous emballez pas, la rabroua le sorcier. Je n'ai aucunement l'intention de vous exposer plus longtemps que nécessaire. N'espérez pas prolonger ce voyage au-delà de ce qui était convenu !

Lucia rit sous cape, comme pour le contredire. Comme si elle avait pu savoir, par une mystérieuse intuition féminine, que les événements qui s'enchaînaient inexorablement avaient déjà scellé leur destin.

* * *

Le front du Prieur était bas et plissé, plus encore que d'habitude. C'était chose étrange de voir sa peau orange et naturellement fripée se contracter encore en de tels amas de chair. Écho-de-Lune savait que son apparence effrayait les plus jeunes de leurs novices… et pas seulement. Il ne pouvait rien y faire. Au sein de son peuple, des années auparavant, il était considéré comme plutôt beau garçon. Mais les critères des Humains en ce domaine étaient bien éloignés de ceux des Verves… D'ailleurs, chez les Humains, tout était plus compliqué. Il se sentit soudain las, très las. Quand il avait choisi de servir l'Équilibre des Dieux, il n'imaginait pas passer la moitié de son temps à intriguer de la sorte.

Le moine Ombre-de-Pluie, quant à lui, avait une réaction inverse. Sa nervosité se lisait aussi bien sur son visage que dans les rapides allées et venues qu'il faisait le long des bancs du réfectoire. Sa position était tout aussi délicate. Devant l'insécurité croissante, à l'extérieur *comme* à l'intérieur du monastère, Écho-de-Lune n'avait eu d'autre choix que de constituer une milice de moines armés. Ombre-de-Pluie s'était aussitôt proposé pour en prendre la tête, et le Prieur avait accepté, soulagé de trouver des volontaires pour cette tâche délicate. Étrange, comme les Humains sont portés à la violence… Leur fascination pour les armes de toutes sortes était légendaire, et le moine s'en fit la parfaite illustration, en distribuant à une douzaine d'hommes choisis autant de plastrons, de calottes, de gourdins et d'arbalètes. Son petit groupe était certes efficace, et avait démontré son utilité à trois ou quatre occasions… Pourtant, le Prieur songeait parfois que leur chef prenait ses nouvelles responsabilités trop à cœur. Il était devenu d'une méfiance excessive, presque hostile à tous les étrangers. À certains moments, il semblait même bien près de la colère, nuisible à l'Équilibre de son âme. Ces temps troublés devaient-ils pervertir jusqu'aux plus dévoués ?

L'homme qu'ils attendaient en silence fit enfin son entrée dans le réfectoire. Il referma la lourde porte aux motifs religieux et s'approcha prestement, une certaine anxiété peinte sur le visage. C'était un homme jeune, d'une vingtaine d'années à peine, dont la finesse des traits faisait paraître d'autant plus grossière la face rougeaude d'Ombre-de-Pluie, cernée et mangée par les favoris. Contrairement aux moines avec leur surcot de lin, le nouveau venu portait un pourpoint d'excellente facture ainsi qu'un bliaud teinté de vert qu'il négligeait volontairement de fermer sur sa poitrine. Enfin, il portait à hauteur du cœur une broderie des plus légendaires : les fameux deux cercles mariés, symbole des magiciens.

– Votre Sagesse, salua-t-il, en s'inclinant devant le Prieur. Vous m'avez fait mander ? Que se passe-t-il ?

– Parfum-de-l'Aube a rencontré des voyageurs, coupa le milicien à la forte carrure. Ils traînent le corps de Souffle-de-Roche.

– Quelle horreur ! compatit le jeune mage. Ainsi, il a échoué… Ces voyageurs sont ici ?

– Ils vont arriver d'un instant à l'autre, expliqua le Prieur. Parfum-de-l'Aube s'est empressé de les devancer afin de nous prévenir. Il faut que nous prenions une décision.

– Je ne comprends pas. Quelle décision ?

– L'un des voyageurs porte les deux cercles, révéla le milicien.

– Ce pourrait être l'aide inespérée qui nous fait tant défaut, renchérit le Prieur.

– Ou un aventurier quelconque, dont il faut à tout prix se méfier, railla le moine brutal. Je crois, moi, qu'il est plus sage d'attendre un véritable émissaire de la Cabale.

– Mais c'en est peut-être un ! bondit le jeune mage. Imaginez que nous laissions passer cette chance ? Quand aurons-nous une autre occasion ?

– Nous ne savons rien de cet homme, ou de ceux qui l'accompagnent. Qui nous dit qu'il n'a pas lui-même tué Souffle-de-Roche ?

– Pour nous ramener ensuite son cadavre ? Cher Ombre-de-Pluie, vous voyez le mal partout. Imaginez que, peut-être, cet homme nous est envoyé par la Providence ! Nous avions envoyé Souffle-de-Roche quérir l'aide de la Cabale, et son corps nous revient porté par un magicien… ne voyez-vous pas là une sublime manifestation des lois de l'Équilibre ?

– Vous n'êtes pas moine, trancha le milicien. N'essayez pas de m'apprendre, *à moi*, comment interpréter les lois de l'Équilibre.

– Apaisez-vous, mon ami, tempéra le Prieur. Geyor n'est coupable que de son enthousiasme. Une qualité qui commence à nous manquer, à tous, vieux moines que nous sommes…

– Je maintiens qu'il faut garder le secret, s'entêta l'homme. Nous n'avons rien gagné à nous précipiter. Il y a déjà eu trop de morts.

Ce dernier argument fit mouche. Même le jeune Geyor ne sut que lui opposer. Il songea bien à prétendre que l'aide de l'inconnu pourrait mettre un terme à l'hécatombe, mais il imaginait déjà la réponse qu'on lui ferait : « Il pourrait tout aussi bien empirer les choses. » En fin de compte, lui et le milicien se tournèrent respectueusement vers le Prieur à la peau si malléable, s'en remettant à sa décision.

Le Verve ne savait que penser. Ses souvenirs d'un quotidien doux et paisible, avant la lecture de la Malerune, vinrent noyer son esprit comme autant de torrents de regrets. Il ramena quelques bourrelets sur sa nuque, tirant en arrière la peau de son visage comme pour réajuster un masque trop grand. La vieillesse n'arrangeait pas les choses. Son peuple était avant tout philosophe, friand de rhétorique et de méditation. De tels problèmes cruciaux, où plusieurs vies étaient en jeu, le paralysaient d'anxiété. Il redoutait de prendre la mauvaise décision et d'aggraver encore cette terrible affaire.

– Ne disons rien pour l'instant, soupira-t-il enfin. Je vais inciter ces voyageurs à rester quelques jours, et nous apprendrons à les connaître. S'ils se montrent dignes de confiance, nous reverrons alors notre jugement.

– Mais s'ils refusent de rester, nous aurons perdu cette chance ! s'exclama le jeune mage.

Le Prieur déplia ses membres courbes et passa à côté de lui en secouant la tête, sans oser le regarder. Il s'avança lentement jusqu'à la sortie, ses bourrelets de chair flasque ondulant sur son crâne à chacun de ses pas.

À l'instant où le Verve referma la porte, Geyor vit le visage du milicien s'illuminer d'un sourire excessivement satisfait.

* * *

Jamais Ariale n'aurait imaginé que le monastère pût être si grand. Sur bien des points, il surpassait le château Garamont, qu'elle estimait pourtant être l'édifice majeur de la région. Son regard ne parvenait pas à embrasser la totalité des bâtiments : en dehors du corps principal, protégé d'une enceinte de roches granitiques, elle pouvait compter au moins quatre grandes constructions, et les espaces entre les futaies laissaient deviner d'autres toits encore.

Ils s'avancèrent au petit trot dans l'immense espace déboisé. Le monastère marquait une pause, dans l'étendue de la forêt printanière, qui ne reprenait ses droits sur la terre qu'à plusieurs milles de là. La jeune fille se dressa sur sa selle pour mieux voir le paysage dont elle ne voulait rien manquer. Tout ce qui pouvait distraire son esprit du souvenir de l'hadryen mort et de sa culpabilité était le bienvenu…

Des champs cultivés et tout en longueur s'étendaient du pied de l'enceinte à perte de vue. Une vingtaine de petites silhouettes grises déambulaient aux abords de l'un d'entre eux, affairées à quelque récolte. Un aurochs domestique attendait placidement qu'elles finissent d'emplir son chariot. D'autres moines les devançaient sur le chemin du portail d'entrée, portant outils ou paniers d'osier, ou encore guidant des baudets chargés de bissacs lourds de grains, de fèves ou de fruits secs.

Au sud, une rivière au cours rapide frôlait le mur d'enceinte pour baigner les fondations de quelques fortes constructions. Plusieurs aménagements avaient été faits pour resserrer encore le lit du torrent, afin d'améliorer l'efficacité du moulin à eau dont les pales ruisselantes s'élevaient plusieurs mètres au-dessus du granit. Le lac artificiel créé juste avant la gorge étroite battue par la roue servait également de vivier, une dénivellation habile empêchant les poissons de remonter le courant. Un moine s'occupait justement de tirer quelques perches malheureuses à l'aide d'une épuisette.

Près du portail se trouvait également un verger, lui aussi cerclé d'une enceinte, mais si modeste qu'elle en était inutile. De lourdes branches couvertes de fleurs se déversaient bien au-delà du muret, et ne tarderaient pas à se courber encore sous le poids de leurs fruits quand viendrait l'été. D'autres silhouettes s'activaient dans la ramure des arbres nourriciers, soignant, taillant, abreuvant les végétaux estimés comme dix générations de moines avant eux. Ariale vit soudain l'un d'eux s'interrompre dans sa tâche et les saluer d'un large mouvement du bras.

Elle lui rendit instinctivement la politesse, plus troublée qu'elle ne l'aurait voulu. Cet épisode venait de mettre à nu les émotions diverses qui la traversaient. Jamais elle n'avait vu autant de gens en même temps. D'ailleurs, *jamais elle n'avait vu autant de gens !* Partout où se posait son regard, des hommes, des femmes marchaient, parlaient, les saluaient ou les ignoraient, s'activaient, soucieux de choses dont elle ne savait rien, se réjouissant de bonheurs qui n'appartenaient qu'à eux. Ariale réalisait parfaitement la naïveté de ces constatations, mais en même temps, elles lui semblaient si *vraies*, si *profondes*...

Ce qu'elle ressentait alors, seul un être reclus depuis la naissance pouvait le partager. À travers les livres qu'elle dévorait dans sa chambre, elle avait vite compris que le monde était bien plus vaste que le château et son domaine, et qu'elle n'en représentait qu'un élément infime, insignifiant même. L'Ældo n'avait pas besoin d'Ariale de Garamont pour exister, c'était un fait qu'elle avait déjà accepté malgré son jeune âge. Mais se trouver ainsi au milieu de tant d'inconnus en était une illustration frappante et même violente !

Elle se sentait à la fois soulagée d'avoir quitté sa prison, et écrasée par le poids du monde et de sa richesse. Elle, curieuse de tout depuis toujours, venait de comprendre, par un simple regard jeté sur un paysage, que jamais sa soif d'apprendre ne pourrait être totalement satisfaite. C'était sa deuxième leçon d'humilité de la journée. C'était beaucoup pour une fillette de dix ans... mais le dernier bâtiment avant l'enceinte lui réservait d'autres émotions encore.

Il s'agissait d'une grange assez basse, large d'une trentaine de mètres, visiblement élevée à la hâte. Des jours se voyaient entre les planches mal équarries, et les poutres et madriers étaient encore verts et gorgés de sève. Jusqu'alors, les cavaliers n'en voyaient que l'arrière, immense façade brune sans porte ni fenêtre. Mais alors qu'ils en dépassaient le coin, la surprise les figea quelques instants.

– Mais qui sont tous ces gens ? finit par murmurer Ariale.

Elle ne pouvait ôter les yeux des dizaines de miséreux qui les regardaient passer, adossés à la grange ou assis sur la terre battue. La moitié au moins étaient des enfants. Il y avait là des familles complètes. Une vingtaine de non-Humains brisaient les rangs des visages blafards et souvent crasseux. Quelques cochons, poules, chiens et même chevaux déambulaient parmi cette forêt de corps, inactive et plutôt maussade. Ils étaient peut-être soixante à attendre ainsi le repas du soir, comme Ariale devait l'apprendre ensuite. Au brouhaha qui suintait par la double porte de la grange, elle songea qu'ils devaient être au moins deux fois autant à l'intérieur.

– Des victimes, finit par répondre Zétide avec une certaine amertume. Les guerres en produisent toujours…

– L'oncle Marten en recevait sans arrêt, ajouta Lucia. Il les renvoyait toujours ici. Mais je ne pensais pas qu'il y en avait autant !

Ils en étaient suffisamment éloignés, alors, pour en parler à voix haute. Ariale fut tentée de se retourner sur sa selle pour les regarder encore, mais quelque chose en elle la retint, lui montrant la discourtoisie de la chose. *La moitié d'entre eux étaient des enfants*, songea-t-elle encore. Des enfants, comme elle. Mais blafards, affamés, impuissants à résister aux malheurs qui s'étaient abattus sur le monde, ne comprenant même pas, peut-être, ce qui était en jeu. Ils étaient les enfants de la Malerune. N'avaient connu qu'elle. N'imaginaient pas que les choses pourraient aller mieux, ailleurs, ou demain.

Les propres angoisses de la jeune fille lui parurent soudain bien dérisoires. Et la protection dont elle avait bénéficié, et qu'elle avait toujours considérée comme excessive, prenait enfin tout son sens. *Oui*, son père avait agi pour le mieux, en la tenant à l'écart des maux du monde. Il n'imaginait pas, peut-être, que l'Arcane serait si difficile à trouver, et qu'Ariale devrait rester seule pendant de longues années. Mais même s'il l'avait su, il aurait agi de même. Et maintenant, sa fille comprenait pourquoi.

Ses yeux se troublèrent, mais elle refoula ses larmes

avec rage. Elle ne voulait plus pleurer. Elle ne voulait plus être une enfant. En quelques heures à peine, elle avait perdu beaucoup de ses illusions. Par rapport à Zétide, Hogo ou même Lucia, elle ne savait *rien*. N'était utile à rien. Si vraiment elle avait un peu de talent pour la magie, elle avait montré qu'elle n'était pas assez mûre pour l'utiliser. En quittant le château, ce matin, elle voulait que les autres soient fiers d'elle. Maintenant, elle se contenterait de ne pas les gêner. Elle devait cesser de se prendre pour une héroïne. Zétide pouvait sauver son père, pas elle. Alors, elle obéirait en tout point au sorcier. Les adultes avaient toujours raison. On reste un enfant tant qu'on se comporte comme tel. Désormais, elle serait responsable. Sa décision était prise. Terminé, les initiatives malheureuses. Elle ferait ce qu'on lui dirait, un point, c'est tout.

Elle était tellement absorbée dans ses pensées qu'elle ne s'aperçut même pas qu'ils étaient parvenus au portail du monastère. Seule la voix profonde de Hogo la tira de sa méditation.

– Zet, regarde là-haut, lança-t-il discrètement.

Le sorcier s'exécuta, ainsi que ses compagnons. Ils eurent le temps de voir, à travers une étroite meurtrière ouverte dans le granit, l'étrier d'une arbalète ramenée à l'intérieur des murs. Le Lycante et Zétide échangèrent un regard entendu, et s'avancèrent lentement entre les tours basses encadrant les portes ouvertes.

Deux moines les y attendaient quelques mètres plus loin. Le plus petit était celui qu'ils avaient rencontré sur le chemin, alors qu'il rentrait d'une cueillette de fraises sauvages. L'homme avait jeté un regard inquiet sur le brancard improvisé par Hogo, devinant aisément une forme humaine sous la couverture étendue. Après quelques mots d'explication de Zétide et un moment douloureux où il reconnut la victime, l'homme avait abandonné sa récolte pour enfourcher son âne et prévenir ses pairs de leur arrivée, ce qu'il avait fait, de toute évidence.

L'autre était un moine massif d'épaules et de ventre, visiblement coutumier des travaux de force. Il portait une calotte et un plastron au-dessus du traditionnel habit gris, ainsi qu'un gourdin ferré attaché à sa ceinture. Sa face rougeaude et mangée de poils hirsutes exprimait une franche hostilité. Il eut un petit signe à destination des tours, et les portes du monastère se fermèrent bientôt sur les cavaliers. L'ouïe exceptionnelle de Hogo lui permit également d'entendre crisser une poulie d'arbalète. Un grondement sourd monta dans sa gorge, heureusement trop faible pour être perçu des Humains.

– C'est eux ? demanda le milicien rougeaud.

– Oui-oui, c'est bien eux, affirma l'autre moine. Oh, pauvre, pauvre Souffle-de-Roche !

Le milicien le renvoya d'un signe de tête, puis contourna le cheval de Hogo sans même une parole pour les visiteurs. Parvenu devant le brancard, il tira d'un geste brusque la couverture qui masquait le corps.

Malgré son assurance affichée, il eut un petit mouvement de recul en découvrant le cadavre exsangue aux plaies profondes. Il s'empressa de remettre l'étoffe sur le visage figé par la terreur.

– Où l'avez-vous trouvé ? demanda-t-il à Zétide.

– À une heure de cheval, vers les terres des Garamont, répondit le sorcier. Mais il est mort depuis plusieurs jours…

– Croyez-vous ? railla le milicien, en s'efforçant de détacher le brancard.

Hogo lui facilita la tâche en tirant sur l'unique corde qui retenait l'objet à son harnachement. Jamais il n'avait compris comment les Humains, qui possédaient les secrets de la forge, pouvaient s'y prendre si mal avec des choses aussi simples que des nœuds. Les Lycantes en maîtrisaient une vingtaine dès leur plus jeune âge.

Le milicien se redressa, le regard sévère, vexé d'être ainsi pris en défaut. Il ne sourcilla pas en découvrant le visage de l'homme-loup. Les moines avaient l'habitude de voir passer quantité de gens d'origines diverses.

Lucia descendit de sa jument, bientôt imitée par ses compagnons, pendant que d'autres moines armés emmenaient le cadavre. Zétide observait les alentours, troublé par l'étrange atmosphère du monastère. Les colombins étant les alliés les plus précieux de la Cabale, le sorcier avait connu beaucoup d'endroits semblables. Mais celui-ci, situé dans une région assez calme, n'aurait pas dû connaître une telle tension…

– Le Prieur veut vous rencontrer, enchaîna le milicien. Comme vous portez les cercles, il va sûrement vous demander de rester un jour ou deux pour aider l'incompétent qui nous sert de magicien. Pendant tout ce temps, vous devrez obéir aux lois du monastère, et aux *miennes*. Pas d'armes. Pas de sorties nocturnes. Pour les réclamations, vous mandez Ombre-de-Pluie : moi. Sachez que j'ai toute autorité pour vous mettre à la porte en moins de temps qu'il n'en faut pour le dire. Et je n'hésiterai pas à le faire.

Ses menaces ne requérant aucune réponse, deux de ses hommes délestèrent Lucia et Hogo de leurs poignards, ébahis devant les trente centimètres d'acier de la chasseresse, autant que par la finesse du tranchant en ivoire de l'homme-loup. Pendant ce temps, d'autres moines emmenaient leurs montures aux écuries, les privant ainsi de leurs autres armes, épée, arc et fronde. Seul Hogo réussit à conserver son bâton, en simulant une claudication prononcée qui rendait cet appui indispensable. Les sœurs Garamont échangèrent un regard admiratif pour la ruse du Lycante.

Pendant qu'ils cheminaient vers l'un des nombreux bâtiments de l'enceinte, le milicien commença à leur énumérer les nombreuses règles qui régissaient la vie de la communauté. Ariale n'en retint pas grand-chose, sauf qu'il fallait appeler le Prieur « votre Sagesse » et faire ce qu'on leur disait, quand on leur disait. La tête basse, la jeune fille se promit de s'y appliquer. Elle n'avait pas envisagé ainsi leur séjour, mais n'était plus à une désillusion près.

Où pouvait bien être son père, en cet instant ?

* * *

Lucia fit les yeux ronds en découvrant l'apparence du responsable du monastère. Pour elle comme pour ses compagnons, la surprise était double. Non seulement ils s'étaient attendus à rencontrer un Humain, ce qui n'était pas le cas, mais en plus le Prieur faisait partie d'un peuple dont on avait rarement l'occasion de croiser les natifs : les Verves.

Comme la plupart des Eldes, la créature était de forme humanoïde. Cela n'avait rien d'étonnant : les quatre membres, le tronc et la tête étaient caractéristiques communes de la majorité des races intelligentes de l'Ældo. Seuls les Maûnes présentaient davantage de variété dans leur morphologie, comptant dans leurs rangs autant de monstres bicéphales ou invertébrés, à la chair minérale ou tout ce que l'on pouvait imaginer. Non, le Prieur était bien loin des habitants de la face sombre du Troisième Monde… mais il présentait tout de même un certain nombre de singularités.

Il était assez petit, à peine plus grand qu'Ariale, peut-être. À cause de sa position assise, il était difficile d'en juger vraiment. Sans doute la profondeur du fauteuil en bois de chêne rouvre où il était installé renforçait-elle cette impression. Mais bien avant sa taille, on remarquait surtout la couleur et l'apparence de sa peau. *Orange*. Pour l'une, comme pour l'autre. Sans avoir, toutefois, la rigidité du fruit : les parties laissées découvertes par ses habits gris étaient, au contraire, noyées sous un surplus de chair, plus ou moins prononcé selon les endroits. Ainsi ses mains étaient-elles presque lisses, orange pâle, alors que ses arcades sourcilières – dénuées de toute pilosité – supportaient les nombreuses rides de son front aux variations rouge abricot.

Il déplia les jambes qu'il avait croisées sous lui et fit mine de se lever pour accueillir ses visiteurs, mais Zétide l'en dispensa d'un geste. Lucia remarqua que les mains du Verve avaient une étrange courbure, un peu comme celle des *coudards*, les rats pilleurs de nids : longues, fines et aux doigts profilés en virgule. Des mains qui n'étaient pas faites pour les travaux de force, ni même, peut-être, pour l'artisanat. Comme la chasseresse devait le constater, les Verves étaient surtout êtres d'esprit. Dans le sens « contemplatif ».

Zétide s'approcha respectueusement du fauteuil et porta la main à l'une de ses poches, faisant ainsi se raidir le milicien qui ne les quittait pas d'une semelle. Il sembla à peine se détendre en découvrant l'objet dont s'était muni le sorcier. Il s'agissait d'une médaille en argent, finement ciselée, aux motifs du soleil et de la balance : les rayons de l'astre suprême supportant deux plateaux semblables, sur lesquels étaient symbolisés une montagne, une rivière et un arbre naïf. De minuscules inscriptions runiques couraient tout autour de la scène ainsi que sous les deux plateaux. Lucia en savait assez pour reconnaître l'une des images sacrées du culte des colombins… par contre, l'usage que le sorcier en fit l'intrigua quelque peu.

Zétide tendit cérémonieusement sa médaille au Prieur, de sa main droite, tendant la gauche ouverte par la même occasion. Après quelques instants de surprise, le Verve détacha sa broche – également aux motifs de la balance – et la plaça dans la paume vide du sorcier, tout en s'emparant de la médaille. Tous deux firent alors passer les objets d'une main à l'autre, avant de les rendre à leur propriétaire. Au final, chaque bijou avait fait un cercle entre leurs doigts.

– Vous respectez les anciens usages, apprécia le Verve en replaçant sa broche d'un geste coutumier. C'est devenu chose rare, en ces temps troublés.

– *Rien ne pousse sans racines*, votre Sagesse, sourit Zétide. Comment pourrions-nous croire en des jours meilleurs, si nous oublions qu'il en fut dans le passé ?

Le Prieur lui rendit son sourire, un éclair de plaisir dans le regard. Ce subit changement d'expression fit remonter plusieurs couches de chair très haut sur son crâne et jusque derrière ses oreilles. L'espace d'un instant, il eut l'air d'un enfant, un enfant *surdoué* qui venait enfin de trouver un compagnon de jeu à sa hauteur. Mais ses yeux rieurs glissèrent sur la silhouette massive du milicien et sa joie disparut aussi subitement qu'elle était apparue, faisant retomber plusieurs couches de peau sur ses arcades sourcilières en une illustration parfaite du poids de ses responsabilités.

– Vous êtes porteurs de bien mauvaise nouvelle, reprit-il avec tristesse. Souffle-de-Roche était bon compagnon, le meilleur, et sa mort nous cause beaucoup de peine. Je souhaite qu'il connaisse vie plus longue dans sa prochaine existence. Ainsi est l'Équilibre…

– Ainsi est l'Équilibre, scanda le milicien, d'une voix qui fit sursauter Ariale.

Lucia nota que Zétide et Hogo marmonnaient également ces quatre mots, et les trouva d'abord ridicules de se laisser aller ainsi à la superstition. Mais, alors que le sorcier narrait au Prieur leur découverte du corps, quelques souvenirs lui revinrent de sa prime enfance. Des images floues, exhumées par une simple phrase… *Ainsi est l'Équilibre*. Comme un sésame ouvrant les portes de sa mémoire.

Elfine de Garamont, sa mère disparue, prononçait parfois ces mêmes syllabes. Oui, elle en était sûre. Presque sûre. Et puis, après tout, le culte des moines colombins était dédié à *l'Équilibre* instauré par les Dieux, et non pas *aux* Dieux. Lucia aurait refusé de se soumettre à qui que ce soit, Dieu ou Roi. Mais s'il s'agissait simplement de manifester une volonté universelle… l'espoir que les choses pouvaient aller mieux… alors, elle voulait bien s'y sacrifier. *Ainsi est l'Équilibre*, énonça-t-elle mentalement. Elle était pratiquement convaincue qu'Ariale en faisait autant.

– … paraît étrange qu'une telle créature soit jusque-là passée inaperçue, poursuivait le sorcier. L'un de vos fidèles a peut-être remarqué quelque chose, autour du monastère ? Ou peut-être, l'un des malheureux que vous accueillez ?

– Qu'est-ce que ça peut vous faire ? râla le milicien. Quelqu'un vous a nommé viguier, pour mener une enquête ?

– Je ne suis ni juge, ni chevalier, reconnut Zétide. Je ne voulais qu'apporter mon aide, au travers d'une discussion courtoise. Mais vous n'y semblez pas disposé, conclut-il brutalement, échaudé par les remarques hostiles du milicien.

Le moine inspira profondément, affrontant le regard du sorcier, tout en crispant sa main sur la poignée de son gourdin. Un grognement sourd se fit entendre en provenance de Hogo. La tension ne se relâcha qu'à l'instant où le Verve poussa un profond soupir. En contemplant le petit être orange, Lucia eut l'impression qu'il portait toute la peine du monde sur ses épaules.

– Je vous présente mes excuses, s'inclina Zétide, s'adressant aussi bien au Prieur qu'au milicien. Il est vrai que j'ai la fâcheuse habitude de poser trop de questions.

– Vous n'êtes pas en tort, assura le Verve, en tâtant les rides de son front d'une main tremblante. Nous sommes tous, ici, un peu sur la défensive. La mort de Souffle-de-Roche n'est pas le premier malheur qui nous frappe et…

Il s'interrompit brusquement en croisant le regard réprobateur du moine corpulent. Il chercha ses mots quelques instants, tira quelques rides oranges sur sa nuque, puis reprit comme si de rien n'était.

– Vous parliez, à juste titre, des malheureux qui viennent chercher ici un peu de soutien. Vous avez pu les voir, dans les bâtiments de l'entrée… Les dernières récoltes ont été plutôt moyennes, mais nous nous débrouillons pour subvenir à la plupart de leurs besoins en nourriture et en médications. Il est pourtant quelques maux devant lesquels nous sommes impuissants… Ceux, étranges, causés par la lecture du sceau des Maûnes…

– L'entropia, acquiesça gravement Zétide. Je regrette de n'y connaître aucun remède, ajouta-t-il, devinant ce qu'on allait lui demander.

– Nous savons déjà cela, avoua le Verve, avec une grimace qui donna à son visage l'allure d'une coque de noix. Nous avons parmi nous un jeune mage qui s'emploie de son mieux à guérir les victimes des runes… mais la tâche est d'ampleur, car elles sont chaque jour plus nombreuses et certains cas restent irrésolus. Vous portez les deux cercles. Accepteriez-vous de sacrifier quelques jours de votre temps pour soulager le sort de ces malheureux ?

À l'expression du sorcier, et bien qu'elle ne le connaisse

que de la veille, Lucia vit tout de suite que Zétide était embarrassé. Deviner pourquoi n'était pas difficile : le sorcier préférait se consacrer entièrement à la quête de l'Arcane, qui pouvait sauver l'Ældo dans son ensemble, que s'échiner à gommer les méfaits individuels de la Malerune, aussi terribles soient-ils.

– Je crains de ne pouvoir rester plus d'un jour ou deux, décida-t-il finalement. Des affaires importantes m'appellent assez loin d'ici, et je dois m'assurer de la sauvegarde de... de mes pupilles, ajouta-t-il en désignant les sœurs Garamont. J'ai, par ailleurs, certaines recherches à faire dans votre bibliothèque, si vous le permettez. Mais le reste de mon temps vous est tout consacré, votre Sagesse.

– Toute l'aide que vous apporterez sera la bienvenue, assura le Prieur. Ainsi, ces damoiselles sont vos pupilles ? Si vous nous faites le plaisir de votre compagnie, je crois qu'il est temps, maintenant, de rattraper notre retard dans les présentations ! Les plus mauvaises heures ne doivent pas nous faire oublier les usages...

Zétide accepta de bon cœur et nomma Hogo et Lucia. Il hésita au moment de présenter Ariale : fallait-il dire la vérité ou s'entêter à cacher sa parenté avec le chevalier ? Il trancha en songeant que le secret était éventé depuis la nuit dernière et que la fillette aurait peut-être du mal à jouer la comédie, par ailleurs. Il livra donc la véritable identité de sa pupille, faisant s'arrondir les yeux des membres de l'assemblée. Il se garda toutefois de révéler que lui-même était Hypolus, sorcier d'Arcadie, tout comme il évita de faire part de son appartenance à la Cabale. Sa survie en dépendait à une tout autre échelle qu'Ariale.

– Les damoiselles Garamont ! répéta le Prieur, avec un sourire enjoué. En vérité, j'ignorais que vous étiez deux... Moi qui regrettais de ne jamais avoir pu rencontrer la fille d'Eras, voilà que j'apprends qu'elle avait une petite sœur !

– Mon père a longtemps gardé le secret, reconnut Lucia. À cause de la guerre.

– Mais pourquoi n'est-il jamais venu vous présenter, vous ? En tant que l'héritière du château ?

– La mort de ma mère l'a longtemps laissé sans forces. Il n'avait plus de goût à rien. C'est passé, peu à peu, et nous aurions pu venir, mais il y a eu le temps que j'ai perd..., que j'ai passé au collège.

– Ah, oui ! J'ai appris cette dernière « mésaventure », sourit le Verve, heureux de changer de sujet. Votre père m'a raconté comment vous aviez fait *entrer* votre jument dans le dortoir, c'est bien cela ?

– Il gelait, se défendit Lucia, boudeuse. La Rosée avait l'habitude de m'attendre dehors. Je n'allais quand même pas la laisser crever de froid ?

– Certes non, damoiselle ! J'aurais probablement agi de même. En fait, j'avoue m'être réjoui des regrets d'Eras de ne pas vous avoir placée dans nos classes, comme jadis votre mère.

– Maman était ici ? s'exclama Ariale.

Elle avait devancé sa sœur d'un court instant. Aucune n'avait souvenir de cette histoire.

– Pendant quelques années, oui... Vous l'ignoriez ? s'étonna le Verve.

Les expressions totalement stupéfaites des sœurs Garamont composèrent une réponse amplement suffisante. Pourtant, Lucia fouilla sa mémoire, en quête de souvenirs qu'elle tenait volontairement endormis... Sa mère, avec la fibule de la balance... Sa mère, accueillant des moines comme de bons amis, sous le porche du château familial... Tout cela était si loin... Était-ce vraiment arrivé ? Pourquoi ses parents n'en avaient-ils jamais rien dit ?

Mais peut-être l'avaient-ils fait. Et quelle importance cela pouvait-il avoir ? Lucia avait toujours vu sa mère habiter au château, et dans l'insouciance de ses jeunes années, ce genre de choses la dépassait. La vie était belle, alors. Aucune guerre n'envoyait les pères se battre à l'horizon. Aucun monstre ne venait hanter les forêts domaniales, ou imposer sa brutalité dans les couloirs mêmes de leur demeure. Aucune fin du monde ne planait sur l'Ældo, comme celle qui avait été déclenchée par les Maûnes. C'était avant la Malerune. Avant la disparition de sa mère.

Voyant que sa révélation avait causé plus de troubles que de curiosité, le Prieur ne s'étendit pas sur le sujet, et proposa à ses hôtes de mettre un terme à leur entretien. Des chambres allaient leur être attribuées, promit-il. Tout le temps qu'ils resteraient dans l'enceinte, ils seraient en parfaite sécurité.

Il ignorait à quel point il pouvait se tromper.

* * *

Sous la garde exagérée d'Ombre-de-Pluie, le petit groupe fut conduit jusqu'au large bâtiment qui voisinait les appartements du Prieur. Le milicien ordonna – plus qu'il ne demanda – de l'attendre sur place, et s'éloigna à pas rapides, visiblement contrarié de devoir les laisser sans surveillance. Hogo attendit qu'il soit assez éloigné pour avouer ce qui le préoccupait depuis leur arrivée.

– C'est mon imagination, ou on nous cache *encore* quelque chose ?

– Tu es trop méfiant, décréta Lucia, en haussant les épaules. Qu'est-ce que tu crois ? Que les moines cachent un nid de Harpies ?

– Sincèrement, je me le demande.

– C'est de la paranoïa, renchérit la chasseresse. Ce n'est pas parce qu'on a trouvé un cadavre, même bien abîmé, que les murs du monastère regorgent de Maûnes assoiffés de sang. Mortelune ! Ces gens connaissaient mes parents ! Il faut arrêter de voir le mal partout !

Hogo n'insista pas, mais un seul regard échangé avec Zétide lui fit comprendre que le sorcier partageait son opinion. Il suffisait de voir comment il scrutait les allées et venues des moines, ainsi que les bâtiments les plus proches, pour deviner qu'il pressentait également quelque chose. Mais peut-être leur longue expérience finissait-elle par les abuser… Ils avaient été témoins de tellement de complots et de trahisons, que chercher à les déceler était devenu pour eux une seconde nature.

Ils n'eurent pas l'occasion d'aborder un autre sujet. Le

chef milicien était déjà de retour, accompagné d'un garçon de dix ou onze ans, également porteur de l'habit gris monastique. Comparé aux enfants qui campaient à l'extérieur de l'enceinte, le novice semblait n'avoir jamais connu les privations. Petit, brun, l'œil vif, il suivait son aîné avec diligence, et on devinait dans son sourire la volonté de s'acquitter convenablement de tous ses devoirs.

– Tyâm va vous montrer vos cellules, annonça le moine poilu. Il vous expliquera les règles de la communauté. Si vous avez des questions, adressez-vous à lui. En contrepartie, respectez tout ce qu'il vous dira. Si j'apprends que vous y manquez, je vous mettrai dehors. *Personnellement.*

– C'est très clair, opina Zétide, les lèvres pincées. Mais vous n'entendrez pas parler de nous. J'ai l'habitude des monastères, et je connais déjà vos règles.

– Tout se passera bien, alors, lança le milicien arrogant avant de tourner les talons.

Tous les visages se tournèrent vers le petit moine qui, lui, n'avait d'yeux que pour Ariale. Il prit enfin conscience du silence qui s'était installé et sembla soudain se réveiller.

– Oh, euh… Je m'appelle Tyâm, commença-t-il en bredouillant. Je suis heureux de faire votre connaissance, et espère vous rendre cette joie. Ainsi est l'Équilibre, ajouta-t-il précipitamment, comme pris en flagrant délit de sacrilège.

Il leur fut tout de suite sympathique. Le novice les fit ensuite pénétrer dans le dortoir des moines, dont il fit une petite visite guidée. Ils passèrent rapidement en revue les différentes chambrées, collectives pour les novices, les thermes, les appartements, réservés aux doyens et aux malades, et enfin les cellules, qui occupaient la majeure partie de la surface. Une bonne dizaine étant inoccupées, Zétide et Hogo se virent assignés dans deux pièces voisines.

– Les, heu… Les cellules des moniales sont accessibles par une autre entrée… On ne peut pas mettre ensemble les hommes et les femmes…

– Tiens donc ! releva Lucia. Tant de pudeur ! Je croyais pourtant que les moines pouvaient se marier ?

– Oh, oui, oui ! confirma le jeune Tyâm. Mais on leur donne alors une maison hors de l'enceinte… Elles sont par là, vous les avez peut-être vues…

La chasseresse acquiesça, bien qu'ils soient arrivés par une autre direction. Elle ne tenait pas à intimider davantage le novice si serviable.

– Allez-y, proposa Zétide, de la porte de sa cellule. Vous savez où me trouver. Mais ne sortez pas du monastère, hein ?

– Oui, tonton ! répliqua Lucia, avant de prendre le pas de sa sœur et de leur guide.

Ariale retrouva le sourire en entendant l'exclamation étouffée qui échappa au sorcier. Lucia faisait de son mieux pour lui changer les idées, elle le voyait bien. Et ses efforts commençaient à porter leurs fruits.

Tyâm les précéda jusqu'à l'autre bout du bâtiment avant de les inviter à entrer. La configuration du dortoir des femmes était la même, bien que les chambres y fussent moins nombreuses. Le novice choisit deux cellules parmi les mieux entretenues et s'échina aussitôt à les rendre plus confortables, ouvrant les minuscules fenêtres, ramassant la vieille literie, s'activant comme pour apprêter une véritable suite royale. Ariale profita de ce qu'il emmène les draps gris pour examiner en détail l'endroit où elle allait passer sa première nuit hors du château.

La cellule était loin, bien loin d'être aussi confortable que sa propre chambre, mais l'essentiel était là. Un lit tout simple, sans montants si ferrures, assemblage de quelques planches de bois solide. Un coffre de même facture et de bonne taille, disposé au pied du premier, et renfermant un matelas de plumes usé et jauni par les années. Un pot et un broc, posés à même le sol derrière la porte. Une bougie à moitié consumée sur un chandelier sans prétention. Une petite table contre le mur, accompagnée d'une chaise sans fioritures. Une étagère étroite, suspendue au-dessus de l'ensemble. Et enfin : un livre, ultime vestige des possessions de l'ancien occupant des lieux.

Ariale s'y rendit tout droit, négligeant le reste, et se saisit de l'ouvrage avec des sentiments mêlés dont la convoitise n'était pas le moindre. Ses propres livres, elle les avait tous lus deux fois *au moins*. Chaque occasion de renouveler son plaisir était la bienvenue.

Elle souffla sur la couverture, faisant danser un nuage de petits points dans la clarté du jour tombant, puis chassa le reste de poussière du plat de la main. Le titre lui apparut soudain en lettres d'or, comme le reflet d'une pièce trouvée dans le sable : *Enareín*.

– Tu sais lire ? demanda une voix fluette juste derrière elle.

Ariale tressaillit avant de reconnaître Tyâm. Il était revenu dans la cellule, peinant sous une montagne de draps neufs, de couvertures et même de quelques fleurs sauvages qu'il avait dû cueillir sur le chemin.

– J'ai appris avec mon père, répondit la jeune fille troublée.

Le garçon acquiesça tout en déposant son chargement sur le matelas.

– La plupart des novices, ici, ne savent pas. Certains choisissent d'apprendre. Les autres préfèrent écouter les histoires des moines. Moi, j'aime bien faire les deux…

– Qu'est-ce que c'est, *Enareín* ? enchaîna Ariale en désignant l'objet.

– C'est le livre dont ils tirent les histoires. Je le trouve trop compliqué… mais lit toujours l'introduction, tu verras.

La jeune fille acquiesça, réchauffée par une joie qu'elle n'attendait pas aujourd'hui. Une heure avant, elle ne connaissait pas ce Tyâm… Maintenant, ils discutaient naturellement, comme s'ils se connaissaient depuis toujours. Ne venait-elle pas de se faire un ami ? Le premier ayant à peu près son âge ?

– C'est rare que les moines fassent entrer quelqu'un dans l'enceinte, reprit le garçon. Vous devez être des personnages très importants…

– Je ne crois pas, avoua sincèrement Ariale. C'est juste que… on a trouvé un cadavre, finit-elle par lâcher.

– Encore ? s'écria le novice.

La jeune fille en resta coite. À la grimace de Tyâm, elle comprit qu'il regrettait déjà sa réaction.

– Comment ça, *encore* ? répéta-t-elle, vaguement inquiète. Le visage du garçon se ferma. Il coinça son bouquet dans la fenêtre entrouverte, en silence, avant de retourner vers Ariale un regard fuyant.

– Je n'ai pas le droit de le dire, avoua-t-il à voix basse. S'il te plaît, oublie ce qui vient de se passer. Si Ombre-de-Pluie l'apprend, ils me renverront du monastère. C'est trop important pour moi.

Ariale dansait d'un pied sur l'autre, ne sachant quelle décision prendre. Pour rien au monde, elle n'aurait voulu causer du tort à son nouvel ami… D'un autre côté, elle risquait de s'attirer les foudres de Zétide, si le sorcier apprenait qu'elle lui avait caché cette information visiblement importante.

Tyâm la suppliait, l'implorait du regard. Il n'y avait aucune malice dans ses yeux, songea-t-elle soudain. C'est ce qui finit par la décider.

– D'accord, promit-elle à regret. Je ne dirai rien. Tu as ma parole.

Le garçon soupira de soulagement, puis ses traits s'illuminèrent. Ariale venait de s'en faire un ami éternel. Elle voyait surtout que, pour quelqu'un qui s'était fait la promesse d'éviter les ennuis, elle semblait bien courir au-devant.

* * *

Hogo trouva Lucia aux écuries, comme il s'y attendait. L'affection de la chasseresse pour sa jument était si évidente qu'il ne pouvait en être autrement. Elle ne pouvait laisser à quelqu'un d'autre, même au plus dévoué des moines, le soin de s'occuper de la fameuse La Rosée.

La jeune femme s'était installée au milieu des stalles, et, malgré les protestations embarrassées du novice dont c'était le travail, avait commencé un étrillage consciencieux de sa fidèle monture. Elle eut un large sourire à l'arrivée du Lycante, dû autant à la joie de cette visite qu'aux moqueries qui lui venaient sans cesse aux lèvres.

– La jambe, ça va pas mieux ? lança-t-elle avec un clin d'œil, en désignant son bâton de marche.

Hogo fronça les sourcils, lui intimant de ne pas dévoiler sa ruse. Le bâton était la seule arme qu'il ait pu conserver. Il tenait à le garder encore.

– Où est ton épée ? demanda-t-il en constatant son absence parmi leurs bagages.

– J'sais pas. Le gros moine l'a emmenée, paraît-il, ainsi que mon arc et mes flèches. Il a intérêt à en prendre soin, c'est tout ce que je lui souhaite.

Le Lycante se renfrogna plus encore. L'insouciance de Lucia avait quelque chose de consternant. Mais peut-être avait-elle raison, finalement ? N'étaient-ils pas entourés d'une bonne centaine de moines et d'un mur d'enceinte ?

– C'est Zétide qui t'envoie me surveiller, je parie ? lança-t-elle soudain, douce-amère.

– Non. Il s'est déjà enfermé dans la bibliothèque. S'il agit comme d'habitude, on ne le reverra pas avant demain matin. Et Ariale ?

– Elle visite. Le jeune Tyâm s'est proposé de lui faire le tour du propriétaire. Ça lui change les idées…

Hogo acquiesça, toujours inquiet malgré tout. Il n'y pouvait rien : ce sentiment ne le quittait pas depuis dix ans et même davantage. Peut-être était-ce tout simplement dans sa nature…

Il s'aperçut soudain que Lucia avait posé sa brosse sur le dos de la jument et le fixait avec attention. Il connut quelques instants de gêne, croyant que la chasseresse se fascinait pour ses traits hybrides, comme la plupart des Humains. Il s'agissait pourtant de tout autre chose.

– Mortelune ! Mais comment fais-tu pour guérir si vite ? Tu n'as pratiquement plus aucune trace des… de cette nuit ! Regarde-moi, en comparaison !

Elle tendit ses bras nus par-dessus l'animal, et Hogo put constater l'étendue de ses blessures. Griffures, coupures, peu profondes pour la plupart, mais dessinant autant de traits rouge sombre sur sa peau au grain si pur. De voir ainsi la jeune femme mortifiée noua les entrailles du Lycante sans qu'il puisse l'expliquer.

– C'est... c'est une faculté naturelle de mon peuple, avoua-t-il, en relevant prestement les yeux. Je n'y suis pour rien. C'est comme ça.

– Un autre de tes « pouvoirs », hein ? Mortelune, j'aurais dû naître poilue ! Qu'est-ce que tu peux faire, que j'ignore encore ?

Elle était sincèrement intéressée. Aucune moquerie ne pointait dans son regard, cette fois. Pourtant, Hogo ne pouvait se résoudre à répondre. Il s'éclaircit la voix, chercha ses mots, puis finit par chuchoter quelques excuses.

– En général... les Humains regrettent d'avoir posé la question. C'est alors qu'ils se mettent à *vraiment* détester les Lycantes. Je ne veux pas que ça arrive.

Lucia ouvrit des yeux ronds puis, voyant qu'il ne plaisantait pas, reprit son travail autour de La Rosée, la mine songeuse. Un silence embarrassé les enveloppa.

Pendant quelques minutes, Hogo fit semblant de s'intéresser à son propre cheval, ainsi qu'à celui de Zétide, puis enfin au poney d'Ariale. Ne trouvant comment donner un nouveau départ à la conversation, il serait probablement sorti si l'arrivée d'un nouveau personnage ne l'avait retenu un peu plus longtemps.

L'Humain était jeune, une vingtaine d'années tout au plus, et le Lycante reconnut tout de suite en lui le jeune mage mentionné par le Prieur. Il faut dire qu'il arborait assez fièrement les cercles mariés de sa confrérie, et son bliaud vert ne laissait aucun doute sur ses origines arcadiennes. Au seuil de la porte, il embrassa l'intérieur d'un regard circulaire, paraissant chercher quelque chose, puis se dirigea tout droit vers eux avec un immense sourire.

– Vous devez être les braves gens qui ont ramené le corps de Souffle-de-Roche, avança-t-il aussitôt. Je me nomme Geyor ; j'exerce ici, aux côtés des moines. Je joins mes remerciements et mes vœux de bienvenue à ceux que sa Sagesse a déjà dû vous témoigner.

Lucia lui rendit un sourire d'une éclatante franchise, lui tendant sa main en un geste naturel. Le jeune homme s'en saisit doucement avant d'y plaquer un baiser, ce qui acheva définitivement de ravir la chasseresse.

Hogo trouva qu'elle faisait beaucoup de manières en se présentant, et en fut quelque peu contrarié. Quand son tour fut venu, il se contenta d'un signe de tête et d'une mention de son nom. Le mage ne parut pas démonté pour autant.

– Un Lycante ! s'exclama-t-il, comme s'il avait retrouvé un frère disparu.

Il fit alors un pas en arrière en levant les yeux au ciel, pour déclamer quelques vers dans lesquels il mit beaucoup de passion.

« Sept enfants aux cœurs de loup
gravirent les montagnes
Sept miroirs aux angles flous
brisèrent en deux leur âme… »

Très satisfait de lui-même, il se tint ensuite les mains sur les hanches, attendant sans doute quelque compliment, comme tout poète amateur. Le regard souriant de Lucia passa de l'un à l'autre, la jeune femme ne sachant quel comportement adopter. Comme le silence s'éternisait, Geyor se décida enfin à changer de sujet.

– Il paraît qu'un mien confrère vous accompagne, et qu'il a accepté de nous apporter son aide pendant quelques jours… En fait, je suis présentement à sa recherche. Sauriez-vous me renseigner ?

– Il est à la bibliothèque, indiqua courtoisement Lucia.

– Grand merci, damoiselle. Nous aurons le plaisir de nous revoir à l'office du soir !

Sur ces mots, il tourna les talons dans un grand bruit d'étoffe drapée et gagna à grands pas la sortie de l'écurie.

– Il est charmant, non ? confia aussitôt une Lucia rayonnante.

– Moui. Je le trouve un peu jeune, pour être sorcier, grommela le Lycante.

– Il est peut-être très intelligent. Très en avance. C'était quoi, les vers qu'il a récités ?

– Le début d'un poème, révéla Hogo, maussade. Une vieille légende sur l'origine de mon peuple. Une légende *humaine*, ajouta-t-il en chargeant ce mot de mépris.

La jeune femme lui rendit un regard étonné, surprise par tant d'animosité. Hogo ne put le supporter bien longtemps. Il bredouilla un prétexte sans originalité et quitta à son tour l'écurie, la mine sombre, en rabattant sa capuche sur son visage d'homme-loup.

* * *

D'évidence, le jeune Tyâm vivait depuis longtemps déjà au monastère, tant il en connaissait bien la disposition, les occupants et les coutumes. Pour chaque installation qu'il faisait visiter à Ariale, il parlait de son utilité, de son fonctionnement, des moines qui en avaient la responsabilité, et avait souvent l'une ou l'autre anecdote intéressante qui faisait ouvrir grand les yeux de la jeune fille curieuse.

Ainsi avaient-ils traversé le réfectoire, les cuisines, le lavoir, la porcherie, le poulailler, ainsi que les différentes granges, étables, écuries et remises à grains, chacune trois fois plus grande au moins que leurs correspondantes du château Garamont. Ariale s'était exclamée devant les aurochs domestiques aux longues cornes mouchetées, devant l'enclos des sanguliers que les moines tentaient de faire se reproduire, ou encore face aux trois cents niches de poules cabrioles élevées en une tour bruyante et caquetante. Ils s'étaient ensuite attardés dans le vaste atelier où se concentraient tous les artisanats d'intérieur : menuiserie, poterie, vannerie, filature, cordonnerie et autres, la partie centrale étant occupée par la forge qui chauffait tout le bâtiment par la même occasion.

La visite du moulin à eau, ainsi que de la boulangerie qui y était accolée, fut l'un des moments les plus appréciés par Ariale. Elle resta plusieurs minutes, fascinée, à contempler l'incessante rotation des pales ruisselantes dans l'étroit goulet laissé à la rivière. Juste avant cette zone dangereuse, les poissons piégés dans le vivier essayaient, inlassablement, de remonter une dénivellation volontairement accentuée. Ainsi la jeune fille eut-elle l'occasion de voir deux truites noires se faire prendre au piège, l'une derrière l'autre, tandis que Tyâm s'efforçait de lui énumérer toutes les espèces alors emprisonnées.

Ils ne restèrent qu'un court moment dans la bibliothèque, malgré l'intérêt d'Ariale pour cet endroit. Visiblement affairée, l'archiviste rappela à Tyâm que les novices n'étaient acceptés que dans le cadre d'une classe, ce qui était une manière plus ou moins directe de les mettre dehors. La jeune fille eut au moins la consolation de voir Zétide lui adresser un petit sourire.

Ils passèrent alors aux lieux du culte proprement dit, et réduits en proportion par rapport à la surface totale du monastère. Là où elle s'était attendue à trouver une sorte de temple, comme elle avait vu sur certaines gravures, Ariale fut surprise de ce qu'elle découvrit. La salle principale était somme toute très austère, ne comprenant que plusieurs rangs de tabourets et fauteuils disposés en cercles. Une mosaïque aux motifs de la balance couvrait tout un mur et composait l'unique ornement de la pièce. Une cheminée et quelques lanternes suspendues représentaient ses seuls équipements.

– C'est la salle de l'Oscille, expliqua Tyâm. C'est ici que les moines débattent de l'Équilibre.

– Comment ça « ils débattent de l'Équilibre » ?

– Ben… tu sais : ils décident de ce qui est juste, ou pas. Comme, par exemple : que faut-il faire quand on abat un arbre ? En planter un autre, bien sûr. Les moines se réunissent tous les soirs, voient s'il y a des problèmes, lisent des textes venant d'autres monastères, discutent du sujet puis écrivent un texte à leur tour. Ils trouvent les règles de l'Équilibre, quoi.

– Mais… et les Dieux, dans tout ça ?

– Ben, je sais pas trop. Mon précepteur dit que ça sert à rien de les appeler, comme ils font dans d'autres monastères. Que c'est à nous de préserver l'Équilibre, ou quelque chose comme ça. Et qu'il faut pour cela trouver notre propre Équilibre… On ne parle jamais des Dieux, en fait.

Ariale embrassa la salle du regard, se demandant combien de générations de moines avaient usé le bois de ces tabourets. Combien de livres ils avaient écrit, tous ensemble. Au premier abord, leur vie pouvait paraître un peu vide de sens… La jeune fille se disait maintenant tout le contraire. Sa propre mère avait-elle pris la parole dans cette salle ? Avait-elle suggéré une ligne de conduite visant à préserver l'Ældo ?

– Et toi ? reprit-elle soudain. Tu veux aussi être moine ?

– Je ne sais pas, avoua le novice. Mon père m'a envoyé ici pour apprendre la « justice », comme lui. Il est viguier… Mais je n'ai pas envie de travailler dans un tribunal. Je crois que… Oui, je crois que j'aimerais bien rester ici, finalement.

Ariale lui sourit gentiment, compatissante, en songeant au conflit qui allait un jour éclater entre Tyâm et son père. Pourtant, elle n'arrivait pas à le plaindre tout à fait. Son nouvel ami pouvait rejoindre sa famille dès qu'il le désirait, lui. *Elle* n'avait pas cette chance.

Ils passèrent à une autre salle, de dimensions réduites, comme une réduction de la première. Les tabourets y étaient plus petits, moins nombreux, mais toujours disposés en cercle et dominés seulement par un fauteuil d'adulte.

– C'est la salle de classe. On y vient surtout l'hiver, quand il fait trop froid pour travailler dehors, ou quand il n'y a rien à faire aux champs. Mais le précepteur me laisse déjà aller dans la salle de l'Oscille, ajouta-t-il avec fierté.

Ariale acquiesça distraitement. Toute son attention s'était portée sur un moine affairé à remplacer la vitre d'une fenêtre. Depuis le début de la visite, ils en avaient croisés beaucoup, tous occupés à quelque activité manuelle. Les femmes étaient assez rares, mais il en était quelques-unes. Les novices étaient aussi, finalement, assez peu nombreux, sans doute en raison de dix années de guerre, qui empêchaient les familles d'expatrier leurs enfants. Mais plus rares encore étaient les non-Humains.

Celui-ci avait des membres longs, très longs, et son habit gris avait visiblement été rallongé. Insuffisamment pourtant pour cacher la pâleur maladive de sa peau, laissant deviner tout un réseau complexe de veines et d'artères à la couleur franchement bleue. Ses cheveux noirs et broussailleux ne poussaient qu'à l'arrière de son crâne, lui donnant l'apparence d'un œuf dans un nid trop petit.

En y regardant de plus près, Ariale revint sur son jugement : le moine pouvait être Humain, après tout. Lointain étranger, peut-être... Car le reste de son corps ne présentait pas d'autres particularités : morphologie, articulations, rien qui trahisse d'autres origines eldes. Ce n'était qu'une sorte de grand échalas au teint un peu blafard.

Elle changea encore d'avis à l'instant où il tourna la tête vers elle. Ses yeux. Ses yeux n'étaient que deux grosses billes marron, sans blanc autour, exorbitées au point d'en paraître explosives. Des yeux qui n'exprimaient rien, mais qui faisaient immanquablement songer à un dément, un simple d'esprit, dont la plus petite contrariété pouvait déclencher un terrible accès de violence.

Conscient du malaise de la jeune fille, Tyâm eut un petit signe à l'intention de l'échalas et entraîna Ariale vers la sortie. Elle-même se sentait un peu stupide, ridicule, de cette peur injustifiée. Elle ne parvenait pourtant à oublier ce regard vide.

– C'est Taste-Nuage, un Guimne, expliqua le novice. Je sais qu'il fait peur, mais il est vraiment gentil, en fait.

Ariale acquiesça, bredouillant quelques excuses sans savoir à qui les adresser. Elle s'empressa de changer de sujet.

– Vous avez de drôles de noms, tout de même. Je veux dire, les moines.

– C'est quand on est « ordonné ». Le Prieur donne le même genre de noms à tout le monde. Les moines ne sont ni sires, barons, Verve ou Humain, ils sont alors juste moines. Ainsi est l'Équilibre... Par exemple, tu ne pourrais plus t'appeler « de » Garamont.

Ariale ne tenait pas particulièrement à sa particule, due à

la qualité de chevalier de son père, mais l'idée d'effacer son nom de famille, par contre, n'était pas pour l'emballer. Quoi qu'il en soit, elle reconnut que l'idée était bonne.

Ils repassèrent devant la salle de l'Oscille puis suivirent une petite galerie qui les amena aux abords du cloître. Le jardin qu'on y avait aménagé était une pure merveille : un petit chemin de promenade serpentait entre mares, buissons fleuris et arbres resplendissants, traversé de temps à autre par un canard de Creste ou des poussins de cygne-paon. Ariale en resta bouche bée.

– C'est le jardin des méditations, annonça Tyâm. Les moines y viennent réfléchir sur les questions difficiles, et il est alors interdit d'y parler. Mais il n'y a personne, maintenant, on peut en faire le tour.

La jeune fille ne se fit pas prier. Elle s'élança dans le chemin en trottinant, émerveillée, oubliant pour un temps ses multiples préoccupations. L'endroit dépassait en beauté tout ce qu'elle avait vu jusqu'alors. Si elle avait disposé du même au château, nul doute qu'elle y aurait passé tout son temps.

Ils flânèrent auprès d'une fontaine, puis sur un petit pont de bois surplombant une fosse où dansait une mousse arc-en-ciel. Ils jetèrent quelques brins d'herbe aux cygnes-paon, déçus de ne les voir manger. Jusqu'à ce que leurs errances les mènent à un petit pigeonnier vide de tout occupant.

– C'est un grand mage d'Arcadie qui nous l'a envoyé, annonça le jeune homme, particulièrement fier de cette anecdote. Avant, il y avait des pigeons, mais ils ont tous été malades, alors ils sont morts… Ils nous servaient à envoyer des messages à la Cabale. Tu connais la Cabale ?

– Oui-oui, assura Ariale, troublée.

Elle fut tentée d'avouer qu'elle-même avait utilisé ce service du monastère, mais sut se rendre à la raison. Si Hypolus avait préféré cacher son identité même au Prieur, il était préférable qu'elle ne se dévoile pas. Elle avait promis de ne plus faire de bêtises, se rappela-t-elle. Néanmoins, le fait que tous les pigeons aient péri l'attrista un peu.

Ils poursuivirent sur le chemin, tranquillement, jusqu'à ce que Tyâm s'arrête subitement. Ils étaient arrivés en vue d'un bâtiment de petite taille et équipé d'une simple porte en bois. Ariale pensa même qu'il s'agissait d'un hangar à outils.

– Viens, on s'en va maintenant, décida le novice.

– Qu'est-ce qu'il y a, là-dedans ? s'enquit la jeune fille en faisant demi-tour.

– Rien. Des morts. C'est la crypte du monastère, ajouta-t-il très sérieusement. On n'a pas le droit d'y aller.

Il avait la même expression embarrassée qu'après son aveu involontaire. Ariale comprit que les deux éléments étaient liés. Elle se retourna un instant vers la construction basse et noircie par le cerisier qui la surplombait. Les moines gardaient *effectivement* un terrible secret, songea-t-elle en frissonnant.

Pourquoi avait-elle fait cette promesse ?

* * *

Zétide n'avait guère progressé dans ses recherches. Il est vrai que l'archiviste responsable des lieux, nouvellement nommée à ce poste, avait fâcheuse tendance à le déranger exagérément. Un excès de zèle poussait la moniale à empiler des ouvrages toujours plus épais sur sa table du sorcier, lui faisant répéter encore et encore quel était le sujet de ses recherches, et ouvrant à chaque fois de grands yeux impuissants à la mention des Sylfes et de l'hadryen.

Pareille légende, si lointaine et méconnue, avait peu de chance de trouver place dans ses rayons clairsemés… Néanmoins, elle noyait son visiteur sous les *Cahiers anthropologiques de Poledius*, divers volumes de *l'Encyclopédie des peuples cousins et du Troisième Monde*, un princeps de *l'Eldæ descriptio*, ainsi qu'une bonne douzaine d'ouvrages moins célèbres, mais aux titres rivalisant en longueur et en fatuité tels que l'impossible *Inventaire exhaustif des peuples et races de l'Ældo ainsi que de leurs principales communautés*. Évidemment, le contenu était loin de créditer tant de prétention, Zétide sachant parfaitement qu'un tel recensement relevait de la gageure.

Il continuait à chercher, pourtant, dans l'espoir que l'un de ces encyclopédistes ait mentionné, ne serait-ce que sur quelques lignes, une rencontre entre Sylfes et Humains. Il se perdait dans les index, les lexiques et les tables des matières, jonglait avec in-folio, thesaurus et incunables, traquant une information, une bribe de renseignement, l'esquisse d'une révélation lui donnant un début de piste... avec le même instinct de chasseur, la même concentration qu'un chef de clan Rogue sur les traces d'un *Zawal* blessé. Aussi, quand l'archiviste trop zélée lui demanda pour la sixième fois quel était le sujet *précis* de ses recherches, ne put-il s'empêcher de manifester sa lassitude par un profond soupir.

La moniale accepta enfin l'idée que Zétide pût avoir besoin de calme et s'éloigna sur la pointe des pieds, après avoir déposé une nouvelle pile de bouquins plus haute encore que toutes les autres. Le sorcier fut quelque peu honteux de sa réaction mais, songea-t-il, il n'avait rien demandé à personne, après tout. Sans doute connaissait-il mieux les ouvrages présentés que la responsable elle-même, visiblement débutante. Il se demanda machinalement ce qui avait bien pu arriver à l'archiviste précédent, puis chassa ces préoccupations inutiles de son esprit pour passer en revue cette nouvelle sélection.

Des recueils de légendes pour enfant. Quelques récits hautement fantaisistes. La naïveté de la moniale le consternait. En déchiffrant la couverture du dernier ouvrage de la pile, il songea qu'ils touchaient presque au ridicule. Un traité d'arboriculture ! Pourquoi pas une encyclopédie des poignées de portes ?

Il repoussa le volume au bout de sa table en secouant la tête. Les moines, et le Prieur en particulier, étaient certes généreux de lui ouvrir les portes de leur bibliothèque... Zétide avait néanmoins la nostalgie de ses propres rayonnages, trois fois plus fournis, et impeccablement rangés par un Notime des plus consciencieux. Pendant quelques minutes, le sorcier rêva de sa forteresse, de son bureau, de l'activité incessante qui animait ses couloirs. L'Arcadie n'était pas surnommée *les Doux-parages* pour rien, et son pays lui manquait soudain énormément.

Il leur avait fallu un mois, à lui et à Hogo, pour rejoindre le château Garamont. Il n'aurait confié cette mission à personne d'autre ; la piste d'Eras étant, jusqu'à présent, la meilleure pour arriver à l'Arcane. Mais en toute logique, qu'il parvienne ou pas à entrer en contact avec les Sylfes, il lui faudrait quelques semaines pour rentrer chez lui... Plusieurs dizaines de jours, pendant lesquelles beaucoup de choses pouvaient se passer dans l'entre-deux-monde. Zétide sentit soudain sur lui le poids des années et de la fatigue. Il y avait toujours plus à faire, et ils étaient de moins en moins nombreux...

Balayant ces idées noires qui le prenaient chaque fois qu'il était seul, il se replongea dans l'examen du *Glossaire général des êtres d'esprit marchant sur deux pattes*. La précision semblait étrange, mais s'expliquait par la paresse de l'auteur, qui avait ainsi pu exclure toutes les races ondines, hippornes et éoliennes, ce qui représentait tout de même un bon tiers des peuples eldes. Impossible, donc, de savoir si les Sylfes y étaient mentionnés, d'autant qu'ils pouvaient très bien l'être sous un autre nom, et qu'il convenait dès lors de passer en revue chaque article.

Au bout de quelque temps de cette étude, Zétide songea qu'il ferait tout aussi bien d'essayer de décrypter la rune découverte par Ariale. Il s'apprêtait donc à aller chercher ses propres grimoires à l'écurie quand Geyor fit son entrée dans la bibliothèque.

Le jeune mage n'eut aucun mal à repérer le bliaud vert du sorcier entre les rayonnages. Il s'en approcha donc, un aimable sourire aux lèvres, avant de se figer dans une expression de stupeur telle que Zétide craignit aussitôt d'avoir été reconnu. Les gravures le représentant étaient largement répandues en Arcadie avant la guerre, et le sorcier avait eu maintes fois l'occasion de constater les effets pervers de cette célébrité relative. La Cabale avait depuis veillé à en faire disparaître toute trace, mais il se trouvait toujours l'un ou l'autre apprenti magicien pour conserver l'image du *Maître Hypolus, sauveur des Doux-parages.* C'est donc avec une certaine anxiété qu'il se leva pour accueillir son compatriote reprenant à peine ses esprits.

– Heu… excusez-moi, bredouilla ce dernier. Un instant, j'ai cru revoir mon père… Sans vous offenser, bien sûr, ajouta-t-il précipitamment. Il vous ressemblait beaucoup…

– Il n'y a pas de mal, assura le sorcier.

Qu'il mente ou pas, en tout cas, le jeune mage n'allait pas crier le nom de Hypolus sur les toits. Cela convenait parfaitement à l'intéressé, qui se présenta dès lors sous sa fausse identité.

– Quel nom portait votre père ? peut-être était-il de mes amis…

– Haude, d'Orchorate. Mais il n'était pas sorcier, ajouta le jeunot, avec un petit geste négligent.

– Orchorate ? Vous avez probablement étudié avec Ulsatius… On trouve de moins illustres professeurs !

– Je crains bien que non, avoua le jeune homme. Je veux dire : je connais peu de chose de l'Arcadie, ma famille l'ayant quittée dans ma dixième année, au début des mauvais jours. J'ai étudié en Creste et à Ean Crob. Des Doux-parages, je n'ai gardé que le manteau vert…

– La Creste est bien loin d'ici, remarqua le sorcier. Quels hasards de la vie vous ont mené dans ce monastère ?

– Les hasards de la guerre, plutôt…, maître. Quand la Dalle s'est ouverte, à Ean Crob, mes parents ont tenté de repartir en Arcadie. Je ne les ai pas suivis tout de suite, comme je n'avais pas achevé ma formation. J'ai ensuite appris qu'ils avaient disparu. J'ai alors pris la route à mon tour, pour essayer de retrouver leurs traces… en vain. Le mois dernier, poursuivant mon enquête, j'ai frappé à la porte des moines. Ils ont tout de suite remarqué les deux cercles et m'ont accueilli comme un sauveur, et je n'ai pas eu le cœur d'abandonner les malheureux qu'ils reçoivent chaque jour. J'espère seulement que, peut-être, quelqu'un agit de même pour mes parents, quelque part en ce monde.

– Vous êtes un brave homme, jugea Zétide, et ce sera un honneur de vous assister. Je regrette néanmoins de ne pouvoir vous accompagner avant demain, devant consacrer une partie de la nuit à certaines recherches urgentes…

– Ce sera parfait, car je n'exerce que le matin. Quand le soleil est plus haut, le cœur des malheureux s'échauffe, et ils prennent parfois en ennemi tout ce qui a trait à la magie.

– On ne saurait les en blâmer… Tous les maux qui nous frappent y trouvent bien leur origine. Mais vous dites que vous venez d'Ean Crob ? Comment sont les choses, à Pegoïye ?

– Ma foi, je l'ignore.

– Vous l'ignorez ? s'étonna le sorcier. Mais vous devez pourtant passer par Pegoïye, d'Ean Crob jusqu'ici ?

– Ma route fut loin d'être droite, expliqua le jeune homme. Mais il se peut que j'aie dépassé Pegoïye, par le nord, effectivement. La région m'a semblé calme, ma foi…

Zétide en resta interdit quelques instants. Quelque chose n'allait pas, et il se demandait si ce n'était pas encore un effet de sa méfiance naturelle. Il hésitait également à en faire part au jeune mage, puis se décida.

– J'ai eu tout autre nouvelle de Pegoïye, lança-t-il, le plus innocemment possible. On dit que les Brans et les Pits s'y comptent par milliers, et que la Dalle a maintenant atteint la taille de la cité. Pegoïye est en passe de devenir un front aussi important qu'Ean Crob.

– C'est possible. Comme je vous l'ai dit, je suis passé bien au nord. Si cela est vrai, c'est un bien grand malheur qui frappe de nouveau l'Ældo…

Sa réponse laissa un doute dans l'esprit du sorcier. Même trente lieues au nord de la ville, Geyor aurait dû être témoin de quelques événements, mouvements de troupe, désertification et autres. Peut-être même aurait-il pu voir le nuage sombre, presque noir, qui couvrait chacune des grandes Dalles et présageait de ce que serait le ciel de l'Ældo quand la Malerune aurait achevé son œuvre de destruction. Oui, Geyor aurait dû voir tout ça. *Vraisemblablement*. Mais pas forcément.

Un écho métallique résonna soudain dans les couloirs du bâtiment, répété trois fois au total.

– C'est la cloche qui sonne l'office du soir, expliqua Geyor, son sourire reparu. Les plats ne sont guère remplis, les moines partageant tout avec les malheureux… mais le maître queux s'y entend pour faire beaucoup avec pas grand-chose, vous verrez. Un véritable magicien ! conclut-il avec un clin d'œil.

L'archiviste attendait déjà à la porte que ses visiteurs veuillent bien sortir. Zétide ne se fit pas prier, la faim le tenaillant soudain au moins autant que le désir de poursuivre ses recherches. De plus, il se sentait un besoin urgent de discuter avec Hogo. Le Lycante avait souvent de bonnes intuitions. Le sorcier espérait qu'il pourrait expliquer, peut-être, pourquoi un mage d'Arcadie mentait sur ses origines.

* * *

Lucia avait retrouvé Tyâm et Ariale juchés sur le mur d'enceinte. Après leur longue visite, les deux enfants s'étaient sagement assis pour regarder le soleil basculer derrière l'horizon, mais s'étaient rapidement passionnés pour un tout autre spectacle : celui du repas servi aux réfugiés. Une douzaine de moines s'étaient relayés en un ballet incessant, du portail à la grange surpeuplée, chargés de marmites, de chaudrons fumants et de paniers emplis, sur lesquels se jetaient les victimes affamées avec des grognements de frustration. De contempler ainsi la détresse de leurs congénères avait presque coupé l'appétit aux jeunes Humains…

La chasseresse était arrivée au moment où les moines barraient le portail, après que tous les aides-cuisiniers fussent rentrés, leurs chaudrons vides dansant sous leurs bras. Quelques minutes après, on avait sonné l'office du soir, et le jeune novice avait conduit les sœurs Garamont jusqu'au réfectoire qui avait nourri dix générations de moines.

Zétide et Hogo y étaient déjà, en pleine discussion. À la

manière dont ils lançaient des regards glissants et s'interrompaient à chaque fois qu'ils étaient approchés, Lucia comprit que ses compagnons débattaient encore de l'une ou l'autre conspiration. Elle en fut doublement contrariée. D'abord, parce que leur méfiance lui paraissait excessive. Ensuite et *surtout*, parce que le sorcier semblait les tenir, elle et sa sœur, pour des quantités négligeables que l'on n'avait nul besoin d'informer et encore moins de consulter. Hogo ne lui avait-il pas tourné le dos, cet après-midi même ?

Vexée, elle feignit de les ignorer, préférant se tourner vers la salle résonnante qu'accompagner Tyâm et Ariale jusqu'à eux. Le réfectoire se remplissait rapidement. Une armée d'habits gris prenait place sur les bancs dans un brouhaha pacifique. Les moines se répartissaient indifféremment autour de la quinzaine de grandes tables, hommes, femmes, Humains et Eldes mélangés sans distinction. Quelques autres poussaient déjà des chariots de service, déposant pichets d'eau, pain en roues et bols emplis de potage fumant sur le bois usé. L'odeur des légumes bouillis éveilla l'appétit de la chasseresse, qui se soucia enfin de trouver une place.

Un nouveau regard circulaire lui mit du feu aux joues. Les mains sur les hanches, debout au milieu des moines installés, elle prit soudain conscience d'être l'objet de leur curiosité. On pouvait trouver plusieurs raisons à cela… Ses vêtements singuliers en ces lieux, gilet de cuir, jupe amazone et bottes ferrées, encore crottées de son travail dans l'écurie. Sa qualité d'héritière directe du chevalier, qui en faisait la future protectrice du monastère situé sur les terres domaniales. Ou un intérêt plus… physique, qui l'embarrassait d'autant plus qu'elle n'y était pas habituée.

Rougissant de plus belle, elle résolut finalement de rejoindre ses compagnons, qui l'attendaient d'ailleurs avec une certaine impatience. Zétide était visiblement contrarié. Hogo, toujours maussade. Tyâm, lancé dans une nouvelle explication sur le fonctionnement du monastère, captait toute l'attention d'Ariale. Lucia fut donc heureuse de trouver un visage amical en la personne de Geyor, qui s'était joint au groupe depuis peu. Elle lui rendit un sourire chaleureux qui fit aussitôt s'enfoncer Hogo dans l'ombre de sa capuche. La réaction du Lycante fut tout à fait incompréhensible pour la chasseresse, mais elle en tira une certaine satisfaction mesquine.

Le jeune mage les conduisit jusqu'à la table qui leur était réservée et où siégeaient déjà le Prieur, le chef milicien et quelques autres responsables de l'institution. Ils prirent place au hasard, comme aucun protocole ne semblait imposer le contraire. C'est ainsi que Lucia se retrouva entre Ariale et Geyor, juste en face du Verve à la peau orange, lui-même encadré d'Ombre-de-Pluie et de Zétide. Par politesse, Hogo s'était placé le dernier, et ainsi vu reléguer en bout de table. Le jeune Tyâm avait quant à lui rejoint la table réservée aux novices, son service terminé pour le moment.

Ils furent les derniers à être servis en potage, ce qui constituait l'un des rares privilèges des chefs religieux colombins : celui de manger chaud. En effet, si les moines devisaient tranquillement, dans tout le réfectoire, aucun ne pouvait commencer son repas avant un signe du Prieur. Les dernières louches tirées du chaudron étaient donc assez convoitées, en ce qu'elles fumaient encore, alors que les premiers bols servis étaient déjà tièdes, malgré les efforts des affamés pour en retenir la chaleur de leurs mains couvertes ou d'une tranche de pain judicieusement placée.

Lucia vit le Verve se dresser difficilement sur le banc et soupira bruyamment à l'idée de devoir subir une cérémonie religieuse qu'elle imaginait longue, là où un seul « bon appétit » aurait satisfait tout le monde. Zétide l'entendit et la gronda du regard. Par pure provocation, Lucia lui fit une grimace effrontée et s'empara d'un morceau de pain. Elle n'osa pourtant y planter les dents, comme un silence pesant gagnait soudain toutes les tables.

Le Prieur, en équilibre précaire, ramena plusieurs épaisseurs de peau sur sa nuque avant de s'éclaircir la gorge. La chasseresse reconnut que le personnage inspirait le respect. Tout en lui était à la fois empreint de douceur et de solennité. Ainsi en alla-t-il de son discours…

– Mes amis, commença-t-il d'une voix chevrotante, c'est une nouvelle épreuve qui nous frappe aujourd'hui. Tous savez déjà de quoi je parle… Le gai Souffle-de-Roche nous a été enlevé, surpris par un ours à quelques milles de nos murs, alors que nous l'imaginions déjà bien avancé sur son chemin. Je sais que chacun d'entre vous, au plus profond de son cœur, ressent cette disparition comme une terrible souffrance… Je me mentirais à moi-même en prétendant ne pas partager ce déchirement. Mais c'est dans ces heures les plus noires, quand le malheur nous assaille, quand nous voulons crier à l'injustice, que nous devons nous remémorer les Enseignements.

« Oui, la mort est horrible. Oui, elle nous semble frapper à l'aveuglette, emportant aussi bien enfants, vieillards, malades et bien portants, hommes méritants et âmes égarées. Tous, nous aurions préféré que l'*ours* succombe à cette rencontre plutôt que notre bon compagnon. Et c'est bien là que nous péchons… La tristesse nous fait oublier que cet ours fait *aussi* partie du monde. Qu'il fut peut-être, autrefois, un être de bonté, père de famille et respectueux de toute chose. Peut-être même fut-il moine tout aussi honorable. Comment pourrions-nous blâmer un animal d'agir en animal ? Ainsi est l'Équilibre…

Ainsi est l'Équilibre, répéta la salle, et Lucia se surprit à se joindre au murmure.

– Notre bon Souffle-de-Roche a déjà connu une nouvelle naissance, quelque part de ce côté du monde. Peut-être est-il ours, maintenant, à son tour prédateur. Ou minuscule souris, ou poulain, ou bébé à nouveau… Nous connaissions tous sa passion pour les chats, aussi souhaitons-lui de porter maintenant la moustache et le poil doux, je crois que cela ferait tout à fait son bonheur.

Sa remarque fit naître quelques rires, ce qui était le but recherché. Le Verve eut lui-même un sourire attendri à l'évocation de cette image et de ces souvenirs.

– Ne crions pas à l'injustice, reprit-il bientôt. Nos yeux sont pleins de larmes, mais nos cœurs doivent rester en paix. Ne nous révoltons pas contre les Dieux, à qui échappent depuis toujours les choses qu'ils ont créées. Ne renions pas l'Équilibre, car il est seul ciment de l'univers… Nous *devons* mourir, afin de laisser la place à nos enfants. Afin de connaître d'autres existences. Afin que le monde reste monde, tel qu'il est, pour l'éternité.

Il se tut sur ces derniers mots et médita en silence, comme le firent les autres moines. Lucia vit qu'Ariale fermait les yeux, et reconnut pour elle-même avoir été également touchée par la profondeur de ces paroles. L'idée que sa mère disparue puisse connaître une autre existence, quelque part dans l'Ældo, était comme un baume apaisant sur cette blessure encore ouverte. Sans doute Ariale songeait-elle à la même chose.

Le Verve se rassit enfin et le réfectoire s'anima, la fin de sa méditation marquant le début du repas. Les conversations reprirent où elles avaient été abandonnées, se portant sur le discours du Prieur, les détails de la mort de Souffle-de-Roche, et tout ce qui concernait de près ou de loin les voyageurs acceptés dans l'enceinte. Lucia n'en percevait que le brouhaha, mais le nom de « Garamont » revenait souvent.

– Votre homélie était superbe, votre Sagesse, félicita Zétide. Rarement j'ai eu l'occasion d'en entendre de plus belle.

– Grand merci, s'inclina le Verve. J'espère que vous me pardonnerez de ne pas vous avoir présentés. Il me paraissait déplacé de le faire en pareil moment ; nous réparerons cela dès demain.

– Il n'y a pas de mal. À vrai dire, je préférerais même éviter de trop attirer l'attention sur notre petit groupe. Par souci pour mes pupilles, dont le nom est bien trop connu…

– Il sera fait comme vous l'entendez, assura le Prieur.

Il avala plusieurs cuillerées de son potage, décidant ainsi toute la tablée qui n'attendait que cette occasion. Puis il leva un regard admiratif vers les sœurs Garamont.

– Quelle paix de l'esprit ce doit être, d'avoir un mage pour tuteur ! Votre oncle doit s'en trouver bien soulagé !

– L'oncle Marten est mort, laissa brutalement tomber Lucia. Ariale et moi partons à la recherche de notre père.

Zétide faillit s'en étouffer avec la soupe brûlante. Il se frappa la poitrine en toussotant douloureusement, faisant danser le bout de sa barbiche poivre et sel au rythme de ses expirations. Tous les regards y restèrent accrochés jusqu'à ce que le sorcier fît signe qu'il allait mieux.

– Vous partez en quête ? s'étonna le Prieur. Mais... l'entreprise me paraît bien périlleuse, en vérité...

Son regard allait de Lucia à Zétide, devinant le conflit qui opposait ses invités.

– Ce point est encore en discussion, grinça le sorcier, en défiant la jeune femme du regard. *Damoiselle Garamont* n'ignore pas que nos routes se sépareront bientôt, et qu'il vaut mieux pour elle, comme pour Ariale, attendre dans la sécurité de son château que nous lui donnions d'autres nouvelles.

– Tu parles, lança la belle, en mâchant un énorme morceau de pain.

– Votre ami a raison, damoiselle, intervint le Prieur. Hors de vos terres, les campagnes sont peu sûres. Et même ici... constatez ce qui est arrivé à notre malheureux compère...

– Ce n'est pas un ours qui l'a tué, affirma soudain Lucia, pour changer de sujet. Je le sais, je l'ai vu.

– Qu'est-ce que ça peut faire ? intervint le milicien. Ours ou poule cannibale, le résultat est le même. N'oubliez pas le respect qui est dû à Sa Sagesse, quand vous vous adressez au Prieur.

– Tout doux, Ombre-de-Pluie, s'en mêla Geyor. La damoiselle n'est pas coutumière de nos usages. De plus, chacun a le droit de nourrir ses opinions.

– Exactement, renchérit la chasseresse, encouragée. *J'ai le droit d'avoir mon opinion*. Je maintiens que ce n'est pas un ours qui est en cause. Un ours ne se serait pas contenté de dévorer le cœur de votre ami ; il n'en aurait laissé que les os.

Des exclamations étouffées montèrent de toute la tablée, manifestant l'indignation des moines autant que celle de Zétide et Hogo. À ses côtés, Ariale se faisait toute petite, la tête rentrée dans les épaules. Lucia songea qu'elle était peut-être allée trop loin. Elle ne savait même pas pourquoi elle agissait ainsi. Sans doute à cause de l'exclusion dont elle s'imaginait victime de la part du sorcier. Elle en serait pourtant restée là si le chef milicien, rougeaud et plus offusqué que tous les autres, n'était revenu à la charge avec animosité.

– Si des monstres courent la forêt, vous ne pouvez vous en prendre qu'à vous-même, lança-t-il en frappant du poing sur la table. Vous tenez ce fief *à la condition* d'en assurer la sécurité. Combien d'hommes votre oncle a-t-il chargés de nous protéger, dites-moi ? Combien de malheureux avez-vous daigné accueillir dans votre précieux château ?

– Je ne suis pas responsable des erreurs de mon oncle, éclata Lucia, en se dressant tel un coq de combat. Si l'on voulait bien me traiter autrement qu'en *enfant*, je prendrais avec joie les charges qui échoient à ma famille ! Quiconque en doute n'a qu'à venir m'en conter, *je saurai le recevoir !*

Elle avait achevé sa phrase presque en criant. Le silence qui suivit sa réplique, dans tout le réfectoire, la rendit plus brutale encore. Le chef milicien, à qui la menace était adressée, lui rendait un regard bouillant de colère. Celui de Zétide était à peine moins hostile. Ariale avait une expression triste et effrayée à la fois. Hogo présentait toujours le même visage maussade. Quand au Prieur… Lucia n'osait croiser les yeux du Verve débonnaire. Elle redoutait d'y lire davantage sa propre honte.

Elle bredouilla quelques excuses forcées, adressées plus à la tablée qu'au moine rougeaud, puis sortit sans plus rien ajouter, la tête haute mais les joues enflammées. L'air frais du crépuscule lui rendit un peu de ses esprits. Ses éclats lui apparurent dans tout leur ridicule. Elle fit quelques pas au hasard, soupirant à de nombreuses reprises, puis prit la direction de l'écurie.

Elle était Lucia-Ozabel, damoiselle de Garamont. Fille aînée d'un chevalier estimé de tous et héros des Jours rouges. Héritière présumée d'un château de vingt-cinq pièces et de plusieurs milliers d'acres de forêt giboyeuse. Comment expliquer qu'elle se sente aussi seule et pauvre, orpheline vagabonde, sans endroit où aller ni ami vers qui se tourner ? Comment expliquer qu'elle se sente soudain très proche de ces malheureux derrière l'enceinte, entassés dans une grange toute neuve et déjà trop petite pour les abriter tous ?

Pourquoi se sentait-elle aussi impuissante ?

* * *

La sortie soudaine de la jeune femme fut le principal sujet de conversation du reste du repas, tout au moins pour les siégeants des autres tables, qui se perdirent en conjectures sur les motifs probables de la dispute. Autour du Prieur, on s'efforça plutôt d'oublier l'incident afin de ne pas ajouter encore à l'embarras.

Ariale hésita une minute avant de manifester son désir de rejoindre sa sœur, mais y renonça suivant les vœux de Zétide qui préférait la garder sous les yeux. Cette sorte d'abandon lui tortura quelque peu la conscience, mais elle ne voulait ajouter encore à sa liste de mensonges et de désobéissances et finit par se convaincre que Lucia préférait sûrement être seule, de toute façon. Comme lorsqu'elle partait chasser…

Zétide et le Verve échangèrent quelques banalités, jusqu'à ce que le sorcier avoue son inquiétude au sujet de la jeune femme. Il ne tenait aucunement à la voir prendre sa jument et disparaître dans la nature, comme elle en était bien capable. Geyor se proposa aussitôt pour s'assurer de son sort et Zétide accepta à regret, ayant d'abord envisagé de demander ce service à Hogo. C'est donc plus inquiet encore qu'il regarda le jeune mage s'éloigner, leur récent entretien lui revenant en mémoire.

– Un garçon très serviable, ce Geyor, avança-t-il prudemment. Vous a-t-il dit d'où il venait ?

– Ma foi ! D'Arcadie, je pense, tout comme vous. Il n'a jamais mentionné autre chose… J'avoue ne pas m'y être beaucoup intéressé. Les cités humaines sont si nombreuses… Pour un vieux Verve comme moi, elles se ressemblent toutes, en vérité.

– Il vient de Creste, intervint le milicien, très satisfait de lui-même. Il cherchait ses parents. Ils ont disparu quelque part sur le chemin d'Orchomène.

– Vous êtes bien renseigné, remarqua Zétide, en feignant l'admiration.

– Ça fait partie de mon travail. Je tiens à savoir à qui nous ouvrons nos portes.

Subitement, en bout de table, Hogo se leva et gagna la sortie à grands pas. Son départ causa moins de trouble que celui de Lucia. Les moines n'avaient pas interdiction de parler, de se lever ou même de sortir, les latrines étant extérieures au réfectoire. Seuls les éclats de voix de la chasseresse l'avaient fait remarquer, en définitive. Quoi qu'il en soit, Zétide fut soulagé de l'heureuse initiative de son compagnon.

Le fait est que le sorcier prenait vraiment à cœur de respecter la dernière volonté de Marten de Sig. Celle où il demandait que le sorcier veille sur ses nièces, au nom de l'amitié qui l'unissait à Eras. Bien que cela lui déplaise au plus haut point, Zétide se sentait comme *officiellement* investi de la tutelle d'Ariale et Lucia.

Voilà pourquoi il aurait préféré les savoir loin et en sécurité. Dans sa forteresse secrète, par exemple. Bien que cela soit impossible, les exposer à un voyage aussi long et dangereux étant hors de question… Il espérait seulement parvenir à convaincre Lucia qu'il leur faudrait se séparer dès le mystère des Sylfes éclairci.

Souvent, le sorcier regrettait que ses pouvoirs ne lui permettent pas de voir l'avenir. Cela l'aurait aidé à prendre bien plus vite certaines décisions.

* * *

Le grincement du vantail tira Lucia de sa rêverie. Elle ôta son front de l'encolure de La Rosée pour voir qui la rejoignait dans l'écurie. Tout autre qu'Ariale allait le regretter, se promit-elle dans un nouvel accès de colère. Elle ne supporterait pas *une minute* des sermons de Zétide ni de la désapprobation de Hogo. Elle se sentait assez humiliée comme ça.

La fine silhouette de Geyor se dessina dans le crépuscule et la chasseresse en fut quelque peu apaisée. Le jeune mage était le seul à l'avoir soutenue dans sa querelle avec le milicien. Cela ne lui donnait pas droit pour autant de briser la solitude où elle se complaisait, mais elle ne pouvait décemment pas renvoyer le jeune homme au sourire si affable. Surtout quand elle eut remarqué ce qu'il avait apporté pour elle.

– J'ai volé ça dans les cuisines, avoua-t-il avec un clin d'œil. J'aurais voulu vous offrir meilleur banquet, mais le maître queux veille sur ses jambons avec la jalousie d'une chatte sur sa portée !

Rien qu'à l'évocation de charcuterie, le ventre de la chasseresse se rappela à son bon souvenir. Elle n'avait pas même pris le temps de terminer son potage, aussi la faim la tiraillait-elle, après cette longue journée passée en selle. Qu'importe, la fierté l'aurait aidée à se passer de repas… mais l'attention de Geyor rendait ce sacrifice inutile. Avec un regard empli de reconnaissance, elle ouvrit le sac de toile où il avait entassé une miche entière, des boulettes de fromage, des œufs bouillis et même une poignée de fraises sauvages.

– Mortelune ! Vous me voyez gloutonne ! s'exclama-t-elle, joyeusement. Il y en a bien trop pour moi seule !

– J'ai tendance à avoir la main leste, avoua le jeune mage. Vous n'aurez qu'à conserver le surplus…

– Mouais. On sait jamais, pour la prochaine fois. Mille mercis, en tout cas, conclut-elle avec une petite révérence.

Ils cherchèrent un endroit où s'installer, et Lucia choisit

finalement un tas de paille fraîche sur lequel elle se laissa tomber de tout son long. L'instant d'après elle attaquait les œufs et les fraises, croquant dans l'un et dans l'autre sans se soucier de mélanger les saveurs.

– Heureusement que tu es là, remarqua-t-elle bientôt, la bouche pleine de nourriture. Je croyais m'être mis tout le monde à dos, aujourd'hui.

– Vous… tu ne dois pas t'en faire. Ombre-de-Pluie a beau porter le surcot gris, il est sournois et colérique. L'habit ne fait pas le moine, dit-on. Tu n'es pas la première à qui il cherche querelle. J'en fais moi-même les frais tous les jours.

– Je ne sais même plus comment tout ça est parti, avoua la chasseresse. Le pire, c'est que je ne regrette pas vraiment ma réaction. Il n'aurait pas dû s'attaquer à ma famille !

– Ne t'en fais pas, répéta Geyor. Demain, tout cela sera oublié. Les moines prêchent le pardon, pour l'Équilibre de leur âme. Pas un n'oserait revenir sur ce qui s'est passé. Même pas Ombre-de-Pluie.

– Les moines, peut-être pas, railla la belle, mais ce sera un tout autre chant avec Zétide. Avec *lui*, cette histoire-là, je vais en entendre parler longtemps !

Sur ces mots, elle se redressa d'un bond et alla quérir la gourde pendue à son harnois. Elle avala une longue rasade d'eau tiède, songeant qu'il lui faudrait penser à emmener sa selle et ses besaces dans sa cellule, maintenant qu'ils étaient sûrs d'y passer la nuit. Moines ou pas, elle préférait ne pas tenter les voleurs.

Elle referma la gourde d'un coup sec de la paume puis, comme Geyor était toujours assis dans la paille, retourna s'allonger auprès de lui. La bonne Isadorine aurait poussé des hauts cris en la voyant agir ainsi, et l'oncle Marten plus encore. Peut-être était-ce justement ce qui la poussait à le faire… De toute façon, elle n'imaginait pas le jeune mage tenter d'abuser d'elle, et se sentait assez forte pour le repousser si nécessaire. Elle méprisa soudain ses propres pensées en songeant qu'elle devenait aussi méfiante que Hogo.

– Je… je voudrais revenir sur ce que tu as dit, à propos

de Souffle-de-Roche, demanda Geyor après quelques instants de silence. Tu es sûre que ce n'est pas un ours qui l'a tué ?

– Certaine. Même un ours ne peut causer de telles entailles. Et il se serait servi plus largement en viande. Pourquoi ne prendre que le cœur ? Seul un Maûne dégénéré peut se montrer aussi sélectif, renchérit la chasseresse. Un monstre venu de derrière une Dalle, *voilà* le coupable idéal. Et c'est aussi l'avis de Zétide, même s'il préfère ne pas insister. Le sorcier est trop blasé pour s'en mêler davantage. Pour lui, ce n'est jamais qu'un Maûne de plus battant la campagne ! Il ne se rend pas compte que *nous* vivons ici !

Le mage acquiesça, visiblement ennuyé. Lucia décroisa les bras de sous son crâne et se redressa sur le coude.

– Qu'est-ce qu'il y a ? J'ai encore dit une bêtise ? Tu ne me crois pas non plus ?

– Au contraire, assura Geyor. Tout cela n'est que pure logique...

Il tourna la tête pour vérifier qu'ils étaient seuls et reprit son explication à voix basse, presque murmurant.

– En fait... le malheureux Souffle-de-Roche n'est pas le premier à succomber au monstre. Les moines ont déjà perdu *neuf* des leurs.

– Neuf ! s'exclama Lucia.

– Ce que je te dis est hautement secret, reprit le mage ; je te prie de n'en rien répéter à personne, pas même à ta sœur. Si Ombre-de-Pluie apprenait que je t'en ai parlé, j'aurais de très, très gros ennuis.

– Mais comment pouvez-vous garder un pareil secret ! s'étonna la chasseresse. À voir les moines, on n'a pas l'impression qu'ils sont menacés !

– C'est que très peu sont au courant, confia Geyor. Ceux qui découvrent les corps sont tenus au silence ; aux autres, on raconte des histoires d'ours, d'éboulements, de mauvaises chutes ou autres mensonges.

– C'est complètement inconscient ! Il faudrait distribuer des armes, organiser une battue ! Je n'arrive pas à croire que le Prieur laisse ses hommes travailler dehors. À sa place, j'interdirais à tout le monde de sortir !

Geyor soupesa le regard de la jeune femme avant de vérifier une fois encore qu'ils étaient seuls dans l'écurie. Il approcha son visage tout près du sien pour lui chuchoter presque dans l'oreille.

– C'est que les meurtres ne se passent pas en dehors de l'enceinte… mais bien *ici*, au cœur même du monastère. Souffle-de-Roche est la seule exception. Tous les autres sont morts aux abords de la crypte. Et tous ont eu le cœur *arraché*, conclut-il avec fascination.

Lucia ne savait comment réagir. Toute cette histoire paraissait invraisemblable, mais elle ne voyait pas pourquoi Geyor lui mentirait. Ses pensées se bousculaient. Ainsi, Zétide et Hogo avaient touché juste, en flairant quelque chose d'étrange dans l'atmosphère des lieux. Ils ne s'attendaient certainement pas à si gros… En tout cas, elle l'avait découvert avant eux. Mais il avait promis de n'en pas souffler mot… Couraient-ils un danger, à s'attarder de ce côté de l'enceinte ? Valait-il mieux partir tout de suite ? Sa fierté s'y opposait, mais elle craignait pour Ariale… De toute façon, quel prétexte aurait-elle pu donner ?

– D'où vient ce monstre ? demanda-t-elle bientôt, toujours indécise.

– Nul ne le sait. Nul ne l'a vu, non plus, qui soit encore vivant pour en parler… Peut-être vaut-il mieux cesser là ces confidences. Je te mets en danger pour rien.

– Quel danger ? Le danger, c'est de ne pas savoir ! Tu m'en as trop dit, maintenant, pour ne pas aller jusqu'au bout !

Geyor hésita, puis sembla se décider enfin. Lucia en fut d'autant plus frustrée quand le vantail grinça encore, cette fois pour livrer passage à Hogo. Le mage ne jeta qu'un regard au Lycante avant de faire une ultime recommandation.

– Essaye d'attirer Zétide dans la crypte, murmura-t-il en se redressant. Trouve un prétexte, mais ne parle pas de moi. C'est la seule manière de faire cesser les meurtres.

Il l'abandonna et gagna la sortie, croisant précipitamment le Lycante à qui il fit un petit signe de main. Hogo resta les yeux fixés sur son dos jusqu'à ce qu'il fût sorti. Alors seulement, il rejoignit Lucia qui s'était relevée. La pauvre croûte de pain noir qu'il tendit en silence à la chasseresse parut bien misérable à l'intéressée.

– J'ai déjà mangé, lança-t-elle en dédaignant son offre. Par ailleurs, j'aurais envie de rester un peu *seule*. Tu peux dire à Zétide que je n'ai pas besoin de chaperon.

Elle fut surprise d'entendre un grognement sourd monter de la gorge du Lycante, malgré les efforts de ce dernier pour se maîtriser. Il parvint tout de même à étouffer sa fureur dans un ultime hoquet étranglé.

Une telle réaction fit reconnaître à Lucia qu'elle avait été trop sévère dans ses paroles, comme souvent ce jour. Elle attrapa le pain que Hogo tendait toujours entre ses doigts poilus et en grignota les bords, en évitant de croiser le regard trop expressif du Lycante.

Elle fut bientôt dispensée de cette peine. À peine son présent remis, Hogo lui tourna le dos et s'éloigna sans un mot, la tête entièrement couverte par la capuche de son sayon, son bâton frappant le sol à intervalles réguliers.

Lucia se demanda s'il avait entendu leur conversation. Elle l'espérait presque. Elle avait beau clamer sa force et son indépendance, elle aurait bien voulu partager ce lourd secret avec quelqu'un.

* * *

La nuit s'étendait lentement sur le monastère, porteuse d'ombres, de frissons et des cantiques du crépuscule : grenouilles, chauves-souris et loups mélancoliques mêlant leurs gorges pour saluer l'arrivée des ténèbres.

Les colombins considéraient la nuit comme un juste pendant à la journée, une manifestation des plus simplistes des lois de l'Équilibre dont il ne fallait tirer aucune crainte. Sur le chemin du dortoir, frissonnant dans l'air rafraîchi, Ariale se remémorait surtout les superstitions d'Isadorine…

Pour la vieille servante, la nuit était malfaisante et vilaine ; les Maûnes la lançaient sur l'Ældo pour mieux se glisser à travers les Dalles et, quand enfin venait l'heure pour les démons de se retirer, il en était toujours un ou deux pour se perdre dans l'entre-deux monde et y errer à jamais, dévorant tous les égarés qui tombaient dans leurs griffes.

La nonchalance de Tyâm, qui marchait à ses côtés, ne suffisait pas à la rassurer. Ils étaient seuls dans la courée, les moines étant partis en salle de l'Oscille ou en cuisine, pour ceux qui étaient de corvée. Zétide avait décliné l'invitation du Prieur à les accompagner, promettant d'en profiter davantage le lendemain. La sympathie qu'il avait éveillée chez le Verve lui avait par contre valu l'autorisation de poursuivre ses recherches dans la bibliothèque en ces heures tardives. Le sorcier s'était donc fait remettre les clés par l'archiviste et avait salué Ariale sans plus de cérémonie.

La jeune fille était prête à parier qu'il était déjà penché sur ses bouquins. Elle avait hésité à proposer son aide, comme son sujet d'étude la concernait tout aussi bien que lui, voire davantage… mais elle était également très soucieuse de Lucia, et n'imaginait que trop bien le peu d'enthousiasme avec lequel Zétide aurait reçu sa demande. Ariale la fautive, qui déployait le pouvoir des runes sans discernement, demandait à consulter des grimoires ? Ridicule.

Ils avaient presque atteint le dortoir où Ariale espérait retrouver sa sœur aînée, quand cette dernière tourna le coin pratiquement en même temps qu'eux. Lucia était courbée sous le poids du harnachement de La Rosée, chacun de ses pas faisant tinter les boucles de ses sacoches et étriers. Son visage était soucieux mais s'éclaira aux premiers instants de cette rencontre.

Ariale fut soulagée de voir sa colère apaisée. Mieux, Lucia éclata pratiquement de rire quand elle lui tendit les galettes de céréales qu'elle lui destinait. La chasseresse lui ébouriffa les cheveux et s'empara des gâteaux avec un air amusé, sans pour autant les porter à sa bouche. La jeune fille imagina qu'elle préférait les manger une fois libérée de son chargement.

Tyâm les quitta à l'entrée du dortoir. Lui-même désirait se rendre à la salle de l'Oscille au plus vite, pour ne pas trop manquer des débats. Il salua courtoisement les damoiselles avant de s'en retourner et courir à toutes jambes vers l'assemblée monastique.

– Je parie que tu aurais aimé y aller aussi, p'tit loup, devina Lucia.

– Maman l'a fait..., répondit-elle, rêveusement. Zétide a dit qu'on pourrait y aller demain, ajouta-t-elle avec une certaine excitation.

Le visage de la chasseresse se ferma. Elle poussa du pied la porte de sa cellule et laissa glisser son chargement jusqu'à terre.

– Ah oui. Le *fameux*, le *merveilleux*, *l'intelligent* maître Zétide, qui croit pouvoir donner des ordres à tout le monde, mais ne voit pas plus loin que le bout de son nez.

Ariale ne comprit pas à quoi sa sœur faisait allusion, mais se garda de demander des éclaircissements. D'évidence, les événements de la soirée n'étaient pas encore digérés.

Lucia la rejoignit dans sa cellule et s'occupa d'y allumer une bougie, avant de s'asseoir sur le lit de la jeune fille. Quand elle ne découchait pas, la chasseresse agissait toujours ainsi. Depuis le départ de leur père, les deux sœurs se consacraient toujours les derniers instants de la journée. Elles y évoquaient craintes, espoirs, souvenirs, pendant quelques minutes ou pendant des heures, parfois.

Ce soir, leur conversation devait être de courte durée. La journée avait été fatigante et la nuit précédente, plus encore. Même si leur combat contre Korcos et les Harpies semblait déjà bien loin, comme appartenant à une époque révolue.

Confortablement assise, Lucia fut la première à bailler. Elle se leva et s'étira langoureusement pendant qu'Ariale jouait avec la flamme de la bougie. Elles avaient vécu tellement de choses, en quelques heures, qu'elles ne savaient quel sujet aborder en premier. Certains leur étaient interdits de par leurs promesses respectives. D'autres auraient été maladroits, comme la mort accidentelle de l'hadryen familial ou les éclats de voix de la chasseresse. Finalement, leur intérêt se porta sur ce qui les préoccupait plus que tout le reste.

– Tu crois vraiment qu'on peut retrouver papa ? demanda Ariale.

– Bien sûr ! mentit la jeune femme. L'histoire du vieux Zétide tient debout. Il nous suffit de faire sortir le Sylfe de son trou, on l'attrape, et on le chatouille jusqu'à ce qu'il nous dise où il a vu papa pour la dernière fois. Facile !

Lucia avait agrémenté sa réponse d'un mime tout à fait explicite, et ses grimaces firent sourire sa sœur de bon cœur. La jeune fille n'était pas dupe pour autant de cet optimisme…

– On n'arrivera peut-être pas à parler au Sylfe, remarqua-t-elle en reprenant son sérieux. Et même, peut-être qu'il ne pourra pas nous aider. Qu'est-ce qu'on fera, alors ?

– On trouvera autre chose. Même si Zétide veut nous laisser en plan…

Elle n'acheva pas sa phrase, mais Ariale la compléta d'elle-même. *Si Zétide veut nous laisser en plan, alors, je ne sais pas*. Lucia avait beau être un peu téméraire, elle savait que ce serait folie de se lancer sur les routes sans autre escorte qu'une enfant de dix ans. Ariale le savait également. Elle eut soudain la vision terrible de sa sœur partant seule en quête de leur père, la laissant complète orpheline dans leur château pourrissant, avec leurs vieux serviteurs comme uniques compagnons. Cela *ne devait pas* arriver. Mais elle ne voyait aucun moyen de changer le cours des choses.

– Bon, un jour à la fois, conclut Lucia. Pour l'heure, je crois qu'on ferait tout aussi bien de dormir. T'inquiète pas, p'tit loup : le sorcier a beau m'agacer plus que de raison, je m'accrocherai à ses guêtres jusqu'à ce qu'il nous mène à papa.

Elles s'embrassèrent dans la semi-pénombre et se séparèrent, les paupières de plus en plus lourdes. Lucia fit mine de refermer la porte derrière elle mais se ravisa au dernier moment.

– Heu… si tu fais des cauchemars, n'hésite pas à venir me réveiller. Ce serait normal, après la nuit passée… Ou alors, mets ce coffre contre ta porte, je serai plus rassurée.

Ariale acquiesça, et la chasseresse disparut. La jeune fille ne voyait pas en quoi barricader sa porte l'aiderait à trouver un sommeil sans rêve, d'autant que cela n'était pas sans rappeler son expérience traumatisante. Elle s'exécuta pourtant, trouvant malgré tout un certain réconfort dans cette idée.

Elle bondit sur son lit sans même se dévêtir. L'impatience faisait passer ces considérations au deuxième plan. Accroupie sur le matelas creusé, elle caressa le cuir brun et à l'odeur de poussière où se détachaient les lettres d'or: *Enareín.*

Elle ouvrit la première page du livre et se plongea dans l'histoire théologique du Troisième Monde.

* * *

La bibliothèque était plus silencieuse qu'une tombe. Cela convenait parfaitement à Zétide, qui préférait de loin ces conditions de travail à l'agitation irritante de l'archiviste. Il posa sa lampe sur la table encore encombrée et regagna le couloir où il avait laissé ses propres livres le temps d'ouvrir la porte. Les grimoires allèrent composer une nouvelle pile et le sorcier donna un tour de clé derrière lui.

Maître des lieux pour quelques heures, il s'autorisa enfin une visite complète de l'endroit. L'affaire lui prit peu de temps: la bibliothèque tenait dans une salle unique sans autre communication que celle du couloir. Des rayonnages couraient sur tous les murs, sous la forme de niches plus ou moins régulières, construites en un matériau friable. Cela avait l'inconvénient de couvrir tous les ouvrages d'une poussière blanche et tenace, qui s'accrochait également aux mains et aux vêtements, comme le sorcier put le constater.

Une moitié de l'espace intérieur se partageait entre armoires lourdement chargées et tables de travail. L'autre moitié, où les rayères étaient plus nombreuses, était réservée à l'atelier. Outils de copieurs, d'enlumineurs et de relieurs étaient disposés sur un énorme buffet, entouré d'établis divers où reposaient parchemins vierges, pièces de cuir, plumes, encriers, poudres pigmentées et autres fournitures. Quelques ouvrages disposés sur des pupitres témoignaient de l'avancement du travail.

Son tour achevé, Zétide revint à sa propre table, s'étira en faisant craquer ses articulations et s'attela enfin à la tâche. Par acquit de conscience, il commença par terminer l'étude du *Glossaire général des êtres d'esprit marchant sur deux pattes*, qu'il consultait avant l'interruption de Geyor. Comme il s'y attendait, il ne trouva aucune mention du peuple Sylfe, ni de quoi que ce soit s'en approchant. Il aménagea alors un espace libre entre les monstrueuses encyclopédies et y déposa le carnet où il avait recopié la rune de l'hadryen. Il étudia cette dernière quelques minutes, avec le regard exercé du spécialiste, puis tira à lui ses grimoires de sorcellerie.

L'Alphabet des Parangons ne lui apprit pas grand-chose qu'il ne sut déjà. La rune était de type « talisman », c'est à dire que son pouvoir s'exerçait en permanence, sans que l'on ait besoin de le déployer. Les matrices de décomposition du *Ductus Compendium* lui permirent de mettre à jour, parmi l'enchevêtrement complexe des courbes, la symbolique du « végétal ». C'était déjà une approche, mais inutile en soi, et des plus prévisibles si l'on songeait que la rune était entièrement composée d'écorce. Finalement, le sorcier trouva son meilleur résultat dans le *Livre des Scaldes*, où certaine démonstration obscure pouvait laisser penser que la rune était « vecteur de magie ». Ce qui voulait tout et rien dire à la fois…

Zétide regretta bientôt de ne disposer que d'une copie, forcément impropre à des mesures au courboscole ou au compas épigraphique, qui lui auraient permis un examen plus poussé par l'intermédiaire du *Donat des diacritiques*… La rune lui donnait plus de mal qu'il n'avait imaginé. Incontestablement, il était en présence d'un de ces symboles datant des Premières Aubes du monde. Un tracé incompréhensible, imaginé par les Dieux alors qu'ils peuplaient le Maûne et l'Ældo de leurs créatures. Un monogramme magique dont les Eldes avaient successivement perdu la prononciation, la syntaxe et le sens, jusqu'à en oublier l'existence même.

Ce n'était pas le premier de ce type qu'il rencontrait. Au cours de dix années de quête de l'Arcane, ses agents avaient relevé nombre de symboles aussi anciens. La plupart étaient endormis et inoffensifs… mais l'influence de la Malerune causait parfois le réveil de l'un d'eux, avec des conséquences généralement désastreuses. La catastrophe du volcan Yenaau en était un exemple tristement célèbre…

Bras croisés sur la poitrine, le sorcier contemplait la rune griffonnée avec le sentiment ridicule d'être nargué par elle. Une heure d'examen ne lui avait presque rien appris sur le symbole de l'hadryen. Une année entière ne l'aiderait pas davantage à en percer le secret… Celui-ci était perdu depuis trop longtemps. La magie en question était passée du domaine du savoir à celui des légendes.

Il fut plus contrarié encore en songeant qu'il aurait à faire face au même problème le jour où l'Arcane serait enfin découverte. La rune ultime. Serait-il capable d'en déployer le pouvoir, s'il ne pouvait en comprendre le sens ? Somme toute… *cet exploit était-il à la portée d'un mortel ?*

Il se leva et fit quelques pas, en cherchant à se raisonner. Ces inquiétudes étaient prématurées. L'Arcane gardait encore tout son mystère. On était loin du jour où se poserait le problème de sa lecture. Avant cela, il convenait de la trouver… et la meilleure piste jusqu'à elle passait par le chevalier Eras. Donc : les Sylfes.

Ses priorités redéfinies, Zétide revint à la table encombrée et ouvrit une nouvelle encyclopédie, en clignant des paupières pour lutter contre le sommeil. S'il ne trouvait rien… au moins aurait-il la conscience tranquille d'avoir tout essayé.

* * *

« Quand les Dieux entreprirent de créer l'Enareín, le Troisième Monde, ils voulurent que ce soit le dernier. Aussi méditèrent-ils longtemps, très longtemps, penchés sur les cendres de leurs échecs passés…

Il leur était facile de bâtir un univers à leur image : éternel, immuable et stérile, mais cela ne les intéressait guère. Plus que tout, les Dieux désiraient tromper leur ennui. Le monde qu'ils s'apprêtaient à créer, le nôtre, devait pouvoir les distraire pendant une bonne partie de l'éternité. Abriter d'innombrables formes de vie. Se renouveler, se transformer, témoigner à chaque instant du miracle de sa Création.

Malheureusement, tout ce qui évoluait finissait par disparaître… Ainsi en avait-il été de l'Anareín, le Premier Monde, détruit par la même sauvagerie qui faisait sa beauté. Tout comme le Chorus, le Deuxième Monde, réduit à néant par les créatures qui hantaient sa surface.

Les Dieux trouvèrent pourtant la solution en inventant l'Équilibre. Ils créèrent le monde en deux parties égales, le Maûne et l'Ældo, et dissimulèrent sur chacune un symbole de leurs pouvoirs. Deux runes magiques, les plus puissantes de l'univers, et éternelles gardiennes de l'Enareín. L'une apportant chaos, vigueur et incessante agitation ; l'autre assurant continuité, plénitude et nécessaire stabilité.

Leur œuvre ainsi achevée, les Dieux laissèrent libre cours à leur imagination et peuplèrent le Troisième Monde de ses créatures. Les plus imprévisibles et terrifiantes, héritières dégénérées des monstres du Chorus, s'enfoncèrent naturellement dans les brouillards du Maûne. Les autres, sensibles à la beauté de l'Ældo, choisirent de s'y installer et d'y fonder une famille. Ainsi firent les plus lointains de nos aïeux, obéissant à la volonté divine de voir les peuples se répartir également sur les deux faces de l'Enareín. Enfin les Dieux se retirèrent à jamais de leur œuvre, pour mieux la contempler.

Alors se levèrent les Premières Aubes du monde.

Plusieurs millénaires passèrent, pendant lesquels les Maûnes et les Eldes s'affrontèrent de toutes les manières imaginables. L'art magique des runes, appris au contact des éternels, était alors au sommet de sa puissance. Mais l'œuvre divine était à ce point aboutie qu'aucun camp ne réussit à l'emporter sur l'autre. Peu à peu les batailles s'espacèrent, les armées se dispersèrent et l'Équilibre s'installa pour de bon sur le Troisième Monde.

Ce fut le début de notre ère de paix. Les Dieux avaient réussi. Ils se distraient encore à observer la folie des Maûnes, l'engeance du Chorus persistant à détruire, incendier, guerroyer sans trêve ni logique dans le monde gris dont elle a hérité.

Les monstres n'auront jamais l'occasion de s'anéantir tout à fait, pas plus qu'ils ne pourront mettre en danger l'Enareín. Par sa seule existence, l'Ældo veille à ce que l'Équilibre ne soit jamais rompu.

Tel est le devoir de chacun d'entre nous, et le propos de cet ouvrage…»

Ariale referma le livre en bâillant, en contempla une nouvelle fois la couverture, puis le déposa délicatement à même le sol, à côté du lit. Tyâm l'avait bien prévenue qu'il ne ressemblait en rien aux textes qu'elle avait déjà lus. Qu'importe, elle se sentait de taille à poursuivre un peu plus loin que l'introduction.

Pas tout de suite, pourtant. Les pas feutrés des moniales, de retour des débats de la salle de l'Oscille, chuchotaient dans le couloir comme autant d'invitations à se glisser sous les draps. La jeune fille n'hésita pas une minute. Certaines cellules n'avaient pas encore vu leurs portes closes qu'Ariale avait déjà basculé dans un profond sommeil.

Les cauchemars ne perdirent pas de temps, eux non plus. Elle se vit prisonnière dans un corps de reine Harpie. Jetée en bas du donjon par un Korcos fulminant. Poursuivie par un moine sans tête, puis par le Guimne au regard de simplet. Battue par des arbres aux visages fantomatiques.

Le plus terrible fut le rêve qu'elle fit de son père où il l'accusait, d'une voix terrible, d'avoir rompu l'Équilibre du monde et d'être responsable de la mort de sa femme. Ariale s'imagina pleurant, suppliant, promettant finalement jusque dans ses songes de ne plus jamais toucher à la magie.

* * *

Zétide se réveilla en sursaut, l'esprit embrumé. Chacun a ses fantômes, et le sorcier ne faisait pas exception... Même si le sien, déjà ancien, le laissait généralement en paix. Il referma les yeux, essayant de retrouver le visage de son rêve, mais la réalité s'était déjà trop imposée sur ses rétines et il fut incapable d'insuffler plus de vie à ses chimères.

Il se redressa en soupirant, se passa la main dans le cou et dans la barbiche, avant de se figer dans une expression de stupeur. Il se maudit alors pour son imprudence. Il s'était endormi à un pied à peine de la lampe à suif et aurait pu déclencher un incendie dans la bibliothèque, voire dans tout le monastère.

Cette terrible idée acheva de le tirer de sa léthargie. Il se demanda combien d'heures il avait pu somnoler, ainsi allongé sur les parchemins, comme un enfant épuisé sur les colles de son répétiteur. Il se rendit à l'une des rayères et respira l'air frais de la nuit. On était probablement proche du matin. Les grenouilles s'étaient tues depuis longtemps ; même les rapaces nocturnes se faisaient discrets.

Étant plus exigeant encore avec lui-même qu'avec les autres, Zétide en ressentit une grande honte, qu'il ne chercha pas à atténuer sous prétexte de sa veille tardive. D'autant qu'il n'avait absolument rien trouvé d'utile à leur quête... Pas le moindre petit indice, pas une seule mention des Sylfes, des hadryens ou de quelque chose d'approchant. Parmi les peuples des forêts, les Alfs étaient largement décrits, tout comme les Farfadets, les Candlars et les Mousses, dans chaque encyclopédie qu'il avait consultée. Mais d'êtres habitant *le corps* des arbres, on ne parlait pas. À se demander s'ils existaient vraiment… si les vagues souvenirs du sorcier les concernant ne provenaient pas d'un conte pour enfant, entendu un soir au coin du feu.

C'est avec ce sentiment qu'il abandonna l'étroite fenêtre pour revenir vers la table déjà familière. Il découvrit alors ce qui l'avait tiré du sommeil. L'une des piles de manuscrits, posée dans le coin le plus éloigné, s'était effondrée de moitié en semant autant d'ouvrages et de feuillets sur le sol rugueux. Se penchant pour les ramasser, Zétide maudit plus encore son imprudence. Il aurait pu tout aussi bien faire tomber la lampe et périr étouffé par la fumée.

Les livres maltraités étaient, justement, ceux qu'il avait délaissés. Chansons épiques, historiettes, textes inspirés d'amour courtois… leur présence en ces lieux était probablement anecdotique, mais cela n'autorisait personne à les dégrader. Honteux, le sorcier se promit de verser un large dédommagement à l'archiviste qui devrait consacrer du temps à les restaurer.

Le plus abîmé était un recueil de légendes régionales, des histoires à dormir debout, d'après les illustrations qui accompagnaient les textes. La reliure de l'ouvrage avait cédé, dispersant la quinzaine de cahiers qui le composaient. Zétide se sentit étrangement redevable envers l'objet. Il entreprit de remettre immédiatement de l'ordre dans les feuillets, malgré son désir d'aller terminer la nuit dans un lit digne de ce nom.

C'est alors qu'il tomba sur la gravure. Y était représenté un tronc noueux et aux branches basses, duquel émergeait un visage souriant. Trois enfants encerclaient l'arbre en une ronde joyeuse. Une citation précisait : « Ils dansaient, tournaient, de plus en plus vite, et l'être vint se joindre à leurs ris. »

Zétide la tourna et la retourna, se demandant s'il n'avait

pas de nouveau glissé dans un rêve. Puis son efficacité reprit le dessus. Toujours agenouillé parmi les pages jaunâtres, il s'empara d'un cahier et le parcourut en diagonale, avant de l'abandonner pour un autre, puis un troisième. Celui-ci fut le bon. Avec une exaltation qu'il n'avait pas connue depuis longtemps, il dévora les vingt premières pages de la légende en question, puis les conserva en main jusqu'à en avoir trouvé la suite, ce qui lui prit un temps qu'il estima horriblement long. Les derniers feuillets de l'histoire furent enfin en sa possession et il les consulta avec une frénésie dont il était peu coutumier. La chose faite, il bondit jusqu'à sa chaise et emplit de notes une page entière de son carnet, en se reportant parfois au texte, pour les éléments les plus mystérieux.

Trois minutes plus tard, il bouleversait toutes les piles bien droites des encyclopédies pour retrouver le traité d'arboriculture, que l'archiviste avait si benoîtement glissé dans sa sélection. Il passa le reste de la nuit à le lire de bout en bout, griffonnant parfois quelque note obscure d'une main nerveuse.

* * *

Il était de nouveau penché sur *sa* rune, en proie aux affres du doute, pour la première fois depuis que son corps avait reçu la vie.

Son esprit servile était torturé par l'hésitation. Fallait-il suivre en tout point les ordres de son Créateur ? Ou abandonner sa mission, pour l'avertir au plus vite de ce qu'il avait découvert ?

La faim le tiraillait et gênait sa réflexion. Il lui aurait fallu dévorer un cœur, mais ça n'aurait pas été prudent. Tuer trop de moines ne servait pas ses plans. Il devait rester patient, freiner ses instincts, s'en tenir à la discrétion recommandée par son Créateur. Il en avait toujours été récompensé.

Mais cette fois, les choses étaient plus complexes. Son Créateur accorderait cent fois plus d'importance à ses informations qu'à l'accomplissement de sa mission, il en était presque sûr. Il se demandait seulement s'il ne pouvait pas garantir les deux en même temps.

Ainsi avait-il été conçu. Opportuniste et opiniâtre. Habile et retors. À l'image de son Créateur, naturellement.

Il frappa de la patte sur la rune et prit soudain sa décision. Dès lors, il ne lui restait plus qu'à définir un plan. Ce en quoi il excellait. Mais il pouvait tout aussi bien y réfléchir au calme, là où sa présence ne risquait pas d'éveiller les soupçons.

Il gravit donc les marches inégales menant à l'entrée de la crypte, se courbant pour que ses ailes n'accrochent pas la voûte. Il lui suffit d'un instant pour reprendre sa forme d'emprunt, et d'un autre pour *passer dans le Maûne*.

La vue de son monde natal ne lui inspira qu'indifférence. Très concentré, il compta soixante et un pas vers le nord, puis repassa dans l'Ældo aussi simplement qu'il clignait des paupières. Les rocailles aux arêtes coupantes disparurent pour céder la place au sol nu et frais de sa cellule.

Il s'assit sur le lit encore intact et se concentra sur les événements à venir. Un sourire effrayant déforma bientôt son visage. Ou plutôt… l'un de ses visages, parmi les nombreux qu'il avait volés aux Eldes.

* * *

Quand les cloches du monastère célébrèrent l'arrivée du matin, Hogo était déjà réveillé depuis une demi-heure. Comme le couloir s'emplissait peu à peu d'une agitation discrète, le Lycante sauta du lit et entrebâilla la porte de la cellule, suffisamment pour s'aménager un bon angle de vision. Il resta ainsi dix minutes au moins, parfaitement immobile et silencieux, avant d'entendre enfin s'ouvrir la chambre voisine. Alors seulement il quitta sa cachette, pour aller le plus naturellement du monde à la rencontre de Lucia.

– Bonjour, s'annonça-t-il, de sa voix la plus amicale.

La chasseresse leva les yeux de la ceinture qu'elle achevait de boucler vers le visage du Lycante. Son expression contrariée exprimait mieux que les mots sa désapprobation.

– Dis-moi que je me trompe : tu ne viens quand même pas de sortir de cette pièce, juste là, à côté ?

– Zétide m'a demandé de veiller sur vous, se défendit l'accusé. Il n'y a vraiment pas de quoi faire cette tête…

Lucia ouvrit grande la bouche, roula des yeux consternés, mais renonça finalement à poursuivre cette discussion. Elle se contenta de hausser les épaules avant de prendre la direction des thermes, sans un regard supplémentaire pour Hogo.

Afin de ne pas effrayer les moniales retardataires, le Lycante se retrancha dans la cellule qu'il s'était appropriée. Se glisser jusqu'au dortoir des femmes, la veille au soir, avait été un jeu d'enfant, tous les moines ou presque étant réunis en salle de l'Oscille. Au cours de la nuit, et comme sa nature le lui permettait, Hogo avait alterné les périodes de veille et de sommeil, s'offrant même le luxe de quelques rondes aux abords du bâtiment. Il agissait ainsi pour Zétide et lui-même depuis des années… La réaction de Lucia lui était tout à fait incompréhensible, mais il se consola en songeant qu'il en allait ainsi avec tous les Humains, et notamment les femmes, à en croire les légendes de ce peuple.

Ariale ne se fit guère attendre : après avoir déplacé quelque meuble bloquant le passage, la jeune fille entrouvrit la porte de sa cellule en se frottant les yeux. Hogo alla à sa rencontre, comme il l'avait fait pour sa sœur, et fut heureux d'y trouver bien meilleur accueil. Ils échangèrent quelques civilités puis, comme tout était en ordre, le Lycante quitta enfin cette aile du dortoir pour rejoindre celle réservée aux hommes.

Les individus y étaient beaucoup plus nombreux, allant et venant dans toutes les directions, et Hogo eut un peu de peine à se faufiler jusqu'à la cellule de Zétide. Il fut surpris de n'y trouver aucune trace du sorcier, le lit n'étant même pas défait. Il allait prendre la direction de la bibliothèque, presque sûr d'y trouver son ami, quand il croisa ce dernier à la sortie des thermes où il s'était rafraîchi de sa longue nuit de travail. Ils se saluèrent avant que Hogo ne rende brièvement compte de la nuit tranquille des sœurs Garamont.

– Je crois avoir trouvé quelque chose, révéla ensuite le sorcier, le regard brillant. Quelque chose de complètement fou, mais qui nous permettra *peut-être* d'avoir des nouvelles d'Eras.

Hogo en eut aussitôt le cœur plus léger. Il avait passé la moitié de sa vie avec Zétide et savait le sorcier peu enclin à donner de faux espoirs. Si son ami hasardait avoir *peut-être* trouvé quelque chose, le Lycante en acquérait alors la pleine certitude.

Ils brisèrent là leur entretien et Hogo regagna sa cellule d'un pas dynamique pour préparer ses propres ablutions. Comme chaque fois qu'il était heureux, le Lycante voyait son poil frémir, la pointe de ses oreilles se dresser, ses sens se faire plus aiguisés encore. Il inspira profondément et éprouva son corps hybride, souple et fort à la fois, de la pointe de ses orteils jusqu'aux muscles de sa nuque. Soudain, il se sentait bien.

Avec Zétide pour le guider, Hogo se voyait aller au bout du monde, trouver l'Arcane, rétablir l'Équilibre et surtout guérir l'entropia qui décimait son peuple. Il n'était pas dupe pour autant de son enthousiasme ; il savait que ces choses-là ne se feraient pas en un jour, ni même en cinquante. Mais peut-être en cent… et la journée qui s'annonçait pouvait très bien être la première du décompte.

Évidemment, le Lycante ne pouvait pas prévoir la suite des événements. Autrement, il eut probablement grondé pendant des heures, les mains crispées sur son bâton.

* * *

Après l'office du matin, beaucoup plus calme que le précédent, Zétide réunit son petit groupe près du lavoir afin de lui faire part de ses découvertes. Quelques noirs regards furent échangés entre les adultes, mais chacun préféra oublier ses griefs plutôt que d'envenimer les choses. Tous poursuivaient le même objectif, et cette idée leur permit de tirer un trait sur les disputes de la soirée. Ariale en fut soulagée. Elle connaissait trop peu de gens pour les voir se bouder les uns les autres.

En premier lieu, Zétide demanda à revoir les perles trouvées la veille et les examina pendant un long moment. Il fit ensuite ôter leurs colliers aux sœurs Garamont et les étudia de semblable manière, en silence, pendant une minute qui parut interminable à ses compagnons.

– Je croyais que vous aviez quelque chose à nous dire ? plaisanta soudain Lucia, impatiente. C'était pas aujourd'hui ?

– Je voulais vérifier un dernier élément avant, s'expliqua Zétide. Ça ne m'a pas vraiment convaincu, mais on ne perd pas grand-chose à essayer…

Il raconta alors sa nuit dans la bibliothèque, et comment il avait trouvé un conte pour enfant semblant se rapporter au peuple Sylfe lui-même. Il eut vite fait de résumer le texte, en insistant sur les éléments qui avaient éveillé ses espoirs, tout fantaisistes qu'ils paraissent. Il conclut en détaillant le cheminement de pensée qui l'avait conduit au traité d'arboriculture.

Aucune interruption n'était venue perturber son exposé. Quand il l'eut achevé, en revanche, les réactions ne se firent pas attendre. Lucia, Ariale et Hogo avaient tous des questions à poser au sorcier. Celui-ci s'appliqua à y répondre, mais dut souvent se contenter d'écarter les bras en signe d'ignorance. Quand il fut clair que Zétide avait révélé tout son savoir, le calme revint dans le petit groupe et chacun put se forger une opinion.

– Ça me paraît vraiment trop tordu, avoua Lucia. Je n'imagine pas mon père agir comme dans cette fable.

– Peut-être s'agissait-il de votre mère, alors, suggéra le sorcier. Il a bien fallu qu'ils rencontrent les Sylfes. Pourquoi pas ainsi ?

– Je ne sais pas. Ça fait beaucoup de suppositions. Et je ne les imagine pas non plus garder ce secret pendant toutes ces années.

– Sans doute avaient-ils de bonnes raisons, intervint Hogo.

– Merci pour cette précision fort utile, messire le docte, railla la chasseresse. Ariale, tu en penses quoi, toi ?

La jeune fille tressaillit. Perdue dans ses pensées, elle songea que c'était bien la première fois qu'on lui demandait son avis. Elle prit donc la peine de bien formuler sa réponse, en espérant ne pas se faire traiter d'idiote l'instant d'après. Elle avait surtout été déçue d'apprendre que la rune de l'hadryen était restée indéchiffrable. Mais puisqu'une autre solution semblait s'offrir à eux, alors…

– Il faut essayer, de toute façon. Demain, on saura si ça a marché. Tout ce qu'on perd, c'est nos colliers, c'est pas grave.

Ils acquiescèrent, à son grand soulagement. Une fois cette décision prise, le programme de la journée fut vite arrêté, et Hogo et Lucia passèrent alors aux préparatifs. Il était convenu qu'ils partent ensemble en forêt s'acquitter de la mystérieuse tentative. Zétide était bloqué au monastère par sa promesse d'aider Geyor ; quant à Ariale, elle fut consignée à l'intérieur de l'enceinte, où le sorcier préférait la savoir en sécurité. Suivant ses bonnes résolutions, la jeune fille n'eut pas le cœur de protester.

C'est donc en couple que Lucia et Hogo franchirent le portail tout juste ouvert, après avoir récupéré leurs chevaux et leurs armes auprès de miliciens réticents. Ariale les regarda s'éloigner avec envie, en songeant qu'elle venait d'abandonner ce qui était, depuis trois ans, son bien le plus précieux : les perles héritées de sa mère.

Refoulant ses regrets, elle prit la direction de l'enclos aux sanguliers, où Tyâm lui avait donné rendez-vous. Elle se demanda ce qu'ils pourraient bien faire d'amusant pour occuper cette journée. Elle aurait donné beaucoup pour être déjà au lendemain matin.

* * *

Zétide attendit Geyor dans la bibliothèque, comme ils avaient convenu au déjeuner. Le sorcier était en train de remercier l'archiviste quand le jeune mage fit son entrée. Il arborait son plus beau sourire, visiblement réjoui par la collaboration qui s'annonçait.

Après quelques échanges de politesse, ils quittèrent les lieux pour ce que Geyor appelait sa « tournée ». Celle-ci démarrait au pied même de l'enceinte, où les attendaient le rougeaud Ombre-de-Pluie et quatre de ses hommes, tous porteurs de gourdins, plastrons et calottes. Le chef milicien était de mauvaise humeur, pour une raison inconnue, et n'eut pas un mot pour ceux qu'il était chargé d'escorter. À peine s'il lança un regard en biais à Zétide et Geyor avant de prendre la tête du cortège vers les baraquements extérieurs.

Le sorcier fut tout de suite frappé par l'ampleur de la foule des réfugiés, plus nombreux encore qu'ils n'étaient la veille. C'était au moins trois cents Eldes qui déambulaient aux abords de l'enceinte et de l'abri précaire, Humains en majorité, mais aussi Mousses, Cigons et une ou deux familles de Farfadets aussi bruyants que tous les autres réunis. À la vue des habits verts arcadiens, des exclamations montèrent de toute part, manifestant qui des appels à l'aide, qui des sifflets de mépris, qui un simple étonnement devant les cercles brodés. Des miliciens s'efforçaient de discipliner les plus passionnés à coup de paroles apaisantes ou, si nécessaire, de menaces de gourdin rarement mises à exécution.

D'autres moines circulaient entre les rangs des malheureux, échangeant quelques mots avec chacun, permettant à plusieurs de retourner dans la grange : c'était les malades, les blessés, les vieillards, les femmes enceintes et les jeunes enfants qui se voyaient octroyer ce privilège, celui de passer une journée de plus à l'abri d'un toit. Les autres, deux fois trop nombreux, n'étaient pas abandonnés pour autant… Les volontaires pouvaient participer à la construction d'une deuxième grange, en chantier un peu plus loin, avec l'assurance d'y gagner le repas plus copieux que les moines ne pouvaient offrir à tous. Toutes les aides étaient acceptées, même celle des garçonnets ou des jeunes filles, du moment que l'on faisait preuve de bonne volonté. Une centaine devaient ainsi partir œuvrer sous la direction des charpentiers en habit gris, le reste étant livré à lui-même.

Parmi ceux-ci, les voyageurs, qui ne cherchaient que la sécurité d'une nuit aux portes du monastère, quittaient les lieux les premiers. D'autres, s'étant imaginé un soutien beaucoup plus généreux de la part des colombins, ne tardaient pas à reprendre le chemin. Les derniers enfin, sans abri mais trop paresseux ou trop fiers pour travailler, allaient passer la journée adossés à la grange, dans la plus ennuyeuse oisiveté. Le lendemain, la faim les pousserait peut-être à joindre leurs efforts à ceux des moines. À moins qu'ils ne décident d'aller ailleurs quérir une autre assistance…

Geyor expliquait tout cela à Zétide, alors que les miliciens leur ouvraient les rangs jusqu'à la porte de la grange. Le jeune mage semblait vraiment désireux de se faire un ami du sorcier, et mettait beaucoup d'animation dans son récit afin de rendre sa conversation plus intéressante. Il s'évertuait pour rien : les pensées de Zétide étaient ailleurs, entre les racines d'un hadryen, exactement, et le sorcier se contentait donc d'acquiescer distraitement à chacune de ses phrases. En outre, il lui semblait avoir déjà visité vingt camps de réfugiés au moins. Tous étaient semblables… la détresse est universelle.

– Les moines ont déjà essayé de les faire travailler aux champs ou à l'atelier, poursuivait Geyor. Ils ont vite dû renoncer. Quand la nourriture n'était pas volée, c'était les outils. Ou même les ânes et les aurochs. Ces malheureux n'ont plus rien ; ils ne peuvent résister à la tentation. La meilleure façon de les occuper, c'est de leur faire construire des abris pour eux-mêmes.

Zétide acquiesça encore puis, par pure politesse, fit un effort pour entrer dans la conversation.

– Combien pouvez-vous en nourrir ?

– Deux cents, deux cent cinquante, pas beaucoup plus.

Les portions sont maigres, alors. L'hiver a été long, les moines ont peu de réserves.

– Les hivers sont de plus en plus longs, marmonna le sorcier. Fichue Malerune… même le temps est déréglé. Un jour, l'été ne reviendra pas, et l'Ældo se couvrira de glace.

– L'Arcane sera retrouvée avant, j'en suis sûr. Il nous reste quelques belles saisons, avant la fin du monde !

– Je l'espère…, soupira Zétide. Dans quelques mois, vos réfugiés seront probablement plus du double. Et l'an prochain, des milliers. Je ne donne pas cher du monastère, alors. Il faudra beaucoup de gourdins et d'arbalètes pour contenir une telle foule affamée…

Le chef milicien se tourna vivement vers lui, du feu dans les yeux. Sans doute se demandait-il si un reproche était caché dans cette réflexion. Son auteur lui-même n'aurait pu le renseigner. Ils achevèrent leur marche en silence, et Ombre-de-Pluie laissa les magiciens entrer seuls dans la grange, visiblement soulagé de leur fausser compagnie.

Des relents de sueur et d'urine frappèrent l'odorat de Zétide alors qu'ils pénétraient dans le vaste bâtiment. Quelques lampes à suif fournissaient un éclairage insuffisant à la salle encombrée. Des paquetages, des couchettes improvisées, des berceaux creusés d'une bûche s'étalaient sur la quasi-totalité de la surface, ramenés par ceux qui en avaient obtenu l'autorisation, ou laissés sur place par ceux qui n'avaient même plus la force de marcher. Quelques chiots et oiseaux de basse-cour se promenaient dans ce fourbi, sans que leurs propriétaires ne laissent s'éloigner longtemps ces rares marchandises de valeur.

D'autres miliciens s'occupaient de maintenir l'ordre intérieur, surtout pour éviter qu'une paire de gros-bras s'approprient de force ces places enviées par temps de pluie. Comme l'expliqua Geyor, ces moines étaient également chargés d'assurer sa protection.

– Nous ne pouvons malheureusement soigner tous les maux, ce que ces pauvres gens ont parfois du mal à comprendre. Il en est même pour m'accuser d'être responsable de leurs malheurs ! Je crois qu'ils oublient un peu facilement que le salut de l'Arcane ne peut venir *que* des magiciens, ajouta-t-il avec prétention.

Il guida Zétide jusqu'à une petite table isolée devant laquelle patientait une file d'une quinzaine de personnes qu'un moine s'occupait de faire rester en rang. Geyor contourna le meuble et en débarrassa le dessus – restes de nourriture, linge sale, détritus divers – d'un large geste du bras, avant d'inviter Zétide à prendre place sur le banc à ses côtés.

Le premier « malade » s'avança. C'était une vieille paysanne, courbée, édentée, qui s'inclina plusieurs fois devant les magiciens avant d'oser seulement leur parler. Elle raconta son aventure en roulant des yeux effrayés et en chuchotant, de manière qu'ils soient les seuls à l'entendre. Elle n'avait pas encore terminé que Zétide savait déjà à quoi s'en tenir.

La pauvre vieille possédait une maison, dans la province voisine, et menait une vie sans histoire jusqu'au jour où elle trouva une rune sanglante peinte sur sa porte. Elle revenait alors de la rivière et n'avait vu, ni entendu le responsable de ce forfait. Cela l'avait passablement terrifiée et, après plusieurs heures d'hésitations, elle n'avait pu trouver le courage de rentrer chez elle. Tout juste avait-elle osé plaquer une étoffe propre sur le bois souillé afin de garder une trace du symbole. Elle avait alors pris la route pour échouer la veille au monastère, espérant enfin trouver quelqu'un à même de lui préciser la malédiction dont elle était victime. Cela faisait vingt-quatre jours qu'elle n'était pas rentrée chez elle.

Geyor déplia le linge poisseux et contempla en silence la rune noirâtre qui s'y étalait. Des visages curieux se tendaient par-dessus les épaules de la paysanne.

– Qu'en pensez-vous ? demanda-t-il à Zétide.

– C'est une fausse, affirma le sorcier, d'un air désolé. Regardez ce délié : il ne veut rien dire. Et cette succession de hachures, c'est n'importe quoi, ça n'est même pas bien imité. On vous a joué un bien mauvais tour, ma Dame…

La pauvre vieille le regardait sans comprendre. Ses yeux

se troublèrent, causant un douloureux pincement au cœur du sorcier. À peine s'il l'entendit demander un faible « pourquoi », plaintif et pitoyable.

– Allez savoir…, soupira Zétide. Les gens ne respectent plus rien. Peut-être avez-vous un voisin un peu jaloux qui a voulu vous faire peur… Ou alors, il s'agissait d'une mauvaise farce de garnements… En tout cas, cette rune n'en est pas une, reprit-il plus joyeusement. Elle ne vous fera aucun mal. Vous ne risquez rien, ma Dame.

La vieille acquiesça tristement pendant que Geyor repliait l'étoffe. Il avait beau être blasé, Zétide ne pouvait pas la laisser repartir ainsi. Il sortit son calame de son écritoire et, de quelques gestes précis, dessina sur son carnet une rune de belle allure. Il détacha soigneusement la page et la tendit cérémonieusement à la paysanne avec un clin d'œil complice.

– C'est la plus puissante des runes porte-bonheur, lui glissa-t-il discrètement. Tant que vous la gardez sur vous, aucune malédiction ne peut vous atteindre. Mais elle est normalement réservée aux rois, alors, évitez d'en parler, ou j'aurai des ennuis…

La vieille ouvrit de grands yeux incrédules qui se plissèrent bientôt d'un air entendu. Comme Zétide l'avait mise en confiance et qu'il ne demandait pas d'argent, elle en conclut qu'il ne pouvait être un charlatan. Elle le remercia comme un seigneur de Creste et s'éloigna promptement, aussi radieuse que si elle avait été bénie par les Dieux eux-mêmes.

– Qu'est-ce que c'était que cette « rune des rois » ? s'inquiéta Geyor. Je n'en ai jamais entendu parler…

– Le contraire serait étonnant. J'aimerais qu'elle existe *vraiment*, soupira Zétide. Cela résoudrait bien des problèmes… Ce que j'ai donné à cette femme n'a pas plus de pouvoir que le banc où nous sommes assis.

Ils ne purent en discuter davantage, une deuxième personne s'avançant vers la table. Cette fois, il s'agissait d'un homme portant un tatouage runique sur l'épaule. Il l'avait fait faire bien avant la lecture de la Malerune, le symbole étant censé lui donner un bras plus fort. Il n'avait jamais eu à s'en plaindre, jusqu'à l'année dernière en tout cas, époque à laquelle il avait commencé à ressentir des signes de faiblesse dans tout son corps. Depuis, il avait de plus en plus de mal à utiliser ses muscles, ceux de son bras étant les seuls épargnés. Il projetait donc de se faire brûler la chair ou découper la peau, mais voulait d'abord s'assurer que cela enrayerait effectivement le mal.

Cette fois encore, Geyor demanda l'avis de Zétide avant même de formuler la moindre opinion. Le sorcier examina donc la rune coupable et reconnut qu'elle était chargée d'un pouvoir de type talismanique.

– En effet, la faire disparaître devrait neutraliser les effets pervers de la Malerune… mais ce n'est pas la peine de vous mutiler : demandez simplement à un tatoueur de tracer quelques lignes par-dessus celles-ci, ce sera suffisant. Demandez des angles bien cassés et vous ne risquerez rien.

L'homme le remercia et s'en fut, vivement soulagé. En se rasseyant, Zétide regretta une fois encore de ne pouvoir résoudre tous ses problèmes aussi simplement. Mais déjà, une autre victime s'avançait… pour quelques heures encore, le sorcier allait oublier l'immensité de la quête de l'Arcane pour s'immerger dans la détresse quotidienne de l'Ældo.

* * *

Les futaies défilaient de part et d'autre de La Rosée, comme aspirées par un monumental monstre glouton courant dans les sabots de la jument. Lucia se permettait rarement de telles pointes de vitesse, consciente du danger d'un galop en pleine forêt, mais elle n'avait pu résister à la tentation de faire manger de la poussière à Hogo-l'Ennuyeux. En outre, elle ressentait une furieuse envie de se défouler et un tel exercice était pour elle le meilleur des remèdes.

Les branches sifflaient à ses oreilles comme elle baissait

la tête pour les éviter. Les moineaux, crécelles et blanchets, s'enfuyaient en piaillant de protestation. Tout ce bruit était pourtant insuffisant à couvrir les halètements de la jument et les heurts des lourds sabots sur le tapis de brindilles. Lucia écoutait son concert préféré et se voyait plus libre que jamais. Un sourire flottait sur ses lèvres. Pendant quelques minutes, elle fut la reine du monde. Rien ne pouvait l'atteindre car elle allait trop vite pour cela.

Elle savait que La Rosée y trouvait autant de plaisir. Ces trois dernières années, Lucia avait probablement passé plus de temps avec sa jument qu'avec l'oncle Marten. Aux reproches du régisseur, elle rétorquait toujours que c'était une question de « conversation »... sous-entendu, qu'elle préférait encore discuter avec son cheval qu'avec le pauvre sire de Sig. Ce n'était même pas tout à fait faux !

La jument courait, sautait, se faufilait entre les buissons d'épineux, frôlait l'écorce des jansénites, arrachait les gros chatons des caressants. Alors qu'elle franchissait un ruisseau dans un vacarme d'éclaboussures, la chasseresse surprit une harde de rubinots détalant dans un ballet de petites queues blanches. Grisée, elle fut sur le point de se lancer à leur poursuite... mais l'élan de la Rosée l'avait déjà emmenée trop loin, et Lucia ne pouvait oublier le but véritable de cette sortie.

Elle ne ralentit même pas à l'approche de l'hadryen, préférant freiner sa jument sur les dix derniers mètres seulement. Elle bondit aussitôt de sa selle et gagna les racines de l'arbre, tout en évitant les alarmes encore intactes, puis écarta avidement les fougères masquant le bas du tronc.

La belle fête prit fin à cet instant. Seule la déception attendait la jeune femme. Si Lucia avait vaguement espéré trouver une nouvelle perle, elle n'y croyait guère, les chances étant minces pour que son père choisisse justement *cette nuit-là* pour leur adresser un signal. En revanche, elle escomptait beaucoup du cadeau laissé au Sylfe... mais la branche à l'ours sculpté était toujours à sa place entre les racines apparentes. Tout juste la statuette avait-elle basculé sur le côté, peut-être même à l'instant, bousculée par l'agitation dans les fougères.

Désappointée, la jeune femme restait les yeux rivés sur l'objet, quand un bruit de cavalcade annonça l'arrivée imminente de Hogo. Tirée de sa rêverie, elle récupéra sa sculpture, reforma le buisson de fougères et guetta l'arrivée du Lycante avec un sourire moqueur.

– Déjà ! railla-t-elle, quand il fut en vue. Je commençais à m'inquiéter ! Encore un peu, et je partais à ta recherche !

– Je ne trouve vraiment pas ça malin, commenta Hogo. Tu aurais pu te tuer.

– Dis plutôt que tu enrages d'avoir perdu la course, insista la belle, satisfaite. Les hommes ne veulent jamais reconnaître leur défaite. Surtout face à une femme ! C'est plus fort que vous, il faut toujours que vous trouviez des excuses.

– Je ne suis pas un *homme*, répliqua le Lycante en mettant pied à terre.

Lucia ne trouva pas de répartie à cette étrange remarque. Pour Hogo, de toute façon, la discussion était close. Il fit le tour de l'hadryen et revint auprès de la chasseresse, qui lui détailla alors son propre examen.

– Je crois qu'on n'a plus qu'à se mettre au travail, conclut le Lycante. À toi l'honneur…

Suivant les directives de Zétide, Lucia se pencha sur le sol qui entourait les racines et y creusa un trou d'une dizaine de centimètres à l'aide de son poignard. Elle examina la terre ainsi mise à jour pendant que Hogo agissait de même. Ils se séparèrent ensuite, errant aux alentours de l'arbre en quête d'un sol présentant le même aspect et situé dans une zone suffisamment dégagée. Ces endroits étaient finalement peu nombreux : le premier ne fut trouvé qu'au bout de quelques minutes, à une douzaine de mètres de l'hadryen. Lucia avait déjà souillé quatre fois son poignard dans des sols trop acides, trop humides, trop secs ou trop pauvres.

Elle appela son compagnon et ils passèrent à la deuxième partie du plan. Ils s'occupèrent tous deux de désherber une surface d'au moins un mètre de diamètre, puis creusèrent en son centre un trou profond d'une vingtaine de centimètres. Lucia se munit alors d'une des perles de sa mère et la contempla gravement, au creux de sa paume.

Ce n'était guère qu'un petit bout de bois vaguement poli, dont la forme tenait plus du haricot que de la sphère. Même sa couleur n'était pas uniforme : en son centre, le marron clair cédait la place à un vert pâle, comme si les fibres n'avaient pas encore tout à fait séché. Un trou le perçait en longueur. Enfin, le « E » initiale du chevalier marquait sa surface de quelques balafres usées, achevant de donner au bijou un aspect misérable.

– Ça ne marchera jamais, affirma Lucia en secouant la tête.

Elle jeta néanmoins la perle au fond du trou, qu'elle reboucha aussitôt en émiettant de grosses poignées de terre grasse. Hogo alla chercher l'une des outres d'eau qu'ils avaient emmenées et en vida la moitié sur le plant. Ils restèrent quelques instants à contempler la flaque boueuse sans savoir que penser de leur tentative.

– Mieux vaut ne pas traîner, décida Hogo. Nous avons encore une bonne vingtaine de ces perles à enterrer. Ça va nous prendre du temps.

Lucia lui emboîta le pas sans cesser de secouer la tête. Elle ne croyait pas un instant que leurs efforts serviraient à quelque chose. Elle se prit à regretter d'avoir accepté le sacrifice de son collier.

* * *

La majeure partie de la matinée, Ariale la passa à éplucher des légumes dans les cuisines du monastère, en compagnie du jeune Tyâm et d'une demi-douzaine de moines plus sympathiques les uns que les autres.

Le novice aurait normalement dû être exempté de corvées, chargé qu'il était de guider les invités du Prieur, mais le maître queux manquait de bras et n'avait pu résister à la tentation d'embaucher ces enfants qui flânaient à proximité de ses fourneaux. La jeune fille s'y était prêtée de bonne grâce et ne le regretta pas : ces deux heures ne furent qu'un long échange de plaisanteries, d'anecdotes et de bonnes histoires qui rendirent presque agréable la tâche monotone.

Ariale eut même la joie d'entendre un colombin évoquer quelques souvenirs de sa mère, du temps où celle-ci était novice en ces lieux. Elfine de Sig n'était restée que quelques années, entre sa huitième et sa douzième, mais avait laissé sa trace dans la mémoire des moines de l'époque. En raison, sans doute, de son alliance avec la famille Garamont… mais aussi grâce à son excellent caractère, qui avait su toucher le cœur des colombins comme celui du jeune Eras.

Ariale écouta donc, avec un vif intérêt, des bribes de l'enfance de sa mère, jalousant malgré elle ceux qui avaient eu la chance de la connaître. Quand le vieux moine cuisinier eut épuisé tous ses souvenirs, et comme le travail était terminé, Ariale demanda à Tyâm de lui présenter d'autres anciens. Ils coururent donc d'un bout à l'autre du monastère, allant au-devant des doyens occupés à quelque tâche manuelle, trop âgés qu'ils étaient pour aller aux champs…

À chacun, Ariale posait la même question : « Vous souvenez-vous de ma mère, Elfine de Garamont ? » Le plus souvent, les colombins avaient peu à lui apprendre, mais certains avaient l'un ou l'autre souvenir précis qu'ils lui confiaient de bon cœur. Ariale les remerciait chaleureusement et s'en allait voir une autre personne, étouffant sa timidité sous l'exaltation de la découverte. À la fin de son enquête, elle avait interrogé une quinzaine de moines et s'était fait une idée personnelle du séjour de la damoiselle de Sig au monastère.

Tous s'accordaient pour la décrire belle, prévenante et intelligente. Elle aurait probablement fait une moniale exemplaire, si l'amour n'avait croisé son chemin… mais aucun des colombins ne l'accusait d'avoir fait le mauvais choix, bien au contraire. Enfin, certains avaient affirmé trouver des faux airs de son visage dans celui d'Ariale, ce qui acheva de combler la jeune fille. Son père, l'oncle Marten, Isadorine et Jauel trouvaient tous plus de similitudes en Lucia... Même si Ariale était censée avoir hérité du *caractère* d'Elfine, elle appréciait également d'avoir un peu des traits de sa mère.

Bref, cette matinée annoncée ennuyeuse s'était révélée agréable et bien remplie. Mais les enfants étaient bien placés pour savoir que la soupe était loin d'être prête et que l'office du midi ne serait pas sonné de sitôt. Ils jetaient les épluchures aux poules cabrioles, se demandant ce qu'ils pourraient bien faire ensuite, quand Tyâm eut soudain l'idée qui provoqua tout le reste.

– Le Prieur ! lança-t-il joyeusement. On a oublié le Prieur ! Lui aussi a connu ta mère !

Ariale n'accueillit pas ce projet avec autant d'enthousiasme que le novice l'aurait cru. La jeune fille ne s'imaginait pas déranger le Verve respectable, probablement fort occupé, comme elle avait abordé les vieux moines œuvrant à l'atelier ou dans les autres bâtiments. Elle se laissa pourtant convaincre par l'assurance de son nouvel ami, après tout plus au fait des usages. Tyâm affirmait que le Prieur avait coutume d'ouvrir sa porte à n'importe qui venant lui demander conseil. À en croire le jeune garçon, il se réjouirait même de les recevoir.

Ils ne firent qu'un saut aux cuisines, le temps de rendre les paniers vides d'épluchures, puis coururent jusqu'aux appartements du Verve où ils reprirent leur respiration. Ariale n'osant encore frapper à la porte, Tyâm s'en chargea avec une confiance indestructible. Il fut pourtant étonné de n'obtenir aucune réponse et réitéra son geste, un peu plus fort, cette fois.

– Il n'est pas là, chuchota Ariale. Viens, c'est pas grave.

– Il doit être à la bibliothèque, en train de préparer l'Oscille de ce soir, supposa le novice. Allons voir !

Ils firent comme dit, toujours en courant, tellement c'était agréable de sentir l'air frais sur leur visage par cette journée ensoleillée. Ils entrèrent sans frapper, cette fois, et ressortirent bien vite : l'archiviste n'avait pas vu le Prieur de la matinée.

– Peut-être aux Jardins, suggéra Tyâm. Oui, comme il fait beau, il est sûrement parti travailler là-bas.

Ils s'y rendirent donc, avec un peu moins de joie, pourtant. Tous deux associaient facilement le jardin des méditations avec la fameuse crypte à l'accès interdit. Et encore, Ariale n'était pas au courant des multiples meurtres…

Ils pénétrèrent dans les bâtiments réservés au culte, suivirent la petite galerie longeant l'immense salle de l'Oscille et débouchèrent enfin dans le cloître, lieu privilégié entre tous. Dans la clarté de ce beau jour, les fontaines, gazon, parterres et oiseaux d'ornement semblaient encore plus fabuleux. Ils en oublièrent toutes leurs craintes et s'engagèrent vaillamment sur le chemin de promenade, en s'efforçant de ne pas transgresser la loi du silence alors effective.

Ils dépassèrent plusieurs bassins, franchirent le petit pont et s'attardèrent auprès d'un fraisier sauvage, dont ils goûtèrent les fruits avec des airs de conspirateurs. Ils perdirent ensuite plusieurs minutes à contourner un cygne-paon qui avait déployé toute sa corolle et refusait de leur céder le passage. Bientôt, ils furent parvenus au pigeonnier vide sans avoir trouvé le Prieur ou qui que ce soit d'autre. Par signes, Ariale fit comprendre à Tyâm qu'ils pouvaient rebrousser chemin, mais celui-ci voulait aller voir au bout. Ils poursuivirent donc encore un peu, ralentissant inconsciemment à l'approche de la crypte.

Leur cœur se serra quand ils aperçurent, au-dessus d'un massif de capitales, le toit noirci du petit bâtiment. Même le cerisier qui le surplombait prenait des airs de mauvais génie. Ariale savait bien que son imagination la trompait ; preuve en était qu'elle n'avait rien ressenti de tout cela la première fois. Mais c'était plus fort qu'elle… Il émanait de cette bâtisse, si laide en cet endroit si beau, quelque chose qui l'aurait fait s'enfuir si elle avait été seule.

Ils ralentirent encore.

La construction leur apparut bientôt dans son ensemble.

Ainsi que les personnages silencieux qui patientaient devant la porte.

Tyâm se cacha aussitôt derrière un buisson et tira Ariale vers lui, la jeune fille ne se faisant pas prier. Si elle avait eu un temps de retard, c'était uniquement parce qu'elle ignorait quelle conduite allait suivre le novice. Car elle aussi avait eu envie de rentrer sous terre à l'instant où ils avaient découvert la scène.

Huit silhouettes se découpaient sur les murs gris de l'entrée de la crypte. Plusieurs étaient facilement reconnaissables : celle du Prieur, petite et aux reflets oranges, par exemple. Ou encore, celle du chef milicien, épaulant son arbalète en direction de la porte. Tous les moines qui l'accompagnaient en faisaient autant, exceptés deux : ceux-là portaient un paquet assez lourd, enveloppé de linge blanc et à forme indubitablement humaine.

Ariale retint son souffle. Elle imagina, *espéra* qu'il ne s'agissait que du corps trouvé la veille, celui du dénommé Souffle-de-Roche. Elle comprit que les colombins projetaient de le descendre dans la salle mortuaire, comme ils faisaient probablement avec tous leurs trépassés. Plusieurs choses dans la « cérémonie », pourtant, étaient intrigantes. Pourquoi un comité si restreint, pratiquement constitué de seuls miliciens ? Pourquoi les arbalètes ? Pourquoi Tyâm réagissait-il comme quelqu'un pris en faute ?

L'expression du novice était loin de rassurer la jeune fille. Le garçon était partagé entre la fascination et l'inquiétude. Ariale devina qu'il hésitait entre partir et attendre la suite des événements, tout comme elle.

Les événements devaient choisir pour eux.

La porte de la crypte fut poussée en arrière, dans un terrible grincement, et la silhouette qui était accroupie devant se recula pour laisser un angle de tir aux arbalètes. Elle se redressa enfin en faisant tinter ses clés, et Ariale tressaillit en reconnaissant Taste-Nuage, le Guimne aux yeux exorbités, à la peau trop pâle et aux membres longs comme ceux des araignées. Il fut le seul à tourner le dos au bâtiment et un instant, Ariale crut qu'il pouvait les voir à travers le buisson de synoises. Il se détourna pourtant et contempla l'ouverture sombre de la crypte, comme faisaient les autres.

Après quelques minutes d'attente, Ombre-de-Pluie alluma une lanterne et s'aventura dans les ténèbres, sans pour autant lâcher son arme. Trois de ses hommes lui emboîtèrent le pas, arbalètes en mains. Ariale put les voir s'enfoncer dans un escalier qu'elle imagina raide, tellement les hommes se tenaient droit en l'empruntant. La dernière tête disparut à leur vue, et puis ce fut le tour des lueurs de la lampe.

Les deux miliciens restants assurèrent leur prise sur leur macabre chargement et s'apprêtèrent à descendre à leur tour. Le Prieur assistait à ces préparatifs le front bas et les mains jointes ; quant au Guimne, il restait simplement les bras ballants, ses clés oscillant doucement au bout de ses doigts, sans laisser paraître d'émotion. Côte à côte, ces deux non-Humains offraient un contraste saisissant : l'un, petit être orange à la peau fripée, l'autre, grand échalas au teint maladif. Ariale se demanda si l'un ne pouvait pas être un Maûne. Elle avait une opinion toute personnelle sur la question.

L'un des miliciens remonta de la crypte et glissa quelques mots au Verve. Ariale était trop loin pour l'entendre, mais la réaction attristée du Prieur, qui inclina un peu plus le front vers le sol, trahissait à coup sûr une mauvaise nouvelle. Le corps prit tout de même la direction du niveau inférieur, et il se passa un long, très long moment avant que les moines ne refassent surface. Ils finirent pourtant par tous ressortir, d'un pas lourd et en se protégeant les yeux du soleil.

Le Guimne referma la porte en la tirant d'un coup sec et fit tinter ses clés contre les ferrures. Ariale comprit que les moines allaient bientôt repasser devant eux et fit signe à Tyâm de contourner le buisson, afin de rester hors de vue du chemin. Le novice s'exécuta avec une telle lenteur qu'ils faillirent bien être pris. Les silhouettes grises approchaient à moins de trois mètres qu'Ariale tournait seulement le coin du massif. Le cœur battant d'angoisse, elle entendit une bribe de discussion entre le Prieur et son chef de la milice.

– … ne pouvons persister à nous taire, Ombre-de-Pluie. Nos mensonges font plus de mal que de bien… Voyez ce pauvre hère dont vous avez trouvé le corps : c'est le *dixième*, mon ami. Le dixième !

– Nous l'avions prévenu que la crypte était dangereuse, votre Sagesse. Lui, comme tous les autres moines.

– Mais les hommes ne sont pas dupes de ces prétendus risques d'éboulement, nous devons bien l'admettre… Ils parlent, mon ami. Ils devinent, répandent des rumeurs, pas souvent exactes, mais qui éveillent la curiosité. Et la curiosité les *tue*. Aussi sûrement que si nous les poussions nous-mêmes dans la crypte…

– Je ne crois pas que dire la vérité améliorerait les choses, votre Sagesse. Au contraire, peut-être…

Le reste de la phrase fut inaudible, le groupe s'étant trop éloigné. Inconsciemment, Ariale se redressa à demi pour essayer d'en entendre davantage.

C'est alors que le Guimne terrifiant se retourna.

Ariale se replongea dans l'ombre du buisson, pétrifiée d'avoir croisé le regard inexpressif. Cette fois il l'avait vue, c'était sûr. Il n'avait pas pu la louper. Elle se demanda s'il était en train de la dénoncer mais ne trouva pas le courage de se relever pour vérifier. Elle communiqua sa peur à Tyâm sans même dire un mot, et ils restèrent ainsi un long moment sans oser bouger.

Personne ne vint les tirer de leur cachette. L'espoir que le Guimne n'avait rien dit, ou ne l'avait finalement pas vue, commença à s'insinuer en eux. Bientôt ils se décidèrent à rejoindre le chemin de promenade qu'ils remontèrent de toute la force de leurs petites jambes. Ils franchirent la galerie, quittèrent les lieux du culte, puis galopèrent jusqu'au vivier à poissons qu'ils atteignirent à l'instant où la cloche sonnait enfin l'office du midi.

Ariale ne se sentait plus *du tout* en sécurité dans le monastère. Elle fut fortement tentée de courir à Zétide, de tout lui raconter, bref de manquer à sa promesse. Mais le regard implorant de Tyâm, qui devinait ses pensées, l'en dissuada. Si elle révélait ce qu'elle avait appris, *elle* ne serait pas grondée : Tyâm, si. On accuserait le novice d'avoir trahi le secret des moines, d'avoir manqué à ses devoirs, dont il se faisait une très haute idée.

Ils ne gagnèrent pas tout de suite le réfectoire. Après ce qu'ils venaient de partager, Tyâm n'avait guère de raisons de cacher le reste à son amie. Il ne savait pas grand-chose d'autre, de toute manière : on racontait seulement qu'une *rune* était apparue dans le sol de la crypte, et que depuis ce jour, les morts se levaient pour dévorer le cœur des moines qui s'aventuraient en bas.

Alors que le soleil était à son apogée, Ariale eut soudain très froid. La magie la poursuivait, songea-t-elle. Les runes, les *mauvaises* runes, allaient gâcher toute son existence. Et celle-ci pouvait s'avérer bien courte, si elle, Lucia et les autres ne quittaient pas les lieux au plus vite.

* * *

Le cas de la dernière personne était assez simple, et Zétide en fut profondément soulagé. Tant de gens avaient défilé devant Geyor et lui que le sorcier pensait ne jamais en voir la fin. Sa gorge était sèche d'avoir trop parlé, et son crâne lui faisait mal d'avoir réfléchi à tant de problèmes différents.

Il s'agissait cette fois d'un jeune soldat ayant hérité d'un exemplaire des *Études prosodiques*, dont il voulait absolument se débarrasser, de crainte que les pages couvertes de runes ne recèlent quelque malédiction. La même superstition l'empêchait de détruire le livre ou de l'abandonner n'importe où. Le seul désir du jeune homme était de confier l'ouvrage à un homme de l'art, et c'est bien volontiers que Zétide accepta le présent, heureux de s'en tirer à si bon compte avec sa dernière consultation.

Toutes n'avaient pas été aussi heureuses. Un Cigon au long nez s'était présenté, atteint du mal d'entropia qui vidait la mémoire des natifs de son peuple. Le pauvre Elde ne connaissait plus ni son nom, ni l'endroit d'où il venait, ni même depuis combien de temps il errait sur les routes, perdu et impuissant. Ses souvenirs les plus anciens remontaient à la veille. Zétide avait regretté ne pouvoir lui offrir autre chose que l'espoir, et le Cigon l'avait remercié tristement, prenant bien soin de transcrire leur entretien pour en conserver une trace même quand il aurait oublié.

Une autre terrible scène avait été celle de la jeune mère présentant aux magiciens un bébé difforme, monstrueux et gémissant, qu'elle leur demandait de sacrifier selon des rituels de son invention. Zétide ne fut pas long à déceler la folie de la jeune femme et prit sur lui de la séparer de l'enfant. Il confia ce dernier à une moniale compatissante pendant que la démente, hurlant et gesticulant, se faisait sortir par une paire de miliciens embarrassés. Personne ne sortit grandi de cet épisode, mais le sorcier ne pouvait rien faire d'autre. Peut-être le fait de rétablir l'Équilibre rendrait sa raison à la jeune mère, qui reviendrait alors s'occuper de son fils…

Moins tragique, mais tout aussi regrettable, fut la rencontre avec la délégation de Farfadets. Ceux-ci avaient vu leurs bois envahis par une espèce de saurial des plus coriaces, *l'aspic*, et cherchaient tous conseils utiles pour s'en débarrasser. À regret, Zétide ne put que leur recommander de s'établir ailleurs, ce que les bruyants lutins refusaient catégoriquement. Ils s'étaient éloignés avec des exclamations indignées et le sorcier s'était vu assailli par des images terribles, celles de petits corps se débattant dans la gueule de grands serpents blancs.

Ces « échecs » le hantaient encore alors que Geyor et lui quittaient la grange des réfugiés, toujours escortés par une poignée de miliciens. Au cours de cette matinée éprouvante, Zétide avait rendu service à une bonne quinzaine de personnes, mais son perfectionnisme ne retenait que celles qu'il n'avait pu aider.

Le sorcier était d'autant plus sensible aux malheurs de ces gens qu'il avait pratiquement dirigé tous les entretiens.

Les premières minutes passées, Geyor n'avait pas tardé à lui laisser l'entière direction des opérations, avouant « préférer s'effacer devant l'expérience. » De fait, le jeune mage s'était cantonné dans un rôle d'observateur passif dont il n'était sorti qu'une fois le dernier cas réglé.

– Vous en voyez autant tous les jours ? soupira Zétide, alors qu'ils prenaient la direction du portail.

– Souvent moins, reconnut Geyor. Mais de temps à autre, leur nombre peut monter jusqu'à trente. Vous verrez, rien que cet après-midi, il s'en présentera dix à l'enceinte du monastère.

Le sorcier acquiesça sans répondre. Ces chiffres ne l'étonnaient guère : il se passait la même chose dans toutes les régions de l'Ældo. L'Arcadie elle-même avait son lot quotidien de victimes frappant aux portes des colombins et des magiciens encore en vie. Si sa forteresse n'était restée secrète, Zétide aurait probablement vu des centaines de malheureux la prendre d'assaut *chaque jour*.

– Votre aide a été plus que précieuse, reprit Geyor. J'ai beaucoup appris en vous observant. Pour être franc, vous avez réalisé bien plus de miracles que je ne l'aurais pu…

– La tâche est trop grande pour un homme seul, répondit poliment le sorcier. Vous auriez besoin d'un confrère battant la campagne pour se charger des gens de la région. Cela soulagerait également le travail des moines.

– Exactement, s'exclama Geyor. Croyez-vous que la Cabale pourrait nous envoyer un tel homme ?

Zétide s'arrêta aussitôt pour étudier le visage du jeune mage. Il ne parvint à y déceler le moindre signe de ruse, quelque chose indiquant s'il *savait* ou non.

– Peut-être, avança-t-il prudemment. Il faudrait leur en faire la demande. Mais la Cabale est méfiante et se tient secrète. Il ne sera pas facile de la contacter.

– J'avais espéré que vous connaissiez un de ses membres, soupira Geyor. Elle est plus répandue en Arcadie, et nous en sommes bien loin.

– Vous pouvez toujours envoyer un message… Je crois

savoir que la Cabale a justement fait porter quelques pigeons en chaque monastère ?

– En effet, bondit Geyor. Malheureusement, tous ont été retrouvés morts dans leur cage, le cœur arrach…

À cet instant, l'un des miliciens trébucha et se cogna dans le mage, qui faillit tomber à son tour. Quand ils furent rétablis, Geyor choisit le retour de l'été comme nouveau sujet de conversation.

Zétide se garda de revenir sur le précédent. Ce qui venait de se passer l'avait convaincu de plusieurs choses. Le jeune mage avait reçu consigne de se taire, tout comme les miliciens et peut-être même, tous les moines du prieuré. Geyor essayait pourtant de lui mettre la puce à l'oreille, car il avait volontairement commis cette indiscrétion, à n'en pas douter.

Alors que sonnait l'office du midi, le sorcier se perdit en conjectures sur ces nouveaux mystères. Le pire était cette histoire de cœurs arrachés, *véritablement* préoccupante. Passe encore qu'un cadavre soit mutilé en pleine forêt… mais retrouver ce « rituel » sur des créatures aussi anodines que des pigeons, au beau milieu du monastère, trahissait à coup sûr la présence d'un esprit dérangé dans la région. Un Maûne, ou même plusieurs, comme ç'avait été le cas pour les Harpies.

Il est dommage que l'esprit fatigué de Zétide l'empêchât d'aller plus loin dans ses réflexions. S'il avait eu certaines illuminations plus vite, il aurait probablement pu éviter à ces événements leur suite dramatique.

* * *

Hogo s'était adossé à un frêne pour manger les œufs, le pain noir et les galettes au lard qu'ils avaient emportés. Cela faisait presque trois heures que Lucia et lui battaient la forêt pour trouver des emplacements convenant à leur projet, et cette pause était la bienvenue pour tous les deux. Ils avaient travaillé avec tant d'application, chacun penché vers le sol, retournant la terre du plat du poignard pour en examiner couleur et humidité, qu'ils s'étaient à peine adressé la parole. Quand le Lycante avait suggéré de s'arrêter pour manger, la chasseresse avait approuvé sans réserve.

Elle s'était assise en tailleur sur une banne tirée de ses sacs, et dévorait leurs provisions avec un bel appétit. Vu l'état de la couverture, Hogo constata que Lucia passait probablement autant de temps en vadrouille qu'elle le prétendait. Il en fut un peu jaloux. Lui-même n'avait guère l'occasion de prendre l'air, depuis quelques années. Zétide – ou plutôt Hypolus, comme on l'appelait là-bas – ne quittait que rarement sa forteresse secrète, et le Lycante n'aurait abandonné le sorcier pour rien au monde. Il avait fallu la lettre d'Ariale et l'espoir de retrouver le chevalier Eras pour les tirer de leur retraite.

Lucia contemplait les perles qui leur restaient en mastiquant de bon cœur. Des vingt-neuf qu'ils avaient au départ, ils en avaient enterré seize, et devraient donc consacrer une bonne partie de l'après-midi à achever le travail. Elle reposa les petits bouts de bois dans leur bourse de cuir, déglutit bruyamment, puis posa à Hogo la question qu'il s'efforçait lui-même d'ignorer.

– Qu'est-ce qu'on va faire, si ça ne marche pas ?

– Ça marchera, assura-t-il aussitôt. Zétide ne se trompe jamais. J'ai confiance en lui.

– Lui n'avait pas l'air aussi optimiste, objecta Lucia. Tout cela ressemble beaucoup à une solution désespérée. Mortelune, il a beau être sorcier, il y a des choses impossibles !

Le Lycante ne répondit pas. Il n'avait d'autre argument que celui de sa confiance absolue en Zétide, et ne voyait pas comment la faire partager à la chasseresse.

– Alors ? reprit celle-ci. Qu'est-ce qu'on fera, après ? Je veux dire : que ça marche ou pas ?

– Zétide voudra probablement rentrer en Arcadie, avança Hogo, prudemment.

– Tu crois qu'il nous emmènera ?

La question était directe, et surprit le Lycante. Il réfléchit un moment à la meilleure réponse à donner, mais n'était guère doué pour la diplomatie, pas plus que pour le mensonge.

– Je ne pense pas, avoua-t-il enfin. Il vous ramènera sûrement au château, demain ou après-demain.

Évidemment, la vérité ne plut pas à la chasseresse. La déception passa sur son visage, puis ce fut le tour de la colère.

– Je ne peux pas croire que vous allez vous débarrasser de nous, accusa-t-elle en secouant la tête. Mortelune, c'est aussi *mon père*, après tout !

– Zétide vous fera donner des nouvelles...

– C'est ça ! Des messagers, une fois par an, pour s'entendre dire que les recherches progressent doucement... Plutôt partir toute seule, que de passer trois nouvelles années à attendre un miracle !

Hogo était désemparé. Il lui semblait deviner quelque chose comme un sanglot dans la voix de Lucia. Ce n'était pas la première fois. Dès que l'on abordait le sujet de sa famille, la chasseresse perdait son arrogance pour révéler une sensibilité à fleur de peau. Ils en avaient encore été témoins la veille au soir, pendant sa dispute avec le chef milicien.

En la voyant ainsi, assise par terre, le front bas et les membres lourds, le Lycante eut une étrange impulsion. Une volonté toute neuve et inattendue. Celle d'effacer les peines de la jeune femme. De la protéger. Jusqu'alors, le seul Humain pour qui il avait ressenti cela était Zétide.

– J'essaierai de le convaincre, annonça-t-il soudain. Ce ne sera pas facile, mais j'essaierai.

Les yeux de Lucia s'arrondirent alors qu'elle le dévisageait avec incrédulité. Bientôt, un sourire effronté revint flotter sur ses lèvres boudeuses. Hogo se sentit alors beaucoup mieux, sans comprendre pourquoi. C'était décidément une bien belle journée.

* * *

Dès la fin de l'office, Geyor, Ombre-de-Pluie et le Prieur se retirèrent discrètement dans les appartements du Verve, laissant la consigne de ne pas les déranger. Zétide n'avait pu glisser le moindre mot de ses craintes au jeune mage, pas plus qu'à Lucia et Hogo, qui n'étaient pas rentrés. Si le sorcier avait partagé les secrets d'Ariale, il n'aurait pas tant regretté de manquer cette réunion au sommet...

Bien que courte, celle-ci fut des plus mouvementées. Le chef milicien n'attendit même pas que le Prieur soit assis pour laisser libre cours à sa colère envers Geyor.

– Vous avez parlé, c'était plus fort que vous ! lànça-t-il, plus rougeaud que jamais. Et ne me dites pas que ça vous a échappé ! J'ai eu un récit très détaillé de vos exploits !

– Nous avons besoin d'aide, avoua le jeune mage, en détachant chaque syllabe. Il nous *faut* savoir ce qu'il en est de cette rune. C'est l'occasion ou jamais.

– Vous ne respectez même pas les décisions de sa Sagesse ! Ce n'est pas à vous de décider de ce qui est bien ou pas ! Vous, qui n'êtes même pas moine !

– Paix, Ombre-de-Pluie, tempéra le Prieur.

– Zétide a prévu de partir *demain matin*, enchaîna Geyor. Vous l'avez entendu vous-même, il l'a annoncé pendant le repas. Je crois que nous ne devons plus attendre et lui demander de déchiffrer la rune. Je regrette de n'avoir réussi moi-même, mais nous n'aurons pas d'autre chance avant longtemps.

– Plus personne ne descendra là-bas, *jamais*, clama le milicien très agité. *Nous* avons pris cette décision et elle est irrévocable. Laissons cette rune et ce... monstre retourner dans leur sommeil.

– Mais il se fiche de vos serrures, rappelez-vous ! Il a tué Souffle-de-Roche en pleine forêt. Il n'hésitera pas à recommencer, peut-être même jusque dans nos cellules !

– Il ne fera plus rien si nous le laissons en paix, affirma le moine rougeaud, en frappant du poing sur un meuble. C'est parce qu'il allait chercher l'aide de la Cabale que Souffle-de-Roche a été tué. Cessons de crier au loup, et il partira de lui-même !

– Incroyable ! s'exclama le mage. Voilà que vous devenez superstitieux, en plus d'être borné !

– Allons, allons, modéra le Verve. La colère ne nous aidera pas, et elle nuit à l'Équilibre. Essayons d'être plus constructif…

Les antagonistes se figèrent à ce rappel, puis s'efforcèrent de reprendre leurs esprits, par respect pour le Prieur.

– Votre Sagesse…, insista Geyor. Ce Zétide est un homme d'expérience, et réellement compétent, je peux en témoigner. Je suis *certain* qu'il pourrait nous aider. Peut-être suffirait-il d'une simple passe de sa main pour mettre un terme à cette malédiction… Ne serait-il pas dommage de laisser passer cette chance ?

De lourds bourrelets de peau s'amassèrent sur le front du petit être orange, comme le Verve se voyait tiraillé par sa conscience. Depuis le début, ces problèmes le laissaient paralysé… Sa responsabilité lui était insupportable, dans cette affaire où des vies étaient en jeu. Il en était au point de laisser les autres prendre les décisions à sa place.

– Je voudrais croire encore aux miracles, confessa-t-il tristement. Mais il y a déjà eu trop de morts… Ombre-de-Pluie m'a convaincu de condamner définitivement l'accès à la crypte, et c'est ce que nous ferons. Je crains trop maintenant qu'en titillant cette rune, nous fassions se réveiller des choses pires encore…

Geyor se redressa lentement, une grande déception peinte sur son visage. Ses yeux exprimaient pourtant un tout autre sentiment que le milicien crut pouvoir interpréter.

– Si vous projetez de manquer encore aux consignes, vous pouvez faire tout de suite votre baluchon ! prévint-il sévèrement. D'ici le départ de ce sorcier, je vous conseille vivement de vous faire discret.

– Allons, mon ami, soupira le Verve. Ces menaces sont inutiles… Geyor est un jeune homme intelligent, et il saura respecter nos règles, comme il l'a toujours fait. Ne prenez pas ombrage de ces désaccords, jeune mage… Il me déplairait de vous voir quitter notre communauté.

L'intéressé réfléchit un instant avant de répondre. À bout d'arguments, il se voyait forcé de céder.

– J'en serais également fort contrit, votre Sagesse, aussi cela n'adviendra-t-il pas. En vérité, même si je regrette votre décision, il ne me servirait à rien de m'y dérober, puisque vous refuseriez de toute façon d'ouvrir la crypte à Zétide. Je ne gagnerais rien à m'obstiner… et puis donc vous assurer de ma coopération.

Il sortit sur cette réplique, dans un grand bruit d'étoffe drapée, après avoir salué les moines d'un signe de tête.

Ombre-de-Pluie se félicita de cette victoire, et le Prieur et lui passèrent alors en revue le détail des travaux à venir. Ceux-ci devaient être exécutés aussi efficacement que discrètement. Il convenait de faire disparaître au plus vite le monstre et la rune sous quelques tonnes de terre et de roches.

Le milicien se porta volontaire pour diriger l'opération et le Verve accepta à regret. Le petit être orange était tout à fait conscient de se faire voler son pouvoir, mais en même temps soulagé de trouver quelqu'un pour prendre en main ces choses qui le dépassaient.

Pourtant… Pourtant, la brutalité mal contenue d'Ombre-de-Pluie l'effrayait un peu, parfois.

* * *

Étrangement, Zétide n'eut pas trop de peine à convaincre Ariale de rester dans les zones fréquentées du monastère, les environs de l'atelier, par exemple. Le sorcier redoutant maintenant la présence d'un Maûne dangereux dans les alentours, peut-être même entre ces murs, il préférait savoir la jeune fille constamment entourée. Il fut soulagé de la trouver raisonnable et obéissante : Ariale promit de passer l'après-midi à lire à côté du moulin, d'où elle guetterait le retour de Lucia et Hogo. Zétide n'avait même pas eu besoin d'inventer un mensonge pour justifier sa demande. Il imagina simplement que la jeune fille voulait se reposer d'une matinée éprouvante… sans savoir à quel point il avait raison.

Il accompagna lui-même Ariale jusqu'à sa cellule dans le dortoir des femmes, où la jeune fille se saisit d'un vieil exemplaire de *l'Enareín*. Il fut un peu surpris de la voir s'intéresser à un texte aussi complexe, mais cela ne dura qu'un temps. Il avait déjà eu l'occasion de constater l'intelligence de sa pupille, après tout, et peu lui importait la manière dont elle occupait son temps tant qu'il savait où la trouver.

Il l'abandonna sur le petit banc près du moulin et s'occupa enfin de l'affaire qui le préoccupait. Son premier souci était de retrouver Geyor: une bonne demi-heure s'était écoulée depuis la fin de l'office, et le mage était vraisemblablement sorti de son entretien avec les responsables du monastère. Le sorcier tenait absolument à ce qu'ils aient un entretien en tête-à-tête, afin que son jeune confrère s'explique sur les doutes qu'il avait laissé planer. Zétide manquait encore d'informations; bien que l'affaire ne semblât pas le concerner, il lui en fallait connaître le fin mot. Cette curiosité, cette méfiance étaient dans sa nature, et il leur devait probablement d'être encore en vie au terme de toutes ces années périlleuses.

Le sorcier se rendit d'abord à la bibliothèque, où Geyor pouvait avoir décidé de l'attendre s'il était disposé à parler. Ces lieux se révélant vides, il s'en fut au dortoir, mais sans meilleur résultat. L'idée lui vint alors que la réunion n'était peut-être pas terminée, et il se rendit jusqu'aux appartements du Prieur dont la porte était close.

Il patienta à proximité pendant quelques minutes, hésitant sur la conduite à tenir. Si Geyor était toujours à l'intérieur, son entretien se révélait plus long que prévu, et Zétide ne s'imaginait pas s'adosser contre un mur et attendre pendant des heures. En revanche, si le mage était déjà sorti, il pouvait être n'importe où dans le monastère et même hors de l'enceinte. Le sorcier ne se voyait pas non plus perdre son temps à le chercher dans cette véritable petite ville, d'autant que le caractère confidentiel de leur rencontre l'obligeait à être discret.

Il résolut finalement d'attendre Geyor dans la bibliothèque, en espérant que le mage viendrait bien l'y rencontrer. Ce choix le satisfaisait d'autant qu'il avait prévu de consulter quelques cartes locales en vue du voyage de retour en Arcadie.

Il prenait donc le chemin des archives quand s'ouvrit la porte des appartements du Prieur. Zétide en vit sortir le chef milicien et le Verve lui-même, au cœur d'une discussion gravissime, à en juger par leurs expressions. Ils s'interrompirent dès qu'ils aperçurent le sorcier, le moine rougeaud prenant même aussitôt une direction opposée.

Zétide rejoignit le Prieur en quelques pas tranquilles, alors que celui-ci feignait de ne pas l'avoir vu. Le sorcier fut d'autant plus intrigué de voir cet être réputé pour son intelligence agir de manière aussi infantile. Plus que jamais, Zétide fut désireux d'aller au cœur du mystère.

– Je voulais vous remercier encore, pour nous avoir accueillis, entama le sorcier. Votre bibliothèque a été des plus utiles dans mes recherches.

– Vous ne m'êtes pas redevable, bredouilla le Verve. Vous nous avez également rendu un grand service, en consacrant un peu de votre temps à nos réfugiés. Ainsi est l'Équilibre…

– J'aurais toutefois une autre requête à vous présenter, votre Sagesse. Il se trouve que j'entretiens de temps à autre quelque rapport avec la Cabale, et j'ai justement un message qui leur est destiné. J'ai cru comprendre que vous aviez des pigeons ?…

– Ils ont tous succombé à une maladie foudroyante, mentit le Prieur, en se tirant nerveusement des bourrelets de peau orange. Malheureusement. Je regrette de ne pouvoir vous aider…

– Quel dommage. Cela doit bien arranger les Maûnes de la région, qui se voient maintenant ignorés du reste du monde.

Si ce n'était la gravité de la situation, Zétide se serait presque amusé de l'embarras de son interlocuteur. Les

Verves étaient peut-être doués pour la philosophie, mais certainement pas pour le mensonge…

– Certes, certes, acquiesça le petit moine. Heureusement, les Maûnes sont encore fort peu nombreux, par ici.

– Il en est pourtant de très dangereux. Ne serait-ce que celui qui a tué votre compagnon, pardonnez-moi, avec une rare sauvagerie. J'ai quelque expérience de ces monstres ; celui-là est trop terrible pour qu'on le laisse en liberté. Mon ami Hogo et moi-même en avons combattu plusieurs ; je serais heureux d'en ajouter un à mon tableau de chasse…

– Mais ces créatures sont trop vives pour être piégées, s'emballa le Verve. Elles viennent, commettent leurs forfaits et repartent dans le Maûne aussitôt le soleil levé. Ceux qui les traquent, comme vous, ne font certainement qu'empirer les choses : ces monstres deviennent alors comme des ours blessés, qui traînent leur mauvaise humeur et tuent plus qu'ils ne peuvent manger. Les Eldes et les Maûnes ne sont pas faits pour se rencontrer, mon ami… Le mieux est que chacun s'efforce d'ignorer l'autre, et les choses iront pour le mieux. Ainsi est l'Équilibre.

– Ainsi est l'Équilibre, répéta Zétide.

Il n'avait pas achevé sa phrase que le Prieur avait déjà tourné le dos pour s'éloigner. D'évidence, cette conversation lui avait été des plus pénibles. Le sorcier en sortait déçu : il était toujours convaincu que les moines gardaient le secret sur une bien sombre affaire, mais il ne pouvait pas les obliger à accepter son aide. À travers ses allusions, il avait donné suffisamment d'occasions au Verve de tout lui révéler. S'il préférait se taire, Zétide n'y pouvait plus grand-chose. Il ne pouvait prendre le risque de révéler sa véritable identité pour résoudre le cas d'un *seul* meurtre, alors que l'Ældo tout entier était en jeu.

Par acquit de conscience, il partit tout de même en quête de Geyor, et finit par apprendre auprès d'Ariale que le mage avait quitté l'enceinte pour une petite promenade. Cela acheva de convaincre le sorcier de ne pas s'en mêler davantage, et il passa le reste de l'après-midi dans la bibliothèque à consulter des cartes.

Pendant ce temps, la créature affinait ses plans.

* * *

Ariale découvrit d'étranges choses dans le livre de *l'Enareín*. Certaines dont elle avait déjà vaguement conscience, pour les avoir entendues à diverses occasions, et d'autres qu'elle n'imaginait absolument pas, même si le ton religieux de leur approche faisait douter de leur véracité.

Elle n'avait repris l'ouvrage que pour s'occuper l'esprit, pour éviter de penser à son aventure du matin, dont le souvenir l'effrayait encore. D'abord, la lugubre cérémonie… ensuite, les révélations terrifiantes de Tyâm… mais surtout, le fait d'avoir été surprise par le Guimne aux membres d'araignée, dont elle sentait encore le regard vide sur son visage. Toute la journée, elle avait craint qu'il ne la dénonce aux moines ou à Zétide, et s'était préparée à entendre un sermon impitoyable. Mais les heures étaient passées sans que rien de tel n'arrive, et Ariale s'était calmée peu à peu, glissant dans la sérénité de la lecture avec un intérêt grandissant.

Beaucoup de choses dans le texte lui échappaient, elle devait l'admettre. *L'Enareín* n'était qu'une compilation d'écrits religieux parmi les plus célèbres, et si certains étaient destinés à l'éducation des enfants, la plupart servaient de base aux débats des salles de l'Oscille et étaient donc fort complexes. Ariale retint néanmoins une des grandes idées exposées : celle concernant la similarité de l'Ældo et du Maûne.

Le livre avançait que les Dieux avaient créé les deux parties du monde de manière parfaitement identique. Par exemple, chaque montagne de l'Ældo trouvait sa correspondante dans le Maûne, de mêmes hauteur et aspect, jusqu'au moindre caillou prêt à dévaler sur ses pentes. L'imposition des deux runes suprêmes avait amorcé les premiers changements : la nature chaotique de la Malerune avait causé plusieurs cataclysmes dans le Maûne, alors que la Belle Arcane avait tempéré le cours des fleuves, la violence du vent et les humeurs de la terre de l'Ældo.

Quand les créatures avaient commencé à se répandre des deux côtés du monde, ces changements s'étaient poursuivis, de manière moins spectaculaire mais tout aussi irrémédiable. Les êtres vivants plantaient, défrichaient, incendiaient, détournaient le cours des rivières, asséchaient les marais, causaient des éboulements, creusaient des fossés et des canaux, construisaient des barrages, des châteaux dont la pierre était tirée du sol… Ainsi en allait-il depuis plus de trois mille ans, époque où les érudits situaient la création du Troisième Monde.

L'Ældo et le Maûne n'étaient donc plus aussi semblables qu'à l'origine. Chacun avait trouvé son Équilibre par rapport à l'autre… Ils gardaient pourtant de nombreuses similitudes : une rivière coulant dans l'un avait de fortes chances de se trouver aussi dans l'autre, mais de manière différente. Elle pouvait être à sec, ou débordante, au contraire, s'être muée en fleuve ou avoir changé de lit… Ainsi en allait-il de tous les paysages des deux parties du monde.

Suivant cette théorie, Ariale comprenait mieux ce que pouvait être une Dalle. Lorsque l'Équilibre régnait encore, les Dalles étaient peu nombreuses, et aucune ne dépassait quelques mètres de large. Elles n'étaient alors que des zones constamment entourées de brouillard, désignées comme « l'entre-deux monde », et dues à des sorciers maladroits d'origine indifférente. À présent que la Malerune avait pris l'avantage, brisant l'Équilibre qui assurait la stabilité des deux mondes, les Dalles se multipliaient… et n'étaient rien d'autre que des parties du Maûne venant écraser de leur suprématie les régions correspondantes de l'Ældo.

Tout cela n'était guère rassurant, mais la menace était connue depuis dix ans. Ariale préféra se réjouir d'en avoir saisi la véritable nature. *Ce que l'on comprend est toujours moins effrayant*, lui avait appris son père.

Elle en était à rêver aux paysages du Maûne, cherchant autour d'elle ce qui pourrait bien s'y retrouver, quand Lucia et Hogo franchirent le portail.

* * *

La chasseresse revenait chargée d'un rubinot et d'une bécasse qu'elle avait tués sur le chemin du retour de deux flèches bien ajustées. Une fois sa jument rentrée à l'écurie, Lucia ne laissa à personne le soin de porter ce gibier aux cuisines, en compagnie d'Ariale à qui elle fit le récit de sa journée tout en marchant. Hogo s'était lui tout de suite mis en quête de Zétide, sans oublier de reprendre la claudication imaginaire qui lui permettait de conserver son arme à l'intérieur de l'enceinte.

Les moines furent reconnaissants de la participation de Lucia à l'approvisionnement. Les lois des colombins n'interdisaient pas la chasse, pas plus que leur foi en la réincarnation : l'Équilibre voulait que chaque espèce soit née pour en nourrir une autre, et le voyage des âmes d'un corps à l'autre ne changeait rien à cette évidence. Mais les moines n'avaient pas de temps à consacrer à la chasse, et les seules viandes qu'ils mangeaient provenaient des élevages, dont on faisait grande économie, et de quelques collets bien misérables. Le chevreuil rubinot ainsi offert allait, à lui seul, assurer le bouillon d'une cinquantaine de réfugiés.

Une fois acquittée de cette bonne action, par laquelle elle espérait se racheter de ses éclats de la veille, Lucia prit le temps de discuter avec sa petite sœur. Elle lui confia ses espoirs de voir Hogo convaincre Zétide de ne pas les ramener au château Garamont ; puis Ariale lui parla de ses lectures, et de ce qu'elle en avait retenu. Cela intéressa vivement la chasseresse, qui voyait en ces légendes sur le Maûne et l'Ældo quelque chose touchant directement la quête de son père. Cela lui remit également en mémoire les détails de sa conversation avec Geyor, à laquelle elle ne cessait de réfléchir sans parvenir à se décider.

Le mage l'avait avertie de la présence d'un monstre dans les murs du monastère. D'après lui, il serait responsable de la mort de neuf colombins. Pourquoi le Prieur voulait-il garder le secret, c'était un mystère. Geyor n'avait pas eu le temps de lui en dire plus, l'arrivée de Hogo ayant interrompu leur conversation. Tout juste si le mage avait pu lui glisser d'amener Zétide à la crypte, si elle voulait avoir le fin le mot de l'affaire.

Là était toute la question. À vrai dire, Lucia ne savait quel crédit accorder à cette histoire ; et si tout était vrai, elle n'avait aucune raison particulière de s'en mêler, puisque les moines eux-mêmes préféraient se taire. Du moment qu'Ariale et elle ne couraient aucun danger…

Était-ce vraiment le cas ? Devait-elle passer outre la promesse faite au beau Geyor et donner l'alarme ? En quoi la visite de Zétide dans la crypte était-elle si importante ? Il planait là-dessus un petit quelque chose d'interdit et Lucia n'avait aucune envie de se mettre tout le monastère à dos ; en tout cas pas pour un problème qui n'était pas le sien.

Mais s'il l'était…

La curiosité fut finalement la plus forte et, au détour de sa conversation avec Ariale, Lucia décida de passer à l'action.

– Eh, p'tit loup. Tu ne saurais pas où je pourrais trouver Geyor, par hasard ?

– Il est parti après l'office pour faire une promenade, répondit la jeune fille. Je ne l'ai pas vu rentrer.

– Tu es sûre ?

– Oui. Je l'ai entendu le crier aux moines du portail, précisa-t-elle. Il y a bien trois ou quatre heures.

– Tant pis…

Lucia n'allait pas renoncer pour autant. Il lui fallut moins d'une minute pour prendre une grave décision.

– Toi qui as tout visité ici, tu ne saurais pas où se trouve la crypte ?

La réaction de sa sœur la surprit. Ariale avait blêmi à la seule mention du caveau du monastère. Elle baissait maintenant les yeux, visiblement embarrassée. Lucia l'imagina effrayée par cette idée de cimetière souterrain, et c'était bien normal, pour une petite fille.

– Pourquoi ? demanda cette dernière d'une voix fluette.

– Il paraît qu'elle est très bien décorée, mentit la chasseresse. J'ai envie de voir ça !

Ariale gardait les yeux fixés sur la couverture de son livre. Lucia ne voulait pas la brusquer, mais elle avait besoin de son aide. Demander à n'importe qui d'autre éveillerait les soupçons.

– Tu veux bien m'y emmener, dis ?

– Les moines disent qu'elle risque de s'ébouler, annonça soudain la jeune fille. On n'a pas le droit d'y descendre. Et elle est fermée à clé, en plus.

– Tant pis. J'en ferai juste le tour, alors. On y va ?

Ses concessions eurent raison des craintes de sa sœur, et elles quittèrent les abords du lavoir pour prendre la direction des bâtiments du culte. Lucia se félicita d'avoir Ariale pour guide. Quand elles eurent dépassé plusieurs constructions aux fonctions inconnues, la chasseresse dut admettre qu'elle aurait eu beaucoup de difficultés à trouver toute seule.

Elles parvinrent enfin à la salle de l'Oscille et remontèrent la galerie qui amenait au cloître. Ariale était de plus en plus nerveuse, et Lucia commença à s'en intriguer. Elle connaissait sa sœur plus courageuse que cela. Lui cachait-elle quelque chose ? Avait-elle également entendu parler du monstre du monastère ? Probablement pas, elle lui aurait raconté…

Arrivée devant la dernière porte, la jeune fille s'arrêta soudain.

– Elle était ouverte, tout à l'heure…, énonça-t-elle sans oser toucher la poignée.

– Qu'est-ce que ça peut faire ? Quelqu'un l'a refermée, c'est tout.

Pour illustrer ses propos, Lucia attrapa la poignée et la tira avec assurance. Elle eut pourtant la surprise de voir la porte résister.

– Elle doit être coincée… Il n'y a même pas de serrure…

Elle essaya encore trois ou quatre fois puis renonça, sans comprendre ce qui la bloquait. Quelques bons coups de ses bottes ferrées l'auraient probablement ouverte, mais la situation n'exigeait pas de telles extrémités.

– Il n'y a pas une fenêtre d'où on peut voir le cloître ?

Ariale réfléchit quelques instants à la question. Maintenant que la visite à la crypte se voyait annulée, la jeune fille était un peu plus détendue.

– La salle de classe de Tyâm, annonça-t-elle victorieusement. Là-bas, il y a des fenêtres.

Elles repassèrent devant la salle de l'Oscille et pénétrèrent dans la pièce où les novices étudiaient à la saison froide. Elle était alors inoccupée, comme le reste du bâtiment. Lucia tira l'un des petits tabourets jusqu'à une rayère et se tordit le cou pour examiner l'autre face de la porte de la galerie.

– Ça alors ! s'exclama-t-elle. Il y a un type en train d'attacher la poignée !

Elle descendit et fit grimper sa sœur sur ses épaules, malgré le peu d'enthousiasme de cette dernière pour l'opération. Elle se redressa alors avec douceur et amena le visage d'Ariale jusqu'à l'ouverture en songeant que la cadette avait drôlement grandi, depuis la dernière fois qu'elle l'avait portée.

Ariale ne dit rien pendant de longs instants, puis, par petits coups pressés sur les épaules de Lucia, fit comprendre qu'elle voulait descendre. La chasseresse s'exécuta et respecta ensuite le silence que sa sœur lui réclamait par gestes pendant qu'elles s'éloignaient à grands pas.

– Qu'est-ce qu'il y a ? demanda-t-elle quand elle n'y tint plus. Il t'a vue ? Tu le connais ?

Ariale lui présentait un visage plus blême encore que tout à l'heure. Lucia n'avait jamais vu sa sœur aussi terrifiée.

– Il s'est tourné vers moi, annonça la jeune fille, la gorge sèche. Il *savait* qu'on était là. Il s'appelle Taste-Nuage. C'est le gardien de la crypte, un Guimne !

Lucia ne demanda pas d'où Ariale tenait toutes ces

informations, ni comment cet être à l'allure étrange allait sortir du cloître où il s'était enfermé. Elle en avait vu assez pour décider que, vraiment, elle n'avait pas à se mêler de ces mystères. Que Geyor et les moines s'arrangent ensemble !

Du reste de la journée, Ariale et elle évitèrent toute allusion à ce sujet. Du reste de la journée… car la nuit devait être bien plus bavarde, comme toutes les nuits depuis que la Malerune avait été lue.

***

Moins d'une heure après le retour des colombins travaillant hors de l'enceinte, on porta la soupe aux réfugiés du monastère, ce qui annonçait l'imminence de l'appel pour l'office du soir. Les religieux mettaient ce temps à profit de différentes manières : certains travaillaient encore, ceux qui étaient de corvée de cuisine, par exemple, ou ceux en charge des divers enclos. D'autres nettoyaient, aiguisaient et graissaient leurs outils. La plupart des moines préféraient cependant se reposer un peu dans leurs cellules, aux thermes ou en flânant dans la cour et le verger.

Ce soir-là, toutes les conversations tournaient autour de la mort de Sucre-de-Brume, dont le cadavre avait été retrouvé dans l'escalier effondré de la crypte, disait-on. Sa disparition, datant de la veille, était jusqu'alors passée inaperçue. Personne ne savait vraiment pourquoi le pauvre moine était descendu là-bas, mais chacun avait sa petite idée sur la question. Et les théories les plus folles prenaient corps en chuchotements effrayés… On racontait n'importe quoi, du vrai et du faux, mêlant les indiscrétions arrachées aux miliciens aux envolées des plus imaginatifs. Certains assuraient qu'il avait eu la tête arrachée. D'autres, qu'on avait surpris une chauve-souris en train de lui sucer le cœur. On disait le corps couvert de blessures dont ne coulait plus une goutte de sang. Un petit nombre affirmait que la victime avait eu le temps de glisser quelques mots à Ombre-de-Pluie, mais on ignorait lesquels. Un mot revenait sur toutes les lèvres : *monstre*. Monstre, monstre, monstre. Pas un qui n'aie son idée sur l'origine, l'apparence et les motivations du monstre. Là aussi, on racontait n'importe quoi. La seule chose sur laquelle les moines s'accordaient, en fait, était que Sucre-de-Brume n'avait *pas* été tué dans un éboulement.

Le Prieur avait décidé de fermer les jardins du cloître jusqu'à ce que certains travaux secrets aient condamné l'entrée de la crypte. C'était assurément une bonne chose, mais serait-elle suffisante ? Le monstre traversait les murailles, disait-on. Aucune serrure ne pouvait l'arrêter. Il s'était réveillé en colère dans les sous-sols du monastère et tuait tous les colombins qui refusaient de lui prêter allégeance. Quelques-uns confièrent à leurs plus proches amis leur désir grandissant de quitter la communauté. *L'Équilibre est rompu*, chuchotait-on avec beaucoup de contrition. Leur engagement en devenait inutile. Peut-être valait-il mieux s'enfuir et profiter des derniers jours du monde… À l'image de l'Ældo, la confiance et le dévouement des moines se disloquaient.

Bien sûr, Zétide, Hogo, Ariale et Lucia n'entendirent rien de ces rumeurs, tant les colombins prenaient de précautions pour les échanger. Tyâm lui-même, bien qu'il n'en connaisse même pas le tiers, n'en souffla mot au petit groupe dont il avait la charge. Le novice et Ariale étaient liés par un serment tacite de silence ; c'est volontairement qu'ils s'étaient séparés cet après-midi, afin de ne pas éveiller les soupçons sur leur escapade matinale.

La tension n'était pas moins présente dans tout le monastère. Tout de suite après la découverte du corps, deux miliciens avaient été chargés de vérifier qu'aucun moine ne manquait à l'appel. Ils avaient d'abord sillonné l'intérieur de l'enceinte, puis s'étaient postés au portail pour pointer les sorties et les retours. Évidemment, cette démarche en avait intrigué plus d'un, et avait grandement contribué à déclencher la vague de rumeurs. Même sa conclusion optimiste, à savoir que tous étaient sains et saufs en cette fin de journée, ne suffisait pas à diminuer les inquiétudes. On s'attendait malgré tout à découvrir un autre corps d'un instant à l'autre.

Geyor lui-même rentra tardivement de sa promenade solitaire. Zétide le croisa alors qu'il se rendait au réfectoire, en compagnie de Lucia, Hogo, Ariale et Tyâm. Le mage se contenta de leur adresser un petit salut amical ; il n'aurait pu en être autrement. L'endroit était beaucoup trop fréquenté pour échanger des confidences.

En somme, le dernier à entendre parler de la rune et du monstre fut celui qui était le plus à même de les affronter… Cela fut des plus regrettable, en tout cas pour les trois colombins qui y laissèrent la vie.

* * *

Le repas servi fut aussi maigre que celui de la veille et l'ambiance à table, plus funèbre encore. L'homélie du Prieur répéta les mensonges entourant la mort de Sucre-de-Brume, laissant chacun plus inquiet que jamais. Le reste de l'office se déroula dans un silence inhabituel. Les esprits étaient bavards, mais les bouches ne s'ouvraient que pour une gorgée de brouet clair. Les moines avaient tant et tant parlé déjà qu'ils échouaient à envisager autre chose que cette tragédie. Tous semblaient en attente. Seulement, ils ignoraient de quoi.

La table du Prieur n'était guère plus animée. Lucia et Ombre-de-Pluie se lançaient des regards assassins par-dessus leurs bols. Ariale sursautait à chaque fois que le Verve s'adressait à Zétide, craignant qu'il n'aborde les événements de la matinée. Hogo était parfaitement muet, comme d'habitude. Et même le volubile Geyor se faisait discret : à peine si le mage lança deux ou trois banalités pour rompre la monotonie des bruits d'aspirations. Finalement, le plus bavard fut encore le sorcier, qui confirma au Prieur leur départ du lendemain. Il le félicita ensuite pour la richesse de son fonds de cartes dans lesquelles il avait trouvé certaines choses très intéressantes. Il ne précisa cependant pas de quoi il s'agissait, pas plus qu'il n'indiqua s'il comptait emmener Ariale et Lucia avec lui. Les sœurs se gardèrent bien de poser la question, de peur de l'influencer à leur détriment.

Tout concentrés qu'ils étaient sur leurs assiettes, les moines eurent vite expédié leur repas et bientôt des bruits de bancs repoussés résonnèrent dans toute la salle. Quelques hommes se pressaient de sortir pour échanger encore une ou deux rumeurs avant d'entrer en salle de l'Oscille. La procession des colombins jusqu'aux bâtiments du culte ne fut qu'un long serpent gris de chuchotements et de regards en biais. On se demandait quel pourrait bien être le sujet des débats de ce soir. À quel Équilibre correspondaient tant de morts dans leurs rangs ?

Le Prieur renouvela son invitation de la veille et Zétide accepta bien volontiers, au nom de son petit groupe. La moins emballée pour assister aux débats de l'Oscille était Lucia, mais la chasseresse n'eut le cœur de se distinguer encore, d'autant qu'elle tenait à garder un œil sur Ariale. Elle accompagna donc le Verve à la peau orange et les autres, dont Geyor et Ombre-de-Pluie, sans trop rechigner.

D'ordinaire, les moines avaient le loisir de faire une petite promenade digestive dans le jardin des méditations avant d'aller s'installer sur les tabourets. Cette fois, comme le cloître était fermé, ils allèrent directement prendre place dans la grande salle consacrée.

Celle-ci eut sur eux comme un effet apaisant. Les colombins qui en passaient la porte suspendaient aussitôt leurs chuchotements. La mosaïque au soleil et à la balance, dominant les cercles de sièges de ses cinq mètres de hauteur, semblait leur rendre un peu de leur sérénité. Quand le groupe du Prieur fit son entrée à son tour, il se trouvait même quelques moines pour évoquer la douceur de l'air du crépuscule.

Ariale, Hogo, Zétide et Lucia prirent place dans le cercle extérieur, aux côtés de Tyâm, pendant que les chefs de la communauté gagnaient les fauteuils qui leur étaient réservés. Comme on devait attendre ceux qui finissaient leur corvée aux cuisines et au réfectoire, les conversations reprirent naturellement, comme il en aurait été dans les jardins. Le Verve consultait ses notes en tirant ses bourrelets de peau, Geyor regardait le plafond en s'ennuyant ferme, Ombre-de-Pluie ruminait de sombres pensées en scrutant chaque visage. Une soirée comme ils en avaient connu tant d'autres.

Les cuisiniers finirent par arriver et l'on se prépara à débuter la réunion. C'est alors que l'une des moniales, plus observatrice que les autres, se leva pour prendre la parole.

– Il manque encore Taste-Nuage, remarqua-t-elle, nous ne pouvons commencer…

– Il s'est porté volontaire pour entamer les travaux dans la crypte, expliqua le chef milicien. Pas la peine de l'attendre, il en a pour toute la nuit. Vous savez qu'il n'a pas besoin de sommeil.

D'évidence, le moine rougeaud jugeait cette précision suffisante à expliquer le fait qu'un des leurs manque la sacro-sainte réunion de l'Oscille, pour une tâche qui pouvait très bien attendre le lendemain, de surcroît. Un murmure étonné secoua la salle, mais une deuxième intervention y mit fin aussitôt.

– Il manque aussi Main-de-l'Onde, lança un novice. Je pensais qu'il était aux cuisines, mais on me dit que non…

Tous cherchèrent l'intéressé dans leurs rangs, mais il était bel et bien manquant. Quelques vérifications indiquèrent que personne ne l'avait eu pour voisin au réfectoire, chacun imaginant, comme c'était souvent le cas, que l'homme œuvrait aux fourneaux pour s'acquitter de son tour de corvée.

L'assemblée fut prise d'un étrange malaise. On ne chuchotait même plus ; c'était à voix haute, maintenant, que l'on répandait les rumeurs. Zétide tendit l'oreille à la première mention du mot « monstre ». Il ne perçut pas grand-chose, mais ce fut bien suffisant pour raviver ses craintes. Il se retourna pour échanger un regard entendu avec Hogo, et croisa alors ceux de Lucia et Ariale. Les sœurs Garamont étaient plus affectées qu'il ne l'aurait imaginé… qu'elles ne l'auraient *dû*. Il fut soudain convaincu qu'elles savaient quelque chose qu'il ignorait. Il était sur le point de le leur demander quand une exclamation plus forte que les autres ramena un silence de quelques secondes.

– Il manque aussi Cœur-de-Colline !

Les moines cherchèrent, se retournèrent et finirent par se lever, pour la plupart. La studieuse salle de l'Oscille s'emplit d'un brouhaha d'auberge des quatre chemins. Zétide abandonna ses pupilles à la garde de Hogo et se fraya un chemin jusqu'au Prieur, à travers les moines jacassants et les tabourets renversés. Le petit Verve était effondré dans son fauteuil, pendant que le chef milicien aboyait des ordres à ses hommes. Certains étaient raisonnables, comme celui d'aller chercher la liste d'appel, et d'autres un peu excessifs, comme celui d'interdire à quiconque de sortir, alors que certains des doyens commençaient à se trouver mal et auraient désiré prendre l'air. Geyor s'était accroupi à côté du maître des lieux, s'efforçant de le rassurer de quelques paroles optimistes.

– Mais enfin, qu'est-ce qui se passe, ici ? cria Zétide pardessus le tumulte. Qu'est-ce que c'est que cette histoire de monstre ?

Le Prieur se contenta de secouer la tête d'un air las, toutes les rides de son crâne amassées sur ses sourcils. Geyor n'eut qu'une expression embarrassée qui voulait dire, tout aussi bien qu'avec des mots : « Je ne peux pas parler, mais voyez vous-même ! »

Au milieu de la foule, on trouva enfin le milicien qui avait toujours sur lui la liste d'appel, en pleine discussion avec un groupe de silhouettes grises à qui il certifiait que les deux manquants n'avaient pas quitté le monastère. On lui arracha le papier qui fut apporté à Ombre-de-Pluie, lequel fit rasseoir tout le monde avec force rugissements et coups de masse sur un tabouret qui n'y résista pas. Quand enfin le calme fut revenu, on procéda à un appel méticuleux dans un silence… religieux.

Le trente-troisième nom fut cité sans qu'il y soit répondu. La tension pesa encore un peu plus sur les épaules de l'assemblée. Il s'agissait de Grain-de-Neige, dont l'absence n'avait même pas encore été remarquée. Chacun retint son souffle jusqu'au dernier nom de la dernière page, où enfin fut reconnu qu'il manquait trois moines, en tout et pour tout, sans compter Taste-Nuage qui s'était enfermé dans le cloître.

S'il s'était s'agit d'un seul, on eût probablement dépêché un homme jusqu'à la cellule de l'absent, supposant qu'il s'était assoupi après sa journée de travail. C'est d'ailleurs ce que l'on aurait fait, si une deuxième absence n'avait été remarquée aussitôt, et si tous les esprits n'avaient été hantés de sombres rumeurs. Mais trois... Trois, c'était *dangereux*.

Finalement, c'est toute l'assemblée qui se rendit jusqu'aux dortoirs, derrière la douzaine de miliciens crispés sur les arbalètes qu'ils avaient récupérées au passage. On avait attrapé toutes les torches, lampes, lanternes qu'on avait pu trouver : rien n'était superflu pour faire reculer les ténèbres. On pleurait parfois, on parlait peu, et surtout on ne donnait pas le fond de ses pensées... chacun savait déjà ce qu'on allait trouver dans les cellules des manquants, comme si un oracle l'avait annoncé dans les moindres détails, à l'aube de ce jour qui avait été si beau.

Zétide s'était maintenu au niveau des miliciens et Hogo l'avait rejoint sans tarder, sans plus se soucier de faire semblant de boiter. Le Lycante tenait son bâton comme l'arme qu'il était vraiment et aucun moine ne s'en offusqua. Au contraire, certains parurent même rassurés de la présence d'un combattant supplémentaire à leurs côtés.

Les clameurs de la foule résonnèrent bruyamment dans les couloirs du dortoir des hommes. Le premier milicien s'arrêta bientôt devant une porte semblable aux autres et tous l'imitèrent, enfin, ceux qui trouvèrent une place dans le passage étroit. Ombre-de-Pluie ouvrit la porte du plat du pied et se jeta en arrière, prêt à percer d'un carreau tout ce qui pourrait se trouver derrière.

Comme aucune information ne venait jusqu'à l'arrière-garde, où Lucia se tenait avec Ariale, les moines commencèrent à crier leur curiosité. « Qu'est-ce qui se passe ? Qu'est-ce qu'il y a ? Il est mort ? »

La colonne s'ébranla jusqu'à l'étape suivante sans que rien ne soit parvenu jusqu'à leurs oreilles. Il fallut donc attendre aux derniers de pouvoir jeter un œil à travers la porte entrebâillée du dénommé Main-de-l'Onde pour être fixés.

L'homme gisait, disloqué dans une flaque de sang, à moitié sur son lit et le sol pierreux. Une lanterne abandonnée découvrait un trou béant dans sa poitrine, là où s'était trouvé son cœur.

Ariale poussa un cri d'une telle intensité que ceux qui ne tremblaient pas encore eurent soudain la chair de poule.

* * *

Une fois encore, on avança toutes les théories, et surtout les plus folles. La logique ne permettait pourtant qu'une supposition raisonnable. Le monstre, car son existence au moins ne faisait plus de doute, avait investi le dortoir dans la journée, d'une manière qui restait mystérieuse. Ensuite, il avait probablement attendu le retour des moines, à moins qu'il n'ait choisi précisément l'une des cellules des victimes pour se mettre en embuscade. Il avait perpétré alors ses trois horribles crimes suivant le même rituel, infligeant d'énormes entailles aux corps des malheureux avant d'en arracher les cœurs qui restaient introuvables.

Zétide comprit tout cela, et bien d'autres choses encore, rien qu'en tendant l'oreille aux conversations des moines dans le couloir. Des histoires incroyables revenaient sur toutes les lèvres, avec quelques mots pour seuls points communs : monstre, crypte, cœur, malédiction, *rune* ?… Le sorcier en était abasourdi. D'évidence, le secret des moines était bien plus terrible qu'il ne l'avait imaginé. Le carnage de ce soir était la preuve morbide de leur imprudence, et Zétide s'en voulait également de ne pas avoir été plus attentif. Une furieuse envie de réparer sa négligence l'habitait maintenant, et il essaya de se frayer un chemin vers la sortie.

Les silhouettes grises entraient, sortaient, se bousculaient en parlant plus fort que les crieurs de marché. Plusieurs crurent deviner le monstre dans l'ombre d'un recoin et poussèrent des hurlements paniqués, faisant aussitôt accourir quelques miliciens aux nerfs déjà tendus. D'autres, s'étant munis de gourdins, de couteaux et d'outils pointus, exploraient cellule après cellule avec le secret espoir de n'y rien trouver. Un petit nombre s'agglutinait au bord des chambres des trépassés, hésitant à porter les mains sur ces corps visiblement maudits. Tout le dortoir n'était qu'agitation désordonnée, ballet de lanternes et de métal, concert de cris et de portes claquées.

Zétide fut enfin à l'air libre et put constater que ce n'était guère mieux. Les moines qui n'étaient pas dans le bâtiment se regroupaient à ses portes, moins tendus pour la plupart, mais tout aussi excités. Les langues se déliaient, on osait enfin dire tout haut et avec conviction ce qu'on avait murmuré pendant des semaines. Des groupes s'étaient formés où l'on se rappelait tous les malheurs ayant frappé le monastère, même ceux n'ayant rien à voir avec la tragédie. On avouait sa peur, on bradait tous les secrets, on cherchait à retrouver l'origine du mal. Certains faisaient remonter la malédiction à l'année dernière, mais il en était autant pour la dater de la lecture de la Malerune, ou de la veille seulement. Zétide surprit même un groupe où l'on accusait nommément Hogo d'être responsable de ces crimes : les vieilles rancunes resurgissant, le Lycante faisait un coupable idéal. N'avait-il pas prouvé sa duplicité avec son bâton ? N'était-il pas un de ces hommes-loups à la sinistre réputation ? On le soupçonnait également de s'être introduit dans le dortoir des moniales, la nuit précédente. *Il n'y a pas de fumée sans feu*, affirmaient les plus exaltés.

Zétide fut sur le point de bondir au milieu du groupe pour donner le fond de sa pensée, mais sut finalement se contenir et rester concentré. Les querelles seraient pour plus tard, si le mystère n'était pas éclairci. Le sorcier avait cependant la ferme intention d'en percer tous les secrets, même s'il lui fallait pour cela retarder son départ. Il se sentait responsable de ces morts ; il eut certainement pu les éviter en étant plus vigilant. C'était maintenant une affaire entre lui et ce monstre dont toutes les gorges se faisaient l'écho.

Il tomba enfin sur Lucia et Ariale et les arracha à un trio de moniales débitant des histoires plus invraisemblables encore que la réalité. Ensemble, ils ne furent pas longs à trouver Geyor et le Prieur, plantés au beau milieu de l'agitation nocturne. Le Verve, dépassé par les événements, regardait devant lui sans paraître rien voir. Le mage se tenait derrière, posant une main réconfortante sur l'épaule du petit Elde. Lui seul vit s'approcher Zétide et ses pupilles ; le Prieur ne s'aperçut de leur présence qu'à l'instant où le sorcier s'accroupit devant lui.

– Votre Sagesse ! le secoua-t-il. Y a-t-il vraiment une rune dans la crypte ?

Le Verve tourna vers lui de grands yeux mélancoliques. La lueur dansante des torches et des lampes donnait à ses bourrelets de peau une couleur plus *rouge* qu'orange. *Comme s'il était couvert de sang*, imagina le sorcier en frissonnant.

L'Elde referma les paupières et hocha lentement la tête, s'inclinant un peu plus à chaque mouvement. Zétide se redressa et prit une grande inspiration pour alimenter un profond soupir. Il balaya la courée du regard, constatant la pagaille dont la magie était, une fois encore, la seule responsable.

Ses yeux passèrent sur Lucia et Ariale qui attendaient sa décision. Il se souvint que les sœurs détenaient une partie du secret qu'elles n'avaient toujours pas livrée. Puis il rencontra le visage de Geyor, entre compassion et satisfaction, qui semblait lui dire : « Vous avez vu ? Je vous avais prévenu. »

* * *

Zétide réclama la présence de Hogo, et on envoya un novice chercher le Lycante dans le dortoir où il aidait les miliciens à contrôler les cellules. Il revint avec le rougeaud Ombre-de-Pluie, également mandé par le Prieur, et c'est ensemble qu'ils gagnèrent les appartements du Verve pour une réunion extraordinaire.

Geyor y était convié, ainsi qu'Ariale et Lucia, que Zétide préférait ne pas perdre de vue. Chacune des sept personnes présentes vivait les événements de manière différente : du Prieur, complètement abattu, au chef milicien, véritablement ulcéré de voir accorder tant d'importance à ces étrangers. Il ne pouvait cependant plus s'opposer à ce que l'on parle de la crypte… ce que l'on fit, en long et en large, à commencer par les explications du Verve soupirant. Celles-ci tardèrent à venir, et Geyor dut souvent intervenir pour les compléter, mais après une demi-heure d'entretien entrecoupé d'exclamations incrédules et de repentirs gémissants, Zétide pensait avoir une idée assez juste de ce qu'il s'était réellement passé.

Tout avait commencé environ sept semaines plus tôt, quand un moine du nom de Taste-Nuage, officiant comme gardien de la crypte, avait trouvé en son sol des taches brunâtres et singulières. Il n'y avait d'abord prêté attention, mais quand il était redescendu, quelques jours plus tard, les taches s'étaient révélées plus nombreuses… et également plus *précises*, au point de présenter des bords parfaitement définis. Sans être mage, le moine reconnut des symboles runiques dans les motifs entrelacés et fit avertir le Prieur de ce prodige.

Le Verve descendit lui-même le constater, mais comme la communauté ne comptait aucun magicien en son sein, il ne savait à quoi s'en tenir et ignorait quelle attitude adopter. L'archiviste qui officiait alors, un vieil homme passionné par son travail, se proposa de faire des recherches dans l'histoire du monastère pour voir si un tel phénomène s'était déjà produit. Il passa une semaine entière en allées et venues entre la crypte et la bibliothèque sans rien révéler de ce qu'il avait ou pas pu trouver.

Un matin, Taste-Nuage trouva son corps étendu sur la rune, une bougie entièrement consumée à ses côtés. Le vieil archiviste avait succombé dans la nuit d'un mal mystérieux qui lui avait fait crisper la main sur le cœur. Ses notes, ses travaux furent rassemblés et confiés à la jeune moniale qui lui succéda, mais celle-ci craignait déjà de devoir descendre en ce lieu de mort et ne mit guère de zèle à poursuivre ses recherches. Une autre semaine passa sans que rien d'étrange n'arrive et on commença à penser à autre chose.

Vint alors la première manifestation du « monstre ». Cette fois, ce fut Ombre-de-Pluie qui trouva le corps : le premier à qui l'on avait arraché le cœur, dans le jardin du cloître. Le chef milicien fit la suggestion, bonne ou mauvaise, de ne pas ébruiter le crime, et le Prieur accéda à sa demande.

On ne fit pas tout de suite la relation entre cet abominable incident et l'apparition mystérieuse de la rune. Cela ne fut évoqué qu'après le deuxième meurtre.

Un autre corps fut en effet trouvé dans le jardin des méditations, le jour suivant celui de la découverte du premier. Les pigeons confiés par Hypolus d'Arcadie furent également décimés. Dans les rangs des miliciens, seuls avertis des étranges événements, on commença à murmurer les mots de « monstre » et de « malédiction ». Le hasard fit que Geyor se présenta à cette époque aux portes du monastère, et on s'empressa de lui montrer la rune afin qu'il en révèle le sens. Malheureusement, le jeune mage fut incapable de la décrypter, bien qu'il s'y essayât plusieurs fois dans les jours qui suivirent.

Le monstre frappa plusieurs fois encore. Toujours un homme seul et dans l'enceinte du monastère. Il devint de plus en plus difficile de garder le secret. Quelques curieux, intrigués par les rumeurs, périrent d'avoir voulu contempler la rune maudite. Il fut décidé d'envoyer un homme quérir l'aide de la Cabale, puisqu'il n'y avait pas d'autre moyen de l'informer, et le vaillant Souffle-de-Roche fut choisi pour sa loyauté. Le pauvre moine ne parcourut que quelques milles avant d'être rattrapé et taillé en pièces, comme Hogo et les autres avaient pu le constater en trouvant son corps.

Les trois victimes de ce soir portaient le nombre à treize. Jamais le monstre n'avait été aussi violent dans ses attaques. On lui prêtait un comportement intelligent, devait-on considérer ce carnage comme une sorte d'avertissement ? Ou prenait-il de l'assurance au fur et à mesure que la rune faisait croître sa force ? En ce cas, il ferait tout pour éviter qu'un magicien vienne en annuler le pouvoir, ce qui expliquerait ses efforts pour tenir la Cabale à l'écart. Et quel était son but véritable ? Manger, simplement manger, comme les fauves ? Ou quelque chose de bien plus subtil ?

Toutes ces questions se posaient à Zétide, amorcées par les réflexions de Geyor et du Prieur. Le rougeaud Ombre-de-Pluie, jusqu'à présent, n'avait pas lâché le moindre mot. Il se contentait de scruter les visages un à un, secouant la tête d'un air pincé chaque fois que l'un ou l'autre avançait une théorie.

Zétide s'efforçait de réfléchir mais y éprouvait des difficultés. Il n'avait pratiquement pas dormi des deux dernières nuits, et la fatigue commençait à se faire lourdement sentir. Tant d'informations à enregistrer en une seule fois… Il eut bien aimé pouvoir se retirer un peu, au calme dans le bureau de sa forteresse, par exemple, le temps de faire le point. Évidemment c'était impossible, et en attendant le résultat de ses réflexions, tout le monde parlait en même temps, ce qui n'aidait pas à sa concentration. Même Lucia et Ariale, qui avaient jusqu'alors été d'une discrétion exemplaire, prenaient part aux débats en s'adressant à Geyor, alors que Hogo s'efforçait de tirer du Prieur quelques renseignements sur l'apparence du monstre que le Verve fut bien sûr incapable de donner.

– Que sont devenues les notes de l'archiviste ? s'exclama soudain le sorcier, sa voix couvrant toutes les autres.

Sa demande fut saluée d'un silence admiratif. Le mage, le Prieur et le milicien échangèrent des regards interrogatifs, jusqu'à ce qu'Ombre-de-Pluie marche à grands pas et sorte sans un mot, vraisemblablement en direction de la bibliothèque. D'un signe, le sorcier voulut indiquer à Hogo de le suivre, mais le Lycante n'avait pas attendu sa suggestion pour emboîter le pas du milicien.

– Les notes, bredouilla le Prieur, le regard perdu dans le vide. Comment n'y avons-nous pas pensé plus tôt...

Personne ne chercha à lui trouver une excuse. Effectivement, il paraissait incroyable d'avoir négligé de consulter les travaux de l'archiviste, alors qu'il était le seul à avoir fait des recherches. D'un autre côté... les événements s'étaient succédé avec une telle rapidité que ce détail s'était perdu parmi les autres, occulté par des événements bien plus graves tels que les découvertes des premiers corps. Les moines avaient ensuite placé tous leurs espoirs en Geyor, oubliant la piste première qui avait été la leur.

Les minutes séparant ces instants du retour de Hogo et Ombre-de-Pluie furent parmi les plus longues de la soirée. Un moment, on crut même qu'il s'était passé quelque chose, tant les deux Eldes étaient longs à revenir. Mais la silhouette grise du milicien finit bientôt par s'encadrer dans la porte, aussitôt suivie par celle du Lycante dominée par son bâton. Le moine rougeaud plaqua une liasse de feuilles griffonnées sur la poitrine de Zétide en lui lançant un regard mauvais. Visiblement, il n'avait pas apprécié cette manifestation de défiance et savait parfaitement à qui il la devait.

Malheureusement pour lui, le sorcier n'avait que faire de ses états d'âme et ignora totalement ses provocations. Il n'avait d'intérêt que pour les parchemins couverts de notes et de citations, qu'il parcourut de bout en bout en ignorant les questions pressées de l'assemblée.

Bien avant qu'il ait fini, ses compagnons le virent blêmir et chercher une chaise à tâtons, où il se laissa tomber sous le coup d'une émotion intense. Tous se levèrent pour faire cercle autour de lui, même le petit Verve et le milicien indifférent. Il leur fut très difficile de patienter sans l'interrompre jusqu'au bout de sa lecture. Mais enfin, Zétide laissa retomber ses mains sur ses genoux, jetant sur ses compagnons des regards abasourdis.

– *Le Cœur de l'Ældo*, annonça-t-il d'une voix blanche. On cite là-dedans une rune portant le nom du « Cœur de l'Ældo », répéta-t-il en brandissant les parchemins. Comprenez-vous ce que ça signifie ?

Tous comprenaient, oui… mais n'osaient y croire. Peu de runes se voyaient attribuer un nom ; en général, seuls les symboles les plus puissants avaient cet honneur. Et le *Cœur de l'Ældo*, avec un nom pareil, pouvait être le plus puissant de tous, l'objet de milles quêtes, de dix ans de recherche, de la survie de tout un monde, de l'attention particulière des Dieux.

L'Arcane.

LIVRE III

LE CŒUR DE L'ÆLDO

« Lifer était un élève doué, curieux et passionné. Seule son impatience l'empêchait d'en faire le disciple idéal. Il voulait tout apprendre, tout savoir, tout comprendre et le mettre immédiatement en application…

Je le surpris un jour penché sur le Compendium, *s'évertuant à passer et repasser la pointe d'une plume sur la rune qui orne la couverture de l'ouvrage. Me découvrant dans son dos, il feignit l'innocence, mais son regard en disait long sur sa réelle culpabilité. Il savait parfaitement ce qu'il faisait. Tenter de déployer un pouvoir dont on ignore la nature est un acte des plus irresponsables, voire suicidaire. Et cela même ne l'avait pas arrêté. »*

Extrait de L'Alphabet des Parangons, *2716-2717*

Il fallut quelques instants à Zétide pour s'en remettre, mais il ne laissa à nul autre le soin de relire et de relire encore les notes du vieil archiviste, terrifié qu'il était de se tromper dans son interprétation. De toute manière, personne ne demanda à voir les parchemins. L'espoir avait envahi le cœur de chacun, bien qu'on ne s'explique pas encore la présence de l'Arcane sous le monastère, pas plus que sa soudaine apparition ou le fait qu'un monstre y soit lié.

Était-il *vraiment* possible que l'Arcane eut été, pendant toutes ces années, si proche du château Garamont ? Ariale voulait y croire de tout son cœur. Il fallait bien qu'elle soit quelque part, de toute façon, et cet endroit en valait bien un autre. Geyor avançait justement que la tranquillité relative de la région pouvait s'expliquer par l'influence bénéfique de la rune suprême… Lucia renchérit en remarquant qu'elle ne pouvait trouver meilleurs gardiens que des moines voués à l'Équilibre, même si ceux-ci ignoraient sa présence. Le Prieur lui-même sortit peu à peu de sa torpeur, galvanisé par l'enthousiasme de l'assemblée, pour résumer deux ou trois passages de l'Enareín appuyant ces suppositions.

Seuls Hogo et Ombre-de-Pluie se tenaient à l'écart de la discussion. L'un parce qu'il avait connu trop de déceptions et l'autre pour des raisons qui n'appartenaient qu'à lui. Et même ainsi réservé, le Lycante ne pouvait s'empêcher d'anticiper sur une issue heureuse : l'Équilibre rétabli, les Dalles refermées, l'entropia enrayée et son peuple enfin sauvé… Chacun nourrissait semblables espoirs, bien qu'il soit trop tôt pour cela. Ariale voyait son père rentrer enfin en leur château. Lucia en rêvait également, bien que son cynisme lui montre plutôt l'inutilité des trois années de quête du chevalier, alors que l'Arcane était pratiquement sous leurs pieds. Geyor avoua son soulagement et fit des vœux pour la sauvegarde de ses parents. Le Prieur palabrait avec son chef milicien en agitant doucement ses membres courbes. Et pendant ce temps Zétide lisait, lisait… Hogo, qui connaissait bien son caractère, s'étonnait de ne pas voir le sorcier courir jusqu'à cette fameuse crypte pour en avoir le cœur net. Il supposa qu'il y avait *autre chose* dans les notes de l'archiviste qui rendait inutile une telle précipitation, et la suite lui donna raison.

Au bout d'un moment, on ne sut plus quoi dire qui ne l'avait déjà été. Il y avait autant d'arguments pour la reconnaissance de la Belle Arcane que d'objections. Sans compter toutes les interrogations qui restaient en suspens : pourquoi ici et maintenant, d'où venait le monstre, quel rapport entre les meurtres et la rune, etc. Bref, une fois passée l'exaltation première, l'assistance se trouva peu à peu aussi préoccupée et soucieuse qu'au début de la réunion. Zétide fut de nouveau à la croisée de tous les regards, bien que trop concentré pour s'en apercevoir.

Lucia commençait à montrer des signes d'impatience quand des coups furent frappés à la porte. Il s'agissait d'un des hommes d'Ombre-de-Pluie venu lui faire son rapport. Hogo nota mentalement que le milicien avait abandonné son gourdin pour s'armer d'une fourche, moins conventionnelle mais bien plus efficace que sa courte massue de bois. Tous les moines allaient chercher à s'équiper en lames et piques de toutes sortes... Il se passerait bien des mois avant que le monastère retrouve son atmosphère paisible.

L'homme annonça que la fouille du dortoir était terminée et qu'ils n'avaient rien trouvé. À sa tête, on devinait que cela l'avait laissé aussi bien inquiet que soulagé. Les colombins souhaitaient dès lors regagner leurs cellules, la cour se faisant glaciale, mais n'osaient faire quoi que ce soit avant d'en avoir reçu la consigne.

Le chef milicien s'apprêtait à répondre mais Zétide lui coupa l'herbe sous le pied. Ses feuillets toujours à la main, le sorcier s'était approché nonchalamment du messager pour lui donner ses instructions dès qu'il eut fini de parler. Il avait une telle habitude du commandement qu'il conquit immédiatement toute l'attention de l'homme à la fourche.

– Rassemblez tout le monde dans le plus grand dortoir, je dis bien *tout le monde*, répéta-t-il. Regroupez-vous dans les...

– Comment osez-vous ! rugit Ombre-de-Pluie. De quel droit donnez-vous des ordres à mes hommes !

– Regroupez-vous dans les thermes ou dans les couloirs, reprit Zétide agacé. Où vous voulez, mais arrangez-vous pour que personne ne reste seul. Faites un nouvel appel et venez nous rendre compte des manquants, s'il en est. Dans le cas contraire, essayez seulement de tenir tout le monde tranquille. Dites-leur que le Prieur ira leur parler d'ici une petite heure.

– C'est moi qui commande, ici ! fulmina le moine rougeaud en tapant du poing dans sa paume. Ce n'est pas à vous de donner des ordres !

– Vous voulez ajouter quelque chose ? soupira le sorcier.

Le regard du milicien sauta plusieurs fois de Zétide à son subordonné pendant qu'il ruminait la question. Il chercha également l'appui du Prieur, mais le petit Verve le contemplait comme les autres membres de l'assemblée, avec désapprobation. Plus cela durait, plus Ombre-de-Pluie était ridicule, et il le comprit heureusement assez vite.

– Placez un homme devant chacune des cellules des victimes, ordonna-t-il finalement. Que personne n'y entre.

Le moine acquiesça et sortit sans insister, conscient comme les autres de l'inutilité de cette dernière précaution. Vingt personnes au moins étaient déjà passées dans les chambres des morts depuis la découverte des corps, et nul ne songeait à accuser l'un des leurs d'être le coupable… Le milicien n'avait fait cette demande que pour se donner un air, mais y avait perdu toute son autorité au bénéfice de Zétide, désormais seul maître des opérations.

Le sorcier était enfin disposé à répondre aux questions suspendues à toutes les lèvres. Elles fusèrent d'ailleurs à l'instant où il se retourna, mais il les balaya d'un signe de la main pour faire face au grand fauteuil où était assis le Prieur. Même le Verve honorable fut impressionné par la force tranquille qui se dégageait alors de l'Arcadien. Il déglutit bruyamment en faisant rouler plusieurs vagues orangées sur sa gorge ridée.

– Votre Sagesse, connaissez-vous la date de fondation du monastère ? demanda Zétide en consultant les feuillets.

– Heu… Milieu du vingt-huitième siècle, sauf erreur… Ça ne fait pas de nos murs les plus vieux de l'ordre, mais nous avons déjà une tradition honorable…

– Cela ferait donc à peu près quatre cents ans, acquiesça Zétide. Et savez-vous sur *quoi* il a été construit ?

– Que voulez-vous dire ?

– En toute logique, quoi que soit ce *Cœur de l'Ældo*, il était présent *avant* que les maçons n'attaquent leur travail…

– Il est peut-être toujours resté invisible, jusqu'à cette année, avança Lucia. Ils ont construit au-dessus sans le savoir.

– Ça aurait pu se passer ainsi, concéda le sorcier, mais la coïncidence serait trop énorme. En fait, je ne posais la question que pour amener le sujet… Les Garamont tiennent ce fief depuis le vingt-sixième siècle, exact ?

Un silence passa sur l'assemblée, comme chacun se demandait en quoi pareille précision était liée à l'affaire.

– Le château a été achevé en 2580, confirma Ariale. Par notre ancêtre, le chevalier Demian.

– Comment fais-tu pour retenir ces trucs ? plaisanta Lucia.

– C'est gravé au-dessus du porche, expliqua sa sœur. À droite, juste à côté des anneaux…

La chasseresse avoua son ignorance par une moue ingénue. Zétide avait profité de la diversion pour se replonger dans les feuillets couverts de notes, déambulant dans l'appartement en suivant l'un ou l'autre passage du doigt.

– Tout cela correspond…, marmonna-t-il pour lui-même.

– Par les Dieux, allez-vous enfin vous expliquer ? éclata Ombrc-dc-Pluic. Ou faudra-t-il quc jc vous arrachc ccs feuilles pour les lire moi-même ?

Le soudain grondement qui monta de Hogo ramena le moine à une attitude moins agressive. Lucia ne put s'empêcher d'applaudir le Lycante et Geyor se joignit presque aussitôt à elle. La chasseresse n'avait voulu que manifester sa sympathie, mais l'homme-loup lui en voulut un peu, embarrassé par ces manifestations qui échappaient à son contrôle et sur lesquelles elle et le mage venaient d'attirer l'attention. Les regards se firent plus sombres : Hogo contre Geyor, Lucia contre Ombre-de-Pluie et le milicien contre tout le monde. Au milieu de ces adultes querelleurs, Ariale se rapprocha insensiblement du Prieur, seul être de sa taille et qui n'avait pas encore élevé le ton.

La voix de Zétide éclata soudain comme un éclair dans cet orage menaçant.

– Il y avait ici un *clan Goblin*, révéla-t-il avec emphase. Autrefois. Le monastère a été construit sur les ruines de leurs cabanes.

Son intervention ramena un peu de calme, ce qui était le

but recherché. Zétide aurait préféré pouvoir réfléchir encore à ses découvertes, mais il en avait déjà trop dit pour ne pas poursuivre maintenant.

– Il n'y a jamais eu de Goblins dans la région, réfuta Lucia.

– Erreur. Il n'y en a *plus*. D'après ces notes, c'est justement votre ancêtre qui a renvoyé les derniers dans le Maûne. C'est ainsi qu'il s'est vu remettre ces terres.

La chasseresse chercha confirmation auprès de sa sœur, mais cette dernière se contenta de hausser les épaules. Jamais leur père n'avait parlé de cette histoire. Soit l'occasion ne s'était pas présentée, soit il l'ignorait également.

– Vous voulez dire qu'il y a quelque chose comme six cents ans, des monstres avec des canines grosses comme mon pouce campaient ici, là, sous nos pieds ? Dans *ma* forêt ?

– Ils y étaient peut-être depuis les Premières Aubes, acquiesça Zétide. Ils ne venaient pas forcément d'une Dalle…

– Des Goblins, *ici* ? Dans l'Ældo ? insista la chasseresse en désignant le sol.

– Cela ne devrait pas vous étonner autant, intervint le Prieur. L'Équilibre ne s'est pas fait en un jour, et certains peuples ont longtemps cherché leur voie…

– Toujours est-il que ces Goblins-là n'avaient rien de populaire, reprit le sorcier, soudain pressé d'en finir. Je résume ces notes. Quelques Eldes de la région, lassés de voir leurs villages pillés et détruits, ont formé une armée locale dont Demian a pris la tête. Ils ont envoyé des volontaires prévenir les Goblins de se tenir tranquilles sous peine d'essuyer une contre-attaque. Évidemment les messagers ont été renvoyés en morceaux et Demian est passé à l'offensive. C'était apparemment un stratège-né ; il a fait plus de deux cents prisonniers en ne perdant que cinq hommes. Par la suite, les Goblins ont été reconduits à une Dalle et Demian s'est vu offrir la forêt de Garamont ainsi que son titre de chevalier.

Ariale ne perdit pas un mot du récit, fascinée par cet

épisode méconnu de l'histoire de ses aïeuls. Les archives familiales elles-mêmes n'étaient pas si précises et on ne pouvait que se réjouir de la passion des moines pour la conservation, sans laquelle ces informations n'auraient pas traversé les siècles.

– Toujours selon ces notes, enchaîna Zétide, Demian aurait trouvé dans le campement goblin plusieurs Humains prisonniers dans une fosse. Tous étaient à moitié morts et fous de terreur. Il semble qu'ils devaient être sacrifiés à une espèce de dieu tribal…

– On nage en plein délire, interrompit Lucia. Des sacrifices, maintenant ? Il buvait beaucoup, l'archiviste ?

– Laissez-moi au moins finir, gronda le sorcier. Vous aurez tout loisir de commenter après !

– Oh ! Mille pardons, seigneur, se vexa la chasseresse. J'oubliais à qui j'avais affaire.

– *Donc*, reprit Zétide avec un œil noir, les Goblins avaient l'habitude d'emmener leurs victimes dans une grotte située au cœur du village. Ils y disparaissaient pendant plusieurs heures et remontaient sans les suppliciés. Demian n'eut aucune peine à trouver la caverne en question et décida finalement de la faire condamner par un magicien. Ce dernier traça un symbole de protection sur la plaque posée sur son entrée et tout fut dit. *Ce symbole n'est autre que la rune de votre crypte*, conclut-il en se tournant vers le Prieur. Le mystère ne vient pas d'elle, mais de ce qu'il y a *en dessous*.

Zétide aurait révélé son véritable nom qu'il n'aurait pas davantage surpris ses auditeurs. C'était un coup de maître qui fut salué par bien des regards admiratifs, même si le sorcier n'avait fait que tirer réflexion de quelques notes.

– Je n'ai jamais entendu parler de cette grotte, murmura le Prieur.

– Bien sûr que non, répondit Lucia, puisqu'elle est *plus bas encore* que vos caves.

– Je veux dire : comment pourrait-il y avoir une grotte ici ? Alors que nous sommes pratiquement au milieu d'une plaine ?

– Les monts ne sont pas si loin, d'après vos cartes, rappela Zétide. Par ailleurs, le granite qui compose votre enceinte vient bien de quelque part. Si on peut l'extraire aussi facilement, c'est que le soubassement pierreux n'est pas très loin.

– Sans compter que les Goblins ont peut-être eux-mêmes creusé cette caverne, ajouta Hogo. C'est bien dans leurs habitudes.

Déjà dépassé par les événements *avant* ces révélations, le Verve en devint complètement ahuri. Quand son regard n'errait pas sur le bout de ses sabots, il venait se poser sur le sorcier en un appel à l'aide aussi intense que muet.

– Et le monstre ? grogna le milicien. Quelle place a-t-il dans tout ça ?

– Aucune…, avoua Zétide. Son apparition n'est pas plus explicable que le réveil du symbole de la crypte. Il n'est même pas certain que les deux soient liés. Je suppose que nous devons ces phénomènes incontrôlés à l'influence de la Malerune, comme beaucoup d'autres dans l'Ældo.

– C'est bien ce que je pensais, renifla l'homme, vous ne savez rien du tout. On ferait tout aussi bien de rajouter quelques tonnes de pierres au-dessus de cette grotte, ça ne ferait de mal à personne.

– Vous n'y pensez pas ! bondit Geyor. Et l'Arcane ? Le *Cœur de l'Ældo* ?

Une fois encore, tous les regards se tournèrent vers Zétide, seul détenteur du savoir de l'ancien archiviste. Le sorcier avait effectivement négligé de mentionner la fameuse rune dans son récit. En constatant qu'il prenait encore son temps pour répondre, Lucia fut sur le point de lui faire remarquer sa tendance au cabotinage… quand il se décida enfin.

– Avant de condamner la caverne des Goblins, Demian de Garamont l'a explorée de bout en bout. Il fut le seul à le faire et son témoignage est donc notre seul indice. Mais il a rapporté avoir contemplé, je cite : « une œuvre véritablement extraordinaire, un ensemble si simple et si complexe à la fois, que son origine ne pouvait être que divine ». Fin de citation. Il l'a baptisé « le Cœur de l'Ældo », selon ce que la vision lui inspirait.

– Mais il n'était pas sorcier ? vérifia le milicien. Il n'avait aucune compétence pour identifier l'Arcane ?

– Certes non… Mais la rune suprême pourrait engendrer pareil sentiment de reconnaissance ; en tout cas c'est une théorie répandue. Et les efforts du « monstre » pour tenir la Cabale à l'écart du monastère sont assez troublants. Que peut-il bien y avoir sous cette crypte, que les Maûnes ont tant intérêt à nous cacher ?

Sa question fut suivie d'un flottement dont Hogo fut le premier à se ressaisir.

– Que veux-tu qu'on fasse, Zétide ?

Le Lycante ne posait la question que pour la forme, tant il connaissait bien le sorcier. Celui-ci lui rendit un sourire complice. Il leur semblait avoir déjà vécu cette situation des dizaines de fois.

– Nous n'avons pas le choix. Demain, nous dégagerons l'accès à la caverne. Si l'Arcane est vraiment là-dessous, il faudra bien qu'on la trouve… Il se peut que nous vivions la dernière nuit de la Malerune, après tout !

En secret, Zétide espérait également ne pas vivre sa dernière nuit *tout court*. Ses réflexions l'avaient porté bien plus loin qu'il ne pouvait l'avouer. Le « monstre » semblait plus intelligent qu'il ne le laissait croire… L'expédition à venir avait toutes les chances de se faire le théâtre de sa cruauté.

* * *

Le Prieur répéta aux moines rassemblés exactement ce que Zétide lui avait conseillé, à savoir : l'exacte vérité. Tous se tiendraient plus tranquilles en cessant de croire qu'on leur cachait quelque chose, et leur coopération faciliterait les travaux prévus le lendemain dans la crypte.

Les murmures d'approbation qui secouèrent les colombins, pendant que le Verve parlait, donnèrent raison au sorcier. Le petit être orange livra l'intégralité des fruits de leurs réflexions ainsi que les bribes de l'histoire du monastère tirées des notes de l'archiviste. Ainsi, le premier Prieur avait obtenu vers 2750 l'autorisation d'installer un culte colombin sur les terres d'Aachen de Garamont, descendant direct du chevalier Demian. Le châtelain de l'époque n'avait posé comme seule condition que de voir la construction s'élever sur la rune fermant la grotte des Goblins, tournant ainsi définitivement la page sur cet épisode de la famille.

Le récit du Verve terminé, Zétide prit à son tour la parole pour donner quelques conseils de sécurité. Il fut assez diplomate, cette fois, pour inviter Ombre-de-Pluie à se joindre à lui, bien que le chef milicien ne pût placer le moindre mot. Le sorcier invita chacun à rester vigilant et, surtout, à ne pas s'isoler. Ceux dont la tension avait effacé toute fatigue devaient se faire connaître pour l'organisation de tours de garde. On allait distribuer des bougies et des couvertures supplémentaires, car il était hors de question de séparer les dortoirs cette nuit. Quelques hommes allaient également vérifier les enclos, pendant que d'autres devaient ramener Taste-Nuage toujours enfermé dans les jardins du cloître...

Ariale céda à un bâillement alors que la liste des consignes ne connaissait plus de fin. Elle s'était assise dans le couloir près de l'entrée, tout contre Lucia dont elle utilisait l'épaule en guise d'oreiller. Elle ignorait combien de moines s'étaient tassés en ces lieux, mais partout où se posait le regard, ce n'était que silhouettes grises et visages hagards. Les plus jeunes répétaient chaque mot aux anciens trop loin pour entendre. Ils se trompaient parfois, ou les doyens comprenaient mal, et s'ensuivaient de longues explications chuchotées qui berçaient la jeune fille telles les rumeurs agréables d'un foyer. Il faisait chaud également, comme l'impliquait une telle concentration de personnes. Bien malgré elle, Ariale se sentait glisser dans le sommeil.

D'un œil à moitié ouvert, elle vit Tyâm lui faire un petit salut de la main, à l'autre bout du couloir. Autant dire à l'autre bout du monde ; il y avait bien vingt colombins entre elle et lui. Elle lui rendit la politesse d'un geste las avant de replacer sa joue contre le gilet de sa sœur. La bonne odeur de cuir et d'écorce l'envoûta un peu plus encore et elle ferma complètement les yeux pour mieux goûter la douceur de ce contact. Seuls les murmures de ses voisins et les intonations étouffées de la voix de Zétide venaient lui rappeler qu'elle n'était pas chez elle… dans l'immense salle à manger du château Garamont, assoupie sur les genoux de son père méditant devant l'âtre familial.

Elle voulut s'accrocher à cette image, mais la réalité refusa cruellement de céder la place aux rêves. De nouvelles rumeurs vinrent hanter ses pensées, portées par le babil des moines imaginatifs ou trop impressionnables. *Le monstre est le fantôme des Goblins morts*, disait-on maintenant. Ou une manifestation de leur dieu, en manque de sacrifices. Ou un démon envoyé par les Maûnes pour les empêcher de trouver l'Arcane. Ou… ou…

Ariale s'éveilla en sursaut. C'était la pleine nuit. Elle ne dormait plus sur l'épaule de Lucia, mais sur un oreiller que sa sœur lui avait glissé sous la joue. La chasseresse l'avait également recouverte d'une couverture avant de s'installer à ses côtés.

L'air s'était nettement rafraîchi. Tout le monde dormait depuis longtemps, à même le sol pierreux, entre deux bougies plantées dans le mur et répandant une odeur de cire dans le couloir. Ariale songea soudain aux réfugiés qui campaient de la même manière, à l'extérieur de l'enceinte. Il n'y avait plus grande différence entre les moines et eux. Aucun Elde ne serait en sécurité tant que l'Équilibre resterait rompu…

Elle tendit le cou pour chercher Zétide et Hogo parmi les formes allongées mais renonça assez vite. Elle n'osait trop remuer, de peur de réveiller sa sœur, et supposait que leurs compagnons étaient forcément quelque part dans le coin, de toute façon. Elle s'enroula méthodiquement dans la couverture, se laissa doucement aller contre l'oreiller et se mit à rêvasser.

Sa vie avait vraiment pris un drôle de tournant, en seulement trois nuits. Et si le *Cœur de l'Ældo* n'était pas l'Arcane ? Zétide les emmènerait-il avec lui dans la suite de sa quête, comme Lucia voulait y croire ? Et s'il trouvait l'Arcane, au contraire ? Le monde allait-il être sauvé demain ? Mais s'il arrivait quelque chose au sorcier ?

Le déroulement du reste de son existence allait se jouer d'ici quelques heures, quand Zétide libérerait le passage vers la caverne mystérieuse. Rien que l'idée de descendre dans le petit bâtiment du fond du jardin faisait frissonner Ariale. Alors, explorer cette grotte fermée depuis des siècles et se trouvant encore *en dessous* du lieu maudit...

Très lentement, elle remonta la couverture jusqu'à la naissance de son nez, comme si l'étoffe misérable pouvait la protéger des images effrayantes qui lui venaient à l'esprit. La plus terrible était d'imaginer que les moines autour d'elle ne dormaient pas, mais qu'ils étaient tous bel et bien morts, le cœur arraché par un Goblin perfide et fantomatique.

Inutile de préciser à quel point elle peina à se rendormir.

* * *

Les premières lueurs de l'aube vinrent teinter d'orange les bassins des jardins du cloître. Quand ils furent assez réchauffés, quelques canards de Creste ébauchèrent une nage lascive qui les amena aux abords des rives. Ils s'y hissèrent maladroitement et s'ébrouèrent, chassant de leurs duvets la pellicule d'eau qui s'y réfugiait. Après un moment passé en observation, ils entamèrent une promenade hésitante et entrecoupée de nombreuses haltes qui finit, bon an mal an, par les amener auprès des mangeoires.

Tout cela en vain... le moine chargé de les nourrir ne devait s'en soucier qu'au terme de ce jour, bien après la fin des événements dramatiques qui allaient secouer le monastère. Et le pauvre homme redouterait tellement de revenir dans les jardins à la nuit tombée qu'il remettrait sa corvée au lendemain, infligeant aux pauvres volatiles un jeûne aussi strict qu'injustifié.

Moins d'une heure après le lever du soleil, la porte gardant l'accès du cloître fut agitée de secousses et soudain ouverte, à la grande frayeur de la pintade rousse qui s'était blottie contre le bois. C'en fut fini de la tranquillité des lieux : jusqu'au milieu de l'après-midi, le paisible jardin des méditations allait connaître plus d'activité qu'il n'en avait vue en un mois. Rien que les rumeurs de conversations émanant de la galerie suffirent à donner l'alarme à la basse-cour domestique, qui chercha aussitôt à regagner la sécurité des mares, bassins, fontaines, clapiers, niches et abris divers élevés à son intention.

Lucia fut la première à passer l'embrasure. Un sourire étincelant flottait sur ses lèvres. Elle s'était battue pour cette place, jouant des coudes et des mains, se frayant un chemin parmi la cohue des moines curieux jusqu'à Zétide et Hogo qui menaient les opérations. Elle avait même coiffé ses compagnons au poteau, se faufilant entre eux à la première occasion, pour le seul plaisir d'être en tête du cortège et de montrer qu'il faudrait compter avec elle.

Le Lycante la suivait de peu, l'œil vigilant et son bâton prêt à jaillir de ses mains. Il étudiait les environs avec une telle concentration que la pointe de ses oreilles en frémissait. Zétide venait juste derrière, portant une pile de manuscrits qu'il faisait passer de sous un bras à l'autre. Le sorcier s'engagea directement sur le sentier de promenade et Lucia lui emboîta le pas, marchant à reculons pour observer le reste de la colonne.

Taste-Nuage le Guimne se courba pour franchir l'ouverture trop étroite. Alors qu'il déroulait ses longs membres pâles, Lucia songea aux commentaires d'Ariale sur les ressemblances du gardien de la crypte avec une araignée géante… Il roula des yeux exorbités en sa direction et la chasseresse put constater à quel point sa sœur avait raison.

Geyor venait ensuite, accompagné du Prieur qu'il soutenait et de l'inévitable Ombre-de-Pluie aboyant des ordres à ses hommes. Une poignée de miliciens envahirent à leur tour la pelouse imprégnée de rosée. Tous portaient, en plus de la calotte, du gourdin et de l'arbalète qui composaient leur équipement de base, l'une ou l'autre lame empruntée aux ateliers ou aux cuisines et qu'ils brandissaient de préférence à leur massue.

Leur arrivée donna le signal officiel du départ et c'est un groupe d'une douzaine de personnes qui se dépêcha derrière Zétide, Lucia et Hogo, tandis que des flots de moines n'ayant rien à faire en ces lieux se déversaient de la galerie encombrée. Lucia tendit le cou par-dessus toutes ces têtes, cherchant à retrouver Ariale, et l'aperçut bientôt qui courrait jusqu'à elle en compagnie du jeune Tyâm. La jeune fille prit place entre elle et le Lycante, et la chasseresse, se voyant soudain si bien accompagnée, fut emportée par une inexplicable bouffée de bonheur.

– Toute la famille est là, lança-t-elle gaiement. Le monstre n'a qu'à bien se tenir !

Zétide lui lança une œillade sceptique qui en disait plus qu'un long discours. Lucia l'ignora effrontément et respira à pleins poumons, profitant tout son saoul de l'air revigorant du petit matin. La chasseresse ne doutait pas qu'ils allaient trouver l'Arcane dans la journée. Elle imaginait déjà la fête qui s'improviserait chez les moines, dès l'annonce de la bonne nouvelle.

– J'avais demandé à ce qu'on soit tranquille, maugréa Zétide. J'ai l'impression que tout le monastère s'est donné rendez-vous dans ces jardins !

Un coup d'œil dans son dos suffit à Lucia pour comprendre l'irritation du sorcier. Derrière le Guimne, Geyor, le Prieur et Ombre-de-Pluie, derrière encore les miliciens aux arbalètes encombrantes, c'était des dizaines et des dizaines de moines qui suivaient grossièrement le chemin de promenade, tous déjà bien agités pour cette heure matinale. La nuit portant conseil, chacun avait de nouvelles théories sur les meurtres, la rune et le monstre, et les conversations allaient bon train. Lucia ne voyait pas l'intérêt d'en discuter autant. Il lui semblait avoir supporté plus que sa part d'élucubrations.

Rassurant sa prise sur ses grimoires, Zétide s'arrêta pour laisser au groupe du Prieur le temps de le rattraper.

– Essayez de faire partir tous ces curieux, demanda-t-il à Ombre-de-Pluie. Le mieux serait qu'ils retournent à leurs occupations habituelles.

– Je n'ai pas assez d'hommes pour ça, prétexta le milicien. Tant pis si leur présence vous gêne ; vous devrez faire avec.

– Il ne s'agit pas de ça, rétorqua le sorcier agacé. Si vous ne voulez pas qu'on meure étouffés dans la crypte, arrangez-vous pour les tenir à l'écart !

Le milicien connut un instant d'hésitation, puis quitta le petit groupe pour aller parler à ses hommes. Lucia, qui avait assisté à l'entretien, se réjouit de cette coopération forcée. Alors qu'elle-même ne cessait de protester contre l'attitude autoritaire de Zétide, elle prit un malin plaisir à voir le moine antipathique en faire les frais.

La bâtisse tant discutée fut enfin en vue. Du moins, Lucia supposa qu'il s'agissait bien de l'entrée de la crypte, et non pas d'un quelconque hangar de jardinier. Basse, étroite et sale, elle n'avait rien de la construction immaculée et bordée de statues que la chasseresse avait imaginée. Mais comme la colonne entière en prenait la direction et que les conversations se taisaient peu à peu à son approche, Lucia perdit rapidement ses derniers doutes.

Les groupes de Zétide et du Prieur gagnèrent la petite porte de bois, bientôt cernés par une muraille humaine poliment tenue à distance par les miliciens. Un silence attentif tomba sur la foule quand l'étrange Taste-Nuage dévoila son trousseau de clés. Il en choisit une de ses doigts malingres et s'accroupit devant les montants avec la grâce d'un héron. Six arbalètes furent pointées au-dessus de sa tête par des bras trop nerveux pour viser correctement. Lucia vit Hogo reculer d'un pas et en fit autant, pas bravache au point de risquer de se faire clouer par erreur. Elle s'assura qu'Ariale était également hors du champ et reporta son attention, comme les autres, sur le Guimne trop pâle s'activant sur la serrure.

Ce ne fut pas long, heureusement. Le gardien de la crypte devait trouver toutes ces précautions superflues, car il poussa la porte déverrouillée sans laisser paraître la moindre crainte. Mais qui savait ce que pensait vraiment l'échalas aux yeux d'insecte ? Le fait qu'il soit muet, comme tous ceux de son peuple, n'arrangeait pas les choses… En le voyant se redresser devant le petit bâtiment, la chasseresse eut l'étrange impression qu'il allait s'opposer à ce qu'on y entre. Comme pour défendre son territoire, niche maléfique bourrée d'ossements, de corps à moitié dévorés et de victimes prisonnières de cocons de toile empoisonnée.

Il s'écarta pourtant, et les miliciens resserrèrent leur cercle autour de l'ouverture, Ombre-de-Pluie au centre. Un autre moine activa le briquet d'une lanterne et la tendit à Hogo qui la demandait. Le Lycante la pendit à l'extrémité de son bâton puis s'avança lentement vers le passage sombre, tous ses sens en éveil. À cet instant, bon nombre de moines retinrent leur respiration… Mais les minutes passèrent sans qu'il n'arrive rien de dramatique et Lucia finit par rejoindre l'homme-loup devant l'ouverture.

Elle trouva le spectacle plutôt décevant : la lanterne ne dévoilait qu'une petite pièce pratiquement vide avec un escalier en son centre. Aucun jour ne venait éclairer l'intérieur, mis à part celui de la porte entrouverte. Une lampe éteinte était suspendue au plafond par un crochet tordu ; deux autres reposaient près du montant de bois, et Lucia tendit le bras pour en saisir une. La différence de température avec l'extérieur la frappa aussitôt.

– C'est vide, lança Hogo par-dessus son épaule.

Il s'avança résolument vers l'escalier et y plongea le bâton et la lanterne. Lucia eut le temps de jeter un coup d'œil avant que les épaules d'Ombre-de-Pluie ne s'interposent entre elle et le Lycante. Il n'y avait rien d'autre à voir qu'une série de marches irrégulières. Elle s'activa alors sur le mécanisme réticent de la lampe, un genou dans l'herbe, pendant que Zétide et bon nombre de miliciens la dépassaient pour s'engouffrer dans le bâtiment. Du coin de l'œil, elle aperçut Ariale qui s'approchait également, la mine soucieuse.

– Lucia… Tu ne vas pas descendre aussi ? s'inquiéta la jeune fille.

– Bien sûr que si, p'tit loup ! Je ne voudrais manquer ça pour rien au monde !

– Mais… Tu n'as pas peur ?

– Il n'y a pas de raison. Le vieux Zétide a certainement un tas de défauts, mais je le crois assez doué pour clore le bec de n'importe quel Maûne qui se cacherait là-dessous. Si quelqu'un doit avoir peur, ici, c'est bien le monstre !

Sa réflexion laissa la jeune fille songeuse. Geyor et le Prieur disparurent à leur tour dans l'escalier étroit, tandis que Lucia secouait rageusement la lampe dont le briquet refusait de fonctionner. Un ultime essai vit enfin jaillir des étincelles et la chasseresse poussa aussitôt la flamme à sa plus grande intensité. Elle se redressa alors et, voyant le passage dégagé, interrogea sa sœur d'un signe de tête.

Ariale contempla alternativement la bouche sombre de l'escalier et l'assemblée des moines attentifs. Apercevant Tyâm avec un groupe de novices, elle lui fit un petit salut… et s'avança lentement sous le couvert du bâtiment. Lucia comprit que la curiosité avait été la plus forte. Venant de sa sœur, le contraire l'eût étonnée.

Un air frais les submergea dès qu'elles eurent franchi le seuil. Les clameurs extérieures se firent moins audibles tandis que d'autres, montant de l'escalier comme un essaim de chauves-souris, venaient se briser contre la pierre du plafond pour retomber en quelques syllabes inintelligibles. La lumière dansante donnait à l'endroit une apparence de vie propre, insidieuse et maléfique. Comme Ariale hésitait encore à descendre, Lucia posa sa lampe et commença à dérouler son tricot sur ses avant-bras gagnés par la chair de poule.

C'est alors qu'elle sentit une présence. Juste dans son dos.

Elle se retourna dans un vent de panique, son poignard à demi tiré, sur le point de frapper à l'aveuglette. Et même après qu'elle eut reconnu la silhouette de Taste-Nuage, son cœur peina à retrouver un rythme normal. Le Guimne s'était glissé derrière elle sans un bruit. Seul l'instinct de la chasseresse l'avait avertie de son arrivée.

L'étrange échalas ne semblait pas s'apercevoir de l'émoi dont il était la cause. Il tendit l'un de ses longs bras à l'extérieur et le ramena en même temps que la porte, bloquant ainsi l'unique issue de la crypte. Il se tourna alors vers les sœurs Garamont et attendit, la lumière de la lampe soulignant par le bas le vide de son regard.

– Pourquoi avez-vous fermé ? protesta Lucia. Personne ne l'avait demandé. Ça n'était pas prévu.

Le Guimne parut hésiter, tournant légèrement la tête à gauche et à droite, puis s'entoura le torse de ses bras malingres. La chasseresse supposa qu'il répondait « froid ». En temps que gardien de la crypte, il pouvait en effet se soucier du maintien d'une température fraîche… Comme il ne présentait pas de signe d'agressivité, Lucia s'arrêta à cette explication et se retourna vers Ariale.

La jeune fille ne pouvait quitter l'Elde des yeux. Elle ne sortit de sa torpeur qu'à l'instant où sa sœur lui toucha l'épaule, sursautant comme s'il s'était s'agit d'un fantôme. Elle empoigna alors elle-même la lampe et se lança dans les premières marches de l'escalier en direction de Zétide, de Hogo et de la sécurité relative d'un lieu plus fréquenté.

Lucia n'eut d'autre choix que de la suivre, et entendit derrière les pas furtifs de Taste-Nuage sur les marches raides. Le Guimne devait énormément se courber sous la voûte inégale et s'aidait en cela en s'appuyant sur les parois, si bien que la chasseresse apercevait parfois du coin de l'œil ses mains blanchâtres courir sur la pierre comme autant d'araignées aveugles. Elle commençait à se sentir vaguement prise au piège, mais en même temps honteuse de ses propres inquiétudes. Elle s'efforça de se détendre en concentrant son attention sur le décor.

D'étroit et raide au départ, l'escalier s'élargissait ensuite pour devenir de plus en plus inégal. Après une vingtaine de marches, Lucia prit soudain conscience d'être *déjà* dans la caverne des Goblins. Le boyau avait beau sembler tout devoir à la maçonnerie, il devenait évident, aux yeux d'une personne avertie, que l'architecte s'était contenté d'aménager la cavité naturelle. La voûte était à géométrie variable, suivant les aspérités de la roche ; de même les parois en épousaient-elles les irrégularités. La pierre nue, derrière les moellons rajoutés par les moines, portait-elle encore des traces du clan maûne ? Et ces marches à peine retouchées, combien de victimes avaient-elles vues mener au sacrifice ?

La chasseresse se posait ces questions machinalement, sans perdre de vue la chevelure châtain qui descendait un mètre devant elle. Les voix souterraines se firent plus précises ; on pouvait reconnaître celles de Zétide et d'Ombre-de-Pluie. Après un virage et un petit palier, l'escalier s'élargit encore pendant que les marches se fondaient en une pente douce à peine marquée de quelques arêtes. La voûte s'éloigna également, permettant à Taste-Nuage de se redresser et rester un peu en arrière. Une lueur trahissait le bout de la galerie. Ariale se pressa de la gagner et Lucia tourna le coin juste derrière elle en dévalant une dernière série de marches.

Elles étaient dans la crypte.

La première chose qui s'imposa au regard de la chasseresse fut l'étrange mélange des personnes rassemblées là, image plus frappante encore dans cet espace confiné. Zétide, accroupi à côté d'une lanterne, Hogo, Geyor et le Prieur, attentifs aux commentaires du sorcier, enfin Ombre-de-Pluie et quatre de ses hommes, nerveux, et répartis le long d'un cercle approximatif dont Lucia découvrit le centre avec stupeur.

Un instant, elle revit la cave du château Garamont, la rune gravée dans la pierre et qui se révélait indestructible. Car il s'agissait bien de cela. La fameuse rune commandée par leur ancêtre Demian, un dessin de trois mètres de diamètre dans le sol poussiéreux, au tracé sombre enroulé en quelques dizaines de serpents sur lesquels personne n'osait mettre le pied. Un symbole peint six siècles plus tôt et qui s'était peu à peu effacé pour réapparaître mystérieusement. Une mise en garde contre un danger inconnu et en même temps, peut-être l'ultime barrière à l'aboutissement de la quête de l'Arcane.

– Qu'est-ce que vous faites ici ! blâma Zétide dès l'arrivée de ses pupilles. Retournez tout de suite là-haut !

– J'y suis, j'y reste, rétorqua Lucia sans se démonter. Et s'il vous faut une raison, considérez que le sol de cette crypte appartient à ma famille, et que j'entends voir ce qui s'y passe.

– Déraisonnable, maugréa le sorcier. Vous auriez au moins pu vous passer d'amener la petite !

L'apparition de Taste-Nuage étouffa cette dispute dans l'œuf. Le Guimne n'était pas plus attendu que les sœurs Garamont. Sous les regards interrogatifs de l'assemblée, il alla se placer dans le cercle, entre le Prieur et l'un des miliciens. Passés ces instants de surprise, et quand il fut évident que l'Elde n'entendait rien faire d'autre, tous reportèrent leur attention sur Zétide qui lui-même se repencha sur la rune en bougonnant.

Lucia se faufila jusqu'à Geyor, laissant Ariale trouver la sécurité de la compagnie de Hogo. Le jeune mage salua la chasseresse d'un franc sourire. Elle songea qu'il était bien le seul à lui offrir cet accueil. Il faut dire que l'endroit n'incitait guère à l'allégresse... Plus ovale que rectangulaire, la pièce voyait ses murs percés de plusieurs dizaines de niches placées en quinconce, peut-être cent ou cent cinquante. La plupart étaient scellées par de massifs blocs de pierre mais quelques-unes, heureusement vides, dévoilaient un intérieur horizontal et profond qui ne laissait aucun doute quant à leur fonction de tombeau. D'énormes roches polies attendaient par terre de refermer ces dernières demeures, comme elles l'avaient déjà fait pour de nombreux moines à travers les siècles.

– Pas très gai, comme ambiance..., chuchota-t-elle à l'oreille du jeune mage.

– Tu l'as dit. Je déteste cet endroit.

– Est-ce qu'il y a d'autres salles ? demanda-t-elle au

Prieur. Celle-ci est trop petite pour contenir les corps de dix générations de moines…

– Nous n'avons que cette crypte, malheureusement, expliqua le Verve en soupirant. Quand la place vient à manquer, le gardien est chargé de libérer les niches les plus anciennes en brûlant ce qui pourrait y rester. Taste-Nuage est le seul à s'être porté volontaire pour cette tâche, ajouta-t-il à l'intention du Guimne. Il s'en est toujours acquitté suivant les enseignements de l'Équilibre, avec un profond respect.

L'intéressé inclina légèrement la tête, manifestant sa gratitude pour ces compliments. Du moins, c'est ainsi que Lucia l'interpréta… Ses préoccupations étaient ailleurs, de toute façon. Les explications du Prieur avaient ravivé un souvenir encore bien trop douloureux. Celui de sa mère, dont le corps sans vie avait également été offert aux flammes… Eras ne voulait pas d'une tombe sur laquelle pleurer, mais d'un monde tout entier imprégné de l'esprit de sa bien-aimée. Lucia était trop jeune pour en juger alors, mais avait depuis songé que son père avait bien agi. *Probablement* bien agi.

– Alors, vous y comprenez quelque chose, ou pas ? grogna Ombre-de-Pluie.

Zétide avait ouvert l'un de ses grimoires, un volume couvert d'un cuir jaunâtre et bourré de marque-pages, pour le consulter à même le sol. Il ne leva même pas la tête pour répondre au moine rougeaud.

– Bien sûr. Quand on sait ce qu'on cherche, c'est toujours plus facile.

– Et que cherchons-nous, donc ?

– Ça me paraît évident. Il faut vérifier que cette rune correspond bien à ce qu'en disent les notes de l'archiviste, ce que je ferai d'autant plus vite si vous me laissez travailler.

Le milicien ouvrit grande la bouche pour protester mais plusieurs regards réprobateurs l'enjoignirent au silence. Zétide se déplaça d'un bon mètre sur la rune géante, à la manière d'un crabe, traînant son grimoire jaune comme une partie intégrante de sa personne. Il s'écoula plusieurs minutes pendant lesquelles tous respectèrent la concentration du sorcier. Celui-ci suivait certains tracés de l'index, fouillait sa mémoire, consultait parfois l'un ou l'autre des manuscrits que Hogo lui amenait avec diligence, puis revenait sur la rune en caressant sa barbiche… Lucia commença à imaginer que son manège allait durer des heures, mais Zétide finit par se redresser et se placer dans le cercle des spectateurs adossés aux niches mortuaires.

– Elle n'a rien de dangereux, affirma-t-il à l'intention du Prieur. C'est un symbole de protection tout ce qu'il y a de plus inoffensif.

– Drôle de protection, commenta un milicien. Il y a eu plus de morts depuis son apparition qu'en une année entière !

– Elle n'est pas « apparue », corrigea Zétide. Elle est *réapparue*. Son pouvoir a toujours été actif, même si son tracé s'est gommé sous l'usure et la poussière. Et ce « réveil » n'est probablement dû qu'au chaos engendré par la Malerune.

– Mais quel est son pouvoir, justement ? s'enquit le Verve. Si c'est un symbole de protection, de quoi nous garde-t-il ?

– De rien. Ou plutôt, de tout… Imaginez que c'est une sorte de « cadenas » magique, si vous voulez.

– J'aurais dû y penser, soupira Geyor, attristé. Tout ce temps perdu… J'aurais vraiment dû y penser.

– Vous pourriez être un peu plus clair, pour ceux qui ne sont pas magiciens ? réclama Lucia.

– Eh bien…, reprit Zétide. Disons que cette rune rend la pierre *infranchissable*, dans un sens comme dans l'autre. C'est à dire qu'elle voue à l'échec toute tentative de percer le sol de la crypte, comme elle empêche tout ce qui est *en dessous* de remonter.

– En dessous, comme quoi ? Le monstre ?

– Impossible de répondre. Comme je viens de le dire, le Maûne peut venir de n'importe où, *sauf* de sous cette crypte.

– Mais il y a peut-être un autre accès ? suggéra le Prieur. Une autre caverne ?

– Vous êtes trompés par mon image du « cadenas », expliqua le sorcier avec embarras. Disons qu'il ne s'agit pas seulement de condamner *l'accès* à la grotte des Goblins, mais la grotte en entier, vous comprenez ? Même en creusant à côté de la rune, on ne pourrait pas entrer. On se heurterait toujours à une barrière infranchissable, un mur de rocaille qui refuserait de s'effriter. S'il existait un autre accès, la magie ne pourrait s'opérer… Or, j'atteste que ce tracé est bien chargé d'un pouvoir.

– Du très grand art, admira Geyor. Digne des anciens maîtres.

– En effet, acquiesça Zétide. Les notes ne révèlent pas à qui Demian a fait appel, mais c'était assurément un grand sorcier…

– Attendez, attendez, interrompit Ombre-de-Pluie. Je résume. Demian de Garamont est descendu dans cette caverne, puis a décidé de la faire condamner. Il s'est pour cela adressé à l'un des plus grands magiciens de son époque : le moins que l'on puisse dire, c'est que la chose lui tenait à cœur. Et c'est bien là-dessous que vous projetez de nous emmener ? *Vous voulez conjurer cette protection en place depuis six siècles ?*

– Incroyable, la vitesse à laquelle vous changez d'avis, railla Lucia. Tout à l'heure c'était une rune maléfique, maintenant c'est un porte-bonheur cher à votre cœur.

– Je partage un peu l'avis d'Ombre-de-Pluie, avoua le Prieur. Il ne me semble pas raisonnable de rouvrir cette ancienne blessure…

– Et l'Arcane, alors ? rappela la chasseresse. Vous vous rendez compte qu'elle est peut-être à trois mètres sous nos pieds ? On ne va quand même pas en rester là !

Elle soupesa le regard de chacun des membres du cercle en un sondage muet. Elle-même, Geyor, Zétide et Hogo étaient assurément pour l'ouverture de la grotte des Goblins. Lucia ne doutait pas non plus de la confiance d'Ariale, même si sa sœur se tenait hors de cette conversation d'adultes. Un des miliciens semblait indécis. Les trois autres se rangeaient à l'avis de leur chef et du Prieur. Quand au Guimne silencieux, le vide de son regard rendait impossible toute traduction de ses sentiments.

– Revenons au « monstre » un instant, demanda Zétide. Quelle que soit sa nature, c'est indéniablement un Maûne. Un Maûne qui a tout fait pour tenir la Cabale à l'écart de cet endroit, pour une raison qui nous est encore inconnue. La meilleure façon de le contrer est d'aller voir de quoi il en retourne exactement. Songez-y... Il n'y a aucune raison qu'il s'arrête à ces treize *premiers* meurtres.

Lucia apprécia la petite touche pessimiste, qui ne pouvait manquer de se révéler un argument de poids auprès du Verve sensible. De fait, le Prieur baissa la tête avec tristesse, incapable de prendre la responsabilité d'une telle décision. D'épais bourrelets de chair orange roulèrent du haut de son crâne chauve jusqu'à son front ridé.

– Si nécessaire, je consacrerai les semaines à venir à dessiner une nouvelle rune, renchérit Zétide. S'il y a là-dessous un réel danger, les moines n'en subiront pas les conséquences, vous avez ma parole.

– Je m'en remets à vous, finit par lâcher le Verve. Avec Geyor, vous êtes seuls hommes de magie, et donc à même de savoir ce qui est pour le mieux. En tout nous devons suivre les conseils des hommes d'expérience... Ainsi est l'Équilibre, ajouta-t-il dans un souffle.

Ainsi est l'Équilibre, répéta l'assemblée. Le court silence qui suivit marqua la gravité de l'instant. Dès lors que le Prieur avait donné son approbation, même le colérique Ombre-de-Pluie ne pouvait plus s'opposer au projet. La caverne des Goblins allait être rouverte après six siècles d'abandon.

– Qu'est-ce qu'on fait, Zétide ? demanda Lucia. Vous annulez la rune et on la détruit à coups de pioche, comme l'autre jour ?

La chasseresse sourit devant les expressions étonnées des moines et de Geyor. Elle n'avait pas cherché à attiser leur curiosité, mais ce n'était pas pour lui déplaire.

– Ce type de tracé est précisément impossible à annuler, répondit bientôt le sorcier. Un symbole de protection qui perdrait son pouvoir une fois modifié ne servirait pas à grand-chose… Toute intervention sur la rune est inutile. Sa force est inscrite dans la pierre depuis longtemps.

– Si vous ne pouvez pas l'annuler, alors il n'y a pas de solution, conclut un des miliciens. Vous avez dit qu'on ne pouvait pas creuser à côté non plus…

– Creuser, *non*, concéda Zétide en remontant les manches de son bliaud. Tous les moyens naturels mis en œuvre contre cette rune ne suffiront pas à la vaincre. Il n'existe qu'une façon d'en venir à bout… La magie ne se combat que par une magie *plus puissante*.

Il y avait une telle force dans le regard du sorcier que le moine se raidit contre les niches mortuaires, déclenchant involontairement le mécanisme de son arbalète. Le carreau vint sèchement claquer contre la pierre où il rebondit à plus d'un mètre de hauteur, heureusement sans blesser personne. La minute qui suivit fut entièrement consacrée à un récital d'invectives lancées par Ombre-de-Pluie au maladroit rougissant.

– Nous sommes un peu trop serrés, décida Zétide quand l'orage fut passé. Je vais avoir besoin de place. Que tout ce côté aille se retrancher dans le couloir, pour le moment.

Il désignait la zone occupée par trois des miliciens, dont le fautif, ainsi que Taste-Nuage. Tous s'exécutèrent sans rechigner, se massant à l'entrée de la crypte comme des garnements curieux à la porte d'une auberge peu fréquentable.

– Qu'allez-vous faire, au juste ? s'enquit le Prieur en les rejoignant. Combien de temps vous faudra-t-il ?

– Une ou deux minutes à peine, avança le sorcier. Si ma mémoire ne me fait pas défaut… C'est une rune que je n'ai guère l'occasion d'utiliser.

– Une rune, *comment* ? demanda Lucia. Vous allez fendre la terre en deux ? ajouta-t-elle, rieuse.

– Reculez bien contre les murs, se contenta d'indiquer l'intéressé. Couvrez-vous le nez et la bouche ; nous allons probablement manger un peu de poussière. D'ailleurs... réflexion faite, le mieux serait que *tout le monde* aille se mettre à l'abri dans l'escalier.

– Vous n'êtes pas sérieux ? s'offusqua Ombre-de-Pluie. Vous allez vraiment faire ce que vous dites ?

Zétide ignora la question et tira un mouchoir de son bliaud, qu'il s'affaira aussitôt à nouer sur son visage. Discipliné, Hogo gagnait déjà la bouche de la galerie où il força à reculer ceux qui s'y trouvaient déjà. Le moine rougeaud prit soudain conscience du sérieux de la menace et courut se mettre à l'abri. Geyor, le quatrième milicien, Lucia et Ariale furent les derniers à quitter la crypte. Chacun d'eux disposa finalement d'une vue imprenable sur les faits et gestes du sorcier qu'ils suivirent avec intérêt.

Zétide commença par rassembler les trois lanternes restantes en un endroit assez éloigné de la rune de Demian. Lui-même s'agenouilla au bord du symbole, assez près de l'escalier pour s'y réfugier en cas de besoin. Sa position peu orthodoxe, son mouchoir vert et la barbiche poivre et sel qui en dépassait auraient pu lui donner un air ridicule, mais il n'en était rien. Dans la force de son regard, dans l'exercice de son art, l'Arcadien paraissait ce qu'il était vraiment : l'un des plus grands sorciers vivants de l'Ældo, l'un des rares dépositaires du savoir laissé par les Dieux, l'un des derniers êtres capables de déployer la puissance de l'Arcane si elle était trouvée un jour. Lucia elle-même en convint, intérieurement. Et cela lui apparut comme une raison supplémentaire de mettre ses pas dans ceux du vétéran.

Zétide se contenta d'un temps de concentration somme toute assez court. Alors que chacun retenait son souffle, les doigts du sorcier frémirent, coururent sur le sol pierreux, puis s'animèrent en un ballet à deux mains qui allait se prolonger pendant plus d'une minute. Ses gestes étaient lents, parfois courts, parfois larges, mais empreints d'une indéniable grâce que l'on pouvait qualifier de *sacrée*. Avec beaucoup d'assurance, il enchaînait courbes et déliés, parallèles et lignes nouées, en un mouvement si coulé qu'on aurait pu l'accuser d'improviser n'importe quoi. Mais son application était si évidente que personne ne songeait à l'imposture… Lucia était surtout impressionnée par la manière dont il utilisait ses deux mains en même temps, *pour des mouvements différents*. Elle-même se savait incapable d'une telle coordination entre l'esprit et le corps.

Et les doigts du sorcier poursuivaient leur danse étrange, à quelques centimètres de la pierre seulement… Seuls les index semblaient jouer un rôle, mais leurs mouvements n'en étaient pas moins complexes et difficiles à suivre. Lucia avait un peu essayé au début, mais s'était vite embrouillée dans les enchaînements. Tout juste avait-elle pu constater que Zétide ne suivait en rien les tracés de la rune de Demian, mais quelque chose de tout à fait différent. Quels effets allaient donc produire cette rune invisible ? Seraient-ils vraiment aussi spectaculaires que le sorcier l'avait laissé entendre ?

Un craquement répondit à l'impatience de la chasseresse. Elle s'aperçut que Zétide avait ramené les mains sur ses genoux et examinait le sol devant lui. Un nouveau craquement se fit entendre, beaucoup plus fort, et Lucia eut le temps d'apercevoir des lézardes courir sur la roche avant que le sorcier ne bondisse sur les marches devant elle. Son arrivée coïncida avec un vacarme ahurissant, hurlements de la pierre, éboulements et dégringolade de moellons, amplifiés par l'écho de la crypte et de la cavité révélée. La chasseresse ferma les yeux et se courba sur Ariale accrochée à sa taille. Tous les gravats n'avaient pas encore fini de rouler qu'une pluie de minuscules fragments s'abattait en un bruissement de graisse de cuisine. Quand celle-ci fut calmée à son tour, Lucia rouvrit les paupières, beaucoup trop tôt : le nuage de poussière y engouffra aussitôt une partie de ses troupes dont la chasseresse ne put se débarrasser qu'au prix de quelques larmes.

Au bout d'une minute, en ouvrant les yeux qu'à moitié, il devint à peu près possible de se repérer. On toussait et on pleurait beaucoup, mais la curiosité était bien trop forte pour attendre plus longtemps. Zétide fut bien sûr le premier à aller constater son succès et Lucia, le sentant s'éloigner, ne voulut pas rester en reste. Elle s'assura qu'Ariale n'était pas blessée et franchit les trois mètres, presque à tâtons, qui la séparaient de la cavité découverte.

De la rune de Demian, il ne restait rien. La plaque qui la supportait s'était entièrement effondrée dans un trou béant dont il était encore impossible de voir le fond. Lucia y lança un petit caillou et conclut au bruit de sa chute qu'il ne devait pas y avoir plus de trois ou quatre mètres. Elle entendit Hogo faire la même remarque, quelque part de l'autre côté de la fosse, dans le brouillard où dansaient les lanternes.

L'air de la caverne des Goblins n'était ni plus chaud, ni plus froid que celui de la crypte. On n'y décelait pas non plus de bruits suspects ou d'odeurs particulières, celle de la poussière exceptée. La chasseresse en fut étrangement déçue. N'étaient-ils pas censés y trouver l'Arcane ? Elle avait imaginé un tout autre écrin pour la rune suprême. Une atmosphère… différente, quelle que fût cette différence.

– Vous avez réussi, lança la voix enjouée de Geyor, à quelques mètres de là. C'est véritablement incroyable.

Une nouvelle dégringolade de fragments rocheux ponctua la fin de sa phrase, agitant de tourbillons le nuage opaque et persistant. Ariale toussa deux ou trois fois, non loin derrière sa sœur.

– Par tous les Dieux ! éclata Ombre-de-Pluie. Regardez où vous mettez les pieds ! C'est assez dangereux comme ça !

– Heu… C'est moi le responsable, avoua la voix timide du Prieur. Je crains de m'être trop approché du bord…

– Le mieux est d'attendre que la poussière retombe un peu, suggéra Zétide. D'ici là, que chacun reste où il est. On devrait bientôt y voir plus clair.

Le sorcier envoya tout de même un milicien rassurer les moines qui attendaient dans les jardins. Lucia songea que, si ces derniers avaient forcément senti ou entendu l'éboulement, *pas un* n'était venu à leur secours. Si les choses tournaient mal, il n'y avait pas de soutien à attendre de ce côté…

– Vous croyez que c'est grand ? demanda-t-elle avec intérêt. Il y a un écho assez puissant…

– Nous le saurons bientôt, avança Geyor. Je propose même qu'on ne tarde pas trop à descendre ; il y a sûrement moins de poussière là-dessous.

– Qu'est-ce que vous en savez ? râla le chef milicien. Vous voilà spécialiste en terrassement ?

– Non, il a raison, intervint Hogo. Je vais jeter un coup d'œil.

L'air se faisant moins opaque, Lucia vit la lampe du Lycante danser au bout de son bâton et s'enfoncer dans le gouffre sombre. Elle s'y promena quelques instants, insufflant vie aux particules en suspension, les transformant en autant de feux follets.

– On peut descendre par là, indiqua Hogo. J'y vais.

– Qu'est-ce que vous racontez ? commenta Ombre-de-Pluie. On ne voit rien du tout !

– À un mètre à peine. Il y a une sorte d'escalier. Je vais déblayer le plus gros.

L'instant d'après, on entendait des gravats rouler, rebondir et en entraîner d'autres dans leur chute. Lucia ne résista pas longtemps à la tentation de se pencher par-dessus le bord. En plissant les yeux, elle réussit à discerner les premières des marches que Hogo libérait en usant de son bâton comme d'un balai. Un frisson d'excitation la parcourut lorsqu'elle prit conscience de vivre quelque chose d'extraordinaire.

Le Lycante passa ses jambes dans le vide et se laissa glisser sur une sorte de palier. De là, il poursuivit son travail de déblayage. Tous se rapprochèrent de la cavité où il s'enfonçait peu à peu, jusqu'à ce que Taste-Nuage se décide soudain à descendre à son tour. Son initiative intrigua la chasseresse, mais il apparut que le Guimne ne désirait qu'apporter son aide. La progression de Hogo n'en fut que plus rapide et ils eurent bientôt atteint le fond de la cavité.

L'escalier se présentait comme une bande étroite et bordée d'une paroi unique, le côté droit des marches surplombant un vide de quatre mètres où les gravats s'étaient accumulés. Ce désordre mis à part, Lucia ne pouvait pas discerner grand-chose… Le nuage de poussière était encore bien trop dense pour laisser passer autre chose que la clarté diffuse de la lampe du Lycante.

– Il y a une galerie, annonça soudain ce dernier. Ça me paraît grand. Et l'écho est multiple ; il y a plusieurs salles.

– Dommage…, commenta Zétide. J'avais espéré trouver une caverne unique, mais il semble que nous ayons à explorer quelques tunnels avant…

– Comment est-ce possible ? souffla le Prieur pour lui-même. Ici, juste ici… Jamais je n'aurais cru…

– Vous comptez *vraiment* descendre là-dessous ? coupa Ombre-de-Pluie, comme s'adressant à un demeuré.

Lucia guetta la réponse du sorcier, mais ce dernier n'eut pas la répartie cinglante qu'elle-même n'aurait pas manqué de lancer au visage du milicien.

– Ce n'est pas de gaieté de cœur, croyez-moi, annonça Zétide. J'aimerais autant trouver l'Arcane dans un champ de fleurs arcadien, mais nous n'avons pas vraiment le choix. Et rien ne vous oblige à nous accompagner.

– Vous n'irez pas sans moi, imposa le moine. Je tiens à assister à *tout* ce que vous ferez là-bas.

– L'union fera donc la force, conclut le sorcier avec une pointe de cynisme. Si certains parmi vos hommes sont volontaires, ils seront également les bienvenus.

Le silence embarrassé qui suivit l'invitation fut suffisamment éloquent. Aucun des miliciens n'entendait risquer sa peau dans ce mystérieux tunnel, pas même pour la Belle Arcane.

– Si vous le permettez, entonna Geyor, j'aimerais également faire partie de l'expédition. Le fait est que je n'ai guère été d'une grande utilité jusqu'à présent, mais je brûle de curiosité quant à ce que nous risquons de trouver là-dessous !

– Plus on est de fous, plus on rit, se réjouit Lucia. Ta candidature est acceptée à l'unanimité !

À peine avait-elle achevé cette phrase que la chasseresse sentit peser sur elle le regard courroucé de Zétide. Le sorcier ne perdit pas de temps à contourner la fosse pour les entraîner, elle et Ariale, un peu à l'écart du reste du groupe.

– Qu'est-ce que c'est que ces histoires ? blâma-t-il, contrarié. Il est évident que vous ne descendrez pas plus bas ! Vous allez attendre dans les jardins, comme tout le monde !

– Mortelune ! se fâcha Lucia. Vous n'avez pas d'ordres à me donner, mettez-vous ça dans le crâne une fois pour toutes ! Ce n'est pas parce que…

– Vous allez faire *exactement* ce que je vous dis, articula Zétide devant la chasseresse révoltée. Et cessez de me regarder avec ces yeux assassins ! Je ne fais pas ça pour vous punir !

Il se tourna un instant vers l'agitation du milieu de la crypte, puis reprit un ton plus bas, presque en chuchotant…

– Essayez de m'écouter calmement, pour une fois. La petite balade qui se prépare est *bien plus dangereuse* que vous ne le pensez, bien plus, même, que ce que nous avons vécu au château. Je ne peux pas vous expliquer maintenant, mais croyez-moi sur parole.

– Quoi, encore des secrets ! éclata Lucia. Cette fois c'est sûr, je descends !

Le sorcier l'arrêta d'un signe de main, et elle voulut bien patienter encore un peu, *uniquement* parce que l'expression lassée de Zétide faisait croire qu'il était sur le point de céder. Celui-ci soupira à plusieurs reprises en cherchant de nouveaux arguments dans l'examen du plafond.

– Hogo m'a fait part de votre désir de nous accompagner en Arcadie, révéla-t-il soudain. Songez-y. Me contrarier maintenant ne sert pas votre cause…

– Du chantage ! C'est… c'est *honteux* ! explosa la chasseresse, se sentant prise au piège. Utiliser notre père pour…

– Je vous demande seulement d'être un peu raisonnable, tempéra le sorcier. Restez bien en sécurité à nous attendre, et nous reparlerons de ce projet tout à l'heure.

– Je souhaite presque que vous remontiez sans l'Arcane, lança Lucia, dans un dernier élan de révolte. Je vous préviens que c'est la dernière fois que vous m'avez comme ça. Et vous avez intérêt à tenir votre parole !

– Je vous ai seulement promis d'en *reparler*, précisa Zétide en s'éloignant.

La chasseresse fulminait sur place. Elle se tourna vers Ariale pour quérir son opinion, mais la jeune fille se contenta de hausser des épaules impuissantes, aussi Lucia revint-elle examiner la caverne des Goblins.

L'escalier était alors entièrement déblayé. Geyor s'y avançait lentement, lampe à bout de bras, rejoignant Hogo, Taste-Nuage et Ombre-de-Pluie qui avait précédé le mage. Un des miliciens, à plat ventre sur le bord, tendait ses armes à son chef. Non loin de là, Zétide rassemblait ses grimoires en une pile bien nette contre le mur. Même le Prieur s'activait, faisant les cent pas autour de la fosse en multipliant les paroles d'encouragement. Tous se préparaient à l'expédition qui devait peut-être sauver l'Ældo.

Se détournant du spectacle, Lucia ramassa une des lampes qui traînaient et s'engouffra à grands pas dans l'escalier menant aux jardins. Elle en avait soudain plus qu'assez d'avaler de la poussière. Son goût était devenu trop amer.

* * *

Ariale trouva Tyâm assis sur le petit pont voisinant le pigeonnier vide. Le garçon était en compagnie d'un autre novice, aussi hésitait-elle à le rejoindre, jusqu'à ce que son ami l'aperçoive et coure de lui-même à sa rencontre.

– Alors, comment c'était ? demanda-t-il avec un vif intérêt. Tu as vu la rune ? Et le monstre ?

– La rune seulement, répondit Ariale avec un sourire

forcé. Zétide l'a fait s'effondrer ; il y a un tunnel en dessous. Ils sont partis l'explorer…

Pressée de questions, la jeune fille finit par raconter tout ce à quoi elle avait assisté, de la descente dans la crypte jusqu'à son retour dans les jardins en compagnie du Prieur. Les trois miliciens restants étaient également remontés, le besoin d'air frais se faisant sentir, et leur présence en bas n'étant pas indispensable. L'expédition vers la caverne des Goblins était partie depuis un bon moment ; si ses membres n'étaient pas encore revenus, c'est qu'aucun obstacle ne gênait leur progression et qu'ils en auraient probablement pour plusieurs heures.

– À leur place, je serais mort de trouille, avoua Tyâm. Ils vont peut-être trouver des cadavres… Des pièges de Goblin…

– Il ne peut pas y avoir de cadavres après si longtemps, réfuta Ariale, en voulant se convaincre elle-même.

– Quand même ! C'est bien là-bas qu'ils faisaient leurs sacrifices, non ? Et s'il y avait une espèce de gros monstre au fond du tunnel ?

– Sans rien à manger, il serait mort depuis longtemps…

– Moi en tout cas, je ne serais pas descendu, conclut le novice. Ou alors, seulement si tout le monde y était allé.

– Oui… Peut-être…

Ariale songeait encore à la déception de Lucia face au refus du sorcier. Elle-même s'était trouvée un peu dépitée… Tout ce qu'elle avait vu dans la crypte n'avait rien de réellement effrayant, en définitive. Cela l'avait progressivement mise en confiance, et elle se serait très bien vue suivre Zétide et Hogo dans le tunnel des Goblins. Oui, elle l'aurait fait, s'estimant désormais plus en sécurité près de sa sœur et de ses amis que dans son propre château.

Elle l'aurait fait, si le sorcier n'avait laissé entendre qu'un drame se préparait. Et que lui-même n'était pas sûr d'en sortir indemne.

La jeune fille lança un regard machinal vers le pigeonnier, puis tapa du pied sur la pelouse encore fraîche. Que pouvait-il bien se passer en dessous ?

* * *

La galerie allait en se rétrécissant sur les trente premiers mètres, inégale et chaotique, au point que le groupe dut rapidement avancer en file indienne. Hogo se laissa dépasser par Ombre-de-Pluie et Zétide pour se mettre dans les pas du sorcier. Geyor le laissa s'intercaler devant lui, imposant une halte de courte durée à Taste-Nuage qui fermait la colonne.

Le Guimne s'était joint à l'expédition le plus naturellement du monde et personne ne lui avait posé de question. Hogo ne savait trop quoi en penser. Le mutisme du gardien de la crypte l'intriguait, comme tout le monde. Plus il y réfléchissait, plus le Lycante songeait qu'il aurait préféré mener cette exploration en la seule compagnie de Zétide. Le mage, le milicien, le Guimne, aucun de ces trois-là ne lui inspirait confiance.

L'extrémité de son bâton cogna contre la voûte rocheuse, et il inclina davantage son arme jusqu'à ce qu'elle effleure le sol. Ils n'avaient emporté que trois lampes ; Ombre-de-Pluie en portait une, Zétide également, ainsi que Taste-Nuage. Lui-même avait une vue suffisamment bonne – l'un de ses « pouvoirs » de Lycante – pour s'en passer dans cette semi-pénombre. Geyor ne semblait pas plus gêné par l'insuffisance de l'éclairage, même si Hogo entendit le mage trébucher une fois ou deux.

Les parois s'écartèrent enfin et ils retrouvèrent une certaine liberté de mouvement. Deux pas supplémentaires les menèrent à leur première découverte : une salle aux larges dimensions, au plafond haut de cinq ou six mètres et hérissé de minuscules stalactites. Une plaque calcaire couvrait le sol en pente aussi loin que le regard pouvait porter.

– Incroyable ! s'exclama Geyor. On pourrait mettre ici deux, ou presque trois fois le réfectoire !

– Silence ! grogna le milicien. Vous voulez vous faire tuer, ou quoi ?

Le mage ne répondit que par un gloussement moqueur. Comme chaque bruit qu'ils produisaient, celui-ci résonna longuement dans les entrailles de la terre, revenant sous forme d'un rire oppressant qui ramena un silence gêné dans le groupe.

Hogo s'éloigna de ses compagnons en direction de la paroi la plus proche, qu'il entreprit de longer avec la plus grande attention. Ombre-de-Pluie suivit ses mouvements de la pointe de son arbalète. Le moine y avait suspendu sa lanterne afin de garder les deux mains crispées sur son arme… Inutile de dire à quel point cette menace déguisée déplut fortement au Lycante, qui s'arrangea pour se fondre dans les ténèbres et ne réapparaître que beaucoup plus loin, quand il eut terminé son inspection.

– C'est par là, révéla-t-il en faisant sursauter le milicien. À trente mètres, environ. On entre dans une autre salle.

– Comment pouvez-vous être aussi sûr de vous ? s'enquit Geyor. Le fameux sens de l'orientation des Lycantes ?

– Non. C'est parce qu'il n'y a pas d'autre issue, tout simplement. Vous pouvez vérifier.

Il s'empressa de rejoindre Zétide, qui avait déjà pris la direction indiquée et arborait un sourire amusé. Hogo ne voyait pas ce qu'il y avait de si drôle dans sa réponse.

– Que ferons-nous si nous tombons sur un croisement ? poursuivit Geyor.

– Nous n'y sommes pas encore, tempéra le sorcier. Une salle à la fois !

– Pardonnez mon impatience, s'excusa aussitôt le mage enthousiaste. J'ai une telle hâte de contempler l'Arcane !

– Rien ne dit que vous serez satisfait, grommela le milicien.

– Que voulez-vous dire par là ?

– Réfléchissez un peu : si Demian de Garamont avait vraiment trouvé l'Arcane, pourquoi en aurait-il condamné l'accès ? Il rapporte seulement avoir contemplé « quelque chose d'extraordinaire », ou je ne sais plus quoi. À mon avis, on se trompe sur toute la ligne. J'ignore ce qu'il a vu, mais ça n'est sûrement pas l'Arcane. Ça serait trop beau.

Il interrompit sa démonstration à l'instant où le groupe pénétrait une deuxième salle. Celle-ci était nettement plus petite et débouchait directement sur une galerie fortement inclinée. Hogo en explora l'entrée de tous ses sens, reniflant, écoutant, cherchant à percer l'obscurité de son regard hybride. Il consentit alors seulement à s'y aventurer de quelques pas, cherchant l'appui des marches grossières qu'il avait repérées et qui n'avaient pas été empruntées depuis six cents ans. Les autres le suivirent en s'efforçant de garder l'équilibre, et Zétide relança bientôt la conversation avec Ombre-de-Pluie.

– Pourquoi avoir attendu si longtemps pour faire ces remarques ? Nous avons eu largement le temps d'en discuter là-haut.

– Parce que je *voudrais* avoir tort, malgré tout, avoua le milicien. Si l'Arcane est réellement en bas, alors ce sera moi le plus heureux. Mais elle n'y est pas.

– Le chevalier a peut-être condamné la rune pour éviter qu'on y touche, justement, suggéra Geyor. Pour la mettre à l'abri…

– C'est ça, bien sûr. Vous trouvez également normal qu'un clan Goblin fasse des sacrifices à la rune suprême de l'Ældo ? Le camp *ennemi* ? On n'aurait jamais dû rouvrir cette grotte, conclut le moine irrité. Ça ne va attirer que des ennuis.

– Vous en aviez déjà, rappela Zétide, appuyé sur la paroi. Treize morts, vous ne trouvez pas ça suffisant ?

– Ce n'est pas *moi* qui les ai *tués*, cracha le milicien, sur la défensive. La plupart étaient des *curieux* qu'on avait pourtant *prévenus*. J'irai jusqu'à dire qu'ils n'ont que ce qu'ils méritent ! Je ne connaîtrai pas le même sort !

La dureté de ces paroles mit fin à toute conversation pendant un bon moment. D'évidence, le moine était perturbé par le côté oppressant de leur expédition. Il ne cessait de vérifier la présence de sa calotte sur son crâne et se ramassait sur son arbalète un peu plus à chaque pas. Pris de panique, il faillit même tirer sur Taste-Nuage lorsque le Guimne cogna malencontreusement sa lampe sur son épaule. Tout au contraire, l'échalas aux yeux d'insecte ne montra aucune crainte quand l'arme fut pointée vers son ventre. Il attendit patiemment que le milicien la détourne et reprit sa descente comme si de rien n'était.

À ce stade, Hogo avait compté environ quatre-vingt pas, et ils en firent encore une bonne cinquantaine avant d'atteindre le bout de la galerie. Celle-ci s'achevait dans une nouvelle salle au fond en forme de cuvette d'une douzaine de mètres de diamètre, et profonde d'un seul. Une différence de couleur dans le calcaire trahissait l'ancienne présence d'une nappe d'eau souterraine. Juste au centre, le Lycante trouva un petit amoncellement de détritus, graviers, os minuscules, dents de rongeurs, entraînés là par les derniers écoulements qu'avait connus la caverne. Un des côtés de la cuvette était percé d'une gouttière naturelle à peine assez large pour y passer la main.

– Il n'y a pas de sortie, constata le milicien, de plus en plus nerveux. C'est un cul-de-sac !

– Essayez de garder votre calme, ordonna Zétide. Nous ne sommes pas en danger, que je sache ? Vous voulez remonter ?

– Non ! grimaça le moine. Je sais ce que j'ai à faire ! J'irai jusqu'au bout, vous m'entendez ?

– Alors reprenez vos esprits, tonna le sorcier. Et baissez-moi cette arbalète ! Vous allez finir par blesser quelqu'un !

Évidemment, le milicien ne modifia en rien sa prise sur son arme, mais l'intervention de Zétide suffit néanmoins à le faire tenir tranquille une bonne minute.

C'était plus qu'il n'en fallait à Hogo pour trouver une issue à la salle, cachée derrière un relief naturel de la paroi et largement praticable. Ils quittèrent donc la cuvette et s'engagèrent dans une nouvelle galerie, ascendante cette fois, pour laquelle ils trouvèrent de nouvelles marches providentielles contre la raideur de la pente. Huit mètres plus haut, ils aboutissaient dans une nouvelle caverne aux proportions démesurées.

– Cet endroit est gigantesque, commenta Geyor. Qui eut

cru qu'un tel labyrinthe pût se trouver sous le monastère ? Combien de salles encore y a-t-il devant nous ?

Le silence seul lui répondit. Aucun des membres de l'expédition n'en avait la moindre idée.

– Les Dieux pourraient bien se permettre pareille fantaisie, laissa tomber Zétide. Je commence à penser que ces grottes forment un coffre idéal pour l'Arcane…

Ils s'avancèrent à petits pas, respectueux et méfiants à la fois. Hogo eut tôt fait de trouver deux nouvelles sorties, dont l'une menait à un cul-de-sac au bout de quelques mètres. N'en restait donc qu'une à l'entrée de laquelle ils s'agglutinèrent.

– Continuons, encouragea le sorcier. Nous finirons bien par aboutir quelque part ; ce n'est qu'une question de patience.

Depuis dix ans qu'il accompagnait Zétide, Hogo pensait en avoir à revendre, de la patience. Mais cette situation lui mettait les nerfs à fleur de peau. D'abord, parce qu'ils étaient peut-être sur le point de voir aboutir la quête suprême. Ensuite… parce qu'il lui tardait de voir le Maûne se découvrir et les attaquer, comme son ami l'avait prévu. *L'attente du combat est toujours plus éprouvante que le combat lui-même*, disait-on dans son peuple. Cette fois ne faisait pas exception.

* * *

Lucia n'avait pas supporté plus de quelques minutes la compagnie des moines dans les jardins du cloître. Leurs questions insistantes, leurs divagations insensées, étaient venues comme le vent souffler sur les braises de sa frustration. Elle en avait planté tout un groupe près d'un massif de synoises pour se rendre tout droit auprès de l'être qui la comprenait le mieux après Ariale : sa jument.

Chemin faisant, elle avait pu constater à quel point le monastère était désert. Seule une poignée de miliciens étaient à leur poste sur l'enceinte, ainsi que les colombins en charge des nombreux réfugiés et victimes de guerre.

Dans les enclos, les aurochs, les sanguliers, les porcs et les poules braillaient leur faim sans qu'il y ait personne pour les écouter. Lucia sentit son sang bouillir à l'approche de l'écurie : les chevaux gémissaient de la même manière. Personne n'avait pensé à nourrir La Rosée, pas même elle, se reprocha-t-elle.

Elle trouva un exutoire à ses mauvaises humeur et conscience en se collant aussitôt à la corvée. Débrouillarde, elle n'eut aucun mal à trouver la réserve d'avoine et remplir toutes les auges d'une bonne ration de picotins. Dans la foulée, elle attrapa un balai rudimentaire et entreprit d'en donner un coup dans toutes les stalles, rassemblant crottin, boue séchée et paille moisie au milieu du passage. Elle ne poussa pas la complaisance jusqu'à sortir ces détritus, mais les laissa bien en vue à côté de l'entrée, le balai planté dedans dans un dernier accès de rage. Alors seulement, elle se permit quelques instants de repos auprès de sa jument, avant de commencer à la bouchonner pour son seul plaisir.

C'était une des rares choses qui l'apaisaient vraiment. Son esprit redevint plus clair ; son visage perdit sa grimace contrariée. Elle songea soudain qu'au milieu de toute cette agitation, ils avaient oublié l'hadryen de son père. Pendant une minute, elle hésita à aller se rendre compte par elle-même, mais renonça finalement car désireuse de rester près de la crypte. Si Zétide et les autres trouvaient l'Arcane, tout serait pour le mieux, car son père ne tarderait pas à revenir. Et s'ils ne trouvaient rien, il serait toujours temps d'aller constater leur succès dans la forêt. Ou leur échec…

– Lucia ? Tu es dedans ? appela la voix d'Ariale.

– Ici, p'tit loup ! Viens !

La jeune fille entra peu après et vint tout droit à sa rencontre, la mine songeuse. Elle qui remarquait tout d'habitude, elle n'avait même pas eu un regard pour le balai planté dans le crottin. La chasseresse en eut un mauvais pressentiment et l'estomac contracté, par la même occasion.

– Qu'est-ce qui se passe ? Ils sont remontés ?

– Non-non, pas encore, annonça Ariale. C'est juste que… En discutant avec Tyâm, j'ai eu une drôle d'idée…

– Ben, vas-y. Dis-moi ce que c'est.

La fillette hésita encore. L'inquiétude de Lucia en fut multipliée d'autant. Elle et sa sœur partageaient une telle complicité que cette soudaine timidité était sûrement synonyme de mauvaises nouvelles…

– *Je crois que le monstre va bientôt les attaquer*, lâcha Ariale d'une voix blanche. Peut-être même… Peut-être même qu'il est descendu avec eux.

* * *

Cela faisait plus d'une heure, alors, qu'ils avaient quitté la crypte. Hogo allait toujours en éclaireur, silhouette sombre aux yeux brillants dans la pénombre. Zétide marchait dans ses pas, suivi de près par Geyor dont l'enthousiasme n'était pas retombé depuis la première caverne. Ombre-de-Pluie restait en arrière, pointant sans en avoir l'air son arbalète sur les sorciers aux manteaux verts. Enfin, Taste-Nuage se maintenait en queue de colonne, laissant se refermer derrière lui des ténèbres si profondes qu'elles semblaient pure matière. Le Guimne était d'une telle discrétion qu'ils en oubliaient parfois sa présence, jusqu'à ce que les regards croisent à nouveau les longs membres blanchâtres, mal couverts par l'habit gris monastique, du gardien de la crypte aux yeux d'insecte.

L'écho de leurs pas, de leurs voix, de leurs respirations bondissait de partout, aussi bien d'en face que de derrière, des côtés, du dessus et même de leur propre cage thoracique, semblait-il parfois. La caverne des Goblins était un ventre gigantesque, avec des salles pour organes et des galeries en guise d'intestins, qui gémissait sa faim à travers les milles voix qui le hantaient.

De temps à autre entendaient-ils même gargouiller… Un petit torrent grondant derrière une paroi et qu'ils ne rencontraient jamais, par exemple, ou un stalactite qui n'en finissait plus de saliver, instillant une pression toujours plus forte sur leurs nerfs déjà tendus.

Trois fois ils avaient été confrontés à un problème d'orientation, embranchements de galeries ou salles à issues multiples, et forcés d'explorer chacune avant de revenir sur leurs pas lorsqu'ils tombaient sur une impasse. Plutôt que de se fier à leur seule mémoire, Zétide avait à chaque fois marqué leur route d'une pièce de monnaie qu'il déplaçait le besoin échéant. Ainsi au dernier croisement, leur choix avait apparemment été le bon : ils marchaient depuis un bon quart d'heure et n'avaient pas encore rencontré d'obstacle.

Les choses se compliquèrent quand ils tombèrent sur un *nouvel* embranchement. Comme à chaque fois, Hogo frappa de son bâton sur le sol et ferma les yeux pour mieux se concentrer sur son ouïe. Ses oreilles frémissaient encore que Zétide n'entendait plus rien depuis un petit moment.

– L'écho est profond des deux côtés, annonça le Lycante. Je propose à gauche.

– Par tous les Dieux, râla le milicien, et si ce n'est ni l'un, ni l'autre ? Nous aurons perdu une heure, voire plus, et il faudra *encore* revenir en arrière.

– Vous avez autre chose à proposer ? répliqua Zétide. Vous n'entendez pas camper ici ?

– On devrait se séparer, enchaîna le moine. Un groupe de chaque côté ; celui qui tombe sur une impasse revient et rattrape l'autre. Si les deux passages sont bloqués, on aura toujours gagné du temps sur le retour.

Le sorcier échangea un regard entendu avec Hogo avant de se prononcer.

– Je n'aime pas cette idée, annonça-t-il franchement. Se séparer est sûrement la dernière chose à faire. En cas d'accident…

– Dites plutôt que vous craignez de vous voir voler la vedette, coupa le milicien. N'ayez pas peur, je ne crois pas que l'Arcane soit ici, et même si c'était le cas, j'aurais toujours besoin de vous pour la lire. Vous serez *quand même* un héros.

– Il ne s'agit pas de ça, se vexa Zétide. S'il y a un éboulement ou une inondation, vous…

– Ne vous fatiguez pas, interrompit l'homme, de toute façon j'ai pris ma décision. Je pars à droite. Qui m'accompagne ?

– L'écho est plus fort à gauche, intervint Hogo. Faites-moi confiance.

– Vous vous êtes déjà trompé deux fois, rappela Ombre-de-Pluie. Alors, qui vient avec moi ? Taste-Nuage ? Les moines avec les moines ?

– Vous voulez seulement faire une démonstration d'autorité, devina Zétide. C'est inutile. Vous n'êtes pas plus que moi le chef de cette expédition.

Le Guimne choisit cet instant pour faire un pas vers le milicien, à la surprise générale et à l'immense satisfaction du moine rougeaud.

– Et voilà ! conclut-il en baissant son arbalète, pour la première fois depuis un moment. Rendez-vous tout à l'heure. Voilà ce que j'appelle de l'organisation !

Avec un air victorieux, il s'engouffra dans la galerie de droite, bientôt suivi par le Guimne qui eut la courtoisie de laisser sa lampe à Geyor avant de disparaître. L'écho rapporta les bruits de leur progression rapide et du monologue du milicien.

– Ils n'y arriveront pas, commenta Hogo. Le gros moine panique pour un rien. Je parie qu'ils seront revenus dans cinq minutes.

Zétide, Geyor et lui-même attendirent donc la fin de ce délai, sans que les colombins réapparaissent pour autant. Bientôt, le silence reprit ses droits sur le tunnel noir qui les avait avalés.

– Autant se remettre en route, soupira le sorcier. En allant moins vite, ils nous rattraperont peut-être, quand ils auront changé d'avis.

– Je vais essayer de les ramener, décida soudain Geyor.

Avant même que Zétide et Hogo n'aient pu l'en empêcher, le jeune mage s'était lancé dans la galerie, courant à grandes enjambées avec sa lampe dansant à bout de bras. La clarté de cette dernière se noya rapidement dans les ténèbres.

– Bande d'imbéciles ! s'emporta le sorcier. Tous plus inconscients les uns que les autres !

Il fit un violent effort pour se maîtriser, tendant l'oreille aux derniers bruits étouffés qui parvenaient jusqu'à eux. Bientôt, Hogo lui-même ne perçut plus rien. Le Lycante s'approcha alors de son ami pour lui souffler, dans un murmure, la question qui le taraudait depuis le début.

– Lequel crois-tu coupable ?

– Je n'en sais rien encore, se désola Zétide. Tous les trois étaient volontaires pour descendre... Impossible de connaître leurs véritables motivations tant que nous ignorons ce qui se trouve *exactement* au fond de ce labyrinthe.

– Geyor est le dernier arrivé au monastère, rappela Hogo. Je parie que c'est lui.

– J'y ai pensé aussi, avoua le sorcier, mais il n'était pas là au moment des premiers meurtres. Et le Guimne est le seul à avoir accès à la crypte... Dans le genre étrange, les histoires du milicien ne sont pas mal non plus. Son obsession à vouloir garder le secret...

– Je me méfie des trois, grimaça le Lycante, mais je les ai bien observés : aucun ne semble dissimuler une arme. En tout cas, pas assez grande pour infliger des blessures si profondes.

– Peut-être me suis-je trompé..., soupira Zétide. Peut-être y a-t-il *vraiment* un Maûne qui rode autour du monastère, et que ces trois-là sont innocents... Mais tous ces meurtres doivent avoir une autre signification, se ravisa-t-il. Je n'ai jamais entendu parler d'un monstre mangeur de cœurs humains. Tout ça sent la mise en scène.

Il se tut sur un signe de Hogo dont l'oreille avait imperceptiblement frémi. Moins d'une minute après, Geyor faisait son retour, essoufflé et les vêtements en désordre. Le jeune mage déposa rapidement sa lampe et s'adossa à la paroi le temps de recouvrer une respiration normale.

– Ils ne veulent rien entendre, annonça-t-il bientôt en

refermant son bliaud. Ils ne se sont même pas arrêtés pour m'écouter !

– Vous avez fait drôlement vite, remarqua Zétide.

– J'ai une bonne foulée, sourit le jeune homme. Et la frousse m'a donné des ailes ! J'ai soudain eu peur de ne pas vous retrouver. Je me demande ce qui m'a pris de courir derrière eux...

– N'en parlons plus, décida le sorcier. Mettons-nous en route, si vous avez repris assez de souffle.

Le mage se redressa aussitôt en ramassant sa lampe dans le même mouvement. Zétide se dit qu'il ne semblait pas si fatigué que ça, mais le sorcier baignait dans une telle suspicion depuis la veille que son jugement en était peut-être faussé. Un regard échangé avec Hogo lui apprit que son ami était tout aussi indécis. Ni l'un, ni l'autre ne se décidaient à bouger.

Geyor attendant que le Lycante passe devant lui, la situation en devint vite gênante. Zétide finit par donner le véritable signal du départ en ramassant sa propre lanterne et en déposant une nouvelle pièce de monnaie à l'entrée de la galerie. Hogo consentit alors à reprendre sa fonction d'éclaireur, et tous trois s'enfoncèrent un peu plus loin dans les ténèbres du ventre de la terre, sans savoir s'ils risquaient d'y trouver un danger, ou s'ils avaient emmené celui-ci avec eux.

* * *

Lucia suivait Ariale en silence. Sa sœur était plutôt agitée, depuis ses confessions dans l'écurie. Elle semblait réellement convaincue que Zétide et Hogo courraient un grave danger. La chasseresse ignorait encore d'où elle tirait cette certitude, mais avait renoncé à poser la moindre question avant qu'Ariale l'ait menée à son but. Elle s'était donc laissée entraîner par la main à travers les cours désertées du monastère jusqu'aux bâtiments du culte où la jeune fille s'était engagée sans hésiter.

Lucia comprit bientôt que leur destination n'était autre

que les jardins du cloître, où elle s'était pourtant juré de ne pas revenir avant le retour de l'expédition. Elle se demanda même si Ariale n'allait pas l'entraîner jusque sous la crypte poussiéreuse, tant elles remontaient loin sur le chemin de promenade, laissant derrière elles bon nombre de mares, buissons, parterres et moines chuchotant à leur passage. Elles s'arrêtèrent pourtant à quelque distance du bâtiment noirci, devant une petite construction de bois à laquelle la chasseresse n'avait guère prêté attention jusqu'alors. Une simple cage, en forme de cube de deux mètres d'arête, et dont tout un côté était quadrillé d'abris rudimentaires… le pigeonnier.

– Qu'est-ce que tu voulais me montrer ? demanda-t-elle sans pouvoir masquer sa propre inquiétude.

Ariale vérifia que personne ne pouvait les entendre avant de répondre. Cela mit Lucia encore plus mal à l'aise.

– Tu te rappelles ce que le Prieur a dit, sur les pigeons ? Qu'ils ont tous été tués par le monstre ?

La chasseresse acquiesça brièvement et Ariale poursuivit sur le même ton enfiévré.

– S'il l'a fait, c'est pour empêcher les moines de prévenir la Cabale, non ?

– Pas forcément, réfléchit Lucia. Peut-être qu'il avait faim, tout bêtement… Je trouve que le Prieur a tendance à dramatiser…

– Mais il aurait pu attraper quelque chose de plus gros, comme un cygne ou un canard, s'anima la fillette. Il y en a plein ici !

– Il n'avait peut-être pas envie de se fatiguer à courir, hasarda la chasseresse. Je ne crois pas qu'un Maûne aussi bestial que celui-là soit assez intelligent pour faire la relation entre les pigeons et la Cabale…

– Mais il a *aussi* tué le moine de la forêt, enchaîna Ariale, persuasive. Il l'a tué parce qu'il *savait* qu'il partait pour l'Arcadie.

Lucia revit le cadavre étendu entre les ronces et ses impressions d'alors. *Quelqu'un avait volontairement caché le corps*, avait-elle fait remarquer à Hogo.

– Où veux-tu en venir ? demanda-t-elle, intriguée.

– Ben, *comment le savait-il ?* Même Tyâm l'ignorait. Il croyait que le moine était parti visiter sa famille en Paludie.

– Il préférait sûrement garder le secret sur sa mission…

– Justement ! Si les colombins n'étaient pas au courant, *comment* le monstre pouvait-il en savoir autant ?

La chasseresse reçut cette évidence comme une gifle en travers de la figure. Elle fut traversée d'émotions diverses, dont la crainte pour ses amis et l'admiration pour l'intelligence d'Ariale n'étaient pas les moindres. Elle resta ainsi silencieuse quelques secondes, jusqu'à pouvoir jeter un pont de réflexion sur le torrent de ses pensées et retrouver un peu de son sang-froid.

– Ça ne veut pas dire pour autant qu'il se cache parmi les moines, avança-t-elle. Il a pu… espionner, le Prieur, les miliciens et tous ceux qui étaient dans le secret. Peut-être qu'il est invisible, comme les Harpies. Zétide a déjà dû penser à tout ça, conclut-elle pour se rassurer. Il fera attention.

Elle se réjouit de voir Ariale se détendre un peu, mais déchanta aussi vite en comprenant que sa sœur n'en avait pas terminé. La jeune fille était seulement soulagée de se voir écoutée et prise au sérieux.

– Ça prouve au moins que le monstre est *vraiment* intelligent, reprenait cette dernière. Alors, pourquoi a-t-il tué les trois moines d'hier soir ?

– Je ne te suis pas.

– Ben… Il a tout fait pour tenir la Cabale à l'écart, pas vrai ? Le moine de la forêt, les pigeons… D'une certaine manière, il voulait rester discret. Il n'a même pas abîmé la cage, tu vois ? Alors pourquoi attaquer le dortoir ?

– Il a peut-être eu un coup de colère, avança Lucia, sans y croire elle-même.

– Non, non, répéta Ariale, dans un déluge de paroles. C'est pas logique ! Je crois qu'il a fait *exprès* d'attirer l'attention, de provoquer tout le monde. Comme s'il *voulait* que Zétide descende sous la crypte. Il va les attaquer, c'est sûr ! conclut-elle avec un accent de panique. Il *voulait* qu'on ouvre la rune !

Lucia en resta pétrifiée. C'était soudain si clair qu'elle se demanda pourquoi personne n'y avait songé avant. Elle voulut se rassurer en imaginant que Zétide avait suivi le même raisonnement, et qu'il était sur ses gardes, comme il l'avait laissé entendre avant de descendre. Mais le sorcier ignorait certains éléments décisifs…

– Geyor ! s'exclama-t-elle avec horreur. C'est Geyor le tueur !

Les idées de Lucia s'emboîtaient soudain à la vitesse de l'éclair. Quant à Ariale, son visage était plus décomposé que jamais. Il eût alors été impossible de dire laquelle était la plus fébrile des deux sœurs.

– Il m'a demandé d'amener Zétide dans la crypte, expliqua la chasseresse en revoyant la scène. Exactement comme tu l'as dit !

– Mais il aurait pu ouvrir la rune tout seul…, réfléchit la jeune fille, pâlissant pourtant davantage.

– Pas s'il avait déjà échoué, objecta Lucia en s'agitant. Il faut qu'on en parle au Prieur.

La mine inquiète et le cœur battant, elles se mirent aussitôt en quête du Verve qui par chance se trouvait non loin de là. Lucia l'entraîna un peu à l'écart sans aucun égard pour les moines qui l'entouraient. Avant même qu'il ait pu ouvrir la bouche, la chasseresse lui avait déjà fait un exposé des réflexions d'Ariale et de ses propres accusations. Le petit être voyait ses rides se creuser un peu plus à chaque instant, ramassant autant d'amas orange sur les reliefs de son visage.

– C'est impossible, balbutia-t-il dès qu'il en eut l'occasion. Je… je connais bien Geyor, ce ne peut être lui.

– Ouvrez les yeux ! s'emporta Lucia. Vous vous êtes laissé aveugler par votre « monstre », mais l'assassin est bel et bien Humain !

– C'est impossible, impossible, répétait le Prieur en une litanie pitoyable. Pourquoi aurait-il fait une chose pareille, d'ailleurs ?

– Il est sûrement à la solde des Maûnes. Ce ne serait pas le premier Elde à nous trahir ! Je parie qu'il en sait beaucoup plus long sur cette caverne que nous tous réunis !

La chasseresse s'étonnait elle-même de la force de sa conviction. Une fois le doute insinué dans son esprit, son instinct en avait fait une certitude… Elle ne revoyait que trop bien le mage affecter la compassion et lui glisser de fausses confidences sur le monstre et les meurtres, dans le seul but de faire ouvrir la crypte par Zétide – ce à quoi il était finalement parvenu. Au souvenir des confessions qu'elle lui avait faites, elle se sentait plus révoltée encore.

– Vous ne le connaissez pas, poursuivit le Verve. Il est incapable de faire ce dont vous l'accusez. Vous… vous n'avez pas de preuves.

C'était plus un vœu pieux qu'une véritable remarque. Lucia chercha un soutien dans le regard d'Ariale, mais la jeune fille n'avait d'autres arguments à apporter que ce qu'elle avait déjà confié, et ne put que hausser les épaules. Tout reposait sur une démonstration vacillante et une intuition non moins réfutable.

– Allons fouiller sa cellule, décida la chasseresse. Je parie qu'on y trouvera des armes.

– Vous ne… Les cellules sont…, bredouilla le Prieur. L'Équilibre veut que chacun ait droit à son intimité, finit-il par lâcher d'une traite. Sans la permission de Geyor, nous ne…

– *Votre Sagesse*, articula Lucia, vous pensez bien que pour le moment, ce genre de considérations me fait l'effet d'une piqûre de coccinelle. Je *vais* fouiller sa cellule, libre à vous de m'y accompagner ou d'attendre ici.

Le Verve dansa d'un pied sur l'autre, intimidé par le ton sans appel de la fille du chevalier, comme par les regards curieux des moines qui s'étaient approchés entre-temps.

– Allons, céda-t-il enfin. Je souhaite que vous ayez tort, mais je ferai de mon mieux pour vous aider à trouver la vérité.

Ils se mirent aussitôt en route et comme la veille, c'est un véritable cortège qui prit la direction du dortoir. Les moines qui voyaient passer la colonne s'y joignaient naturellement, s'informant auprès de leurs confrères des raisons de cette agitation. Les miliciens gardant la crypte furent surpris de voir les jardins se vider aussi vite qu'ils s'étaient emplis à l'aube. Après quelques hésitations et en l'absence de leur chef, ils se décidèrent à rejoindre la foule des silhouettes grises qui avait pratiquement quitté le cloître. Les rumeurs qui parvinrent jusqu'à eux étaient aussi fantaisistes que celles avancées jusqu'alors : on disait que Geyor avait été tué par le monstre, ou que le mage l'avait lui-même invoqué, ou encore, et c'était bien là la plus discutée, que la damoiselle de Garamont avait menacé le Prieur de fermer le monastère.

Bien sûr, rien de tout cela ne transpira jusqu'aux oreilles de Lucia et Ariale, et c'est surtout obsédées par leurs craintes que les sœurs parvinrent à l'entrée du dortoir. Tyâm les avait rejointes peu avant ; c'est lui qui les guida jusqu'à la cellule du jeune mage, porte anonyme découpée sur un mur qui en comprenait une bonne vingtaine. Un murmure courut dans le couloir bondé quand la chasseresse tira le poignard qui lui soulignait la cuisse. Elle se ménagea un peu d'espace en faisant reculer Ariale, le Prieur et le novice puis posa résolument la main sur la poignée.

Une intuition l'arrêta au dernier instant. Elle examina les montants pierreux et trouva l'extrémité d'une fine brindille dépassant entre le bois et l'enduit scellant les moellons. D'un air cynique, elle désigna la chose de la pointe de sa lame.

– Regardez ce truc-là, demanda-t-elle au Prieur. Ne trouvez-vous pas étrange que notre beau mage tienne tellement à son intimité, qu'il place une alarme sur la porte de sa cellule ?

– Je ne comprends pas..., avoua le Verve.

– C'est pourtant simple : si vous ouvrez cette porte, la brindille tombe ; si vous n'êtes pas dans le secret, vous n'y prêtez pas attention et refermez comme si de rien n'était. Geyor peut alors savoir que quelqu'un est venu.

– Mais alors… qu'allez-vous faire ? s'inquiéta le Prieur.

D'un geste théâtral, Lucia tourna la poignée et poussa le bois avec le plat de son poignard.

– Ça répond à votre question ? lança-t-elle en pénétrant la cellule.

Elle prit toutefois la précaution de ramasser la brindille une fois le seuil franchi. Un premier coup d'œil sur la pièce lui apprit qu'elle était en tout point semblable aux autres cellules, à savoir qu'elle comprenait les mêmes lit, table et chaise, ainsi que les broc, pot et chandelier qu'on retrouvait partout. La même étagère, fixée au même endroit. Les mêmes couvertures aux motifs austères. La présence de quelques grimoires aux titres alambiqués prouvait qu'il s'agissait bien de la chambre de Geyor. Tout était impeccablement propre et rangé, mis à part un détail qui forçait l'attention. Le coffre.

Celui-ci était assez grand pour qu'on puisse y rouler un matelas, comme Lucia l'avait constaté dans sa propre cellule. Donc, largement assez pour contenir toutes les possessions d'un moine, ou à défaut d'un voyageur. Pourtant, le meuble disparaissait là sous une masse de livres, de vêtements et de fournitures diverses qui auraient dû trouver place sous le couvercle. La chasseresse donna un petit coup de botte dans le bois et en conclut qu'il était déjà plein. Elle entreprit alors de déplacer toutes les piles qui le recouvraient, sous les protestations timides du Prieur et les murmures curieux des moines massés à l'entrée.

Ariale se faufila pour l'aider et Tyâm fit bientôt de même, permettant ainsi à Lucia de passer en revue chaque objet qu'ils déposaient sur le lit. Elle fut déçue de ne trouver que des choses très banales, rien qui aurait pu compromettre le mage, mais le coffre fut enfin dégagé et elle demanda à sa sœur et au novice de reculer pour l'examiner à loisir.

– Il est cloué, remarqua-t-elle aussitôt. Des clous tout neufs. Plutôt étrange, non ?

Sa réplique, comme toutes les autres avant elle, fut répétée par les moines dans le couloir et jusqu'à l'extérieur. On commençait à donner raison à la chasseresse, comme le prouvaient les exclamations indignées qui lui revenaient aux oreilles.

– Que quelqu'un aille me chercher un levier, demanda-t-elle, accroupie devant le meuble. Je n'ai pas envie de casser ma lame.

La foule fut parcourue d'un nouveau frisson pendant que Lucia examinait le bois sous toutes les coutures, à la recherche d'un piège ou d'une alarme quelconque.

– Que… que croyez-vous qu'il y ait dedans ? demanda le Prieur, en osant enfin faire un pas dans la chambre.

– Je n'en sais rien. Peut-être les armes qu'il a utilisées pour monter cette histoire de monstre. Ou l'or qu'il a reçu des Maûnes, en paiement de sa trahison. Nous le saurons dans quelques minutes, de toute façon.

L'attente fut pourtant bien longue et la tension, loin de se relâcher, n'en fut que plus forte dans les rangs des moines et dans le cœur des filles Garamont. Quand enfin Lucia reçut le tisonnier que les colombins avaient fait passer, elle était sur le point de sacrifier son poignard à son impatience. Elle ne perdit pas de temps à insérer l'outil sous le couvercle et y jouer de toutes ses forces, soulevant les clous un peu plus à chaque poussée.

Des relents désagréables vinrent bientôt agacer les narines des plus proches, jusqu'à se montrer tout à fait pestilentiels. Ariale ne put tenir bien longtemps et reflua dans le couloir en se couvrant le nez et la bouche. Tyâm sortit peu après elle et le Prieur, malgré tous ses efforts, dut s'éloigner de la chambre au point de devoir sortir tout à fait du dortoir. Peu à peu, tous les moines reculèrent dans le couloir bondé, à la recherche d'une bouffée d'air frais et pouvant les ramener à une couleur plus naturelle. Seule Lucia résistait encore, immunisée par l'effort, et s'échinant sur le tisonnier comme si sa propre vie en dépendait. Ce qu'elle entrevoyait dans les jours entre les clous ne laissait guère de doute quand au contenu du coffre. Elle voulait simplement voir la tête du *cadavre* que Geyor avait enfermé là.

Le couvercle fut bientôt suffisamment soulevé et elle put laisser tomber l'outil pour glisser ses doigts sous le bois, grimaçant pour ne pas succomber au dégoût. Elle arracha les derniers clous à la seule force du poignet et plongea aussitôt son regard dans le meuble, redoutant de ne trouver le courage de ne le faire ensuite.

La vision fut encore plus révoltante qu'elle ne l'imaginait. Elle fit volte-face et courut dans le couloir alors désert jusqu'au grand air où tous attendaient son arrivée. Pour la deuxième fois en trois jours, elle rendit l'intégralité de ses derniers repas, s'appuyant contre le mur du dortoir sous les regards embarrassés des moines impatients. Il lui fallut quelques minutes pour s'en remettre physiquement mais l'image d'horreur, elle, flottait toujours dans son esprit.

– C'est Geyor, lança-t-elle sobrement, les yeux vitreux.

– Mais qui est l'homme dans le coffre ? s'enquit fiévreusement le Prieur.

– C'est Geyor ! répéta Lucia, en essayant de maîtriser ses tremblements. *Le monstre l'a plié pour le faire entrer dedans !*

Sans s'occuper de l'émoi qu'avait causé sa réponse, elle héla un milicien qui la rejoignit promptement, à l'instar d'Ariale, de Tyâm et des moines les plus proches, qui attendaient d'autres révélations.

– Il me faut mon épée, mon arc et mon carquois, énonça-t-elle avec beaucoup d'autorité. Tout de suite !

L'homme acquiesça et partit comme une flèche en quête des armes remisées par Ombre-de-Pluie. Lucia se retourna alors vers le Prieur qui semblait, lui aussi, attendre des consignes. Elle s'accroupit devant lui et planta son regard dans le sien, prête même à le prendre par les épaules pour le secouer.

– Ils vont se faire massacrer, annonça-t-elle d'une voix blanche. Nous devons aller à leur secours.

– Impossible, c'est impossible, tremblait le Verve. Ils sont partis depuis trop longtemps.

– Mais ils ignorent à quoi ils ont affaire, insista la chasseresse. Quand ils l'apprendront, il sera trop tard !

– Il est déjà trop tard, lança un moine derrière elle. Ils auraient dû remonter depuis longtemps. Ils sont sûrement déjà morts.

Lucia se redressa d'un bond, cherchant dans la foule celui qui répandait de telles paroles pessimistes. L'homme se garda bien de se dévoiler.

– Ils ne sont *pas* morts, clama-t-elle à l'assemblée. Pas encore, j'en suis sûre, mais ils le seront si nous ne faisons rien !

Seul un silence embarrassé lui répondit. La plupart des regards se baissaient en croisant le sien. Elle ne comprit que trop bien ce que cela voulait dire et en vit sa rage augmentée d'autant.

– Mortelune ! éclata-t-elle. Il n'y a donc que des lâches et des pleurnichards, dans ce monastère ? C'est ça, les lois de l'Équilibre ? Il y a deux de vos frères, là-dessous !

– C'est un démon, on ne peut rien faire, lança une voix.

– Il est *seul*, rétorqua Lucia. Et nous l'avons percé à jour !

– Nous sommes trop vieux, lança quelqu'un d'autre. Et nous ne savons pas nous battre.

La chasseresse cherchait quoi répondre quand le milicien chargé de ses armes fit son apparition. Elle fit un ultime tour d'horizon en finissant par le Prieur, puis attacha son épée et son carquois en affichant ouvertement son mépris. Elle empoigna son arc d'une main ferme et décida de rompre le silence une dernière fois, tant la bile lui brûlait la gorge.

– Il y a deux jours, on a accusé ma famille de laisser le désordre s'installer sur ses terres, lança-t-elle avec fierté. Vous l'avez *tous* pensé. Reconsidérez donc la question, pendant que je descends aider mes amis *et* les vôtres.

Elle tourna aussitôt les talons, franchissant les cercles des moines honteux pour prendre à grands pas la direction de la crypte. Un bruit de course se fit entendre juste derrière elle, mais elle dédaigna se retourner.

– J'ai dit au revoir à Tyâm, s'excusa Ariale. Il voulait venir aussi, mais un moine l'a empêché.

Lucia tressaillit en voyant sa petite sœur se placer à ses côtés. Elle attendit d'avoir tourné le coin de la première construction pour s'arrêter et lui ébouriffer les cheveux.

– Je ne veux pas que tu viennes, Ariale, annonça-t-elle franchement. C'est trop dangereux.

– Non, Lucia, non, répéta la jeune fille, les yeux larmoyants. Pas toi, Lucia, je… je serais toute seule ! N'y va pas !

La chasseresse s'agenouilla devant sa sœur en déposant son arc, avant de la prendre par les épaules.

– Il faut que j'y aille, p'tit loup, tu le sais…

– Alors emmène-moi, sanglota Ariale, mais ne me laisse pas ! Ne me laisse pas toute seule, sans papa, sans toi, je t'en supplie !

Elle se pendit au cou de la chasseresse qui lui rendit son étreinte avec émotion. Lucia songea à sa propre frustration, trois ans plus tôt, quand son père avait refusé de l'emmener dans sa quête, et aussi à celle qu'elle devait à Zétide, pas plus tard que ce matin. Elle se releva lentement, essuyant du pouce les larmes qui coulaient sur les joues de sa sœur, puis détacha son poignard et son fourreau qu'elle remit entre les mains de la jeune fille bouleversée.

– Zétide me *tuera* quand il te verra là-bas, plaisanta-t-elle tristement. Ça ne va lui plaire du tout.

Ariale avala ses derniers sanglots en reniflant, son petit visage empli d'une infinie reconnaissance. Lucia lui rendit un sourire navré et elles reprirent la direction de la crypte, en une course à petites foulées qui les amena vite à destination.

Moins de cinq minutes plus tard, les sœurs Garamont faisaient leurs premiers pas dans les tunnels des Goblins.

***

La progression de Zétide, Hogo et Geyor était plus silencieuse encore qu'au début de leur exploration. Tous trois avançaient sans mot dire, leurs lanternes cliquetant au rythme de leurs pas, leurs souffles marquant leurs efforts en terrain difficile. De temps à autre, le bâton du Lycante venait secouer le sommeil de la caverne en une frappe théâtrale qui résonnait longuement sous les voûtes de pierre, couvrant les toussotements et reniflements discrets des sorciers dans le froid souterrain. Mais aucune parole n'était échangée. Les regards en disaient beaucoup plus long sur l'état d'esprit des aventuriers.

Cela faisait environ une demi-heure qu'ils s'étaient séparés d'Ombre-de-Pluie et Taste-Nuage. Les deux moines ne les avaient pas rejoints, et les Dieux seuls savaient où ils se trouvaient alors. La découverte de nouveaux escaliers rudimentaires prouvait que Hogo avait choisi la bonne direction, celle suivie par les Goblins pendant des siècles et des siècles, tout le temps que durèrent leurs sacrifices. Le bout du tunnel et le fameux *Cœur de l'Ældo* cités par Demian de Garamont ne devaient plus être très loin. Peut-être, l'Arcane, la fermeture des Dalles et la fin de la guerre étaient-elles à portée de main, plus proches qu'elles ne l'avaient jamais été…

C'est à tout cela que songeait Zétide quand il vit Hogo s'arrêter et lui faire signe, à quelques mètres devant, sur le sommet d'une hauteur divisant la salle qu'ils traversaient alors. Parvenu à son niveau, le sorcier put constater ce qui freinait le Lycante : la caverne se divisait en deux passages pouvant représenter la suite du chemin.

– Un nouvel embranchement, soupira Geyor. Nous manquons décidément de chance !

La vapeur sortant de sa bouche enveloppait son visage d'un halo mystérieux. Tous trois se dévisagèrent quelques instants, mais la remarque du mage n'appelant nulle réponse, Hogo gagna les galeries dont il frappa chacune des entrées avec son bâton.

– C'est plus profond à droite, annonça-t-il au bout d'un moment.

Zétide donna son accord d'un signe de tête et le Lycante s'engouffra dans le dit tunnel, aussitôt suivi par Geyor qui ne le lâchait pas d'une semelle. Le sorcier déposa une nouvelle pièce au milieu du chemin choisi avant de les rejoindre. Il ne leur restait qu'à espérer ne pas rencontrer trop de ces passages secondaires, auquel cas ils finiraient par manquer d'huile pour éclairer leur retour…

Ils avancèrent ainsi pendant une bonne quinzaine de minutes, traversant nombre de salles et de galeries, se mouillant parfois les pieds dans une rivière souterraine, parcourant enfin une distance difficile à calculer du fait de son tracé chaotique et soumis à inclinaisons. Ils pensaient même toucher au but, ou tout au moins avoir choisi la bonne voie, quand ils eurent soudain la mauvaise surprise de déboucher sur une impasse.

– Retournons lentement sur nos pas, proposa Zétide quand ils eurent fait deux fois le tour de la dernière caverne. Nous avons peut-être manqué un embranchement…

Il fut fait comme dit, chacun des sorciers longeant une paroi pendant que le Lycante, au centre, observait les hauteurs des salles les plus vastes. Ils découvrirent ainsi quelques failles, cheminées et gouttières, mais rien d'assez large ou profond pour qu'ils puissent s'y engager sur plus de quelques mètres. Au bout d'une demi-heure de cette inspection minutieuse, ils étaient finalement revenus au dernier carrefour… Zétide ramassa alors sa pièce pour la déposer au seuil de l'autre voie, où ils s'engagèrent bientôt avec une certaine lassitude.

Évidemment, s'ils avaient pu deviner ce qu'ils trouveraient quelques centaines de mètres plus loin, toute leur fatigue se serait effacée devant l'excitation de la découverte.

***

Ariale s'étonnait de son propre courage. Les ténèbres ne lui faisaient pas peur. Le silence, le décor angoissant des cavernes ne l'effrayaient pas non plus. Ce qu'elle savait des Goblins la laissait de marbre. En fait… la nature horrible du danger menaçant ses amis estompait tout le reste, car *ça*, ça la terrifiait vraiment. Au point qu'elle ne pouvait songer à autre chose, repassant tout ce qu'elle avait vu ou entendu sur Geyor, en courant derrière Lucia le long de galeries interminables et auxquelles elle faisait à peine attention.

Sa sœur avait tout de suite adopté un rythme rapide, trottant, bondissant, prenant quelques risques calculés, et Ariale s'était appliquée à ne pas la ralentir. Elle avait beau ne pas disposer d'autant de capacités physiques que la chasseresse, la jeune fille avait une certaine expérience des acrobaties, depuis le temps qu'elle courait sur les toits du château Garamont. La difficulté supplémentaire, ici, était de deviner quel aspect pouvait bien avoir le sol trois mètres plus loin, hors du halo de la lanterne, et de réagir promptement en cas d'erreur. Mais Ariale voyait tout cela d'un regard extérieur, comme dans un rêve ; son corps imitait naturellement les gestes de Lucia, laissant son esprit se débattre dans une eau glacée où l'image de Geyor l'entraînait régulièrement vers le fond.

C'est ainsi qu'elle faillit percuter sa sœur de plein fouet, alors que celle-ci s'était arrêtée assez brusquement. La jeune fille dérapa sur la pierre glissante et ne se rétablit qu'au prix d'une contorsion douloureuse où elle s'écorcha également la main et le poignet.

– Ça va ? s'enquit Lucia à mi-voix, en levant sa lampe.

– Oui-oui, t'inquiète pas...

Elle grimaçait pourtant, et sa peau meurtrie ne tarda pas à transpirer un peu de sang, qu'elle essuya de son mieux sur ses braies déjà noircies par une première chute. La douleur était plus morale que physique, mais elle serra les dents pour ne pas se remettre à pleurer. La meilleure aide qu'elle pouvait apporter à sa sœur était de ne pas rajouter à ses soucis.

Lucia s'était déjà lancée dans l'exploration de cette nouvelle salle, longeant rapidement la paroi à la recherche d'une issue quelconque. À deux occasions elles avaient trouvé une monnaie d'or, un *arobas* arcadien, brillant comme un phare au milieu de l'un ou l'autre tunnel. La chasseresse avait supposé que Zétide marquait ainsi son chemin et s'était réjouie du temps qu'elles allaient gagner sur l'expédition. Mieux encore, les pièces renouvelaient leur espoir de retrouver leurs amis vivants : tant que le sorcier s'occupait de ces signes de piste, on pouvait supposer qu'il n'avait pas de plus grave préoccupation…

Tout en se massant le poignet, Ariale entreprit l'examen de la paroi opposée. Elle trouva rapidement un premier passage qu'elle signala à sa sœur, mais ne tarda pas à reprendre ses recherches, aucun arobas ne marquant l'entrée de la galerie. Si aucune autre issue n'était découverte, elles se lanceraient dans celle-ci au pas de course jusqu'à la prochaine salle et un possible embranchement. Jamais encore elles n'avaient eu à choisir entre plusieurs directions, et Ariale priait pour qu'elles n'aient pas à le faire. Car au risque de s'égarer s'ajouterait celui de ne *jamais* retrouver Hogo et Zétide…

Les noires pensées qu'elle associait à Geyor vinrent de nouveau engourdir son esprit. Certaines en particulier, comme la vision traumatisante du corps de Main-de-l'Onde, pratiquement démembré et exsangue sur le sol de sa cellule. Ou celle du pigeonnier vide, lorsqu'elle imaginait la panique impuissante des volatiles avant qu'ils soient décimés. Ou celle du moine de la forêt, poursuivi peut-être, fuyant comme un garenneau en implorant la pitié d'un monstre aussi cruel qu'intelligent. C'était plus fort qu'elle ; Ariale réfléchissait trop, disait souvent sa nourrice. Certes, cela lui avait permis de tirer quelques conclusions décisives, mais cela la poussait également à imaginer nombre de fins pessimistes à leur aventure… Où elle ne se figurait que trop bien découvertes macabres, pertes irréparables et luttes perdues d'avance.

Elle releva le front un instant pour voir où en était sa sœur. Toutes deux allaient bientôt se rencontrer ; vingt mètres seulement les séparaient encore. Ariale rechignait à élever la voix dans ce silence funèbre, mais il fallait qu'elle sache. La question lui tournait dans la tête depuis trop longtemps.

– Lucia…, appela-t-elle doucement. Geyor, le *vrai* Geyor… Depuis combien de temps était-il… enfermé ?

– Je vois ce que tu veux dire, compatit la chasseresse.

Elle hésita un instant avant de répondre.

– Depuis un long moment, c'est sûr. Bien avant qu'on arrive. Le Geyor que nous connaissons est le monstre depuis le début.

Ariale acquiesça tristement, bien que sa sœur ne puisse pas la voir. Tout ce qu'elle savait du jeune mage n'était donc qu'illusion. À tout prendre, elle préférait encore cela, plutôt qu'imaginer qu'il s'était fait torturer alors qu'elle dormait à quelques dizaines de mètres seulement.

– Est-ce que… Est-ce qu'il avait toujours son cœur ? reprit-elle, la bouche pâteuse.

Lucia s'arrêta soudain, se penchant pour caresser la pièce qu'elle venait de découvrir entre les parois d'une faille profonde. Ariale la rejoignit en quelques enjambées. L'intensité de son regard traduisait l'importance qu'elle attachait à la question.

– Non, finit par avouer Lucia en se détournant. On l'a tué avant de l'enfermer. Heureusement…

Elle ne lui fit face qu'un bref instant, avant d'assurer la prise sur son arc et s'éloigner à petites foulées. Ariale essuya prestement ses écorchures et s'élança derrière sa sœur en frissonnant. Jamais ses jambes ne lui avaient paru aussi lourdes. Jamais elle n'avait eu les entrailles aussi nouées. Son propre cœur semblait vouloir se recroqueviller dans sa poitrine.

* * *

Quelques dizaines de mètres après le début de la galerie, le passage commença à se faire de plus en plus étroit, au point que Zétide redouta de se trouver face à une nouvelle impasse. Tout aussi progressivement vint le sol à s'incliner, d'abord insensiblement, puis selon une courbe qui tendit vite à s'accentuer. Les trois Eldes se retrouvèrent bientôt à devoir assurer leur équilibre en s'aidant des deux mains, leurs lanternes cognant sur la roche poisseuse à chacun de leurs mouvements. Le sorcier songea même que, s'il venait à trébucher, il entraînerait Hogo et Geyor dans une glissade dont nul ne pouvait connaître l'issue, sauf qu'elle ne se ferait pas sans bosses.

Le mage finit pourtant par découvrir de ces marches grossièrement taillées qui avaient souvent ponctué leur chemin, et leur progression fut dès lors moins acrobatique. La galerie se mua en un long escalier pratiquement droit et, après avoir dévalé une bonne centaine de degrés, Zétide estima qu'ils étaient descendus plus bas que jamais auparavant. Cette impression fut d'autant renforcée cinquante marches plus loin, alors que la pente se faisait de plus en plus raide et semblait tendre à la verticale. Pourtant, au plus loin qu'éclairaient leurs lanternes, aucun palier n'était encore en vue.

– Je crois que nous sommes sur la bonne voie, lança Geyor par dessus son épaule.

Le mage courait presque, gagnant souvent plusieurs mètres sur Hogo, le Lycante se montrant plus prudent sans ses mouvements. Zétide suivait de son mieux en bout de colonne, le cœur battant et pestant intérieurement contre les douleurs de la vieillesse. Lui aussi devinait l'imminence d'une découverte, et regrettait de ne pouvoir se porter au-devant avec l'enthousiasme qui était le sien vingt ans plus tôt.

La lanterne de Geyor disparut soudain sous un surplomb et le sorcier comprit qu'il avait atteint le bout de l'escalier. Lorsque Hogo se volatilisa à son tour, Zétide se pressa plus encore de dévaler les dernières marches, tendant l'oreille à tout ce que pouvait faire ou dire ses compagnons. Mais quand il se rua enfin dans cette nouvelle salle, ce fut pour les trouver muets et ébahis comme lui-même le resta pendant une bonne minute.

La caverne était de forme vaguement circulaire et d'une trentaine de mètres de circonférence. Son sol était à peu près plat, contrairement à son plafond dont la hauteur était nettement inégale : plus de quatre mètres de dénivelé, la partie la plus basse tombant à hauteur d'homme environ. Un autre tunnel en arcade prolongeait la salle sur une longueur impossible à estimer. Mais les explorateurs ne s'en souciaient guère, alors… Ce que contenait cette première caverne suffisait à monopoliser toute leur attention.

Des os, des milliers et des milliers d'os, crânes, tibias et péronés, radius et cubitus, fémurs et humérus, reposaient en un agencement complexe le long des parois. Une immense cathédrale de gris et d'ivoire, ou plutôt un mur d'enceinte dont les tours les plus hautes luttaient contre la bassesse du plafond. Une disposition éternelle et fragile à la fois, pouvant perdurer six siècles encore comme s'écrouler à la moindre attaque contre ses fondations. Une mise en scène macabre autant que cérémonieuse pour laquelle on avait sacrifié plusieurs centaines de dépouilles. Des catacombes enfin, où les restes humains étaient largement minoritaires et se distinguaient surtout par la modicité de leur taille.

– Des Goblins, constata Hogo avec mépris.

Zétide acquiesça et s'approcha de l'ossuaire dans lequel il choisit d'examiner un crâne, en évitant toutefois d'y toucher. La forme triangulaire, la petitesse de la boîte crânienne et la longueur anormale des canines ne laissaient aucune place au doute : il s'agissait bien de Goblins. Le monastère des colombins avait été bâti sur la tombe de quelques milliers de guerriers maûnes… *Ainsi est l'Équilibre*, songea le sorcier avec philosophie.

– Ça continue par là, annonça Geyor. Il y en a tout le long du mur.

Zétide rejoignit le mage qui s'était penché dans le tunnel prolongeant la salle. La voûte de celui-ci s'élevait très haut après l'arcade, plus loin même que leurs lanternes pouvaient éclairer. Tout le côté gauche de cette nouvelle galerie soutenait un échafaudage plus fragile encore que celui de la caverne, car plus ancien, et laissant un passage d'à peine une cinquantaine de centimètres le long d'une paroi inégale.

– Tout ce truc risque de s'écrouler sur nos têtes, remarqua Hogo d'un air mauvais.

– Il nous suffit de ne pas y toucher, assura Geyor. C'est là depuis tellement longtemps, ça tiendra bien encore un peu.

– Je n'aime pas ça non plus, avoua Zétide. En cas d'accident, personne ne viendra nous chercher.

– Mais nous ne pouvons pas renoncer maintenant ! s'étonna le mage. Pensez que l'Arcane est sûrement tout près, peut-être à l'autre bout de ce passage !

– Il ne s'agit pas de renoncer, expliqua le sorcier, mais d'éviter de multiplier les imprudences. Maintenant que nous connaissons le chemin, il nous suffira de deux heures pour remonter au monastère et en revenir avec quelques étais. Ce n'est qu'une question de patience…

– J'ai une autre idée, s'enthousiasma Geyor. L'un d'entre nous peut très bien attendre ici pendant que les autres vont voir au bout, et aller chercher du secours en cas de problème !

Un seul regard échangé avec Hogo suffit à Zétide pour renforcer son opinion.

– Plus de séparation, édicta le sorcier. Nous sommes déjà trop peu nombreux.

Le visage du mage se ferma et Zétide lui trouva soudain une expression bien dure. Si souriant d'habitude, le jeune homme affichait nettement sa frustration, secouant la tête en une évidente désapprobation. Il finit par tourner le dos à ses compagnons en faveur de la galerie encombrée, où il s'avança soudain à grands pas, sous les regards scandalisés du sorcier et du Lycante.

– Vous voyez ? lança-t-il joyeusement, son sourire retrouvé. On ne risque rien, rien du tout ! Allez, venez, quoi…

Lui-même n'attendit pas qu'ils aient pris leur décision, s'aventurant plus loin encore dans le tunnel bordé par la muraille de squelettes. Zétide en fut si contrarié qu'il fit deux fois le tour de lui-même, soupirant et levant les yeux au ciel, avant de faire face à Hogo qui s'était mis à gronder. Le Lycante tenait son bâton incliné et à deux mains, autre signe manifeste de son ressentiment.

– On ne peut pas prendre le risque de lui laisser la rune, chuchota le sorcier d'un air navré.

À peine avait-il achevé sa phrase que Hogo se précipitait sous l'arcade, courant pour ne pas se faire distancer par le mage indiscipliné. Zétide ne perdit pas de temps à l'y suivre en priant pour que la méfiance qui l'avait si longtemps maintenu en vie n'allait pas, cette fois, justement le tuer.

* * *

Ce fut l'instinct de Lucia, davantage que ses sens, qui l'avertit d'une présence inconnue. Elle et sa sœur faisaient trop de bruit pour entendre autre chose que leur course, et leurs lanternes n'éclairaient pas assez loin pour espérer surprendre quoi que ce soit. Pourtant, alors qu'elle dévalait un nouveau couloir, la chasseresse avait soudain acquis la certitude qu'il y avait quelque chose devant elle. Quelque chose de *vivant*.

Elle s'était aussitôt plaquée contre la paroi, intimant à Ariale d'en faire autant, avant de reporter son attention sur les ténèbres écrasantes. Quelques instants passèrent sans qu'elle pût rien entendre, le temps de calmer sa respiration et les battements de son cœur. Mais une fois sa concentration retrouvée… la vérité la fit se raidir soudain. Elle ne s'était pas trompée. *Il y avait bien quelque chose*, une bête, un homme ou un monstre, et qui se rapprochait à pas lents, tantôt feutrés et tantôt traînants.

– Éteins ta lampe, chuchota-t-elle à Ariale.

À son grand soulagement, la jeune fille s'exécuta sans montrer signe de panique. La chasseresse déposa alors sa propre lanterne au milieu du tunnel et indiqua à sa sœur de s'éloigner du halo lumineux. Elle attrapa ensuite une flèche dans son carquois et l'encocha en un mouvement vif, avant de rejoindre Ariale à reculons et les nerfs tendus. Parvenue dans la relative sécurité de la nuit, elle se redressa enfin de toute sa hauteur et adopta une parfaite position de tir qu'elle conserva pendant plusieurs minutes.

Celles-ci parurent des heures. La dernière lampe en activité semblait souffrir d'être ainsi abandonnée. Sa flamme dansait au rythme d'impossibles courants d'air, implorant, se recroquevillant souvent, appelant de tous ses feux quiconque voudrait la sauver de l'oppression des ténèbres. Dans ce silence presque parfait, il n'existait plus d'autre univers que cette sphère de pâle clarté résistant tant bien que mal à un ennemi inépuisable. Lucia se moquait généralement des superstitieux ; il lui vint pourtant l'étrange sentiment que, si la lampe venait à s'éteindre, c'est tous leurs espoirs que le néant engloutirait.

À un mètre derrière elle, Ariale se tenait parfaitement coite. La jeune femme en était à songer que sa sœur ferait une parfaite compagne de chasse quand, après une longue interruption, les bruits de pas reprirent soudain. Lucia réaffirma sa position et commença à viser, le regard pointé sur la frontière entre nuit et lumière, anticipant même sur les gestes qu'il lui faudrait faire pour encocher une deuxième et une troisième flèche. Aux sons qui lui parvenaient, elle était certaine alors qu'il s'agissait bien d'un homme, ou en tout cas d'un bipède. Restait à savoir *qui* et pourquoi il errait en ces lieux sans lanterne et sans s'annoncer…

Le souffle de la chasseresse se fit plus court au fur et à mesure que les pas approchaient. Elle finit par bloquer sa respiration et se concentrer sur son toucher, la puissance déployée par son arme, la chaleur de son poignet sous son menton, la douceur de l'encoche entre ses doigts… Les bruits eux-mêmes se faisaient plus nets. *Un unijambiste, voilà ce que c'est*, songea soudain Lucia. Un homme avançant à cloche-pied et dans le noir, s'accrochant aux parois aussi bien pour se propulser que pour se rétablir. Un homme blessé et poussant quelques légers soupirs.

Une fois cette image en tête, la chasseresse ne put en démordre. Tout correspondait. Insensiblement, elle relâcha sa pression sur la corde, abandonnant même sa position pour mieux scruter celui qui approchait.

– *Lucia!...*, susurra Ariale, pressante.

– Qui va là ? clama la jeune femme avec assurance. Venez dans la lumière.

Le rythme des pas ne fut en rien modifié, au point que la chasseresse se demanda si elle avait bien été entendue. Elle reprit une posture adéquate au tir et visa l'endroit où elle croyait deviner le mouvement.

Elle n'eut plus à attendre longtemps, heureusement. Une haute silhouette fut bientôt rendue par les ténèbres, décharnée et titubante, se figeant pourtant à l'instant où elle entra dans la lumière. Lucia fut médusée de reconnaître Taste-Nuage.

Le Guimne semblait couvert de sang, mais en y regardant mieux il ne souffrait que de trois blessures : deux à la jambe gauche et une à hauteur des épaules, juste sous le cou. Toutes ces entailles étaient assez impressionnantes et probablement douloureuses... À l'état de ses cheveux et des lambeaux de son habit gris, Lucia comprit que le moine avait pris un bain forcé, ce qui expliquait la manière dont son sang s'était répandu sur sa peau blanchâtre. Son regard d'insecte était toujours aussi inexpressif, mais la manière dont il vacillait sur ses membres fragiles ne laissait aucun doute quant à sa fatigue et sa faiblesse. Apitoyée par son état lamentable, la chasseresse n'attendit pas davantage pour baisser son arme et se porter au-devant de lui.

Le geste lent qu'il eut pour la saluer acheva de lui attirer sa compassion. Elle commença par jeter un œil sur ses blessures, tout en se sachant impuissante à l'aider, la médecine lui étant science inconnue. Elle se contenta donc de faire un signe de tête à Ariale avant d'entrer dans le vif du sujet.

– Qu'est-ce qui s'est passé ? Où sont les autres ?

Par gestes lents, en s'aidant des deux mains, le moine s'efforça de répondre à la question.

– Vous vous êtes séparés, c'est ça ? Qui était avec toi ? Zétide ? Non ? Hogo non plus ? Geyor ?

À la mention de ce nom, le Guimne s'anima soudain,

montrant les dents, levant très haut les bras et les agitant de manière belliqueuse, simulant avec les doigts des crochets dont il effleura chacune de ses blessures. Sa morphologie de pantin rendait son jeu plus effrayant encore, et les sœurs Garamont en restèrent sans voix pendant une bonne minute.

– Geyor vous a donc attaqués…, reprit Lucia. Est-ce que… Est-ce que quelqu'un est mort ?

L'échalas haussa les épaules, montrant par là son ignorance. Son agitation avait réveillé la blessure qu'il avait sous la clavicule et il s'employa alors à l'éponger avec un détachement qui aurait fait tourner de l'œil plus d'un vétéran.

– Où est-il ? poursuivit la chasseresse. Plus bas ? Les autres aussi ?

Le moine acquiesça lentement, projetant Lucia dans un abîme d'angoisse. Ainsi le monstre s'était dévoilé, certain déjà de sa victoire… Il n'y avait plus un instant à perdre.

– Ils ont trouvé l'Arcane ? demanda-t-elle encore, en rangeant sa flèche.

Le Guimne fit signe qu'il n'en savait rien, et la chasseresse se consola en songeant qu'elle s'en souciait peu pour le moment.

– Tu pourras remonter tout seul ? s'assura-t-elle, en passant son arc en bandoulière. Tu veux qu'Ariale reste avec toi ?

Il refusa d'un geste doux, et Lucia entendit nettement le soupir de soulagement de sa sœur, alors qu'elle-même aurait préféré voir la cadette en sécurité. Mais puisqu'elle avait décidé de ne pas lui imposer sa volonté…

– Garde la lampe, offrit-elle en désignant celle qui était à terre. On se débrouillera avec une seule. Et dis bien, là-haut, tout ce qui s'est passé ici. Heu… Enfin, arrange-toi pour leur faire comprendre.

Ses consignes passées, Lucia tira son épée du fourreau et en fit tourner la poignée dans sa paume, avant d'appeler Ariale auprès d'elle.

– On va changer un peu, p'tit loup, annonça-t-elle

sérieusement. Tu vas passer devant et éclairer le chemin, mais *attention* : je veux que tu laisses tout tomber pour te mettre derrière à la moindre alerte. C'est bien compris ?

Ariale acquiesça et se mit en position, prête pour une nouvelle course d'endurance. La chasseresse eut un dernier salut à l'intention du Guimne amorphe et donna le signal du départ, trottant en maintenant son épée sous le coude.

Ce changement de tactique était nécessaire. Elles devaient aller toujours plus vite et pourtant accroître leur vigilance, ce qui était évidemment incompatible. Il fallait bien faire un choix.

Le caractère de Lucia la poussait à foncer tête baissée, lame en avant, prête à cogner sur tout ce qui ne ressemblait pas à Ariale, Zétide ou Hogo. Les blessures du pauvre Taste-Nuage, le souvenir du cadavre enfermé dans le coffre, et toutes les atrocités dont elle avait été témoin au monastère lui en donnaient la force morale.

Restait à voir si ce serait suffisant.

* * *

Les os des Goblins frottaient, s'accrochaient, griffaient même parfois lorsque les vêtements se prenaient dans des mâchoires millénaires, et qu'il fallait les en arracher en priant pour ne pas tout voir s'écrouler. En certains endroits où le passage était particulièrement étroit, Hogo, Zétide et Geyor n'avaient pas plus de trente centimètres pour se faufiler entre la muraille de pierre et celle des ossements. À se demander comment les Goblins, dont la charpente était bien plus large que celle des Humains, avaient pu en leur temps emprunter ce couloir morbide qui semblait ne pas connaître de fin.

L'aménagement même de ces catacombes était un mystère. Elles s'élevaient jusqu'à six mètres de hauteur, peut-être plus, ce qui impliquait un travail de très longue haleine et dans des conditions particulièrement difficiles. Sans compter la « matière première », obligatoirement réunie pendant des dizaines de siècles, peut-être même depuis la création du Troisième Monde. L'idée que certains de ces ossements puissent dater des Premières Aubes avait quelque chose d'enivrant, et Zétide ne pouvait s'empêcher de plonger son regard dans chacun des crânes dont il croisait les orbites vides.

La galerie finit par s'élargir un peu avant de se laisser aller à une nouvelle inclinaison fortement accentuée. Ne disposant que d'une paroi pour se retenir, les explorateurs durent redoubler d'attention pour ne pas glisser et entraîner sur eux les quelques tonnes d'ossements entassés. Ils furent soulagés de trouver bientôt de nouvelles marches pour assurer leur descente, en même temps que se renforçaient leur conviction et leur excitation de toucher au but.

Geyor seul continuait à prendre des risques insensés. Le mage courait toujours quelques mètres devant Hogo, franchissant plusieurs degrés à la fois et ne se rétablissant que le temps de se propulser à nouveau. Zétide pouvait l'entendre ahaner entre chaque bond avec l'enthousiasme d'un chiot ou l'ivresse d'un soûlard, selon l'interprétation qu'on voulait en faire. Essayer de le raisonner était inutile ; Geyor n'écouterait pas plus le sorcier qu'il ne l'avait fait avant de l'entraîner dans le tunnel. Zétide n'avait pas d'autre choix que prendre son mal en patience et suivre le mage jusqu'au bout…

– Je vois la sortie, lança gaiement le jeune homme. Nous y sommes !

Il dévala les dernières marches plus vite encore, se dérobant soudain par un coude formé dans la galerie. Hogo s'empressa de le rattraper et le sorcier fit un effort pour ne pas se faire trop distancer, puisant dans sa détermination l'énergie qui lui manquait.

Il se réjouit d'atteindre bientôt la fin des catacombes où la dernière pile d'ossements s'appuyait sur un mur naturel et percé d'une nouvelle arcade. Il s'engouffra dessous et commença à remonter un tunnel d'une dizaine de mètres de long, si bas de plafond qu'on devait y progresser courbé en deux. Une impression étrange se dégageait de cet endroit et il mit quelques instants à en trouver l'origine : la lueur à son extrémité, beaucoup trop forte pour provenir de la seule lanterne de Geyor. Le sorcier pressentit là quelque chose d'extraordinaire et se dépêcha de franchir les derniers mètres, tout son être pris d'une exaltation indicible. Quand enfin il s'extirpa du boyau, se redressant dans une lumière douloureuse, il put constater être encore en dessous de la vérité...

La caverne dépassait tout ce qu'ils avaient traversé jusqu'alors. Peut-être pas en taille, bien qu'ils n'en voient pas l'intégralité, la salle paraissant comporter nombre de coins et de recoins. Pas dans son aspect non plus, ses parois étant aussi déchiquetées, son plafond aussi hérissé de mamelons calcaires que partout ailleurs dans les souterrains. La différence, unique mais remarquable, résidait bien dans sa *décoration* : il n'était pas un mètre carré de pierre qui ne fut couvert de runes.

Des *runes*, partout, sur les murs et le plafond, sur les colonnes et les pitons, sur les surfaces planes comme sur la roche drapée. Des runes, aussi larges qu'une roue de char ou de la taille d'une soucoupe, intimement enchevêtrées ou volontairement préservées. Des runes, toutes cousines et dissemblables, taillées, sculptées, dessinées au charbon de fusain ou peintes avec du sang. Des runes, des runes, des runes, aussi loin que le regard pouvait porter.

– Incroyable..., admira Zétide, dans un souffle.

– Je n'aime pas ça, maugréa Hogo. Tu ne pourras jamais les examiner toutes. Certaines peuvent être dangereuses, et nous le verrons sûrement trop tard.

– Mais songe que l'Arcane est peut-être parmi elles... rêvassa le sorcier. À quelques mètres seulement...

Ils regardèrent de tous côtés, caressant l'espoir que le symbole suprême s'offre soudain à leur vue. Geyor semblait aussi le chercher, allant d'un mur à l'autre, parcourant chaque portion en la soulignant méticuleusement de sa lanterne. C'est en observant son manège que Zétide se remémora son trouble premier.

– D'où vient la lumière ? s'étonna-t-il soudain. Nous voyons ici comme en plein jour !

– Il n'y a pas tellement de différence avec avant, remarqua le Lycante.

– Mais ta vue est bien meilleure que la nôtre, rappela le sorcier. Pour nous, la différence est énorme ! Geyor ?

– Vous avez probablement raison, concéda ce dernier.

Sa réponse laissa Zétide plutôt perplexe. Que Hogo ne remarque rien était compréhensible, mais le mage au moins aurait dû témoigner plus de conviction. N'importe quel Humain aurait dû s'étonner de la clarté exceptionnelle renvoyée par les parois… Pourquoi Geyor brandissait-il sa lanterne là où on y voyait parfaitement ?

– Éteignons nos lampes, proposa-t-il soudain. Je voudrais vérifier quelque chose.

– Zétide… Ce n'est pas une bonne idée, avertit le Lycante avec un regard en coin.

Mais le sorcier avait déjà coupé l'arrivée d'huile de sa lanterne, le mage l'imitant presque aussitôt. Les ténèbres se jetèrent sur eux avec avidité et pendant un instant, Zétide regretta sa décision. La nuit reflua pourtant en quelques secondes, dispersée par une clarté mystérieuse et se reflétant aussi bien sur la roche que sur leurs boucles de ceinture, leurs yeux et même leurs dents. Les trois explorateurs se faisaient face dans une lumière surnaturelle qui les laissait entre méfiance et enthousiasme.

– Comment est-ce possible ? s'étonna Geyor, en contemplant ses mains levées. Nous voyons aussi bien qu'avant !

– Pas tout à fait quand même, corrigea Zétide. Nos perceptions diffèrent un peu, semble-t-il…

– C'était une façon de parler, se rattrapa le mage. Comment expliquez-vous ce prodige ?

Le sorcier dévisagea le jeune homme curieux avant de reporter son attention sur les parois couvertes de runes. Il consacra ainsi une bonne minute à en étudier quelques-unes, s'approchant, s'agenouillant, les caressant du bout de l'index avec une grande concentration. Il finit par se relever et contempler le plafond avec gravité, comme pour y lire la solution du mystère.

– L'effet est temporaire, signala-t-il bientôt. Il fait déjà beaucoup plus sombre…

Insensiblement, la nuit regagnait du terrain sur la caverne, envahissant zone après zone aussi sûrement que la marée montante. Zétide suivit sa progression en plissant les yeux, cherchant à repérer le centre de la bulle de clarté mourante.

– Par là, indiqua-t-il soudain.

Geyor prit aussitôt la direction indiquée du fond de la salle et le sorcier et Hogo lui emboîtèrent le pas. Plus les instants filaient, plus Zétide était convaincu d'avoir vu juste. Il ne resta bientôt plus qu'un modeste halo pour les guider, phare mystérieux caché dans une faille de profondeur inconnue. Et quand ils furent parvenus à son bord, le sorcier comprit que la découverte de l'Arcane n'était pas encore pour ce jour…

Le Cœur de l'Ældo. Demian de Garamont n'aurait pu lui trouver nom plus juste. Zétide s'était abusé en imaginant qu'il s'agissait une rune, mais qui ne l'avait été devant les mots du chevalier, décrivant « une œuvre véritablement extraordinaire, un ensemble si simple et si complexe à la fois, que son origine ne pouvait être que divine » ?

Le Cœur de l'Ældo. Une cathédrale de cristal brut, une obsidienne aux contours déchiquetés, droite comme un homme et large comme un Taurin. Un monolithe de deux mètres de hauteur dans une cuvette profonde du double, et l'abritant comme un écrin. Un totem naturel aux propriétés si étonnantes qu'il en semblait *vivant*.

Le Cœur de l'Ældo. Un énorme morceau de glace où se serait pris un arc-en-ciel, laissant derrière lui un millier de couleurs prisonnières. Un miroir aux innombrables facettes accumulant la lumière comme la laine retient la chaleur. Un kaléidoscope si extraordinaire qu'il s'alimentait de lui-même et se renouvelait à chaque instant.

Le Cœur de l'Ældo. Le dieu des Goblins, celui de leurs sacrifices. Quatre fers et autant de chaînes retenaient encore la moitié d'un squelette contre le cristal prodigieux.

Une autre dépouille attendait dans la poussière d'aller surélever l'ossuaire de l'antichambre. Les dernières victimes des Maûnes, avant que ceux-ci ne soient renvoyés en leur monde. Peut-être aurait-on pu les sauver…

– Qu'est-ce que c'est, Zétide ? s'enquit Hogo, sur ses gardes. Tu as déjà vu ça ?

Le sorcier ralluma sa lanterne d'un mouvement sec sur le briquet et le cristal connut aussitôt une nouvelle agitation. Des reflets irisés nagèrent sous sa surface comme autant de petits poissons multicolores, tandis qu'une nouvelle clarté se reflétait sur les parois et se répandait dans toute la caverne. C'était vraiment un spectacle fascinant, dont même la présence des suppliciés échouait à altérer la beauté. La pierre semblait bel et bien vivante ; si profondément enfouie, elle ne pouvait être *que* le Cœur de l'Ældo. Un organe de cristal dans le ventre du monde.

– En tout cas… ce n'est pas l'Arcane, répondit Zétide en sortant de sa rêverie.

Il chercha un moyen de descendre et aperçut une échelle moisie au pied de la paroi abrupte. Faute de mieux, il s'agenouilla au bord de la cuvette et se laissa glisser jusqu'au fond, avant que Hogo ne lui passe sa lanterne à l'aide de son bâton. La gemme démesurée parut réagir à la proximité de la lampe ; le sorcier crut même que les myriades de points lumineux dansant sous sa surface se massaient de son côté… L'impression ne dura pourtant qu'un instant, et Zétide renonça à y voir autre chose qu'une illusion d'optique.

Hogo et Geyor le rejoignirent en autant d'acrobaties pendant qu'il faisait le tour de la chose, l'examinant sous tous les angles. Il lui apparut que le piton n'avait pas été amené là par les Goblins, comme on aurait pu le croire, mais qu'il s'y était toujours trouvé : un coup d'œil sur sa base prouvait qu'il s'enfonçait d'un bon mètre encore dans le sol. La géologie avait beau ne pas être la spécialité du sorcier, une telle formation cristalline avait de quoi surprendre. Il n'avait aucun moyen de l'expliquer cependant, et pensait ne jamais pouvoir le faire.

Il s'assura de la proximité du Lycante avant d'oser toucher la gemme, d'abord d'un simple effleurement, puis d'une véritable caresse qu'il prolongea jusqu'à la certitude…

– C'est chaud, annonça-t-il avec étonnement. C'est même… très chaud. Ça brûle ! s'écria-t-il en retirant sa main.

Ce geste même fut difficile, au point que Zétide fut traversé par une onde de panique alors qu'il s'imaginait rester collé à la pierre mystérieuse. *Elle a voulu m'avaler*, songea-t-il en soufflant sur sa paume douloureuse. L'extravagance de cette pensée ne le frappa qu'ensuite, alors que ses compagnons faisaient comme lui l'expérience d'effleurer le cristal, sans toutefois prolonger leur toucher.

– Vous croyez que les Goblins tuaient leurs victimes *avant* de les attacher ? demanda soudain Geyor.

Zétide porta son regard sur le reste du squelette qui pendait encore à ses fers. Il avait évité de le faire jusqu'à présent, n'y voyant pas grand intérêt. Il fut bien obligé de réviser son jugement. S'il avait mieux regardé, il aurait pu noter que les os *eux-mêmes* avaient été en partie consumés par le cristal. Il n'était plus rien d'intact qui soit encore en contact avec sa surface…

La mort par combustion lente, dans la solitude et les ténèbres. Qui d'autre qu'un Maûne pouvait imaginer torture aussi cruelle ? Quel dessein les Dieux poursuivaient-ils, en plaçant là cette pierre enchantée ?

– Elle ne m'inspire pas confiance, mais je n'y vois rien de véritablement dangereux, commenta le Lycante. Pourquoi donc a-t-on fait condamner ces souterrains ?

– Heureux Hogo qui ignore la convoitise humaine, répondit le sorcier en levant les yeux au ciel. Si Demian n'avait gardé le secret sur cette pierre, la région aurait été ravagée en quelques semaines… Il venait à peine de chasser les Goblins, il n'allait pas courir le risque de se faire envahir par une légion de prospecteurs.

Ils se turent en méditant sur l'abnégation du chevalier, qui l'avait fait renoncer à une fortune facile pour préserver sa tranquillité et celle de ses voisins. S'il avait agi différemment, les Garamont seraient peut-être à la tête d'un petit royaume... mais d'un royaume constamment en guerre contre tout ce que l'Ældo comprenait d'ambitieux, de cupides et de jaloux. Demian n'avait pas même transmis son secret à sa descendance, et sans les notes d'un archiviste passionné, retrouvant le travail d'un historiographe amateur, cet épisode n'aurait pas ainsi traversé les siècles.

– Je me demande si on pourrait en ôter un fragment... réfléchit Zétide en donnant un petit coup de brodequin dans le cristal. Je suis quand même curieux d'en apprendre un peu plus long sur cet objet...

– Je crois qu'on ne devrait pas y toucher, s'alarma Geyor. Cette pierre est maudite, et je préfère ne pas savoir combien de personnes elle a tué. Nous ferions mieux de l'oublier et plutôt chercher l'Arcane.

Zétide et Hogo le dévisagèrent avec surprise, avant d'échanger un regard entendu.

– Mais l'Arcane n'est pas ici, objecta le sorcier. Nous pensions qu'il s'agissait du Cœur de l'Ældo ; il est évident que nous nous sommes trompés.

– Peu importe cette erreur, insista le mage. Il y a tant de runes, là-haut, que nous y découvrirons sûrement quelque chose ! Je vous en prie, laissons ce caillou sans intérêt et ne perdons pas davantage de temps.

Sans attendre leur réponse, lui-même prit le risque de redresser l'échelle moisie et de s'y engager, et par miracle l'objet supporta son poids. Zétide et Hogo le suivirent après quelques instants d'un silence suspicieux. Ils trouvèrent Geyor le nez levé sur un tracé au plafond, le mage jetant fréquemment des coups d'œil dans leur direction. Zétide lui-même se pencha sur une frise composée d'une dizaine de petites runes et affecta de les étudier une à une. Il passa ensuite à un autre symbole, puis un autre encore, avant de s'arrêter devant un dessin parfaitement conservé qu'il examina un peu plus longuement.

– Venez voir, demanda-t-il soudain. Je crois que j'ai trouvé quelque chose !

Geyor s'empressa de le rejoindre et le sorcier lui désigna la rune qu'il avait choisie.

– Regardez cette succession de pleins, demanda-t-il avec une certaine excitation. Il s'agit bien d'une référence à la création divine, n'est-ce pas ? Et ce délié qui s'enroule sur lui-même ne peut-être qu'un appel à la longévité, vous en conviendrez. Cette rune pourrait offrir sa protection aux parois de la caverne, ou à ce qu'elle contient… Tout dépend de l'interprétation du nœud de cette courbe, en définitive. Je pencherais pour la première supposition ; qu'en pensez-vous ?

– Je suis d'accord, affirma Geyor. Les murs de la caverne, sans aucun doute.

Zétide attendit que le regard du mage se repose sur la rune pour faire un léger signe de tête à Hogo qui patientait en retrait. Le signal enfin donné, le Lycante passa à l'action à la vitesse de l'éclair : poussant violemment le jeune homme contre la paroi, il l'y plaqua avec force en gardant son bâton calé sous ses omoplates. Complètement surpris, Geyor laissa tomber sa lanterne et se débattit quelques instants avant de s'abandonner à la colère.

– Mais qu'est-ce que vous faites ! râla-t-il en se dévissant le cou. Lâchez-moi !

– Quand projetiez-vous de passer à l'action, au juste ? répliqua très calmement Zétide.

– Vous êtes *fous* ! De quoi parlez-vous ! Vous me faites mal, vous savez !

– Vous n'êtes pas plus magicien que je ne suis forgeron, poursuivit le sorcier. Cette rune n'a aucun pouvoir, comme la plupart de ses voisines, probablement. Vous jouez la comédie depuis le début.

Le prisonnier fit un nouvel effort pour s'échapper mais la prise de Hogo était parfaite, et ses mouvements ne réussirent qu'à augmenter les grondements du Lycante et le coincer davantage contre la roche inconfortable.

– J'avoue ! Je ne connais rien aux runes, clama-t-il en haletant. J'ai trouvé ce manteau dans une auberge, vous êtes satisfait ? J'ai joué ce rôle pour rester avec les moines, je n'ai nulle part ailleurs où aller !

– Nous ne sommes plus à un mensonge près, n'est-ce pas ? répliqua Zétide avec mépris. Mais celui-ci ne tient la route. Vous auriez très bien pu embrasser la religion, plutôt que d'inventer toute cette histoire.

– Mortedieu, je n'ai pas eu le choix ! Vous croyez que j'aurais pu avouer avoir menti une fois que le mal était fait ? Lâchez-moi, maintenant ! Je ne vais pas vous sauter dessus ; je ne suis même pas armé !

Le jeune homme semblait si sincère que le sorcier connut un instant de doute. Il voulut demander l'opinion de Hogo, mais ce dernier avait tant de roulements dans la gorge qu'il était inutile d'espérer un avis impartial de sa part. Quand le Lycante était dans cet état, seul un combat ou un bol d'air frais pouvaient lui rendre ses esprits.

– Je ne demande pas mieux que de vous croire, finit par avouer Zétide, mais je ne peux pas prendre le risque de vous libérer maintenant. Vous garderez les mains attachées tant que nous n'aurons pas retrouvé Ombre-de-Pluie et Taste-Nuage.

Cette décision propulsa Geyor dans une telle frénésie que le sorcier perdit toute incertitude quant à sa culpabilité. Le prisonnier bandait tous ses muscles, agitait les jambes, se contorsionnait comme un serpent en cherchant à se libérer. Il respirait de plus en plus fort, soufflant et ahanant, laissant échapper des cris de rage qu'on eut dits plus bestiaux qu'humains. À tel point que Zétide craignit qu'il ne réussisse finalement à s'échapper, malgré toute la puissance déployée par Hogo arc-bouté sur son bâton.

Ce qui se passa alors fut si extraordinaire que même le sorcier, pourtant habitué à côtoyer les choses les plus étranges, eut un mouvement de recul. Geyor *changeait*. Non, pire que cela : il se *transformait*. Sa tête prenait du volume, absorbant la masse de ses cheveux pour révéler un crâne robuste et à l'aspect verdâtre. Ses oreilles suivaient la même voie, se déployant telles des champignons pour s'ériger en des pointes si hautes qu'elles semblaient des dagues de chair. Ses mains, ses poignets suivaient également une mutation terrifiante, gagnant la force et la puissance indispensable au maniement des griffes qui lui poussaient aux jointures. La croissance de ces dernières semblait ne pas connaître de fin : huit poignards naturels crissaient déjà sur la paroi rocheuse… et Zétide redouta de découvrir soudain le visage du monstre que Hogo avait de plus en plus de peine à contenir.

Tout cela s'était déroulé sur quelques instants, à peine le temps qu'il fallut au sorcier pour revenir assister le Lycante. Mais il était déjà trop tard : alors que sa métamorphose se poursuivait, le Maûne donna une soudaine ruade qui déséquilibra ses adversaires et quitta la caverne en quelques bonds puissants. Juste avant qu'il ne disparaisse, Zétide crut discerner la pointe de deux ailes griffues émergeant de sous son manteau vert…

– Qu'est-ce que c'est que ce *monstre…*, énonça-t-il en se relevant promptement.

– Tu veux qu'on le poursuive ? proposa Hogo, anticipant sa décision.

– Nous sommes bien obligés, regretta le sorcier. On ne peut pas courir le risque de le laisser remonter avant nous ; qui sait ce qu'il pourrait faire là-haut… Par tous les Dieux, nous ne savons même pas de quelle *race* il s'agit !

Ils se firent face un instant, cherchant la réponse dans ce qu'ils avaient vu, lu ou entendu sur les différents peuples Maûnes. Aucun de leurs souvenirs ne put les aider.

– Tant pis, allons-y, décida Zétide. Nous savons au moins qu'il est salement rusé, aussi tâchons de faire attention. Il nous attend probablement à l'un ou l'autre tournant…

– L'ossuaire ! s'exclama Hogo, en même temps que l'idée traversait le sorcier. Il va le faire s'écrouler !

Oubliant toute prudence, ils se jetèrent dans la galerie basse représentant l'unique accès à la caverne, courant derrière un Maûne comme ils n'en avaient jamais affronté.

Dans la salle rendue au silence, un cristal nommé le Cœur de l'Ældo entretenait une pénombre illusoire et moribonde.

* * *

Il n'avait pas vraiment de regret d'avoir dû se découvrir. Sa mission était sur le point d'aboutir, après tout, et même doublement, comme il l'avait si bien prémédité. Il ne lui restait qu'un obstacle à surmonter, un Lycante fâcheux et agaçant, dont l'incessante méfiance l'avait empêché de passer à l'action plus tôt. Mais celui-là ne resterait pas un obstacle longtemps… Non, il n'avait pas de regret, bien au contraire : la chance continuait de lui sourire, comme elle le faisait depuis son arrivée chez les moines.

Dans le secret de sa cachette, il se plut à repasser les événements qui l'avaient amené à l'aube de ce triomphe. Son Créateur l'avait envoyé pour une mission très claire, la même qu'il avait donnée à tous ses familiers : trouver l'Arcane. C'était une quête de longue haleine dans laquelle il était engagé depuis six ans, parcourant l'Ældo au gré de ses succès et des informations qu'il récoltait. Les dernières en date concernaient le monastère, et étaient à peu de choses près celles étudiées par l'Arcadien… même si ce dernier ne pourrait jamais en comprendre la portée réelle.

Il avait donc volé jusqu'à la forêt de Garamont et localisé le prieuré. Franchir l'enceinte et descendre dans la crypte au milieu de la nuit n'avait présenté aucune difficulté. Sa seule déception, il l'avait connue en découvrant la réalité de la rune bloquant l'accès aux souterrains… S'il avait eu certaines connaissances de magie, il ne lui aurait pas fallu attendre *un mois* qu'il se trouve quelqu'un pour dégager le passage. Mais son Créateur l'avait ainsi conçu qu'il ne puisse jamais apprendre à manier les runes, aussi lui avait-il fallu improviser. Il s'était donc caché dans une niche mortuaire le temps de réfléchir au problème.

Le soir suivant, un vieil homme était descendu se pencher sur le symbole pour en prendre notes et croquis. *Il* avait cru avoir devant lui un sorcier et s'était découvert pour l'obliger à coopérer. L'Humain, l'archiviste en fait, s'était écroulé raide mort de peur. *Il* n'avait osé lui dévorer le cœur, de crainte d'éveiller les soupçons, et avait patiemment repris sa place dans sa cachette.

Une semaine après pourtant, la faim avait commencé à le

tirailler. Il s'était donc résolu à la satisfaire dans les jardins du cloître, à la faveur de la nuit, se jetant de toutes ses griffes sur un premier puis un deuxième moine. Il avait également veillé à tenir la Cabale à l'écart en tuant les pigeons dont il connaissait l'utilité secrète.

Quelques jours plus tard, la chance s'était manifestée sous la forme d'un jeune Humain portant les deux cercles et introduit dans la crypte. *Il* l'avait écouté discuter avec les miliciens, comprenant rapidement que le mage était un étranger trop inexpérimenté pour venir à bout de la rune. Son arrivée était pourtant l'occasion qu'il attendait. Il avait pris quelques risques pour trouver sa cellule, mais une fois l'homme mort et son cœur avalé, il n'avait plus eu qu'à prendre la place du garçon écervelé et passablement ivre en qui les moines avaient placé tous leurs espoirs : Geyor.

Ce nom, il s'y était habitué ; son Créateur n'ayant pas jugé nécessaire de lui en choisir un, il pensait même garder celui-là. Jamais il n'avait conservé aussi longtemps la même apparence, le même corps, la même fausse identité dont il avait vite découvert tous les avantages. L'Humain inspirait la sympathie aux mâles et plaisait aux femelles, ce qui était d'une aide appréciable. *Il* projetait déjà de continuer à jouer ce rôle dans ses prochaines missions.

Ces quelques semaines dans une peau humaine lui avaient pourtant paru presque aussi longues que son attente dans le caveau. Le problème était alors insoluble, un vrai dilemme : il lui fallait à la fois tenir la Cabale à l'écart *et* se mettre en quête d'un sorcier pour briser la rune. Pendant tout ce temps il s'était astreint à la diète, ne tuant qu'un ou deux moines par semaine, retournant fréquemment dans la crypte sans entrevoir de solution.

La chance lui avait une nouvelle fois souri en lui envoyant l'Arcadien, ce dont il ne pouvait mieux rêver. Il avait certes eu quelques difficultés à impliquer le sorcier sans éveiller les soupçons, mais son coup d'éclat de la veille avait efficacement débloqué les choses. Dire que ces Eldes s'imaginaient en sécurité dans leurs cellules ! Ils ignoraient bien sûr qu'un simple aller et retour dans le

Maûne lui permettait de franchir tous les obstacles ; murs, portes ou barrières n'existant pas dans son monde natal.

Le souterrain n'y avait malheureusement pas plus d'équivalent, ce qui l'obligerait à remonter jusque dans les jardins du cloître avant de disparaître, sous peine de s'enkyster dans les fondations du Maûne. Mais cela ne contrariait en rien ses projets : il lui fallait de toute façon rencontrer les moines une dernière fois pour faire *définitivement* condamner la crypte... et tout ce qui y serait encore.

Oui, à une petite fausse note près, son plan s'était parfaitement déroulé. Il se voyait seulement contraint d'improviser un peu pour le dernier acte...

Un bruit vint soudain troubler sa réflexion et il dressa l'oreille dans l'obscurité de sa cachette. Quelques instants lui suffirent à identifier la rumeur, et un sourire démoniaque vint bientôt se peindre sur son visage de cauchemar.

Décidément, la chance était *vraiment* de son côté.

* * *

Ariale commençait à désespérer de jamais retrouver Hogo et Zétide. Le froid la prenait à la gorge, ses jambes étaient lourdes, ses chevilles douloureuses, et la lanterne qu'elle s'efforçait de tenir haut levée lui donnait des crampes dans le bras... mais tout cela n'était rien comparé au nœud d'angoisse qui lui serrait l'estomac.

Tous les mauvais moments des derniers jours venaient l'abrutir en un vacarme mental indescriptible. Les brutalités de Korcos, la mort de l'oncle Marten, l'attaque des Harpies, son propre crime contre l'hadryen familial, et les moines, assassinés, mis en pièces, trompés, trahis par un monstre qui se repaissait peut-être déjà du cadavre de ses amis. Des flots d'images et de souvenirs qui tournaient et tournaient devant ses yeux sans qu'elle puisse entrevoir autre chose qu'un avenir pessimiste.

Leur rencontre avec Taste-Nuage avait encore augmenté ses craintes. Le mime du gardien de la crypte et l'horrible réalité de ses blessures avaient été plus explicites que tous les mots. Geyor, le *faux* Geyor, était donc bien un Maûne, sournois et habile autant que bestial et impitoyable. Et il était *là*, quelque part devant elles, peut-être embusqué dans une de ces galeries comme elles en avaient déjà traversé des dizaines.

Ariale voyait bien que sa sœur était aussi tendue. Lucia n'avait plus soufflé mot depuis qu'elles avaient quitté le Guimne, concentrée qu'elle était comme une chatte à l'affût d'un serpent venimeux. Elle passait parfois devant la jeune fille, l'épée brandie, et Ariale la regardait faire sans oser esquisser le moindre geste. Ou alors, elle la retenait d'une main ferme sur l'épaule, et elles restaient ainsi plusieurs minutes à scruter les ténèbres, les peuplant de monstres, de Goblins et de fantômes imaginaires.

Ainsi firent-elles en découvrant un nouvel embranchement, sur les hauteurs d'une caverne au sol incliné. Deux tunnels praticables prolongeaient la salle, et Ariale se dirigeait naturellement vers celui qui était marqué d'une pièce quand Lucia la fit s'arrêter net.

Prudemment, la chasseresse s'approcha de l'autre passage et consacra un long moment à en examiner l'entrée, avant de s'y avancer sur quelques mètres. Elle sonda l'obscurité avec beaucoup d'attention mais revint finalement sur ses pas, à reculons, au grand soulagement d'Ariale qui se retenait même de respirer. Sur un signe de sa sœur, la jeune fille reprit alors sa fonction d'éclaireur en s'engageant dans la galerie marquée par Zétide.

Elles ne s'y étaient pas enfoncées de plus de dix mètres que Lucia la faisait s'arrêter de nouveau, l'épée brandie, suspectant *l'endroit même* qu'elles venaient de quitter. Ariale trouva le courage de fermer les yeux un instant pour mieux se concentrer sur son ouïe mais n'entendit rien, rien de plus que sa propre respiration et les mouvements feutrés de sa sœur. Elles restèrent ainsi une bonne minute, immobiles et attentives, avant que Lucia ne cède à son impatience.

– Je vais voir, glissa-t-elle, décidée. Passe-moi la lampe et reste là, surtout.

Ariale s'exécuta sans un mot, un frisson glacé lui courant le long de l'échine. L'idée d'attendre seule dans l'obscurité du labyrinthe l'effrayait plus encore que celle de tomber nez à nez avec le monstre. À tout prendre, elle préférait encore accompagner sa sœur au combat plutôt que mourir d'inquiétude en attendant d'en connaître l'issue… Mais elle avait promis d'obéir aux consignes, aussi décida-t-elle de cacher ses émotions.

Ce fut pourtant bien difficile dès l'instant où les ténèbres glissèrent sur ses épaules. Ariale comprit qu'elle ne pourrait pas tenir, qu'elle allait céder à la panique, oublier toute réserve et courir derrière Lucia. Elle lutta contre sa propre angoisse, comptant ses battements de cœur, certaine déjà de craquer avant d'avoir atteint le nombre de cinquante. Elle avait les poings crispés, les jambes parcourues de fourmillements, les yeux figés sur le dos de sa sœur en une envie irrépressible d'aller la rejoindre.

Quand soudain elle *entendit*.

Celui qui approchait ne faisait d'ailleurs aucun effort de discrétion. Un instant, Ariale crut que les bruits venaient de derrière elle – une partie encore inexplorée – et se retourna en un mouvement, prête à lancer un cri d'alerte. Mais les pas venaient bien de l'autre côté et Lucia les avait entendus aussi. La chasseresse se débarrassa de la lanterne sur le sol et recula de deux pas, l'épée bien en main.

– C'est moi, c'est moi, lança une voix. N'ayez pas peur.

Ariale tressaillit en reconnaissant les intonations bourrues d'Ombre-de-Pluie. De fait, celui-ci fit son apparition quelques instants plus tard, s'adossant à la paroi et se frottant les yeux dans la clarté brutale de la lampe. Il ne semblait ni blessé ni même fatigué, présentant toujours le même visage rougeaud et peu avenant. Un détail singulier frappait toutefois dans son apparence : il portait les vêtements de *Geyor*.

– D'où sortez-vous ? demanda Lucia, sans baisser sa garde. Où sont les autres ?

– Je ne sais pas, grogna l'autre en grimaçant. Je suppose qu'ils sont morts.

– Que voulez-vous dire ? s'offusqua la chasseresse. Où est Geyor ?

– Mais je n'en sais rien, poursuivit le milicien sur le même ton excédé. Il s'est probablement lancé à leur poursuite !

Lucia ne le quitta des yeux que le temps de faire signe à Ariale de la rejoindre.

– Je vous écoute, commanda-t-elle. Racontez-moi votre histoire.

– Ayez au moins le respect de baisser votre arme *avant*, râla le moine. J'ai l'impression que vous vous trompez d'ennemi !

– Nous verrons cela, rétorqua la chasseresse. À vous de me convaincre.

– Je n'ai pas de temps à perdre avec vos bêtises ! s'échauffa l'homme. Ramassez votre lampe et sortons d'ici !

Il faisait déjà mine de s'éloigner, mais Lucia ne le laissa pas faire plus de deux pas avant de le freiner du plat de son épée sur sa poitrine.

– *Vous* ne partirez pas avant de vous être expliqué, articula-t-elle avec beaucoup d'aplomb. Est-ce bien clair ?

– La peste soit des femmes qui se prennent pour des chevaliers ! éclata le milicien. Je suis moine, vous devriez me faire confiance !

– Je ne demande pas mieux, mais vous refusez de vous expliquer !

– Fort bien, donc ! Nous nous sommes séparés à un croisement ; Geyor nous a poursuivis, moi et Taste-Nuage ; il s'est changé, je dis bien *changé* en une espèce de fauve horrible ; et je n'ai eu que le temps de me jeter dans un torrent pour lui échapper. Voilà plus d'une demi-heure que j'erre seul dans ces couloirs, sans lumière, sans savoir où sont les autres, sans même savoir où je suis, *moi* ! Ça vous satisfait ?

– Où sont passés vos vêtements ?

– Ils étaient trempés, je ne voulais pas attraper la mort !

– Et d'où sortez-vous ceux-là ?

– J'ai trébuché dedans au beau milieu d'un couloir. Ne

me demandez pas *en plus* d'expliquer ce qu'ils faisaient là ; je n'en sais rien du tout !

Ariale et Lucia se jetèrent un œil en coin sans parvenir à trancher. Ce qu'elles savaient du milicien correspondait bien au personnage irritable et vaguement méprisant qui leur faisait face. Son histoire tenait debout et ne contredisait pas celle de Taste-Nuage…

– De quoi parle l'introduction du *Livre des Somones* ? lança soudain la jeune fille.

Le moine la contempla avec un regard ahuri et Ariale sut qu'elle avait touché un point sensible. Dès lors, les événements s'enchaînèrent très vite, mais elle les perçut aussi nettement qu'en les vivant au ralenti. Dans son esprit tout d'abord, pris d'un véritable tourbillon de pensées : si le milicien ne pouvait répondre à cette question, c'est qu'il n'était pas le *vrai* Ombre-de-Pluie. Donc, c'est qu'il était Geyor, le Maûne, le monstre, le meurtrier impitoyable, là, juste devant elle. Et Lucia le tenait en respect. Mais l'arme pouvait s'avérer insuffisante, et il fallait s'attendre à une terrible réaction de la part du tueur découvert. D'un autre côté, la réaction du moine pouvait très bien n'être qu'une surprise étonnée, et il allait pouvoir répondre à la question. Tout allait se jouer d'un instant à l'autre…

Mais l'homme ne répondait pas, il contemplait quelque chose, loin derrière la jeune fille, et elle se retourna machinalement. Elle songea bien qu'il s'agissait peut-être d'une ruse, mais distingua pourtant une faible lueur dans la galerie sombre, une lueur qui semblait s'approcher. Elle voulut avertir Lucia, puis s'aperçut que la chasseresse regardait également, et c'est alors qu'elle fut véritablement frappée par l'horreur de la situation : toutes deux avaient tourné le dos au monstre *juste après* l'avoir percé à jour.

Alors qu'un cri montait dans sa poitrine, Ariale vit soudain ses craintes prendre corps en sentant une lourde main se plaquer sur sa bouche. Presque en même temps, un bras emprisonna les siens avant de la soulever de terre comme un sac de laine. Elle se débattit avec énergie, frappant des pieds et de la tête, gigotant, gémissant, essayant de mordre les doigts poilus qui comprimaient sa mâchoire, mais rien n'y fit. Elle n'était jamais qu'une fillette de dix ans luttant contre un Maûne qui n'avait aucun scrupule à lui faire mal…

– Pose ton arme, où je lui brise le cou ! cria ce dernier juste à côté de son oreille.

– Si tu la touches, lâche, traître, espèce de sale raclure de Maûne de…, débitait Lucia haineusement.

Ariale sentit sa tête tirée en arrière et sa vision se brouiller, et elle crut bien qu'elle allait mourir. La pression s'arrêta heureusement en même temps que les insultes de sa sœur. Elle entendit l'épée tinter contre la pierre et la main du faux moine ramena bientôt sa nuque dans une position moins douloureuse, où elle put inspirer les deux ou trois bouffées d'air qui commençaient à lui faire défaut.

Le Maûne l'avait immobilisée contre sa poitrine, si bien qu'elle n'en voyait pas le visage, mais celui de Lucia lui apparaissait parfaitement. Sa sœur fulminait à moins de deux mètres, les traits déformés par une haine si évidente qu'elle attaquerait le monstre à mains nues si nécessaire. En arrière-plan, la lueur continuait d'approcher, révélant peu à peu deux silhouettes qu'Ariale crut pouvoir reconnaître… Son cœur se gonfla d'un espoir qui retomba dès que le Maûne accentua sa pression sur ses bras, au point qu'elle craignît de les voir brisés.

– Pose ton arc à terre, ordonna-t-il à Lucia. Et recule.

La voix du faux moine était calme et contrôlée, presque sereine, et Ariale n'en trouva cela que plus inquiétant. Il ne craignait pas l'arrivée de Zétide et Hogo ; il semblait même savoir parfaitement ce qu'il faisait. Peut-être avait-il prévu *depuis le début* de la prendre en otage.

Il attendit que la chasseresse soit assez éloignée pour se saisir du poignard que Lucia avait confié à Ariale. Avant même que la jeune fille n'ait réalisé, il avait glissé la lame sous sa gorge, si brutalement qu'il l'avait blessée à hauteur de la clavicule.

– Je te jure que si tu lui fais quelque chose, je t'arracherai la tête à coups de pied, menaça la chasseresse.

– *La ferme*, rétorqua platement le Maûne. Mets-toi contre le mur.

Lucia s'exécuta de mauvaise grâce, s'adossant à la paroi en le toisant d'un regard haineux. Hogo et Zétide, à quelques dizaines de mètres, avaient ralenti en avisant la situation. Comme le monstre ne faisait pas mine de bouger, ils continuèrent à s'approcher à pas lents, le Lycante brandissant son bâton en une menace explicite. Ariale trouva leur hésitation de très mauvais augure. Si *eux* ne pouvaient la sauver… qui le ferait ?

Le froid de l'acier sur sa gorge était plus paralysant que les bises glacées de tous les hivers. Elle trouva longue, très longue la minute qu'il fallut à ses amis pour les rejoindre. Et quand enfin ils ne furent plus qu'à quelques mètres, ce qu'elle lut sur leurs visages acheva de confirmer ses craintes. Hogo grondait et grimaçait, mais n'avait aucun moyen d'intervenir. Zétide était calme et pensif, mais se voyait tout aussi impuissant. Pour eux, la surprise était double : celle de trouver là les filles Garamont, et celle de les voir menacées par un faux Ombre-de-Pluie. Aux regards interrogatifs qu'ils lançaient à Lucia, la chasseresse ne répondit que par un haussement d'épaules.

– Déposez vos armes et reculez, commanda le Maûne.

– Mais qui êtes-vous ? demanda Zétide. Quel *but* poursuivez-vous ?

– Tu le sauras bien assez tôt, répliqua le moine sur un ton victorieux. Je sais qui tu es, *Hypolus*, et je ne te crains pas.

Ariale vit le sorcier se figer à la mention de son véritable nom, puis échanger un regard complice avec Hogo. Il passa soudain derrière le Lycante en entamant prestement le tracé d'une rune, tandis que l'homme-loup s'interposait entre lui et le monstre de toute la longueur de son bâton.

Encore une fois, tout se passa très vite. Ariale sentit la lame quitter sa gorge en même temps que le Maûne se mettait en mouvement. Il repoussa Lucia d'une manchette en plein visage et se rua à l'assaut de Hogo en utilisant sa prisonnière comme un bouclier. Le Lycante sut retenir le coup qu'il avait déjà lancé mais cela lui fut malheureux : déséquilibré par son mouvement, il ne put empêcher le monstre de lui transpercer le bras gauche, manquant le cœur de quelques centimètres seulement. Ariale vit avec horreur le sang jaillir quand le poignard fut arraché et crut que le Maûne allait achever le pauvre Hogo, mais il bondit par-dessus son corps et fonça tête baissée dans Zétide qui encaissa la charge sans pouvoir esquiver.

Le choc fut rude, très rude, et en se voyant soudain libérée de la poigne du monstre, Ariale espéra qu'il s'était lui-même assommé et qu'ils étaient tirés d'affaire. Elle s'extirpa de la mêlée et se redressa pour déchanter aussitôt : le Maûne l'avait *volontairement* lâchée, pour s'emparer d'un autre otage. Celui dont elle espérait le plus était maintenant entravé…

Lucia avait le nez en sang, cassé peut-être ; Hogo grondait en comprimant sa blessure ; Zétide avait un poignard sous la gorge et un bras bloqué dans le dos ; et Ariale se tenait au beau milieu avec l'horrible sentiment que tout était de sa faute. Seul le faux moine affichait une certaine assurance amusée, doublée de satisfaction.

– J'ignore quelle rune tu voulais employer contre moi, Hypolus, mais sache qu'elle serait restée *sans aucun effet*. Je suis bien plus fort que tu ne sembles le croire…

– Qu'est-ce que vous voulez, au juste ? s'impatienta le sorcier.

– Mais la même chose que toi, railla le monstre. *La Belle Arcane*. Et comme vous n'avez sûrement pas envie de mourir tout de suite, nous allons tous redescendre la chercher.

* * *

Le Maûne obligea Hogo à abandonner ses dernières armes – sa fronde et son poignard d'ivoire – avant de le laisser passer devant lui. Le Lycante, couvert de sang et grognant lèvres retroussées, n'avait plus beaucoup de ses traits humains et semblait plus féroce que jamais. Sans le danger encouru par Zétide, il aurait probablement sauté à la gorge du faux moine pour lui arracher la carotide.

Lucia et Ariale furent à leur tour contraintes de se placer sous la surveillance du Maûne, et la procession vers le fonds des souterrains commença, sinistre et désespérée. Le sorcier n'attendit pas longtemps pour briser ce silence qui ressemblait fort à de la résignation.

– Qu'allez-vous faire de nous ? demanda-t-il calmement.

– Je ne mangerai pas ton cœur, si c'est ce que tu veux savoir, railla le tortionnaire. J'attends une *tout autre* récompense pour ta capture.

– Alors laissez au moins partir les autres, enchaîna Zétide. Ils n'ont rien à voir avec tout ça.

– Ça dépendra de leur obéissance, clama l'autre à son oreille. Arrange-toi pour qu'ils se tiennent tranquilles, et il n'y aura pas de sang.

Le sorcier décida d'en rester là, plutôt que risquer de précipiter une mauvaise décision.

– Vous avez parlé d'une récompense pour ma capture, reprit-il après une minute. Qui vous la donnera ?

– Tu verras bien.

– Et à combien s'élève cette récompense ?

– Plus que ta magie ne pourra jamais m'apporter, trancha le Maûne. Maintenant, tais-toi ! Au premier mot qui sort encore de ta bouche, je tue l'un d'entre vous. C'est d'ailleurs valable pour tout le monde !

Zétide se le tint pour dit, en songeant qu'il n'avait jamais connu situation plus périlleuse, les champs de bataille exceptés. Surtout lorsqu'il songeait au monstre qui se cachait sous l'apparence du milicien… car il ne doutait pas que lui et Geyor formaient une seule et même créature. Le vrai Ombre-de-Pluie était déjà mort, probablement dans la galerie qu'il s'était entêté à suivre, et celui qui les menaçait n'était qu'une imitation trahie par les vêtements du mage. Quel était donc ce Maûne qui pouvait ainsi dupliquer les corps ? Pour qui œuvrait-il ?

La colonne parvint au bout du couloir étroit et entama la

descente des quelques centaines de marches précédant l'ossuaire. Pour Ariale et Lucia, tout cela était terrain inconnu, mais le sorcier ne pouvait voir leurs réactions tant le poignard l'obligeait à garder le menton levé. Ce n'est qu'en arrivant dans les catacombes qu'il put constater que l'une comme l'autre pleuraient. La chasseresse était certes beaucoup plus discrète, mais des larmes de frustration venaient néanmoins rosir le sang qui glissait sur le haut de ses lèvres. Ariale ne faisait pas plus d'efforts pour essuyer celles qui lui noyaient les joues…

Le Maûne ne leur laissa pas le loisir de s'attarder dans ce premier charnier, les poussant vers le couloir morbide qu'ils avaient trouvé si dangereux. Zétide craignit soudain qu'il ne fasse s'écrouler le mur d'ossements sur ses protégés, puis soupira en constatant que le monstre s'y engageait également. Sa traversée ne fut pas plus aisée que les deux premières fois, bien au contraire : avec un bras coincé dans le dos, le sorcier avait d'autant plus de difficultés à se glisser entre la roche et l'entassement fragile, l'embonpoint du faux moine augmentant d'autant les difficultés. Il fut donc soulagé d'atteindre enfin ce qu'il convenait d'appeler « la salle des runes » et son éclairage surnaturel.

Lucia, Hogo et Ariale se regroupèrent en son centre, toisant de regards mauvais le Maûne cause de tous leurs ennuis. Le Lycante avait retrouvé un peu de son sang-froid ; il s'était confectionné un pansement de fortune serré par une sangle de cuir. Zétide savait qu'un Humain aurait pu succomber d'une telle blessure, mais la constitution particulière de Hogo lui allouait heureusement un certain répit avant la perte de conscience. Combien de temps ? S'il n'était pas soigné dans les deux heures, même ses « pouvoirs » de Lycante ne pourraient le sauver…

– Par là, ordonna l'assassin. Tout le monde dans la fosse.

Les trois intéressés s'y rendirent à regret, les filles Garamont roulant des yeux égarés sur le décor invraisemblable qui les entourait. Elles se figèrent naturellement en découvrant le Cœur de l'Ældo… avant que le Maûne ne pousse

Hogo d'un violent coup de pied dans le dos, l'envoyant s'écraser quatre mètres plus bas. En heurtant le sol rugueux de la cuvette, le Lycante poussa un cri déchirant qui se mua rapidement en une nouvelle série de grondements féroces.

– Espèce de butor ! éclata Lucia, n'y pouvant plus tenir. Tu paieras ça, je te le promets !

– J'avais également fait une promesse..., grinça le tueur.

Il fit soudain jaillir son poignard vers la gorge de la chasseresse, celle-ci n'ayant la vie sauve que grâce à un réflexe du dernier instant. Elle tenta d'attraper l'arme passant à sa portée mais le Maûne revenait déjà à la charge, et elle n'eut pas d'autre choix d'esquive que de sauter dans la fosse. Zétide vit alors avec horreur le monstre se tourner vers Ariale, mais la jeune fille eut la présence d'esprit de ne pas s'attarder et de bondir dans les bras de sa sœur.

– Je vous fais grâce d'*une* vie, affecta le faux moine. Profitez-en bien, c'était la dernière fois. Au prochain mot que j'entends, je vous tue tous les trois.

– C'est ça, viens ! clama Lucia. Descends !

Le Maûne ignora pourtant ses provocations et obligea Zétide à se pencher pour tirer l'échelle à eux. Quand elle fut remontée, il attrapa l'autre bras du sorcier et lui attacha les poignets avec sa ceinture, si fort que le cuir lui entailla la peau. Il rabattit alors son manteau sur sa tête et en noua les manches derrière sa nuque, l'aveuglant complètement.

Zétide se laissait faire sans résistance. Son propre sort lui était presque indifférent, puisque sa vie ne semblait pas en danger... pas encore, en tout cas. Mais celui de ses compagnons l'inquiétait au plus haut point. Au vu des dernières brutalités du Maûne, il y avait peu de chances qu'il les laisse s'échapper. Et le sorcier ne savait pas comment les aider... Il était dans l'impossibilité de recourir à la magie, et se savait trop âgé pour lutter efficacement, surtout contre un monstre dont il avait entrevu la véritable apparence. Que pouvait-il faire de mieux qu'essayer d'endormir la vigilance du tueur, et attendre le moment propice ?

Le Maûne l'abandonna à terre et commença à parcourir la salle en long et en large. Hogo lança un appel aveugle et Zétide lui répondit qu'il allait bien... tout en se préparant à recevoir une avalanche de coups. Mais le monstre semblait peu se soucier de leurs cris ; il passait, passait de nouveau, s'éloignait, visitant avec plus ou moins de méthode chaque région de la caverne. Que pouvait-il bien faire ? Avait-il menti sur ses compétences réelles en matière de magie ?

Son manège dura cinq bonnes minutes, pendant lesquelles mille questions traversèrent l'esprit du sorcier sans qu'il puisse y répondre. Hogo, et surtout Lucia, ne cessaient de vérifier sa présence et de lancer insultes et menaces au Maûne qui n'en avait cure. À la fin, Zétide entendit ses pas revenir vers lui et se prépara au pire.

– L'Arcane n'est décidément pas ici..., regretta sincèrement le monstre.

Le sorcier fut si surpris de sa remarque qu'il faillit laisser passer cette occasion d'en apprendre davantage.

– Je vous l'avais bien dit, enchaîna-t-il bientôt. Que voulez-vous faire de l'Arcane ? La détruire ?

– *Personne* ne peut détruire les runes suprêmes, railla le Maûne méprisant. Ah, pauvres Humains ignorants... Je ne suis pas magicien, mais sur l'Arcane, j'en sais plus que vous tous réunis. Vous vous tueriez pour avoir seulement *un dixième* de mes connaissances.

– On préférerait te tuer *toi*, lança Lucia du fond de la fosse. Et toute ta belle science ne t'empêche pas de rentrer à gibecière vide.

– Ne croyez pas ça, répliqua le monstre. J'emmène le plus beau des trophées avec moi. Et estime bien ta chance, Hypolus. Si je ne t'avais pas reconnu... tu serais déjà *mort*.

Le sorcier se sentit soudain redressé et soulevé de terre, pendant que ses compagnons se lançaient dans un concert de protestations. Il fut jeté sur une épaule et bientôt ballotté suivant un rythme rapide, et il ne lui fallut pas longtemps pour comprendre dans quelle direction l'emmenait le Maûne.

– Qu'est-ce que vous allez faire ? demanda-t-il d'une voix blanche, en se tortillant pour s'échapper.

Le monstre ne lui fournit aucune réponse, mais les frottements que Zétide sentait sur sa tête et ses vêtements confirmèrent qu'ils étaient bien en train de remonter le couloir de l'ossuaire. Beaucoup plus loin déjà, les voix de Hogo, Lucia et Ariale se faisaient moins nettes. Le sorcier eut soudain l'intuition qu'il les entendait pour la dernière fois.

– Lâchez-moi ! ordonna-t-il avec rage. Posez-moi par terre !

Dans ses mouvements pour s'échapper, il donna un coup de talon dans la cathédrale osseuse et plusieurs dizaines de crânes et de tibias vinrent s'écrouler derrière eux, entraînant d'autres morceaux dans leur glissade vers la salle des runes. Le sorcier en reçut même quelques-uns sur le dos et son angoisse se mua alors en véritable épouvante : le monument était *réellement* fragile.

Le Maûne le déposa enfin, sans douceur, et Zétide crut qu'il allait pouvoir gagner du temps mais le vacarme qui suivit aussitôt après anéantit tous ses espoirs : le monstre était déjà en train de faire s'écrouler tout le mur d'ossements, bloquant l'unique sortie de la salle des runes.

– Arrêtez ! criait Zétide, en cherchant à défaire ses liens. Je ferai ce que vous voudrez !

Mais le tueur poursuivait son travail de sape, donnant de violents coups de pied dans les premiers mètres des catacombes, lançant quelques tibias dans les parties les plus élevées et laissant la gravité faire le reste. En désespoir de cause, Zétide ne vit plus qu'un moyen de l'arrêter : il fonça tête première en direction estimée du tueur.

Il fut déjà heureux de l'atteindre et de ne pas aller se fracasser le crâne contre une paroi rocheuse, mais sa joie fut de courte durée. Sans même un juron ou une menace, le monstre lui attrapa soudain les cheveux à travers le tissu, le forçant à se tenir bien droit. Le sorcier tenta d'échapper à cette position inconfortable en se demandant ce qui allait pouvoir lui arriver…

Un violent coup sur la nuque lui fournit la réponse et le projeta dans l'inconscience.

* * *

Dès l'instant où les pas du Maûne s'éloignèrent, et qu'il fut évident qu'il emmenait Zétide, Lucia se précipita à l'assaut de la paroi rugueuse. Hogo s'avança pour lui faire la courte échelle, mais poussa un cri de douleur avant même que la chasseresse n'ait fait basculer son poids sur ses mains. Ils essayèrent alors d'inverser les rôles mais le Lycante ne pouvait pas davantage se hisser sur les épaules de la jeune femme qu'il ne pouvait la porter. Ariale sortit alors de sa torpeur et attrapa sa sœur par les épaules.

– Essaie de me lancer, demanda-t-elle en étudiant l'arête. Par là, c'est moins haut.

Leur préparation fut rapide et l'instant d'après, Lucia soutenait le pied d'appel de la jeune fille tandis que celle-ci se préparait à s'agripper de toutes ses forces. L'obstacle n'était pas insurmontable ; ils manquaient simplement de temps pour l'affronter correctement.

Elles comptèrent jusqu'à trois et lancèrent une grande poussée simultanée qui projeta Ariale bien au-dessus de la tête de la chasseresse. Avec quelqu'un de plus lourd, c'était l'échec assuré... mais la jeune fille réussit à attraper le bord de la faille et s'y cramponner comme le lierre, tirant expérience de ses acrobaties du château. Lucia lui offrit l'appui de ses mains tendues à l'extrême et Ariale parvint alors à se hisser hors du trou, finissant à plat ventre contre la roche.

Un coup d'œil lui confirma l'enlèvement de Zétide, mais elle ne perdit pas de temps à vérifier dans tous les recoins. Elle tira l'échelle moisie jusqu'à la fosse et l'y fit basculer en prenant bien garde de ne pas blesser ses compagnons. Lucia se précipita sur les barreaux avec l'agilité d'une fouine, puis aida Ariale à tenir les montants fragiles qui menaçaient de se séparer sous le poids de Hogo.

C'est alors qu'éclata le vacarme.

Ils avaient déjà deviné de quoi il s'agissait. Hogo bondit plus qu'il ne s'éleva hors de la faille et ils se précipitèrent vers la sortie, ramassant l'une des lanternes au passage. Le fracas se poursuivait sans relâche, se rapprochant même au fur et à mesure que les ossements dégringolaient dans le couloir en pente. Quand ils s'engagèrent dans la galerie basse qui y menait, les quelques crânes brisés et tibias jaunis qu'ils découvrirent leur en donnèrent la terrible certitude : tout l'ossuaire s'était écroulé dans le tunnel, bloquant l'unique sortie sous quelques tonnes de restes Goblins.

Hogo, qui était en tête, s'efforça pourtant de déblayer le passage, et une chaîne improvisée s'organisa dans la galerie inconfortable, Ariale étant chargée de rejeter les ossements dans la salle des runes. Chaque crâne monstrueux qui passait dans les mains de la jeune fille lui soulevait le cœur, mais ce n'était pas le moment de se laisser aller : le mur avait fini de s'effondrer et quelque part derrière, un Maûne emmenait Zétide vers un sort probablement pire que le leur. Elle sentit pourtant venir une nouvelle crise de larmes quand le malheureux mètre cube dégagé à grand-peine fut rempli par une nouvelle avalanche.

– On n'y arrivera pas, décida Lucia, il faut trouver autre chose !

– Qu'est-ce que tu proposes ? enchaîna Hogo en toussant dans la poussière.

– Il faut essayer de repérer une autre sortie, c'est notre seule chance !

Ils refluèrent donc dans la salle des runes, à qui les ossements lancés par Ariale donnaient des airs de tanière de fauve. Un peu plus loin, le cristal mystérieux célébrait la lumière qui lui avait manqué si longtemps.

– On se sépare, indiqua la chasseresse, en prenant elle-même une direction.

Hogo choisit l'autre et Ariale erra au centre approximatif de la salle, scrutant les hauteurs à la recherche d'une faille ou cheminée naturelle par laquelle ils pourraient s'échapper… en vain. Lucia la rejoignit peu après et le Lycante fit de même, leurs mines graves en disant suffisamment long sur leurs résultats. Hogo gardait constamment sa main serrée sur sa blessure et Ariale le trouva soudain bien pâle. Tout son bras était maculé de sang.

– On n'a pas le choix, résuma-t-il en grimaçant. Il faut retourner déblayer le passage.

– Mais il y en a pour des heures ! s'écria Lucia, accablée. Nous serons morts étouffés avant !

Elle suivit néanmoins le Lycante dans la galerie en secouant la tête. Ariale pouvait sentir le trouble de sa sœur, et cela fit naître en elle un étrange sentiment de révolte. Elle s'installa en bout de chaîne avec une nouvelle énergie, s'appliquant à la tâche avec beaucoup de détermination. Chaque os que Lucia lui poussait allait s'écraser dans la salle ou contre le fond du tunnel, si la jeune fille manquait son coup. Chaque crâne qui passait dans ses mains ne lui inspirait plus de répulsion, mais seulement de la colère. Une colère mue par un instinct de survie qui lui venait en droite ligne de son père et de tous ses ancêtres chevaliers. Une colère que Lucia ne tarda pas à retrouver également…

Ils s'acharnèrent ainsi pendant un bon moment, progressant relativement vite, gagnant du terrain sur l'enchevêtrement complexe de la barricade morbide. Enfin ils atteignirent le bout de la galerie et purent entamer la deuxième partie du déblaiement, la plus difficile car consistant à ôter *un par un* les morceaux sur lesquels reposait tout l'ossuaire.

L'opération fut évidemment beaucoup plus longue et Lucia et Ariale devaient souvent attendre que Hogo ait choisi une pièce qui ne provoquerait pas une nouvelle avalanche. Certains ossements restaient accrochés et en entraînaient d'autres avec eux, et le Lycante était alors obligé de maintenir l'équilibre d'une main et ôter les morceaux dangereux de l'autre. L'exercice lui causait évidemment beaucoup de fatigue et de douleur et la chasseresse ne mit pas longtemps à s'émouvoir de ses plaintes retenues.

– Changeons de place, indiqua-t-elle en lui ménageant un passage. Tu me relaieras plus tard.

Hogo ne fit aucune objection, preuve s'il en fallait qu'il

souffrait véritablement le martyre. Mais à peine s'était-il éloigné du mur de débris que celui-ci connaissait un nouveau mouvement, ramenant plusieurs dizaines de kilos d'ossements dans la galerie en un vacarme assourdissant de grincements et d'éboulis. L'avalanche souleva un tel nuage de poussière qu'ils furent même obligés de regagner la salle pour inspirer quelques bouffées propres.

– Cochonnerie ! tempêtait Lucia entre deux éternuements. On n'y arrivera jamais !

Ses yeux étaient rouges et vaguement larmoyants, mais pas forcément à cause de la poussière. Hogo était dans un état pire encore. Des grappes de saletés s'accrochaient aux cheveux noirs qui lui tombaient de chaque côté du visage et son regard, si vif et profond d'habitude, se faisait quelque peu absent et vitreux. En contemplant ses mains noircies et griffées, Ariale se dit qu'elle ne devait pas présenter meilleure figure.

– Les os se cassent et s'effritent pour un rien, remarqua le Lycante. Si on avait une vraie masse d'armes, on pourrait se frayer un chemin en les réduisant en morceaux…

– Mais on se prendrait tout le tas sur la figure ! refusa la chasseresse. Comme ça a failli t'arriver !

– Je sais, je sais, soupira Hogo. Mais je crois maintenant qu'il vaudrait mieux essayer de passer *à travers* le mur que continuer à le déménager. Si Zétide était là…

Il n'acheva pas sa phrase, se tournant soudain vers Ariale en même temps que Lucia. La jeune fille se demandait ce qui pouvait bien leur passer par la tête quand la réponse s'imposa d'elle-même.

– Je… je ne sais pas ce qu'il ferait, bredouilla-t-elle, tendue. Je ne connais que la rune des Harpies…

– Et celle qu'il a tracée dans la crypte ? La rune de destruction ?

– Elle est compliquée, rappela Ariale, le cœur battant. Je ne crois pas que je pourrais la refaire…

La déception vint encore assombrir le visage de Lucia, tandis que Hogo, de plus en plus faible, se résolut à s'asseoir par terre en grimaçant. La jeune fille les contemplait sans mot dire, tétanisée par ce dilemme : devait-elle ou pas essayer de retrouver la rune de Zétide ?

En cet instant, son souvenir de l'hadryen mort était plus fort que jamais. L'arbre familial, symbole des Garamont, réduit à l'état de tronc mort par son imprudence… Elle s'était promis, elle avait *juré* de ne plus jamais toucher à la magie. Qu'adviendrait-il si elle rompait son serment ? Quelle nouvelle catastrophe allait-elle provoquer, en supposant qu'elle réussisse ? Les ensevelir une fois pour toutes sous quelques tonnes de gravats ?

Pendant qu'elle réfléchissait, Lucia était retournée dans la galerie encombrée, pour en revenir avec une expression de totale désolation. Elle s'agenouilla auprès de Hogo et examina son pansement dégoulinant d'un air pessimiste. Elle se releva enfin pour faire les cent pas, irrésolue mais impuissante.

– Si au moins on pouvait espérer de l'aide des moines ! lança-t-elle dans un subit accès de colère. Mais non, pas un ne prendra le risque de descendre jusqu'ici !

En désespoir de cause, elle revint s'asseoir auprès de Hogo, qui lui s'était allongé tout à fait et contemplait le plafond en soupirant. Ce spectacle déchirant acheva de briser les dernières réticences d'Ariale, qui ferma alors les yeux et essaya de revoir tous les mouvements de Zétide. Quand elle eut extirpé ce qu'elle pouvait de sa mémoire, elle rejoignit sa sœur en tremblant sur ses jambes.

– Je veux bien essayer, annonça-t-elle d'une voix blanche. Je vais peut-être m'en souvenir.

Lucia la contempla sans comprendre, puis se releva d'un bond sous l'impulsion de ce nouvel espoir. Hogo lui-même se redressa sur un coude, l'oreille dressée.

– Tu crois que tu peux réussir ? répéta la chasseresse.

– Mais je ne sais pas comment on la contrôle, prévint Ariale en s'animant. Si ça marche, je vais peut-être tout faire s'effondrer, *tout*, et ça sera pire qu'avant.

Lucia hésita et embrassa la salle du regard, et la jeune fille en fit autant en imaginant les roches couvertes de runes se briser et les ensevelir. La rune de Zétide était vraiment puissante, tout le monde avait pu le constater, et ils n'avaient aucune idée de ses effets dans un tel contexte.

– Tu n'as qu'à essayer d'abord sur autre chose, proposa la chasseresse.

– C'est pareil, rétorqua Ariale, si j'essaye sur un mur, ça va causer un éboulement…

– Je ne pensais pas aux murs. Viens avec moi.

Elle l'entraîna jusqu'au fond de la salle, au bord de la fosse, avant de lui désigner le fameux Cœur de l'Ældo qui brillait de ses milles feux intérieurs. Une moitié de squelette indifférente à ces événements pendait toujours sur un de ses côtés.

– Personne ne regrettera ce truc, affirma Lucia. Il est à la base de tous nos ennuis.

L'idée était loin d'enthousiasmer Ariale, mais il n'était plus temps de reculer, aussi s'engagea-t-elle sur l'échelle pour redescendre dans la fosse. Il lui sembla que les couleurs du cristal se rassemblaient à son approche, et elle songea soudain que c'était un crime de détruire quelque chose d'aussi beau… La vue du squelette lui donna pourtant le courage de s'y préparer aussi bien moralement que mentalement, et elle s'approcha à moins de trente centimètres de la surface irisée, levant les index comme elle avait vu Zétide le faire.

Elle eut besoin d'un temps de concentration beaucoup plus long que lui. Tant de choses embrouillaient son esprit qu'elle devait les repousser une à une pour ne conserver que son souvenir des mouvements du sorcier. Elle-même n'avait pas conscience de la difficulté de cet effort de mémoire ; elle était si naturellement attentive que le caractère prodigieux de cet exploit lui échappait totalement. Sa seule crainte, mais de taille, était d'échouer à refaire *correctement* les gestes : aussi garda-t-elle les yeux fermés sur la manipulation de Zétide tout le temps que dura son tracé.

Avant même de l'avoir décidé, ses doigts s'étaient lancés dans la danse mystérieuse d'où la magie tirait son pouvoir. Mouvements lents, courts ou larges, mais surtout coulés : car le moindre tâtonnement serait sanctionné par un inéluctable échec. Lorsqu'elle hésitait sur le geste à suivre, elle se laissait porter par les courbes et retrouvait rapidement le fil conducteur. Aussi inconsciemment qu'elle avait déployé la rune de l'hadryen, Ariale en tissait une autre, plus fine, plus complexe, sur une matrice imaginaire qui lui apparut soudain dans toute sa logique.

Elle ne se laissa pas déborder par la joie de cette découverte, poursuivant le tracé qui lui semblait déjà plus familier, comme si elle l'avait toujours eu en tête sans en avoir conscience. Évidemment il n'en était rien, et cette impression ne venait que de la confiance croissante en sa propre réussite, à l'approche de l'achèvement du dessin. Dans les dernières secondes, elle prit même le risque d'ouvrir les yeux, voulant constater par elle-même les effets des puissances mystérieuses qu'elle avait emprisonnées de façon très éphémère. Et quand la rune fut bouclée, son tracé courut jusqu'au bout du monde en libérant toute sa force.

Ariale crut pourtant qu'elle avait échoué. Le cristal ne bougeait pas d'un pouce, et ce n'est que lorsqu'elle fit un pas en arrière qu'il s'effondra en centaines de fragments colorés, roulant et rebondissant sur la roche comme une pluie de verre. La jeune fille compara ces morceaux du Cœur de l'Ældo, aussi fascinants que l'original, aux petites feuilles vert céladon qui s'étaient détachées des branches de l'hadryen. Elle n'était pas vraiment sûre d'avoir bien agi.

– Magnifique ! s'écriait pourtant Lucia. Remonte, maintenant, on va essayer dans la galerie !

– Le squelette est toujours intact, remarqua Hogo avec pessimisme.

– Tant mieux, c'est parce qu'il n'était pas visé ! Au moins, nous ne risquons pas de prendre le plafond sur le crâne !

– Pas si sûr... Peut-être que la rune ne peut s'attaquer qu'à la pierre, justement...

Penchée sur les fragments, Ariale se tenait à l'écart de cette discussion. Chacun des cristaux présentait les mêmes particularités que le monolithe dont ils étaient issus :

couleurs dansantes, luminosité intérieure, chaleur surnaturelle… Sur une impulsion, la jeune fille décida d'en prendre quelques-uns, les ramassant du bout des doigts pour les laisser tomber dans sa poche. Elle se lança ensuite sur les barreaux de l'échelle et eut une frayeur en sentant l'un des derniers se dérober sous son poids. Heureusement, Hogo la rattrapa de justesse et la hissa à la seule force de son bras valide, grimaçant terriblement sous l'effort.

– Merci, souffla-t-elle une fois en haut.

– P'tit loup…, interrompit Lucia, en plantant son regard dans le sien. Je compte sur toi. Fais honneur à ton nom !

Elles se rendirent tout droit à la galerie pendant que Hogo achevait de démanteler l'échelle désormais inutilisable. Ariale se demanda un instant ce qu'il comptait en faire, mais elle était trop préoccupée par sa propre responsabilité pour s'en soucier vraiment. D'autant que, une fois devant le mur d'ossements, l'affaire lui parut infiniment plus difficile.

– Voilà ce qu'on va faire, organisa Lucia. Tu vas te mettre bien en face du couloir pour avoir le meilleur effet possible. À l'instant où tu me fais signe, je te tire en arrière et on court se mettre à l'abri dans la salle.

– Et si… et si je rate quand même ? demanda la jeune fille. Si je fais tout s'effondrer ?

– Ça ne sera pas pire que maintenant, encouragea sa sœur. Tout le remue-ménage que tu pourras causer là-dedans ne peut que nous aider. Vas-y, je te fais confiance.

Après de telles paroles, la jeune fille n'eut plus qu'à se mettre en place, ce qu'elle fit avec beaucoup d'appréhension. Comme devant le cristal, elle ferma les yeux pour se concentrer, repassant un à un chacun des mouvements qu'elle avait exécuté. Enfin elle fit un pas de côté et Lucia la tira en arrière comme prévu.

Rien n'arriva. Ni les os, ni la roche ne subirent les effets de la rune, et Ariale songea qu'elle n'avait pas connu l'impression « d'infini » accompagnant normalement le succès. Elle s'approcha avec prudence, se demandant malgré tout si l'enchevêtrement osseux n'allait pas soudain lui tomber sur la figure.

– Recommence, proposa Lucia. Essaye de mieux te concentrer, peut-être.

La jeune fille se remit en place docilement, craignant toutefois de ne pouvoir faire mieux que son premier essai. Elle s'efforça de s'appliquer davantage, repassant chacun de ses mouvements et ceux de Zétide, jusqu'à s'arrêter soudain au beau milieu de son tracé.

– Je sais, s'exclama-t-elle d'une voix fiévreuse, c'est parce que je dois ouvrir les yeux !

Elle n'attendit pas plus longtemps pour faire une nouvelle tentative, le regard vissé sur un crâne goblin se démarquant au milieu des autres. C'était si évident ; comment pourrait-elle appliquer le pouvoir d'une rune sur un objet qu'elle ne voyait ni n'entendait ?

Ses jambes étaient fébriles, tant elle se sentait maintenant proche de la réussite. Les courbes s'enchaînaient et se nouaient, s'éloignaient et revenaient, comme se traçant toutes seules devant une Ariale qui se contentait de les suivre des mains. La magie lui semblait soudain si… *logique*, qu'elle avait même du mal à comprendre comment elle avait pu la rejeter. À chaque nouveau mouvement, il lui semblait toucher du doigt les règles mystérieuses qui régissait cet art trois fois millénaire… Et sa compréhension intuitive lui apportait autant de joie que de frustration, tant il lui tardait déjà d'explorer ces secrets à peine entrevus.

Mais l'heure n'était pas aux quêtes spirituelles et quand le tracé fut enfin bouclé, la poigne de Lucia tirant sur sa ceinture ramena la jeune fille à des considérations beaucoup plus terre à terre. Comme dans un rêve, elle entendit l'écho d'un terrible vacarme pendant que des fragments d'ossements traversaient comme la grêle l'endroit où elle se trouvait juste avant. Le tumulte se poursuivit avec les rumeurs de nouveaux éboulements, et Lucia comme Ariale n'osèrent pas bouger avant que la galerie n'ait retrouvé sa quiétude.

La chasseresse se faufila alors jusqu'au tunnel qui

échappait à leur vue et en revint avec un sourire de jeune mère.

– Hogo ! Ça a marché ! cria-t-elle avec excitation, devant une Ariale médusée.

– J'ai entendu ça, répondit le Lycante. J'arrive !

La jeune fille se rendit à son tour au bord du souterrain et y lança un coup d'œil timide, s'attendant bizarrement à être emportée par une nouvelle avalanche. Mais les risques étaient déjà bien moindres. Le « mur » osseux avait reculé de cinq bons mètres, laissant sur le terrain une couche de fragments pas plus gros que le pouce et largement franchissable. Cinq mètres de gagnés en une minute, là où il leur aurait normalement fallu plusieurs heures de travail.

Elle entendit Hogo le rejoindre et vit que le Lycante s'était approprié un des montants de l'échelle en guise d'arme. Il avait confié l'autre à Lucia et tous deux semblaient prêts à affronter le Maûne en une seconde manche.

– Tu es exceptionnelle, jeune Dame, admira-t-il très sincèrement.

– Encore deux ou trois fois comme ça et le passage sera entièrement dégagé, s'exalta la chasseresse. Allez, p'tit loup, au travail !

Ariale la remercia d'un sourire et reprit sa concentration, caressant même l'espoir de déblayer le reste du tunnel à l'aide d'une seule rune. Après tout, ils n'étaient pas encore tirés d'affaire… Il leur fallait encore retrouver Zétide, et peut-être empêcher le monstre de les enfermer dans les souterrains.

* * *

Il reprit l'apparence de Geyor, comme prévu, lorsqu'il estima ne plus être loin de la crypte. La dernière partie de son plan était certes la plus facile, mais il ne fallait pas la négliger pour autant. Les moines devaient l'accueillir comme l'unique rescapé de l'expédition – avec le sorcier – et lui accorder leur entière confiance, condition indispensable pour les amener à condamner définitivement la crypte et son contenu.

Mais la partie semblait gagnée d'avance... Le Prieur était si naïf qu'il avalerait tous ses mensonges, comme il l'avait toujours fait. Les religieux, crédules de nature et fuyant les difficultés, ne se feraient pas prier longtemps pour fermer la bouche qui avait avalé plusieurs d'entre eux. Il lui suffirait de raconter que le fameux « monstre » était toujours en dessous et qu'ils n'avaient plus qu'à l'emprisonner. Sans doute même cela serait-il fait dans l'heure suivant son arrivée...

Il fit passer le sorcier par-dessus son épaule jusqu'à terre et s'épongea le front. L'ennui de ces corps d'emprunt, c'est qu'ils n'étaient pas aussi résistants que le sien, mais l'ennui avec le sien, c'est qu'il n'était pas fait pour les souterrains... Ses ailes s'accrochaient bien trop souvent aux aspérités et, s'il n'en ressentait aucune douleur, il n'en était pas moins ralenti.

Il avait certes mis plus de temps que prévu pour remonter... Quelle importance ? Dans quelques heures il serait passé dans le Maûne, et dans quelques jours son Créateur l'accueillerait comme un héros. Il aurait probablement droit à la suprême récompense... Que pouvait-il espérer de mieux ? Tout ce qui lui restait à faire, c'était marcher droit jusqu'à la crypte, raconter quelques boniments, emmener le sorcier dans un coin désert et passer avec lui dans l'entre-deux monde. Un jeu d'enfant.

Une certaine mise en scène était cependant nécessaire. Il commença par déchirer ses vêtements, tirant brutalement sur le manteau vert qu'il avait porté pendant un mois, avant de s'entailler la paume du poignard et de souiller le tissu de son sang. Il songea ensuite qu'il aurait pu utiliser celui du sorcier immobile, mais c'était trop tard. Il démasqua alors le prisonnier et vérifia qu'il était bien inconscient en le pinçant jusqu'à voir un filet vermillon couler le long de sa joue. Il le mit alors sur le ventre et ôta la ceinture qui entravait ses poignets, avant de le retourner à nouveau et se baisser pour le replacer sur ses épaules.

Le genou du sorcier vint soudain le cogner en plein visage, si violemment qu'il en fut aveuglé pendant quelques instants. Ses mains raclèrent le sol avec frénésie mais l'Humain n'y était déjà plus : il s'éloignait avec une vigueur insoupçonnée, à tâtons dans un tunnel plus sombre que la peau d'un drak.

Après un premier sentiment de colère, *il* trouva cette situation presque amusante : son prisonnier désorienté avait choisi la direction du fond des souterrains. C'était tellement pitoyable qu'il l'observa pendant un moment, le laissant se cogner, trébucher, s'érafler les mains et le front en une danse aveugle bien indigne du fameux Hypolus d'Arcadie.

Une soudaine rumeur le ramena à un peu plus de sérieux. De la direction de la crypte venaient des bruits de pas, des éclats de voix, des éternuements, indiscutablement produits par une troupe nombreuse. Les moines s'étaient donc décidés à lancer une expédition de sauvetage... Qu'importe, cela ne contrariait aucunement ses plans. Les colombins remonteraient après leur rencontre, et il avait largement le temps de rattraper le sorcier et de l'assommer avant leur arrivée.

Mais une *deuxième* rumeur vint bientôt taquiner ses oreilles, de l'autre côté cette fois... En se retournant, il eut la désagréable surprise de voir une lumière s'approcher à grande allure, lumière vers laquelle son prisonnier courait avec toujours plus d'assurance.

Il se lança sur sa piste avec une colère mal contrôlée, se demandant comment le Lycante et les Humaines avaient pu s'échapper de leur trou, et ce qu'il allait bien pouvoir faire d'eux. Il ne pouvait évidemment pas les laisser rencontrer les moines ; il lui fallait donc les tuer *avant* que les colombins n'arrivent, ce qui lui laissait assez peu de temps. Mais il avait commis certains carnages en bien moins que ça...

Le sorcier tenta de lui lancer un coup de poing quand il fut sur lui, mais il l'esquiva sans peine tant l'Elde était faible et impuissant dans l'obscurité. Il le saisit par les cheveux et lui fit une nouvelle clé au bras, mais son prisonnier réussit à se dérober avant qu'il ne puisse tirer son poignard. Il le rattrapa pourtant trois mètres plus loin et le maintint brutalement à terre en n'oubliant pas, cette fois, de le menacer de sa lame.

Le Lycante et les Humaines arrivèrent quelques instants après. *Il* fut contrarié de constater qu'ils avaient récupéré leurs armes, d'autant que la forte en gueule ne perdit pas un instant à encocher une flèche et la pointer sur lui. Il n'eut que le temps de se faire un bouclier du sorcier pour l'empêcher de tirer. L'histoire se répétait et *il* n'aimait pas cela du tout.

– Lâchez vos armes, ou je le tue ! ordonna-t-il.

– Tu ne le feras pas, lança la chasseresse. Tu ne l'as pas fait tout à l'heure.

– Je le ferai *maintenant* ! À vous de prendre le risque !

– Tire, Lucia ! s'écria Zétide.

Il accentua un peu plus la pression du poignard sur sa gorge, mais savait ne pouvoir mettre ses menaces à exécution. Son Créateur voulait Hypolus *vivant*, la consigne était formelle.

Il y eut comme un flottement dans le groupe de ses ennemis. Ils venaient d'entendre les moines, et savaient pouvoir compter sur ce renfort inespéré. *Il* ne les craignait pas, pas plus qu'il n'avait peur de mourir : mais il ne pourrait traverser les rangs de tant d'adversaires avec le sorcier sous le bras. S'il avait pu passer dans le Maûne, tout aurait été plus simple... Mais cela lui était impossible dans ces souterrains. C'était la mort assurée à l'arrivée. Dans cette situation, la seule manière d'emmener Hypolus était de tuer tous les Humains du tunnel.

Il décida donc de passer à l'action.

Il repoussa son prisonnier avec violence et se jeta sur ses ennemis en reprenant sa véritable apparence. Comme il l'avait prévu, la chasseresse n'osa tirer sa flèche en direction du sorcier. Il lui lança un coup de patte en plein visage, mais ses griffes n'étaient pas encore assez longues et il la manqua de quelques centimètres. Une violente douleur vint le frapper à l'épaule et il se retourna pour attraper le bâton du Lycante, qui lui abandonna aussitôt avant de lui sauter à la gorge. Il eut toutes les peines du monde à se débarrasser de l'Elde aux instincts de fauve qui cherchait à l'étouffer entre ses mains poilues, mais parvint finalement à l'envoyer se cogner dans le mur une fois qu'il eut acquis suffisamment de force.

Son corps grandissait, gagnait en puissance, déployait ses ailes à travers les trous qu'il avait volontairement découpés sous son manteau. Il balaya d'une gifle l'épée que la chasseresse lui opposait. Il bondit à son visage, pouvant presque sentir le fumet de son *cœur*.

Le bâton du Lycante vint de nouveau s'interposer et il repoussa l'homme-loup d'une seule patte, l'envoyant à deux mètres de là. Il sentit soudain une terrible douleur dans son flanc et vit que le sorcier avait ramassé l'arc pour lui décocher une flèche. Il marcha vers lui mais s'arrêta soudain devant la jeune humaine, songeant qu'il pouvait très bien la reprendre en otage et ne pas hésiter à la sacrifier, *elle*. Son instinct de tueur reprit pourtant le dessus et il décida qu'il pouvait très bien lui arracher la tête tout de suite, comme il allait faire avec tous les autres. Il se penchait déjà pour l'attraper quand il sentit une main se poser sur son épaule noueuse.

– Hé ! lança la voix de la chasseresse.

Complètement surpris, il se retourna machinalement et n'eut que le temps de tourner la tête pour éviter le poignard qui plongeait vers son orbite. La lame glissa pourtant sur sa joue et lui perça l'œil droit, lui causant une douleur si intolérable qu'il poussa un cri comme on ne pouvait normalement en entendre que dans le Maûne. D'autres souffrances explosèrent soudain sur tout son corps alors que ses ennemis profitaient de sa confusion pour le larder de coups de bâton et de poignard. Aveuglé, repoussant difficilement ces assauts, il comprit soudain qu'il ne *gagnerait pas* ce combat : pour la première fois depuis sa Création, il lui fallait faire retraite.

Il s'extirpa de la mêlée en un bond puissant, puis regarda

où en étaient les moines avant de présenter au sorcier son œil dégoulinant de sang et de liquides divers.

– Je reviendrai te chercher, Hypolus ! clama-t-il avec rage. Je sais où tu es, je sais *qui* tu es ! Et je ne reviendrai pas seul !

Il n'attendit pas de réponse et courut à la rencontre des colombins essoufflés, s'élevant au-dessus de leurs rangs en déployant ses ailes de manière étriquée. Quelques instants après, il débouchait dans la crypte et passait dans le Maûne pour ruminer sa vengeance.

* * *

Couvert de larges pansements sur la cuisse et le thorax, Taste-Nuage menait la vingtaine de moines qu'il avait réussi à convaincre de descendre au secours de leurs visiteurs. Parmi eux le Prieur, Tyâm, et quelques-uns des miliciens qui n'avaient pas eu la présence d'esprit d'utiliser leurs arbalètes contre le monstre passant juste au-dessus d'eux. Leur petit groupe rencontra celui de Zétide, bien plus méritant, moins d'une minute après la fin du combat.

– Qu'est-ce que… qu'est-ce que c'était ? demanda le Verve, plus orange que jamais.

– Votre monstre, répliqua Lucia en allant à leur rencontre. Vous ne l'avez pas reconnu ?

– Mais de quel peuple est-il ? Que voulait-il ?

– L'Arcane, comme tout le monde, soupira Zétide. Et *moi* également, mais c'est une longue histoire. Je crois que les Maûnes nous réservent encore bien des surprises…

* * *

Le récit de leur aventure alimenterait pendant longtemps les débats de la salle de l'Oscille, Zétide n'en doutait pas. Les moines étaient restés avec tellement de questions sur les lèvres qu'ils en auraient pour des semaines avant de songer à parler d'autre chose. Peut-être même des mois…

Mais le sorcier n'avait pas eu le choix ; lui et son groupe

avaient dû quitter en toute hâte le monastère pour mettre le plus de distance possible entre eux et l'énigmatique « Geyor » qui avait promis de se lancer à leur poursuite. Zétide prenait ses menaces très au sérieux ; le monstre semblait tellement tenir à sa capture qu'il ne leur laisserait probablement pas plus de quelques heures de répit avant de revenir à la charge. Ils avaient donc paré au plus pressé, nettoyant leurs blessures sans prendre beaucoup de temps pour s'entretenir avec le Prieur. Leur départ même fut précipité, les adieux écourtés, au point que le sorcier avait eu l'impression de s'enfuir comme un voleur.

Bien que dévorés de curiosité, les colombins s'étaient pourtant montrés compréhensifs, apportant toute leur aide aux héros du jour. Zétide s'était fait remettre les cartes consultées dans la bibliothèque et sur lesquelles il avait repéré certaines étapes intéressantes. Pendant qu'on soignait Hogo, Lucia s'était chargée de réunir de l'eau et des vivres, qu'elle proposa de payer mais qui lui furent offerts. Ariale avait fait ses adieux à son poney que le sorcier désirait troquer, pour des questions pratiques, contre un des chevaux rouans de l'écurie. Enfin, ils avaient envoyé un moine prévenir Isadorine et Jauel, les serviteurs des Garamont, de rester en leur village et de ne retourner au château sous aucun prétexte. Tous quatre étaient finalement partis en milieu d'après-midi, saluant une dernière fois Tyâm, Taste-Nuage, le petit Prieur et les quelques moines avec qui ils avaient tressé des liens de sympathie pendant leur séjour. Aucun n'aurait pu dire s'ils se reverraient un jour…

Ils chevauchaient alors depuis presque une heure, surveillant le ciel et leurs arrières en redoutant d'y voir apparaître le monstre. Zétide était moins vigilant, absorbé par ses efforts pour mettre un peu d'ordre dans ses pensées. Il leur faudrait un bon moment avant qu'ils puissent comprendre tout ce qui s'était passé… Et nombre de choses resteraient inexpliquées, notamment concernant l'énigmatique « Geyor ». Qui était-il exactement ? Pour qui travaillait-il ? Logiquement, pour quelqu'un de *plus puissant* que lui, ce qui était fort inquiétant. Quel but poursuivaient ces Maûnes hors du commun ?

Cela avait en tout cas obligé Zétide à prendre une décision cruciale, celle d'emmener les filles Garamont jusqu'à la sécurité de sa forteresse d'Arcadie. Un voyage d'un mois au moins... Mais avait-il vraiment le choix ? Il ne pouvait laisser ses pupilles retourner en leur château, qui serait le premier endroit où le Maûne irait les chercher après le monastère. Il ne pouvait pas davantage les abandonner sur les routes... Son sens des responsabilités lui imposait de veiller sur elles comme Eras l'aurait voulu, et il ne voyait pas mieux à faire que de les garder près de lui.

Il avait peine à croire, encore, qu'elles avaient pris tous ces risques pour venir à leur secours dans les souterrains. Indéniablement, elles étaient dignes de leur chevalier de père... Ariale avait même réalisé un véritable *exploit* en retraçant une rune fort complexe d'après sa seule mémoire, bouleversant ainsi nombre des convictions du sorcier. Il en venait à songer à lui enseigner quelques rudiments de magie. Pareil talent devait être nourri, après tout...

Mais l'instant d'après il repoussait cette idée avec véhémence, se souvenant que la fillette était trop jeune, qu'il détestait enseigner, que les runes étaient plus dangereuses que jamais et qu'il aurait déjà fort à faire à les mener à bon port. Même si Lucia avait su contrôler sa jubilation quand il lui avait fait part de sa décision, il savait déjà qu'il regretterait son choix en se heurtant au caractère impossible de la chasseresse. Ce voyage s'annonçait long et difficile, et il n'aurait pas de temps à consacrer à l'apprentissage d'Ariale. Enfin... il verrait cela plus tard.

Hogo imposa soudain une nouvelle hâte et le sorcier crut qu'il réclamait le silence pour tendre l'oreille à d'éventuels poursuivants, comme il l'avait déjà fait à plusieurs reprises. Mais il s'agissait de tout autre chose. Zétide le comprit en avisant la cible des regards croisés du Lycante et de la chasseresse.

C'était un hadryen.

– Est-ce que c'est l'un de…, demanda-t-il lentement, sans oser le dire à voix haute.

– Un des arbres que nous avons plantés hier, acquiesça Hogo. Il a poussé en une nuit.

– C'est impossible, murmura Lucia. Nous devons nous tromper…

– Regarde la terre entre ses racines, poursuivit le Lycante. Ni herbes, ni mousses, aucun champignon. Cet arbre a poussé *cette nuit*, répéta-t-il d'une voix neutre. Peut-être même qu'il y en a d'autres…

Le sorcier ne pouvait détacher ses yeux du tronc bas et épais, des branches longues de plusieurs mètres, des milliers de petites feuilles les habillant et surtout de la rune qui semblait lui faire de l'œil depuis un nœud de l'écorce. Encore un prodige… mais tellement rafraîchissant, comparé à ce qu'ils venaient de traverser.

Il reporta son attention sur le ciel où le monstre pouvait apparaître d'un instant à l'autre. Ils ne survivraient pas à un deuxième combat… surtout si le Maûne revenait avec du renfort. Il lui fallait prendre une décision, rapide, définitive, peut-être fatale.

– Je vais rester, annonça-t-il soudain en descendant de cheval. Allez droit jusqu'au fleuve et suivez-le, je vous rejoindrai plus tard.

Les sœurs Garamont se consultèrent d'un seul regard et mirent résolument pied à terre, en un beau mouvement orchestré. Zétide tressaillit en réalisant qu'il n'avait plus aucun moyen de les forcer à obéir.

– Soyez raisonnables, lança-t-il sans espoir. Tout ce que je pourrais apprendre du Sylfe, vous le saurez bien assez tôt…

– Bien sûr, puisqu'on va l'entendre aussi, répliqua Lucia.

Elle tira une banne de ses fontes et la disposa tranquillement au pied d'un arbre, avant de faire signe à Ariale de la rejoindre sur la couverture. La jeune fille ne se fit pas prier et se laissa aller contre l'épaule de son aînée, les yeux rivés sur l'arbre mystérieux dont elles espéraient un nouveau miracle.

Le sorcier se tourna vers Hogo et haussa les épaules en signe d'impuissance, invitant ainsi le Lycante à se joindre à leur attente. Il fit ensuite deux ou trois fois le tour de l'hadryen en se peignant la barbiche d'un air perplexe, puis s'accorda enfin un peu du repos qui lui faisait tant défaut depuis sa rencontre avec la famille Garamont.

À quelques pas de là, Hogo scrutait le ciel avec intensité. Un léger grondement roulait dans la gorge.

AINSI S'ACHÈVE

LES ARMES DES GARAMONT

PREMIER TOME DU CYCLE DE

LA MALERUNE

LE PROCHAIN VOLUME S'INTITULERA

LE DIRE DES SYLFES

Petit lexique du Troisième Monde

Ældo : Moitié du Troisième Monde où se sont établis les Humains et les peuples alliés.

Anareín : Le Premier Monde, trop instable pour perdurer.

Arcadie : Région de l'Ældo.

Arobas : Principale monnaie arcadienne, au nom généralement abrégé en *aro*.

Belle Arcane : L'un des deux symboles magiques soutenant le Troisième Monde, et dissimulé par les Dieux quelque part à la surface de l'Ældo.

Cabale : Organisation secrète, créée au lendemain des Jours rouges par six héros de la guerre contre les Maûnes, et associés dans la quête de l'Arcane.

Chorus : Le Deuxième Monde, détruit par les créatures qui l'habitaient.

Colombins : Ordre monastique dévoué au maintien de l'Équilibre, et allié de la Cabale dans sa quête de l'Arcane.

Dalle : Passage magique entre les deux faces du Troisième Monde, le Maûne et l'Ældo. On dénombre une vingtaine de Dalles assez grandes pour livrer passage à une armée entière. Celle de *Manès* est tristement célèbre pour avoir été le théâtre de la tragédie des Jours rouges. Depuis dix ans, toutes les grandes Dalles sont gardées par l'armée alliée des Eldes, qui retarde à grand-peine l'invasion des légions monstrueuses.

Doux-parages : Autre nom de l'Arcadie, une région de l'Ældo.

Eldes : Natifs de l'Ældo. Aussi bien les Humains que tous les autres peuples alliés.

Enareín : Nom religieux du Troisième Monde, et titre du livre sacré des moines colombins.

Entropia : L'étrange maladie qui est apparue un peu partout dans l'Ældo, après la lecture de la Malerune, et qui décime les peuples alliés les uns après les autres. Aucun remède n'y a encore été trouvé.

Équilibre : Règle établie par les Dieux et ayant servi de principe de base à la création du Troisième Monde, et de ses deux faces, ou moitiés : le Maûne et l'Ældo.

Jours rouges : Les quelques mois qui ont suivi la lecture de la Malerune, et pendant lesquels ses effets ont été les plus spectaculaires. Beaucoup d'Eldes ont péri pendant les batailles les opposant aux légions des Maûnes qui projetaient d'envahir l'Ældo.

Malerune : L'un des deux symboles magiques soutenant le Troisième Monde, et dissimulé par les Dieux quelque part dans les brouillards du Maûne. D'une manière qui reste mystérieuse, les pouvoirs de la Malerune ont été libérés dix ans plus tôt, brisant ainsi l'Équilibre instauré par les Dieux, et marquant le début de l'agonie de l'Ældo.

Maûne : Moitié du Troisième Monde où se cachent les plus terribles de ses créatures. Nom donné à ses natifs.

Orchomène : Capitale de l'Arcadie.

Premières Aubes : Les quelques années qui ont suivi la création du Troisième Monde, alors que les Dieux ne s'en étaient pas encore retirés.

Rouges : Voir à : Jours rouges.

Runes : Symboles de pouvoir composant la base de la magie.

Saurial : Nom générique des lézards géants du Maûne : dragons, hydres, salamandres, basilics, tritons, aspics…

Troisième Monde : Ultime œuvre des Dieux, après l'échec de leurs précédentes créations, trop fragiles pour subsister. En inventant l'Équilibre, les Dieux croyaient assurer la stabilité du Troisième Monde à tout jamais.

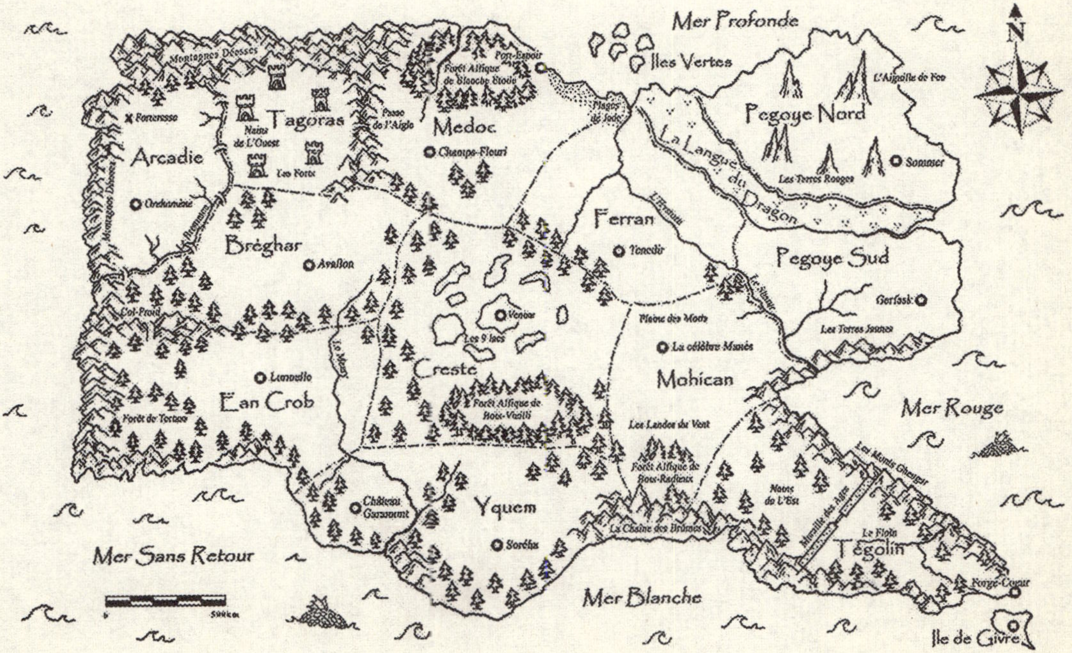

N
Mer Profonde
Iles Vertes
Port-Espoir
Montagnes Déesses
Tagoras
Nains de L'Ouest
Les Forts
Arcadie
Medoc
Champs-Flouri
Passe de l'Aigle
Plages de Jade
Pegoye Nord
L'Aiguille de Feu
Sommer
Les Terres Rouges
La Langue du Dragon
Ferran
Tenedir
Pegoye Sud
Gerfask
Les Terres Jaunes
Brêghar
Avallon
Col-Froid
Forêt de Tortue
Ean Crob
Creste
Les 9 lacs
Forêt Alfique de Bois-Vieilli
Plaine des Morts
La célèbre Manès
Mohican
Les Landes du Vent
Mer Rouge
Forêt Alfique de Bois-Radieux
Nains de L'Est
Les Monts Gheugar
Muraille des Ages
Le Flots
Tégolin
Forge-Cœur
Ile de Givre
La Chaîne des Brumes
Yquem
Soréha
Château Garamont
Le Meny
Mer Sans Retour
Mer Blanche

DU MÊME AUTEUR

Le Secret de Ji
vol. 1. Six héritiers
Prix Julia Verlanger et prix Ozone 1997
Mnémos, 1996
et Mnémos, L'intégrale vol. 1, 1999
et « J'ai Lu Fantasy », n° 6578

Le Secret de Ji
vol. 2. Le Serment orphelin
Mnémos, 1996
et Mnémos, L'intégrale vol. 1, 1999
et « J'ai Lu Fantasy », n° 6578

Le Secret de Ji
vol. 3. L'Ombre des anciens
Mnémos, 1997
et Mnémos, L'intégrale vol. 2, 1999
et « J'ai Lu Fantasy », n° 6662

Le Secret de Ji
vol. 4. Le Doyen éternel
Mnémos, 1997
et Mnémos, L'intégrale vol. 2, 1999
et « J'ai Lu Fantasy », n° 6662

Les Aventuriers de l'irréel
vol. 1 Prisonniers d'Harmonia
Degliame, 2000

Les Aventuriers de l'irréel
vol. 2 La Formule rouge
Degliame, 2000

La Malédiction du coquillage
Bayard Jeunesse, 2001

La Reine des amazones
Bayard Jeunesse, 2001

Le Baiser de la subure
Bayard Jeunesse, 2001

Le Guetteur de dragons
Bayard Jeunesse, 2001

Le Trophée des sorciers
Bayard Jeunesse, 2002

Les Aventuriers de l'irréel
vol. 3. La voie du voleur
Degliame, 2002

La Malerune
(avec Michel Robert)
vol. 2. Le Dire des Sylfes
Mnémos, 2003

La Malerune
(avec Michel Robert)
vol. 3. La Belle Arcane
Mnémos, 2004

Les Aventuriers de l'irréel
vol. 4. Le Guerrier de la tour
Degliame, 2004

Les Enfants de Ji
vol. 1. Le Testament oublié
éditions Octobre, 2004

Les Enfants de Ji
vol. 2. La Veuve barbare
éditions Octobre, 2004

La Haute Quête de Dragonia
Bayard Jeunesse, 2005

Les Enfants de Ji
vol. 3. La Voix des aînés
éditions Octobre, 2005

Les Enfants de Ji
vol. 4. Le Patriarche
éditions Octobre, 2005

COMPOSITION : PAO EDITIONS DU SEUIL

GROUPE CPI

Achevé d'imprimer en mars 2006
par **BUSSIÈRE**
à Saint-Amand-Montrond (Cher)
N° d'édition : 85706-2. - N° d'impression : 60505.
Dépôt légal : mars 2006.
Imprimé en France

Collection Points Fantasy

1. Le Château du roi dragon, La Saga du roi dragon I
   par Stephen Lawhead
2. Les Armes des Garamont, La Malerune I
   par Pierre Grimbert
3. Le Prince déchu, Les Enfants de l'Atlantide I
   par Bernard Simonay
4. Le Voyage d'Hawkwood, Les Monarchies divines I
   par Paul Kearney
5. Un trône pour Hadon, Le Cycle d'Opar 1
   par Philip-José Farmer
6. Fendragon, *par Barbara Hambly*
7. Les Brigands de la forêt de Skule, *par Kerstin Ekman*
8. L'Abîme, *par John Crowley*